박명덕 화문집

박명틱 화문집

사람은 그가 태어난 산천을 닮는다

音美旅運 이야기

목차

II 내 삶의 윤활유 / 도전

글을
시작하며

2022년 나는 고희(古稀)를 맞는다. 70살이 되었다는 것이다. 예로부터 흔치 않아 고희라고 했지만, 지금은 흔한 일이 되었다. 마음으로야 젊었을 때와 똑같다고 생각하지만, 물리적인 세월은 어찌할 수 없어 나도 이제 늙어가고 있다. 그런데 나이를 먹는다는 것이 그리 나쁜 것만은 아니다. 수시로 찾아오는 건망증과 가끔 몸이 트집을 부리지만, 대신 이 나이가 되어 누리는 안정감도 있다. 이제는 허망한 것에 매이지 않아 남의 시선에 움츠러질 일이 적어지고, 자신에 대해 솔직해진다. 또 내 자신과 남의 실수에 너그럽게 다가갈 수 있는 것도 시간과 경험이 주는 선물이다. 조금은 서툴기도 하고, 새로운 것에 대한 두려움도 있지만, 처음 살아보는 나이라서 그렇다고 생각하면 속이 편해진다.

나이를 먹는다는 것은 단순한 나이테의 축적이 아니라 그동안 살아온 경험과 연륜이 쌓인다는 것이다. 그러나 그 경험은 기록되지 않으면 금방 묻히고 잊힌다. 그래서 내 이야기를 써보려고 한다. 내가 내 이야기를 한다는 것이 약간은 쑥스럽지만, 이제 친구들을 만나면 휴대폰 사진을 보여주며 손주 자랑에 열을 올리는 나이가 되었다는 무모한 자신감이 펜을 들게 하였다.

나는 평생 학교에 있다가 2018년 8월에 정년퇴직하였다. 하루하루의 출근길이 힘들 때도 있었지만, 마냥 고통스러운 일만이 아닌 것은 그것이 내가 짊어져야 할 무겁지만 기쁜 짐이었기 때문이다. 이제는 명예로운 졸업을 함으로써 그동안 감당했던 삶의 무게를 살포시 내려놓았다. 평생 한 직장에서 그것도 이 나라를 이어나갈 젊은 학생들 가르치는 소임을 다하고 정년을 맞이한 것은 나에게 축복이었고 자랑스러운 마침표였다. 학자로서의 나의 삶은 논문으로 이야기될 것이고, 선생으로서의 나의 인생은 학생들의 기억 속에 남아있을 것이다.

지금 돌이켜 보니 학생들과 보낸 시간은 무엇과도 바꿀 수 없는 나만의 훈장이었다. 젊은 그들의 싱싱함이 좋았고 익지 않는 그대로의 풋풋함이 싱그러웠다. 내 모자람이 컸으나 따라 주었고, 부족함이 많았으나 감싸 주었다. 내가 그들을 가르친 것이

30여 년 내가 머물렀던 학교 연구실

아니라 그들로부터 배우는 것이 더 많았다. 그들은 가꾼 만큼 컸고 뿌린 만큼 자랐다. 나의 이런 생각이 통했던 걸까? 학생들의 강의 평가에서 두 번에 걸쳐 우리 대학에서 가장 높은 점수를 획득한 영광은 죽을 때까지 나의 자랑스러운 기억으로 남을 것이다.

가끔은 흐트러지는 나의 의지를 다시 세우기 위해 고향과 가족을 생각했고, 학생들의 거울이 되어야 하는 선생으로서의 정형화된 틀을 벗어나기 위해 취미로 그 간극을 메꾸어 갔다.

어릴 때부터 손에 익은 그림을 그렸고, 40대 때 마라톤에 도전해서 풀코스 300회를 완주한 이후 우리나라 100대 명산을 올랐고, 50살을 넘어서는 정년을 대비해 노후 보험용으로 대금을 배웠고, 방학 때는 답사 겸 스케치를 위해 외국에 나갔다. 그러나 어디까지나 나의 본분은 학생을 가르치고 연구에 매진해야 하는 교수였기에 남과 똑같이 주어진 시간을 쪼개 아껴야 했고, 부지런해야 했다. 남이 보면 두루뭉술하게 그냥 그대로 되었다고 생각할 수도 있지만, 휴일을 집에서 지낸 적이 없었고, 6시간 이상 자본 적도 없다. 치열한 도전이었고, 처절한 싸움이었지만, 이룬 후의 보람은 또 다른 자신감으로 되돌아왔다. 내가 좋아하는 그림을 그리고 외국을 다니면서 얻은 기쁨은 생활의 활력이 되었고, 고향과 가족은 내가 항상 기대고 싶은 뒷산과 같은 믿음직한 존재였다.

이 책은 이런 것을 이루어 가는 한 사람의 열정 어린 도전기이고, 고향을 그리면서 가족의 사랑을 드러내지 못하고 품고 산 속마음을 풀어낸 것이다. 풀어내는 솜씨가 모자라지만, 나중에 손주들이 커서 할아버지가 살았던 삶의 일부를 들여다볼 기회가 되었으면 좋겠다는 바람을 이 책에 담는다.

　　　　　　　　　　　　　　　　사람은 그가 태어난 산천을 닮는다

박명덕 畵文集

音美旅運 이야기

I

내 힘의 원천 /
사랑

1. 고향

音美旅運 이야기

01

내가 태어난
충절의 고장 파회 마을

내가 태어난 곳은 대구 근교의 파회(波回)라고 불리는 조그마한 마을이다. 여기는 순천 박씨들이 대대로 모여 사는 집성 마을로, 조선 시대 충절의 표상으로 추앙받고 있는 사육신(死六臣)의 한 분인 충정공 박팽년(忠正公 朴彭年, 1417~1456)의 후손들이 모여 살아가는 곳이다. 나는 박팽년 할아버지의 19대손으로 태어났다.

사육신은 세조 때 상왕 단종의 복위운동을 펼치다 죽은 성삼문, 하위지, 이개, 유성원, 유응부, 박팽년 등 여섯 명의 충신을 일컫는 말이다. 박팽년은 태종 17년인 1417년에 태어나 세조 2년에 단종복위를 도모하다가 거사가 실패해서 39세의 젊은 니이로 생을 마감한 조선조 학자이며 만고의 충신으로 추앙받는 분이다. 본관은 순천(順天), 자는 인수(仁叟), 호는 취금헌(醉琴軒)으로 아버지는 판서를 지낸 박중림(朴仲林)이고, 어머니는 김익생의 딸이다. 1434년(세종 16) 알성시 문과에 급제하여 성삼문 등과 함께 집현전 학사가 되었고, 1447년 문과중시에 급제하고, 1453년(단종 1) 우승지, 부제학을 거쳐 1454년 좌승지와 형조참판을 지냈다. 문종이 왕위에 오른 지 2년 만에 죽으면서, 그를 비롯하여 황보인, 김종서, 성삼문 등에게 어린 단종의 보필을 당부했는데, 당시 세조는 불법적인 방법으로 왕권을 찬탈한 이후 전제권 강화와 그의 독주에 불만을 품은 일부 유생들이 세조를 몰아내고 단종을 복위 시켜 새로운 지배체제를 구현하고자 했다. 당시 형조참판으로 있던 박팽년은 성삼문, 이개, 하위지, 유성원 등 집현전 유생들과 함께 세조를 제거할 계획을 세웠다.

1456년 6월에 창덕궁에서 상왕인 단종 앞에서 명나라 사신을 접대하는 기회를 이용하여 왕의 호위를 맡은 성승, 유응부 등이 세조와 그 추종자들을 제거하기로 계획하였다. 그러나 그날 아침 세조는 장소가 좁다는 이유로 이들의 운검을 취소시켜 거사를 다음으로 연기할 수밖에 없었다. 이에 모의에 참여했던 김질이 불안을 느끼고 공모 사실을 세조께 밀고해 성삼문 등 주모자들과 함께 체포되었다. 박팽년의 재능을 아낀 세조가 사람을 보내어 여러 번 회유하려고 했으나, 박팽년은 끝내 뜻을 굽히지 않고 심한 고문을 당하다가 옥사했다. 얼마 후 아버지 중림과 동생 인년, 기년, 대년, 영년 등 4 동생과 아들 헌, 순, 분 등 3대가 처형되었으며 어머니, 처, 제수 등도 대역죄를 지은 가족으로 노비가 되었다.

1456년 병자년 단종복위 실패로 삼족을 멸하는 엄청난 환란을 당하였지만, 여기서 기적 같은 일이 일어났다. 박팽년의 둘째 아들 순의 부인인 성주 이씨는 친정인 대구 관아의 관비가 되기를 자청하여 대구에서 지냈다. 그때 그의 몸에는 유복자를 잉태하고 있었는데, 만일 아들을 낳으면 연좌하여 죽임을 당하고, 딸을 낳으면 관비로 삼으라는 명이 내려져 있었다. 그런데 출산을 하니 아들이었다. 그런데 같은 시기에 성주 이씨의 여종도 출산하였는데, 딸이어서 그 두 아이를 몰래 바꾸어 키웠다. 이 여종이 키운 아이가 박비라는 이름으로 박팽년의 혈손이 되어 사육신 중 유일하게 대를 이은 집이 되었고, 나는 박팽년 할아버지의 19대손으로 지금까지 대를 이어오고 있다.

나의 조부가 단종에 대한 기록과 사육신의 거사 내용이 담긴 『장릉지』를 번역하고 출판하셨다.

그 후 박비 소년은 하늘이 감추고 땅이 숨겨준 묘골 마을에 숨어 살다가 이모부
인 이극균이 경상도 관찰사로 왔을 때 이모부의 권유에 따라 자수하였다. 당시 성종
은 참으로 귀한 경우라고 칭찬하며, 그를 사면하고 병자 화란으로 멸문이 된 사육신
중에 유일하게 살아남은 혈손이라는 뜻에서 '일산(壹珊)' 즉 넓고 큰 바다의 산호와 같
은 귀한 존재라는 의미로 이름을 지어 주었다. 이때부터 이름을 일산으로 고치고, 묘
골 용산 밑에 터를 잡고 사당과 정자를 지으면서 이 터는 600년 동안 우리 집안의 터
가 되었다. 지금도 이곳에는 육신사를 비롯하여 여러 건물이 남아있고, 마을로 들어
서는 입구에는 박팽년, 박순, 박일산 3대의 충절을 기리는 삼충각이 자리 잡고 있다.
원래 박팽년의 고향은 지금 대전광역시 동구 가양동이었으나 이러한 이유로 그 손자
대에 묘골 마을에 터를 잡고, 사육신 중에서 우리 집안만 혈손이 이어져 박팽년을 중
시조로 하는 순천 박씨 충정공파 후손들이 지금까지 살아가고 있다.

　　그러다가 나의 8대조 되는 삼가헌 박성수(三可軒 朴聖洙) 대에 와서 묘골에서 산을
하나 넘어 파회 마을로 분가하였고, 아들 대인 7대조 노포공 박광석(老圃公 朴光錫) 대
에 이르러 초가를 헐고 정침을 지었으며, 5대조인 박규현(朴奎鉉)이 정자채를 지어 지
금의 모습이 완성되었다.

　　고대에는 가야 문화권에 속하는 지역이었고, 그 후 신라가 흥하면서 가야와의 접
경지대로 자리 잡은 이곳에 우리가 들어오고 나서 마을을 만들어 살았던 것으로 생
각된다. 이곳을 스쳐 간 역사의 소용돌이를 온몸으로 감내히며 살아왔고, 이 집에 살
고 간 사람들의 이야기는 풀 한 포기 돌맹이 하나에도 스며있다. 마을 앞을 가로막고
있는 앞산 아래 땅에 파묻히듯이 옹기종기 마을을 이루고 있는, 꾸미지 않은 자연 그
대로의 모습을 오랫동안 유지하고 있었으나 지금은 많이 바뀐 모습이다. 20여 호가
살아가고 있는 작은 마을로, 같은 성씨가 모여 살아가고 있으니 대부분이 친척이고
일가이다.

　　마을 가운데 우리 고향 집이 자리 잡고 있다. 내가 태어난 곳이 지금은 안채 부엌
으로 사용하고 있는 곳인데, 원래는 건넌방으로 불리던 곳으로, 사랑채에는 할아버

파회 마을에 있는 나의 고향 집

지가, 안채에는 할머니가 생활하고 있었고, 아버지와 어머니는 이 방에서 거처하셨다. 그러나 내가 3살 때 어머니가 돌아가셔서 할아버지, 할머니와 당시에 시집가지 않았던 고모들이 나를 키워서 어머니의 빈 곳을 채워주셨다. 그때 할아버지는 환갑 전이었는데, 당시 어른들이 그러하듯 평소에는 당신의 감정표현을 절제하는 근엄한 얼굴을 보이시다가도 손자인 우리 3형제를 대할 때면 자상한 모습을 보이셨다.

식사 때는 집안의 웃어른인 할아버지는 독상을 받고, 나머지 식구들은 큰 두레상에 모여 식사를 하였다. 집안의 가장 어린 막내인 나는 할아버지와 조손 겸상을 하였는데, 할아버지 상에는 그 당시 최고의 반찬으로 여겨지던 오징어, 김, 계란이 올라왔다. 나는 그 반찬을 먹을 수 있는 특권이 있었고 할아버지는 드시던 반주를 나에게 따라 주시기도 하셨다. 식사 후에는 할아버지 무릎 위에 앉거나 할아버지가 당신의 발등 위에 나를 올려서 방안을 거닐었던 기억이 난다. 근엄하기만 했던 할아버지로서는 손자에 대한 파격적인 배려였다.

어느 날 저녁 즈음 할아버지가 대구에 나가셨다가 세발자전거를 사가지고 오셨다. 그 날밤 달이 휘영청 한 집 앞 골목길을 뒤에서 밀어주는 큰 형님과 세발자전거를 타고 다녔던 기억이 난다. 대구에서 세발자전거를 사서 집까지 오시는 길이 그리 쉽지는 않았을 터인데, 손자를 향한 할아버지의 사랑은 그 무게를 거뜬히 감당하셨던 것 같다.

나의 성장에 있어 할머니의 존재는 절대적이었다. 칠곡의 매원이라는 양반마을에서 우리 집에 시집오셔서 6남매를 낳아 키우셨는데, 아버지가 장남이고, 막내로 작은아버지와 네 분의 고모를 두셨다. 할머니는 그 시대 여성들이 다 그러하듯 오로지 할아버지만을 섬겼고, 자식 낳아 키우면서 평생 집안일을 놓지 않으셨다. 거기다가 노년에는 엄마 잃은 세 명의 손자들을 맡아 키우셨으니 그 노고를 이루 말로 다할 수가 없다. 거기에다가 4대 봉제사에 수시로 오시는 손님 접대는 당연하고, 겨울에는 할아버지 솜옷을 손수 만들고 손봐서 할아버지가 항상 정갈한 차림새를 갖추게 해주셨다.

나는 할아버지가 거처하는 사랑방보다는 할머니가 거처하시는 안방에서 주로 생활하였는데, 안방에 딸린 다락에는 제사 때 쓴 제물이 항상 남아있어 나의 주전부리가 되곤 했다. 긴 겨울밤 할머니는 다락에 있는 과일이나 콩가루를 밥에 비벼 내게 간식으로 주기도 하셨는데, 지금도 나는 그 맛을 잊지 못한다. 할머니는 밤에 한쪽 다리가 부러져 실로 묶은 돋보기를 쓰시고, 하도 많이 읽어 헤질 대로 헤진 낡은 소설을 소리 내 읽으셨다. 나이가 들수록 잠도 없어지고, 말벗할 친구도 없으니 할머니가 시집오실 때 가지고 온 반짇고리에 넣어둔 이야기책을 수백 번도 더 읽는 것이었다. 나는 하도 많이 들어 그 이야기를 다 외울 정도가 되었지만, 할머니가 운율에 맞춰 읽어가는 소리를 들으며 자식 육 남매를 키우느라 진이 빠져 쭈글쭈글한 할머니 젖을 만지며 잠들곤 했는데, 당신 품을 파고드는 어린 손자를 보는 할머니의 마음은 어떠하였을까?

할머니는 나를 보고 "우리 노란 명아" 또는 "우리 강생이"라고 불렀다. 손주에 대한 사랑이 가득 담긴 애칭이었다. 그래서 나의 고향 집은 어릴 때 나를 키워주신 이런 분들의 기억과 어우러져 인상 깊게 남아있다.

그렇게 나를 예뻐해 주시고 키워주셨던 할머니는 1972년에 돌아가셨고, 할아버지는 1980년 눈이 내리던 날 돌아가셨다. 내가 결혼을 해서 두 분을 위해 따뜻한 밥 한 그릇 대접 못해 드린 게 지금도 아쉽기 그지없다. 할머니가 돌아가시고 난 후 할아버지는 8년을 혼자 사셨는데, 그 기간의 불편함과 외로움은 내가 짐작할 수도 없을 것이다.

고향 집 입구에 서 있는 참나무 밑에서 둘째 형님과 찍었다.

할아버지는 할머니가 돌아가신 그해 고향 집에서 할머니를 향한 구구절절한 애틋함을 회향곡이란 제목으로 직접 글을 초하고, 붓으로 써서 남기셨다.

회향곡

임자년 가을에 글을 남기다.

뜰앞 화단에 국화를 심은 뜻은
맑은 하늘 가을빛에 오곡백과 풍성할 때
술빚고 달맞아서 그대 함께 즐기려 했더니
국화는 봉울봉울 아름다운 자태를 자랑하고
은은한 향기는 살며시 나의 취감을 스쳐 풍기는데
그대는 어디로 가셨길래 영영 돌아올 줄 모르는고
묻노니 국화야
너는 주인 없는 빈집에서 얼마나 쓸쓸한
가슴을 쥐어 안고 한없이 고독한 시름에만 잠겨 있는가?

내 지금 돌아오나 텅텅 빈 집에 누구 하나 반가이 맞이주는 이 없구나.
아아 슬프다 꿈에도 잊지 못하는 내 고향
그대는 떠나서 돌아오지 못할 줄 내 몰랐네.

멀고 먼 하늘에서 부디 편히 계실까?
눈물이 앞을 가리고 가슴은 찢어질 듯하나 누가 내 마음 알아줄까?
강가의 저문 노을에 해는 기웃기웃 넘어가고 짝 잃은 외기러기는 깍깍 슬피
우니

내 심정을 모르는가? 듣기 고달프다.

정침에 들어가서 뜰 위에 올라서니 두 칸 정방 네 칸 대청 좌우익랑
정연한데
방마다 잠겨 있고 구석구석 먼지로다.
흐르는 눈물을 억제하고 방안에 들어서니
낯익은 물건들이 두서없이 이리저리 널려있네.

팔십 평생 처음으로 옷장을 열어 보니 차곡차곡 놓은 의복 하나도
흐트러짐이 없다.
한 바늘 또 한 바늘 실 한뜸 또 한뜸 이 모두가 그대의 정성 어린 자취로다.
이 옷을 마련할 때 내 비록 죽더라도 당신 의복은 이만하면 몇 해 동안
잊겠다면서
저윽히 안도의 한숨을 내쉬던 것을 생각하니 목석같은 내 심장인들
깊은 슬픔을 금치 못하겠도다.
이 한 바늘 두 바늘은 내 심정을 꼭꼭 찌르는 듯하며
이 실 한뜸 두뜸은 영영 잊지 못할 내 심정을 꼭꼭 맺어주는 듯하구나.

아아, 슬프다!
내 심장이 바위가 아니거늘 알뜰하고 순결한 그 심정을 왜 알아주지
못했던고?
살고 죽음이야 명이 정해져 있으니 인력으로 어찌할 수 없으나
이다지도 덧없이 떠날 줄은 꿈에도 생각하지 못했구나.

현숙한 자질에 수려한 용모 그리고 능숙한 솜씨는 그 누구보다 한 가지도

부족함이 없었으며

더욱이 양반집에서 태어나서 견문이 높았으니 전형적인 양반 법도는

대갓집의 종부로 부족함이 없었다.

십칠 세에 입문하여 부모에게 효성 있고 모두에게 우애 있고

아랫사람에게는 은혜롭고 일가친척에게는 화목하니 그 명성이 자자했네.

내가 먹지 못해도 남 먹이기 좋아했으며

내가 입지 못해도 남 입히기 좋아했네.

내 몸은 험하게 대했으나 남 대접할 때는 지극정성으로 대했으니

그 거룩한 희생정신은 석가의 자비심과 예수의 박애 정신을 몸소

실천하였네

착한 말은 기꺼이 받아들이고 유언비어와 모략 중상이나

남을 헐뜯는 간사한 말은 한 귀로 들으면 다른 귀로 흘려버리니

태산같이 꿋꿋한 마음과 바다 같은 넓은 도량은 아마도 견줄 바가 없으리라.

조부님의 자애 극진하셔서 금인 양 옥인 양 애지중지 하셨으며

나 또한 한 쌍의 원앙처럼 사랑하고 귀여워하면시 내일을 기대하였지만

내 덕이 모자라서 태산 같고 바다 같은 그 은혜를 저버리고

백발이 성성하여 팔십을 바라보면서도

한 일도 별로 없이 서산길을 재촉하니 자나 깨나 송구한 마음 금치

못하겠구나.

그때를 회상하면 우리들의 황금 시기가 더욱 안타깝다.

봉제사 접빈객은 부녀자의 직책이라 누구나 했겠지만

그대의 지극 정성은 듣기조차 드물었다.

사대봉사 열한위에 사철 명절 조상 묘사

일 년이라 열두 달 다달이 제사이니 몸과 정신이 지치도록 안간힘을

다하여서

부러운 정성을 바쳐왔네.

자손 동기들이 있기는 하나 여기저기 떨어져 살며

제 생업에 골몰하니 모든 일을 한 몸에 걸머진 책임이 그리도 고되었네.

중년에 가운이 기울어 온갖 어려움에 부딪혔으니 그 딱한 사정 붓으로 다 못

쓰겠네.

어미 잃은 어린 손자 어미의 정 몰랐으니 할머니가 어머니까지 두 가지 일이

힘들었네.

할매 할매 부르는 소리 귀엽기 그지없으나 애처롭기도 짝이 없네.

무겁고 고된 책임 한 몸에 걸머지고 칠십 평생 하루같이 온 정성을 바쳤으니

그 공적이 거룩하다.

후원을 돌아보니 크고 작은 채소밭에 고추포기, 가지포기

포기마다 돋워주고 김을 매며 헐떡이는 숨을 돌려 땀을 흘리던 그 모습이

새삼스럽게 눈에 어른어른하는구나.

아! 슬프도다!

내 천성이 무심하여 그 정성 어린 마음을 만분의 일이라도

위로하고 도와줘서 보람 있는 생활을 누리지 못했으며

그뿐이랴 혹시 실수라도 있으면 여지없이 책임만 추궁하기가 일쑤이며

착한 일에 대해서는 한마디도 칭찬한 적이 없었으니

당하는 그대는 얼마나 야속하고 원망스러웠을까?

지난 일을 회상하니 일일이 후회되고 한스럽다.

지금 그것을 뒤집어 슬퍼한들

엎어진 물을 다시 거둘 수가 있을쏜가?

다시 한번 눈을 돌려 주위를 바라보니

푸른 대나무는 키가 자라 격조 높게 둘려 있고

늙은 솔은 울창하여 품위 있게 서 있네.

하엽정앞 연못에는 연꽃이 만발하여 맑은 바람 불어오면 향취가 진동한다.

굽은 난간 비켜앉아 연엽주 한두 잔 기울이고 시 한 수 읊는다면

세상에 오류선생도 숲 가득한 연당에서 즐기는 취미야 이에 더할 수

있을쏜가?

남양초당 제갈공명은 성도의 넓은 밭에 팔백주의 뽕을 심어 먹고 입기를

해결하러

오월에 터를 잡아 칼을 들고 나무를 심었구나.

나 역시 앞산 밑에 터를 닦아 밤나무 팔백주를 심어두고 노후에 소일거리로

김도 매고 북돋워서 그 결실을 기나리니 부인의 하는 말이 디욱이니

우스웠다.

지금부터 율곡선생이라 불러볼까?

그 말이 웬 말이요 공명선생, 오류선생 다 제쳐놓고 하필이면 율곡 선생이

웬 말이요?

도연명은 문 앞에 버드나무 다섯 주를 심어 오류선생이라 부르는데

파회같이 좁은 골에 밤나무가 팔백주나 되니 율곡이 아니고 무엇이오?

이 한 토막의 대화는 우리 노부부의 전원생활을 묘사한 유머스러운

에피소드였다.

엄자봉을 벗을 삼아 조대에 높이 앉아 낙동강을 굽어보니
그 산세의 용트림과 장한 형세는
청룡 백호를 감싸들고 백운산 용모양의 현무 주작이 우뚝하다.
가야산 금오산은 허리 굽혀 울부짖고 구름 위에 솟아있네.

거룩할사 우리 조상님네 명당에 터를 잡고 자손영위 꾀했으니
풀 한 포기 나무 한 그루가 모두 선인의 뜻이요, 흙 한 모금 돌 한 개도
선인들의 흔적이니
내 비록 무상하나 마음 어찌 범연하리?

봄꽃 가을들 흰 구름 푸른 하늘
내가 하고자 하는데 못할 것이 없고
쓰고자 하는 데 부족함이 없는
이 대자연과 강산의 주인은 나인가 하노라.
이외에 또다시 무슨 희망 있겠는가?

아들 형제 딸 넷에 그 자손이 수십이라
면면이 옥같이 고운 풀에 핀 구슬같이 아름다운 꽃과 같아 후복이 무궁함도
손을 꼽아 기약하리
맏자식은 성질이 소탈하고 고직하여 옳지 못하게 재물이 많고 공을 세워
이름을 떨치는 데에는 뜬구름같이 담담하여 나물 먹고 물 마시고 팔을
베고 누우니 대장부 살림살이 이만하면 족하다는 낭만적인 성격이라
공부자(孔夫子)와 안자(顔子)를 본받아서 초연한 자세로다.

둘째 자식은 천성이 밝고 맑아 명문대학 졸업하고 서양 유학 다녀와서
제 앞길 개척하여 내일의 영달 기약할 수 있었으나 결실을 보기에는
너무나도 성급한 속단이라 그들의 영달을 바라보면서 은인자중 고된 생활을
달게 알고 지내왔네.

아침 까치 깍깍 짖으면 서울 소식을 전해주려나
편지를 떼기 전에 두 눈이 마주치고 두 입이 벌어지면
가슴속에 뭉친 시름 일시에 사라지네.
안타까운 이 심정을 걷잡을 수 없는 동안
하루가고 이틀 가니 늙은 몸은 점점 쇠약하여 서산에 낙조처럼 허탈감만
드는구나.

한양 서울 번화지라 동서문물 찬란하니 생활 수준 높다 하나
극심한 생존경쟁 인심도 까다롭다.
자식들 지팡이 삼아 여생을 보내려고 작년 가을 상경하여
애지중지하던 막내아들 혼사를 다 마치고 안락한 여생을 즐기려 하였더니
일 년이 채 못 되어 가슴속에 가득한 벅찬 희망은 때를 만나지 못하고
실의에 허덕이다가 악독한 병마에 걸려서 홀연히 다시 돌이오지 못할
영원의 길을 떠나버렸으니 자식들의 한스러움과 하늘이 무너지는 슬픔은
다시 말할 여지가 없거니와 이 노부의 속마음은 무어라 형언하리.

하늘도 야속하다 여러 세월이 헛되기도 하지마는
이, 삼 년의 세월이야 다시 더 용서하지 못했던고?
착한 이에게는 복을 내리고 악한 사람에게는 재앙을 내린다고
했거늘 착한 사람에게 복을 주지 않음은 이 또한 무슨 이치인고?

인간은 고해라, 고해에 허덕이다가 잠시 사라짐도 하늘의 이치로다.

경황없는 중에 전화 통해 일 분간의 대화에서 곧 만날 것을 약속하고

반 시간이 못 되어서 위독전화 날아오니 눈이 캄캄하고 정신이 아찔하여

총총히 상경하였으나 때는 이미 늦어 의식이 몽롱하여

한마디 대화도 건너보지 못했으니

슬프다!

조물주의 시기인가 귀신의 야유인가?

일 분간의 전화를 통한 대화가 천고의 이별이 될 줄이야 뉘 어찌 알았으리.

세속을 따라서 오일장 서둘러서 천 리 머나먼 길을 한나절에 당도했네.

산천은 의구한데 사람은 어이 이리 허무한고

흐르는 시냇물은 목에 메어 껄떡이고 높고 낮은 산들이 다가와서

슬픈 뜻을 나타냈네.

붉은 영정을 앞세우고 고택에 돌아와서 일생 고락을 같이했던

조선의 고택을 마지막으로 작별하고 보내는 내 심정이 어떠하리?

그곳은 다름 아닌 부인이 평소에 아침저녁으로 오르내리던 낯익은 곳이라

명당을 정해놓고 우리 함께 약속하고 만년유택으로 정했으니

현무주작이 우뚝하고 청룡백호가 뚜렷하니 임좌병향 따뜻한 곳에

영혼이 편하시고 자손이 창성하리니 부디 부인은 이곳에서 고이고이

잠드시라.

살아서는 떨어져 살아도 죽어서는 같이 묻힐 것이라 했으니

나 역시 멀지 않은 장래에는 부인을 따라가리로다.

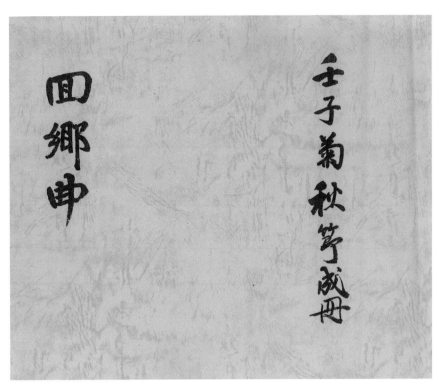

할아버지가 먼저 가신 할머니를 생각하며 쓰신 「회향곡」 표지

아서라!

반사가 모두 허무로다.

동자야, 술 부어라 국화꺾어 잔에 담고

술잔에 잔 가득 채워 한껏 취하고

이 시름을 잊어나 볼꺼나!

임자년 국화꽃이 핀 계절에 시골집 정자 하엽정에서 쓰다.

02

고향에서의
행복한 기억

고향의 사전적 의미는 태어나고 자란 곳 또는 조상 대대로 살아온 곳이라는 공간적 의미가 있지만, 한편으로는 마음속 깊이 간직한 그립고 정든 곳이라는 의미도 내포하고 있다.

내가 태어나고 자란 고향에 대한 기억은 지금도 생생하다. 지나간 시간이 기억을 미화한 걸까? 당연히 어릴 적 그곳에서 자라면서 좋지 않았던 일도 있었을 듯한데, 고향에 대한 기억은 좋았던 것밖에 없다.

지금 내 고향은 그동안의 세상 물정을 반영하듯 변했고, 사는 사람들도 바뀌었다. 그 누구도 이 터전에 기대어 그저 삼시 세끼만 해결하려 했지, 이 땅을 빌미 삼아 돈벌이를 궁리하거나 문명을 건설하려고 엄두를 내지 못한, 수줍고 순박한 이곳도 세월의 무게는 감당하지 못한 듯 과거는 내려놓고 현대화란 화려한 옷으로 갈아입었다. 그러나 그럴수록 기억은 중요하고 추억은 소중하다. 더구나 그 기억이 고향과 맞닿아 있다면 더더욱 귀하고 중하다. 지금 여기 살아가고 있는 사람도 여기에서 그들만의 새싹 같은 추억을 켜켜이 쌓아가고 있을 것이다. 지금은 모르지만, 수십 년이 지난 뒤에 자기가 기억하고 있는 그 공간이 조금은 변해있는 것을 만난다면 내가 우리 고향을 바라보면서 느끼는 마음처럼 그 옛날 자기가 기억하고 있던 공간을 사무치게 그리워할지 모른다.

지금에야 전부 번듯한 기와집으로 변했지만, 옛날에는 대부분 초가집이었다. 유난히 나지막한 뒷산이 걸어 내려온 듯한 노란 지붕에는 여름철이면 박넝쿨이 늘어지고 가을 햇볕 아래에선 늙은 고추가 지붕 위에 빨갛게 널려있었다. 이렇게 철 따라 변화하는 자연의 색깔만으로도 풍요롭기 그지없고, 초가의 둥근 곡선은 두루뭉술하게 서로서로 보듬고 있었다. 그래서 고향을 그릴 때 제일 먼저 생각나는 것이 초가집이다. 초가는 자연으로부터 얻어진 가장 원시적인 재료만을 가지고 지었으니, 그 어떤 장식이나 꾸밈도 첨가되지 않은 순수함 그 자체였다. 동네 대부분이 초가집이라 마을 입구에서 보아도 집안의 툇마루에서 보아도 초가의 지붕 선은 겹겹이 무리를 이루고 있었다. 그 모습은 어김없이 마을을 둘러싸고 있는 산의 모습과 닮아있고, 그곳에서 살아가고 있는 사람들의 심성을 담아내고 있었다. 그러나 내 마음의 고향과도 같은 초가는 어느 순간 가난과 게으름의 상징으로 여겨 호된 멸시를 받고 이 땅에서 추방되어 지금은 거의 그 흔적을 찾아볼 수 없으니 고향의 기억도 초가와 같이 사라지는 것 같아 안타깝기 그지없다.

그때 농사일을 하며 살아갔던 사람들의 생활은 하루의 길이에 따라 일이 정해지고 계절에 따라 반복되었다. 농촌의 일 년은 겨울이 끝나고 봄이 오면서부터 시작되어 봄이면 농사를 준비하는 사람들의 손길도 바빠지기 시작한다. 우리 집 주위를 에워싼 사방의 산에 울긋불긋한 꽃이 피기 시작하면 마치 전등을 밝힌 듯 온 동네가 환하게 밝아졌고, 외양간에 매어둔 황소도 긴 겨울잠을 자고 기지개를 켰다. 그 당시만 해도 기계화가 요원했던 때라 모든 농사일을 사람의 손에 의지할 수밖에 없었으니 농번기가 되면 손 하나가 아쉬울 때였다. 나는 그때 새참을 들고 나가는 사람들을 따라 술주전자를 들고 농사일을 하는 들판에 따라가곤 했는데, 일꾼들이 술 한 모금 주면 그 술 얻어 마시고 얼굴이 화끈거렸던 기억이 난다. 그리고 집안에 제사 같은 큰일이 있을 때면 제일 먼저 술을 담갔는데, 안방 아랫목에 이불로 감싼 술독에서 부글 부글 익어가던 술 냄새가 지금 생각하니 고향의 맛이고 향이었다. 그 술을 체에 거르고 남은 술 찌꺼미에 당분을 넣어 간식으로 먹기도 했는데, 이렇게 보면 그 당시 대개의 아이가 그러하듯 술은 어렸을 때부터 자주 접할 수 있는 친근한 음식의 하나였다. 그리고 해가 지는 저녁답에는 도랑물에 삽자루 씻어 지게에 담고 흙 묻은 고무신을 물에 헹구어 몇 번 탈탈 털어 신고, 늙은 황소 앞세우고 집으로 들어서던 일꾼들의 모습이 아련하기만 하다.

지금같이 놀이터가 없던 그 시절 집과 동네 그리고 뒷산이 놀이터였다. 그곳에는 철 따라 형형색색의 꽃이 피어났으며, 새들이 날아들고 곡식이 자랐다. 여름이면 울창한 나무 아래에서 더운 매미 소리에 취해 그사이를 어린 나는 맘껏 뛰어놀며 유년 시절을 보냈던 것 같다.

우리 집 사랑채 귀퉁이 작은 화단에는 앵두나무가 심겨 있었는데, 봄이면 앵두나무꽃이 핀 그곳에서 빨간 앵두를 두 볼 가득히 넣어 오물거리며 먹던 기억이 난다. 그리고 정자채에 서 있던 늙은 감나무에서 떨어지는 홍시를 주워 먹다가 저고리 앞을 붉게 물들이기도 했고, 가을이면 떫은 감을 따서 커다란 장독의 쌀겨 속에 넣어 두었다가 나중에 장독 뚜껑을 열면 맛있게 익은 감들이 터질 것 같은 붉은 볼을 하고 숨어 있었다. 연당가 늙은 나무에서 따 먹던 돌배, 그리고 대나무 끝을 잘라 연당에 가득하던 연밥을 끌어내어 파먹던 연밥 등이 내가 그때 주로 먹었던 간식들로, 지금은 그 맛을 생각하는 만으로도 기분이 좋아진다.

집 주위 돌담 주변에는 그 당시 쓰던 사기그릇이 깨어진 사금파리가 많았다. 여자아이들은 이 사금파리를 주워 모아 소꿉장난하면서 놀았다. 풀과 꽃을 꺾어 음식을 만들면서 집에서 살림살이하듯 소꿉놀이했고, 봉숭아가 필 즈음에는 으깨어 반죽한 빨간 봉숭아에 백반 넣고 풀잎으로 동여매 행여 흩어질까 봐 실로 꼭꼭 묶어, 하룻밤 자고 나면 손톱은 물론 손톱 주위까지 곱게 물들었다.

그 당시 교편 잡고 계시던 고모가 방학쯤이면 친정에 왔는데, 같이 손잡고 오른 뒷산에서 만난 할미꽃과 우리 집 정자채 뒤안에 가득 피었던 코스모스가 기억난다.

정자채인 하엽정 뒤안에 코스모스가 만발할 때 우리 3형제가 찍었다.

코스모스는 지금도 자주 볼 수 있으나, 늦겨울과 초봄이 겹칠 즈음 뒷산에서 수줍게 피어나던 할미꽃은 지금까지 별로 만난 적이 없어서 난 지금도 할미꽃을 생각하면 유난히 하얀 피부를 가졌던 고모와 시골집에 대한 그리움이 싹튼다.

그 당시 아이들은 집에 오면 숙제보다 먼저 집안일을 도와야만 했다. 學校에서 돌아오면 책 보따리 팽개치고 소 몰고 나가 소 꼴을 먹였는데, 혹시나 풀어놓은 소들이 남의 밭에 들어가 경작하는 농산물 뜯어먹는 것을 감시하는 것이 제일 중요한 임무였다. 소가 꼴 먹는 그 시간에 혹시라도 비가 오면 소 몰고 나와서 꼴 먹일 수 없으니 그때를 대비해서 소 꼴 베어 짚으로 만든 망태기에 담아 등에 지고 오기도 했다.

가끔은 어른들이 피우던 풍년초 연초를 몰래 숨겨 와서 신문지에 말아 무슨 맛인지도 모른 채 그 쓰디쓴 담배를 돌아가면서 피우기도 했고, 어른들이 알면 등짝이라도 후려쳤을 라디오에서 듣던 유행가를 돌아가면서 부르곤 했다.

내 힘의 원천 / 사랑

겨울철에는 산에 풀이 없으니 가을에 추수한 짚을 작두에 썰어 미리 베어둔 여물과 풀을 가마솥에 듬뿍 넣고 쇠죽을 끓였다. 쇠죽을 끓이던 아궁이는 대개 사랑방이나 건넌방의 겨울 난방을 겸하기도 해서 바깥과 면해 있었다. 아궁이 앞에 쪼그려 앉아 짚단과 굵은 화목이 타들어 가는 불꽃을 보고 있노라면 땔감에서 나는 냄새와 함께 마음도 온기로 가득 채워졌다. 벌겋게 달아오른 불 속에 겨울 놀잇감인 썰매에 들어가는 철사를 굽히기도 했으며, 쇠죽을 다 푸고 남은 물에 손을 불려 때를 벗기고, 목욕하기도 했다. 그리고 쇠죽을 끓이는 군불에 고구마나 감자를 구워 먹었다. 연기가 멎고 부뚜막 아궁이의 불꽃이 꺼진 후 가라앉은 불 무더기가 벌겋게 열을 내고 있을 때, 그 불을 헤치고 자그마한 감자나 고구마를 놓고 뜨거운 재를 덮어 얼마를 기다리면 먹음직스럽게 익었다. 감자나 고구마는 뜨거울 때 먹어야 제맛인데 이 손에서 저 손으로 넘기노라면 껍질에 붙은 마른 흙이 떨어지면서 어느 정도 먹을 만해진다. 그리고 익은 감자나 고구마 가운데를 두 손으로 살짝 누르면 두 동강이 나면서 샛노란 속살을 드러낸다. 그러면 구수하면서도 흙냄새가 섞인 독특한 맛이 온 입안에 퍼진다. 마지막으로 화기가 남은 장작 덩어리를 모아 놋쇠 화로에 담아 방으로 옮기고, 불이 붙을만한 잔가지를 비로 쓸어서 아궁이에 집어넣고 잔불이 밖으로 나오지 않도록 가마솥 뚜껑으로 아궁이를 막아 세우면 쇠죽 끓이는 일이 비로소 끝난다. 그렇게 방으로 옮겨진 화로의 용도는 다양했다. 겨울밤 난방으로 사용되기도 했는데, 할머니는 화기를 오래 보관하기 위해 인두로 재를 꾹꾹 눌러주었다. 그리고 이 화로로 식사 때 간단한 찌개를 끓이거나 생선을 굽기도 했다. 할머니는 설 지나고 나서 남은 가래떡을 화로에 구워주기도 했는데, 석쇠 가운데 가래떡을 놓아 불 위에 올려두고 익기 시작하면 가래떡 가운데가 터지면서 가래떡 속까지 노랗게 익는다. 가래떡에 참기름을 솔가지로 발라주면 그 고소함이란 이루 말로 표현할 수가 없을 정도인데, 먹을 것이 별로 없었던 그 당시 겨울철의 건강한 먹거리였다.

마을 앞으로 난 비포장 신작로는 문명을 이어주는 유일한 통로이자 이웃과 대처를 잇는 연결로였다. 이웃 동네 나들잇길은 오래전부터 다니던 지름길인 산길을 이용하기도 했으나 달구지 이용이나 읍내 나들이는 신작로를 이용했다. 야트막한 산등성이 허리로 길이 나 있는 신작로는 뱀 등같이 굽어 있었고, 양쪽 옆으로는 버드나무나 수양가지가 휘휘 늘어져 있었다. 여름에는 그늘을 만들어 주기도 해서 먼 길 가는 길손의 쉼터가 되기도 했고, 논에서 일하는 농부들이 막걸리 한잔에 새참 먹던 장소로 이용되기도 하였다. 반가운 도시 소식을 전해주던 우체부가 이 길로 왔고, 오 일마다 서는 장을 다니던 장꾼들도 여기로 다녔다. 시집간 딸이 친정 나들이할 때도 이 길로 왔고, 군대 가는 동네 장정이 이별을 고하는 장소도 이 신작로였다. 입대 후 일등병 계급장을 달고 첫 휴가 나온 동네 청년은 1년 만에 서투른 서울말을 하면서 마을로 들어서서 우리를 놀라게 했다. 여름날 해 그름 할 즈음 동네 사람들이 나와 평상을 펴고 더위를 식히며 이야기를 나누던 곳도 이 주변이었다. 그 당시 대처인 대구와 이곳을 이어주던 버스가 하루 한두 차례 이곳에 지나가기도 했는데, 멀리서 뽀얀 먼지 날리며 버스가 마을로 들어서면, 혹시나 아는 사람이 오나 싶어 동네 사람들은 문을 빠끔히 열고 내다보곤 했다. 집 벽에는 농협에서 나누어 준 달력에 버스 시간표가 적혀있어 대처로 나가는 시간을 확인했다. 버스 외에는 이 신작로로 다니는 차들이 별로 없었는데, 간혹 왜관에 주둔하는 미군들이 캡이 없는 지프를 타고 이 신작로를 지나면, 우리는 휘발유 냄새를 맡으러 차 뒤를 뒤쫓아 뛰어가기도 했다. 그때 차를 타고 가던 미군들은 빡빡 깎은 머리로 지프 뒤따르는 우리 보고 어떤 생각을 했을까?

우리 집은 행정구역상 가장자리에 자리 잡고 있어서 면 소재지에 있는 학교까지는 십 리 길이었는데, 어린 걸음걸이로는 한 시간이 족히 넘는 먼 길이었다.

학교가 있는 면 소재지에는 면사무소와 농협이 있었고 학교 앞에는 작은 점방이 있었다. 전봇대나 검은 콜타르를 칠한 농협 건물 벽에는 '반공 방첩', '멸공', '무찌르자 공산당' 등의 표어가 붙어 있었다. 지금 보면 웃음이 나는 단어들이지만, 당시에는 아무도 거부감을 느끼지 않고 당연한 의미로 받아들였다.

학교 가는 길은 신작로로 조금 가다가 지름길인 논길로 접어들면, 저 멀리 학교 울타리에 둘러싸인 큰 나무들 사이로 학교 지붕이 보였지만, 그 거리가 40분이 족히 넘을 거리였다.

논길 사이로 자전거 한 대가 겨우 다닐만한 너비의 지름길은 사계절의 변화를 몸으로 체험할 수 있는 학습장이었다. 봄에 논물에서 꼬무락거리던 올챙이가 조금 있으면 개구리가 되어 길 가운데 뛰어다녔다. 뱀도 가끔씩 출몰했는데, 여자아이들은 뱀을 보면 줄행랑쳤지만, 짓궂은 사내아이들은 나뭇가지로 뱀의 머리를 눌러 일단 제압하고, 꼬리 부분을 잡고 빙빙 돌리다가 땅바닥에 패대기치면 뱀은 자기의 속을 다 까집어 놓은 채 처참하게 죽었다. 이것을 길에 내버려 두면 며칠을 피해 다녀야 했고, 그 상처에서 난 피는 날마다 조금씩 옅어지다가 비가 오면 깨끗하게 정리되었다가 뱀의 껍질은 길에 묻혀 사라졌다. 가을이면 벼가 자라 누렇게 벼가 익은 길 사이로 뛰어가는 아이들의 까만 머리가 보이곤 했다. 학교에서 집 중간 즈음에 작은 규모의 묘지가 있었다. 공동묘지는 아닌데 거기서 후손들이 묘를 가꾸는 것을 본 적이 없으니 아마 무연고 묘인 듯싶은데, 여기에 얽힌 밝혀지지 않은 이야기가 시간이 지나며 입에서 입으로 거쳐 증폭되면서 어린 우리를 두렵게 했다. 그래서 이 근처 지날 때는 그 두려움을 떨쳐 버리기 위해 뛰었다. 남자아이들은 책 싸맨 책보를 어깨에 걸쳐 메고 여자아이들은 허리에 묶고 다녔는데, 양철 필통에 부딪히는 연필 소리가 바람 소리와 함께 이곳에서 나는 유일한 소리였다. 특히 비가 오는 날이면 묘 위로 삿갓 쓴 노인이 나타나는 모습을 보았고, 사람 인분에 빗물이 스미면 번개 같은 섬광이 하늘로 치솟는다는 등의 이야기가 전해져서 우리에게는 공포의 장소가 되었고, 개구쟁이 아이들에게는 자기의 담력을 내보일 수 있는 장소가 되기도 했다. 이른 봄에는 물오르는 가지를 꺾어서 버들피리를 불었다. 여름에 비라도 세게 퍼붓는 날이면 징검다리를 건너야 하는 큰 도랑이 넘쳐 학교에 갈 수가 없었다. 집안의 아버지부터 삼촌, 형들까지 전부가 선후배로 맺어진 동창이고 동문으로 같은 학교를 같은 길로 다녔으니 상황을 잘 알고 있었다.

우리 집 대문채에서 작은형님과 학교에 가기 위해 집을 나서는 모습이다. 책보를 들고 고무신을 신었다.

그래서 어른들은 등교 전에 내리는 비의 양을 가늠하고, 큰 도랑물이 넘쳐 징검 다리를 건널 수 없을 것 같다는 예측을 하면 그날은 학교를 결석해도 되는 공인된 날 이었다.

가을에 학교에서 집으로 돌아올 때쯤 산 위에 하얀 도포를 입은 사람들이 보이 면 가을 묘사 철이 되었다는 것이다. 살아서는 이승의 무대가 되었고, 죽어서는 저승 의 무덤 자리가 된 이곳을 후손들은 자기의 혈통을 확인하고자 가을이면 조상을 찾 았다. 여기에 가면 콩가루를 듬뿍 묻힌 통통한 시루떡 한 덩이씩 얻어먹을 수 있었다. 입을 것이 변변치 않았던 그때 매서운 바람이 쌩쌩 불던 겨울에는 허허벌판을 가로

내 힘의 원천 / 사랑

질러 학교 가는 길이 고달픈 일과였을 것이나 농사일 일부분을 감당해야 했던 당시 아이들에게는 그때가 노동에서 벗어날 기회였으니 그렇지만도 않았던 것 같다.

뒷산에서 잡은 토끼털로 만든 귀마개가 유일한 방한용품이었다. 아침에 집에서 나오면서 고구마 몇 개 들고 와서 논둑 중간의 비밀장소에 뿌려놓고 갔다가 학교 끝나고 돌아올 때는 논둑에 성냥불로 불을 피워 얼린 손 녹이고 고구마도 구워 먹었다. 오면서 논에 남은 물이 언 얼음판 위로 발썰매 타면서 놀다가 집에 오곤 했다.

그때는 시계가 없어 아침에 느지막이 집을 나서 학교에 가면 꽤 시간이 지났을 것

같은데, 선생님께 지각했다고 야단맞은 기억이 없고, 학교에서 돌아오는 길 중간에 놀다가 집에 오면 꽤 시간이 지났을 것 같은데, 숙제를 언제 했는지 기억이 없다. 모내기나 추수로 바쁜 가을철에는 학교가 공식적으로 쉬기도 했지만, 바쁜 농번기 때에는 집안에 동생 돌볼 사람이 없는 경우에는 동생 돌보느라 학교에 결석하기도 했고, 심지어는 동생 업고 학교에 오는 일도 있었다.

3학년 때 법정 전염병인 장티푸스에 걸린 적이 있었다. 치료하기 위해 집에서 30리 길인 왜관까지 굽이쳐 흐르던 낙동강 따라 누런 황소가 끌던 소달구지를 타고 갔다. 아침 안개가 피어오르거나 손톱 끝에 물들인 봉숭아 빛깔 같은 노을이 잦아드는 모습을 우리 집 뒷산에서 내려다보기만 하던 신작로 길 따라 강을 옆에 두고 간 것이다. 산빛도 푸르고 물빛도 푸를 즈음으로 기억된다. 강물에 속살을 적시며 살아가는 한적한 시골에서 벗어나, 검은 콜타르가 칠해진 집들이 다닥다닥 붙어 있는 왜관이란 조그마한 소도시에 나가는 큰 외출을 하게 된 것이다. 왜관에서 치료받다가 큰 병원에서 치료를 받기 위해 대구로 가는 기차에서 할아버지가 아이스크림을 사주셨는데, 하얀 종이로 만든 동그란 통에 담겨있던 아이스크림은 그 당시 내가 처음으로 맛본 문명의 맛이었다. 몇 년 전, 왜관에 있는 그때 내가 치료받던 낙동의원의 출입문에 병원 의사 선생님이 연로해 수십 년 만에 문 닫는다는 폐업 인사가 게시된 것을 보았다. 하기야 60년의 세월이 흘렀으니 그럴 만하다는 생각도 든다.

별다른 일이 없던 한적한 시골 마을도 명절 때면 사람들로 붐볐다. 대처로 일하러 떠난 사람도 명절 때면 각자 고향 집을 찾았다. 특히 설날 같은 경우는 아침 차례 잡숫기 전에 제일 어른이 되는 할아버지부터 세배드리고 나서 다른 어른께 세배를 올렸다. 그러면 그때 십 원짜리 하나를 세뱃돈으로 받았다. 세배드리고 설날 차례 잡숫고 나면 동네 친척들한테 세배드리러 다니는데, 그 시간쯤이면 다른 집도 차례 마친 어른들이 다른 집에 세배드리기 위해 나서는 시간이기도 했다. 세뱃돈보다는 강정 같은 설음식 주는 경우가 많았다. 어른들에게는 주안상이 나왔는데, 아침부터 음복술에 얼큰하던 차에 집집마다 한두 잔씩 마신 술이 과해 오후쯤에는 걸음 못 가누는 모습도 볼 수 있었다. 특히 우리 집같이 노인이 계신 집은 항상 세배객들로 붐볐는데, 집안의 사람들이나 형제들끼리 같이 몰려다녀서 밀물처럼 왔다가 썰물같이 밀려갔다. 그 당시 여자들은 새벽부터 차례상 차리고, 아침 준비하고 나서부터는 수시로 몰려오는 세배객들 음식 대접하느라 허리 펼 날 없었다. 설날 세배는 보통 보름까지 이어졌다. 그러나 지금은 명절이라도 이런 모습 찾아볼 수가 없다. 이제 명절이면 마을에 드문드문 남은 집에 직계가족들이 차를 몰고 와서 각자의 집안에서 머물다가 떠난다. 이렇게 세상이 변해가고 시간이 흘러가면서 사라지는 것이 어디 한두 가지겠는가마는 우리 시대에는 참으로 많은 것을 떠나보내고 또 무던히도 많은 것을 새롭게 맞이했다. 하지만, 다음 세대에겐 박물관의 유물로 남거나 세월 속에 영원히 묻혀버릴 안타까운 풍경들이 부지기수이다.

어릴 때 우리 집 앞을 지키던 참나무처럼 우람해 보이던 어르신들은 뒷산 무덤속에 누워 계시고, 그 당시 여기를 헤집고 다녔던 나도 이제 늙어간다. 나는 내가 태어나고 자란 고향을 생각하면 할수록 잊고 살았던 추억이 아스라이 떠올라 말라가는 내 감성을 촉촉이 적셔준다.

봄에 온 산 붉게 물들였던 진달래꽃과 한여름 쏟아지던 장맛비, 노란 물결이 펼쳐지던 가을 들녘, 처마에 달린 고드름과 썰매 타기 좋았던 겨울의 논 등 계절의 변화도 생생하게 기억되던 내 고향은 언제나 그립고 아련하기만 하다.

옛날 사람들은 어려웠던 그 시절을 잘도 견뎌내고, 그 세월의 강 건너 내가 여기와있다. 추억은 흘러갔기에 소중한 것인지도 모르겠다. 타지를 떠돌다가 고향 집에 돌아와 맞이하는 밤은 얼마나 고적했던가? 가슴 미어지게 문지방 넘나드는 뻐꾸기 울음소리와 툇마루에 쏟아지는 창백한 달빛을 보면서 수많은 이야깃거리 풀어놓고, 우리 곁을 무심히 흘러가는 세월을 절감하곤 한다. 그래서 사라지는 것 중에서 가장 안타깝고 그리운 것은 고향이란 말속에 묻어나는 추억일지도 모른다. 사람은 나이 먹을수록 과거의 추억을 미화해서 그 힘으로 살아간다고 한다. 그런 추억을 되살릴 수있는 곳이 바로 고향이다.

03

서울에서의 유학 생활은
어색함 뿐이고

시골에서 조부모의 사랑을 듬뿍 받으면서 크다가 국민학교(현 초등학교) 3학년 때 서울로 전학 왔다. 나의 생활 환경이 갑자기 확 바뀐 것이다. 서울이 세련되고 새로운 견문을 넓힐 기회로 가득한 곳이라면, 우리 고향은 내가 태어나고 자란 익숙하고 편한 동네였으니 그 분위기가 전혀 달랐다.

그때 내가 서울 와서 제일 놀랐던 것이 집마다 전기가 들어온다는 사실이었다. 시골에서 호롱불 켜고 살던 나는 까만 소켓에 있는 스위치를 돌리면 백열전구에서 환한 불이 들어와 방을 밝히는 것이 신기했다. 그리고 서울역에 도착해 본 재봉틀 광고 네온사인이 돌아가는 모습은 그 당시 나에게는 너무나도 큰 문화적 충격이었다. 한쪽부터 불이 차례로 켜지면서 이내 환하게 되었다가 갑자기 꺼지고 색깔 고운 글자가 새겨지면서 재봉틀이 돌아가고 테두리가 번쩍거리는 것이 반복되는 모습은 아무리 보아도 신기한 광경이었다.

내가 처음 서울에 올라와 살았던 곳은 정릉이었다. 정릉은 서울의 외진 곳으로, 북한산이 가까이 있어 산 중턱에 오르면 서울의 번잡함을 잠시 잊을 수 있는 한적한 곳이었다. 산에서 내려오는 맑은 시내가 낮에는 우리들의 놀이터가 되었고, 밤에는 동네 여인들이 멱 감는 장소이기도 했다. 동네 가운데로 차 하나 겨우 드나들 정도의 도로를 중심으로 사방에 좁은 골목과 계단으로 연결되며, 주위에 집들이 다닥다닥 붙어 있었다. 넓은 길이 차와 사람들의 통행을 위한 길이었다면, 그 사이를 미로처럼 연결해 주는 골목은 삶의 터전이었다. 좁은 집에서 많은 식구가 복작거리며 살다보니 골목은 집안의 공간을 밖으로 확장해주는 생활공간인 동시에 서민들이 소소한 일상을 즐기는 다목적 공간이었다.

할머니들은 골목에 자리 펴고 고추를 말렸으며, 어머니들은 동네 사람들과 어울려 바느질을 하며 살림 정보를 교환했고, 아이들은 이 골목을 놀이터 삼아 딱지치기와 술래잡기를 하면서 놀았다. 딱지 만드는 재료는 박카스 박스가 제일이었는데, 약국 앞을 지나다가 버려진 박스가 있으면 가지고 와서 딱지를 만들었다. 처음에는 좀 퉁퉁해서 발로 밟거나 앞면을 바닥에 비벼서 갈았다. 나중에는 문방구에서 파는 동그란 딱지가 등장했다. 그리고 짬뽕이라는 게임도 했는데, 그 게임의 이름이 왜 짬뽕인지는 지금도 모른다. 한쪽 손에 야구공만 한 흰 고무공을 들고 살짝 공중에 띄운 후, 그 공이 내려올 때쯤 다른 한쪽 손에 든 야구방망이처럼 생긴 막대기로 후려치는 것이다. 좁은 골목에서 하는 게임이었기에 홈과 1루를 왔다 갔다 하며 점수 올리는 단순한 게임이었다. 그리고 우리 집 가는 계단 앞에는 펌프가 있어 여름이면 어른들은 여기서 등목을 하기도 했고 어린이들은 너나없이 벌거숭이로 물놀이하며 놀았다. 큰 도로 주변에는 양옥이라고 불리는 붉은 기와에 알록달록 색칠한 세련된 양철 대문 단 집이 있었다. 그 집 주변 담 위에는 우리와는 전혀 다른 자기들만의 세상을 누리려는 듯 철조망 겹겹이 두르고 사이사이에 깨어진 맥주병 박아두면서 다른 사람들은 도저히 근접할 수 없도록 그들만의 철옹성을 만들었다. 거기에 사는 세련된 옷 입고 우윳빛 피부에 서울말 매끄럽게 구사하던 서울 애들을 시골에서 올라와 진한 사투리 구사하는 나와 비교하면 지레 주눅이 들었다.

집에서 조금 나가면 구멍가게가 있어 시골에서는 장날에야 겨우 구경할 수 있던 여러 생필품을 볼 수 있었고, 조금만 더 나가면 있는 시장 좌판에는 온갖 신기한 물건들로 가득했다. 그 당시는 집에 수도 있는 집이 거의 없어 물지게로 집마다 물을 파는 물장수가 있었고, 우리도 물동이 들고 공동수도에서 물을 받아먹기는 했지만, 내가 태어나고 자란 고향보다는 모든 것이 편했다.

내가 전학한 초등학교는 돌로 지어진 2층 건물이었다. 시골에서는 조회 때 교장 선생님이 육성으로 훈시를 하였으나, 여기는 마이크를 통해 말씀하셨다. 그 많은 아이를 운동장에 세워놓고 훈화 말씀을 하던 교장 선생님의 공감 능력은 지금 생각해도 한참 뒤떨어진 수준이었다.

교장 선생님이 훈화하던 연단 밑은 체육 도구를 보관하는 창고였다. 체육 시간에는 그곳에서 보관되어 있던, 먼지가 풀풀 나는 매트를 꺼내 그 위에 뜀틀 놓고 놀았던 기억이 난다.

시골 학교는 한 학년이 두 반인 아담한 규모였으나, 서울의 학교는 학생 수가 많아 저학년생들은 2부제 수업할 만큼 학생 수가 많았다. 그러다 보니 학교라는 개념보다는 마치 수용소 같은 분위기였다. 2층에서 내려다보면 아이들로 가득한 운동장은 아이들 머리로 가려져 흙이 잘 보이지 않을 정도였고, 정글짐에 올라가려고 줄을 서서 기다리는 모습을 멀리서 보면, 쇠기둥은 보이지 않고 아이들 머리만 빽빽하게 보여 마치 사람으로 탑을 쌓은 것 같았다.

학교 교사 안으로 들어가면 마룻바닥으로 된 긴 복도가 있고, 교실에는 검은 판에 흰 페인트로 학년과 반을 쓴 교실 문패가 붙어 있었다. 교실 안에는 검은 칠판이 가운데 있었고, 칠판 위에는 교훈이나 급훈이 걸려 있었으며 칠판 아래 한쪽 창가에는 레이스가 달린 천으로 덮인 선생님 자리가 마련되어 있었다.

학생 수가 많아 교실 뒤까지 학생들로 꽉 찼고. 책상과 걸상이 부족해 창고에서 땔감으로 쓸만한 오래되고 낡은 책걸상을 가져다가 공부했다. 겨울이면 당번이 양동이 들고 석탄 창고에 가서 석탄을 받아왔다. 선생님은 출근하면 제일 먼저 하는 일이 난로에 불쏘시개 넣어 불붙이는 일이었으며, 퇴근 전에는 혹시나 잔불이 남아있는지를 확인했고, 당번은 수시로 불이 꺼졌는지 체크하며 석탄을 보충했다.

그때 선생님은 학부모보다 학력 수준이 높은 지식인 계층이었으니 그분의 말씀과 행동에는 권위가 있었다. 그때는 학교에서 혼내고 체벌을 하는 경우가 다반사였고, 잘못이 반복되면 어머니들은 수시로 학교로 호출되어갔다. 대나무자로 손바닥을 맞는 것이 일반적인 체벌이었는데, 어느 때 담임 선생님의 체벌은 지금 생각해도 체벌이 아니라 폭력으로 연상된다. 아침 조회시간에 자주 술 냄새를 풍겼으며, 그런 날은 첫 시간부터 자습을 했다. 화가 나기라도 하면 온몸으로 폭력을 가하는 야만적인 행동도 불사하였는데, 40대 남자 선생님의 완력 앞에 어린 우리는 작아질 수밖에 없었다. 그 당시는 학생 인권에 대한 인식이 부족해서 폭력도 합법적 체벌로 용납되었고, 폭력을 교육으로 착각하여 학생을 선도하고 성적을 높인다는 구실 앞에 부모들도 다른 생각이 있을 수 없었다. 심지어 어떤 부모는 자기 자식을 더 호되게 때려 달라고 회초리 만들어 선생님에게 갖다주는 일도 있었다. 이런 체벌의 관성은 중학교, 고등학교로 이어졌는데 등교 때 교문 앞을 지키고 있던 학생부 선생님에게 옷차림이 단정치 못하다는 이유로 아침부터 체벌을 당하는 때도 있었다. 폭력으로 세워진 교권은 다시 폭력에 의한 학생들 간의 위계로 자리 잡았다. 폭력과 야만의 대물림이 교사에서 학생으로, 선배에서 후배로, 그리고 학생에서 학생으로 이어지는 악습으로 존재하고 있던 시절이었다.

그 당시 서울 애들은 공부를 잘했다. 공부 시간에 선생님이 학생에게 무엇을 질문하면, 나는 모르는 답을 아이들은 똑 부러지게 대답했다. 자연 친화적으로 공부하던 시골아이들과는 달랐다. 시골 학교의 6년 과정은 그저 구구단이나 외고, 글자만 해독하면 되는 그런 수준이었다. 시골에서 학교에 다닐 때 시험 본 기억이 나지 않지만, 어느 부모도 시험 끝나고 채점된 시험지에 관심을 보이거나 학기 말 나누어 주던 통지표를 확인하는 경우는 없었다.

그 당시 책상은 둘이서 쓰는 것이었는데, 공부 잘하는 아이들은 공부 못하거나 행색이 초라한 아이들과 같이 자리하기 꺼렸다. 심지어 책상 가운데에 줄을 긋고 서로의 영역을 표시해 두어 무심코 이 선을 넘었을 때에는 넘은 물건을 빼앗거나 고의

로 훼손하기도 했다. 짝꿍의 위세나 힘에 비례해서 그 영역이 무시되거나 새로운 영역이 정해지는 불평등이 자행되기도 했다.

학급에는 반장직 맡은 똑똑한 아이가 있었는데, 그 어머니는 자주 학교에 드나들었고, 학급에서 필요한 것들을 갖다줬다. 그 당시 반장은 선생님을 대신하는 막강한 권력을 가진 존재였다. 선생님이 수업하시기 전에 차렷, 경례 구호를 외쳤으며, 자습 시간에는 선생님 대신 '조용히 하라'고 소리칠 수 있는 권한이 있었다. 떠드는 아이들 이름을 적어 선생님께 일렀으며, 선생님 대신 자질구레한 전달사항을 아이들에게 전하기도 했다. 선생님이 아이들 머리에 내리치기도 했던 기다란 막대기로 교탁을 탕탕 두드리며 아이들을 혼내기도 하는 등 같은 학생이면서도 차별화된 무소불위의 권력을 행사하는 작은 폭군이었다. 하지만 누구도 그 권력에 대들거나 항의하지 못했다. 반장 밑에는 부반장이 있고, 그 밑으로는 분단장이라는 직책까지 있어 학급 내에서 권력의 종적인 서열화가 이루어지고 있었다.

매일 분단끼리 당번을 정해서 학교 수업이 끝나면 교실 청소를 했다. 걸상을 책상 위에 올리고, 교실 앞으로 책걸상을 밀쳐놓고 청소했는데, 그때 둘이서 이 통나무로 만들어진 책상을 옮길 때는 꽤 힘이 들었다. 보통 때는 비로 바닥을 쓸고 물걸레질하는 것으로 청소가 끝났으나 가끔은 바닥에 양초를 발라 반질반질하게 윤을 냈고, 칠판이나 뒤의 게시판에 묻은 먼지까지 털어내는 대청소 날도 있었다. 청소가 끝나고 당번이 교무실에 가서 선생님께 말씀드리면, 선생님이 오셔서 청소상태를 확인하고 나서 '되었다'고 해야 비로소 청소가 끝났다. 가끔은 청소 당번인데도 청소 안 하고 도망가는, 흔히 말하는 땡땡이친 친구들이 있어 다음 날 혼나기도 했다.

그때는 고학년이 되면 도시락을 싸서 다녔는데 유리병에 신김치 냄새 풍기는 도시락 싸 온 아이들은 밥 위에 하얀 달걀부침이 덮이고, 반찬통에 분홍 소시지를 담아 오는 부잣집 아이들을 부러워했다.

겨울에는 난롯불 위에 도시락을 덥혀 먹었는데 도시락이 맨 밑에 있는 경우는 밥이 타서 못 먹을 수도 있어서 도시락 위치를 자주 바꿔 줘야 했다. 학생들은 공부 시

내 힘의 원천 / 사랑

간에 공부보다도 자기 도시락을 걱정하는 것이 우선이었다.

고향에서는 1년에 한 번 운동회날에 식구들이 학교에 왔으나 서울은 화장 예쁘게 하고 한복 곱게 차려입은 엄마들이 자주 학교에 드나들었다. 학교가 집에서 가까워 통학하는 수고는 덜었으나 집에서 학교 오가며 동네 친구들과 뛰놀던 그 과정의 즐거움은 사라졌다.

학교 앞에는 형형색색의 학용품 팔던 문방구가 있었다. 날씨가 추워지면 문방구 한쪽에는 붕어빵과 풀빵을 구워 팔았다. 그 옆으로는 설탕과 소다로 뽑기 만드는 연탄 화덕이 있었고, 꼬치 파는 솥이 화덕 위에 걸려 있었다. 여름에는 손수레에다가 빙수기 싣고, 얼음 놓고 손잡이 돌려 얼음 갈아 밑에 받쳐준 그릇에 받아 그 위에 색소 살짝 얹어 파는 아저씨가 있었다. 그리고 칡뿌리를 톱으로 썰어 팔던 아저씨가 우리를 유혹했다.

그 당시는 모두가 궁핍한 시절이라 설 같은 명절이 되어야 새 옷 한 벌 얻어 입을 수가 있는데, 명절에 새 옷을 입기에는 내 행색이 너무 초라했다. 그래서 일 년에 단 한 번 목욕탕에 가서 일 년 묵은 때 벗기고 이발했다. 그러나 굴뚝이 높이 솟은 목욕탕에 가는 것이 그리 즐거운 일은 아니었다. 대충 씻고 빨리 나오고 싶으나 절대 일찍 나오지 말라는 어른들의 엄한 지시가 있기에 나올 수도 없었다. 가운데 둥그렇게 타일을 바른 탕 안에는 할아버지 같은 연배의 어른들이 머리에 수건을 얹고 연신 땀을 흘리며 무슨 주문을 외고 계셨고, 작은 수도가 있는 한편에서는 무슨 저주를 퍼붓듯 빡빡 때를 밀고 있는 사람들을 볼 수 있었다. 그때는 남탕 여탕을 구분하는 벽체의 위가 터진 경우가 많아 서로 다른 칸에서 하는 말이 다 들렸다. 간혹 목욕을 빨리 끝내고 일찍 나가려는 은밀한 시도는 옆 칸 여탕에 있던 엄마가 미리 알아차리고 절대 나가지 말라는 엄명에 번번이 좌절되었다. 대개는 일 년 동안의 때를 다 벗기지 못하고 퉁퉁 불은 몸으로 그냥 나오기가 다반사였다.

그때도 빨갛고 파란 회전등이 돌아가는 이발등이 있는 이발소에 가는 것이 그리 즐거운 일은 아니었다. 어른들이 앉는 의자 양쪽 팔걸이 위에 나무판자를 얹어놓고

고향 집 안채 뒤안에서 찍은 사진

그 위에 신발을 벗고 올라가면 이발사 아저씨는 흰 천으로 목을 둘렀다. 귀밑으로 들려오는 이발기 소리를 들으면 저 이발기에 나의 피부가 그리고 내 머리카락이 전부 뽑히고 상처가 날 것 같은 공포감이 들었다. 어렵사리 이발이 끝나고 듬성듬성 깨진 타일이 박힌 개수대 앞에 앉아, 죄지은 사람처럼 머리 조아리고 앉으면 손으로 미리 물의 온도를 측정한 다음 화분에 물을 주는 조리개로 물을 뿌리고 나서는 굵은 빨래 솔로 머리를 사정없이 박박 문질렀는데도 한마디 비명도 지르지 못한 채, 모질고 혹독한 고문을 당해야만 설날 새 옷 한 벌 입을 기회가 주어졌다.

서울에서의 이런 문화적인 혜택과 편리함에도 불구하고 난 항상 내가 자란 고향을 그리워했고, 서울이 비록 내가 살아가는 곳이지만, 내가 자란 고향과는 토양부터가 달라 내가 뿌리박을 수 없는 불편한 동거를 하는 장소로 생각되었다.

이북을 고향으로 둔 분들이나 수도권에서 태어나고 자란 사람들에게 가장 설명하기 힘든 것은 고향을 그리워하는 마음을 이해시키는 것이다. 실제 이북이 고향인 지인 한 분은 대학 때 친구들이 친척 집에서 기거한다는 것을 이해할 수 없었다고 했다. 내 고향집은 서울보다 낡고 오래된 집이었지만, 그곳에는 나를 키워준 산과 들과 강줄기가 하나로 어우러져 그림자처럼 다정한 이웃이 사는 곳이었고, 우리 집 뒤켠에 있는 대숲은 우리 모두의 이야기가 묻어있는 정다운 곳이었다.

이렇게 자리 잡은 서울에 산 지가 60년이 되었다. 초등학교 3년을 제외하고는 여기에서 학교 다녔으니 동창들이 모두 서울에 살고, 30년 넘게 여기서 직장생활 하면서 직장 동료들도 여기에 있고, 여기서 결혼해서 아이 낳고, 그 아이들이 결혼해서 여기서 살고 있다. 이제는 누가 뭐래도 서울이 제2의 고향이 되었다. 그러나 아직도 나에게 서울은 생활을 영위하기 위한 삶의 장소로 인식되는 반면, 내가 태어나고 자란 고향은 나의 생명을 받은 곳으로 죽어서 다시 돌아가 나의 육신을 묻을 영원한 안식처로 생각된다.

즐거운 기억이 별로 없던 장소도 세월이 지나면 그리워지는 것일까? 얼마 전 내가 처음 서울에 와서 살았던 그 근처를 찾아가 보니 그때 내가 살던 우리 집 근처의 언덕이 누가 마법을 부린 듯 평지가 되었고, 그 일대가 재개발의 이름으로 낯선 고층 아파트가 메우고 있었다.

물론 도시의 변화는 거부할 수 없는 흐름이며, 거절하기 힘든 유혹이라 하더라도 새 옷을 갈아입은 동네를 보며 내 어릴 적 추억마저도 송두리째 없어진 것 같은 배신감인지 아쉬움인지 모를 감정이 뒤엉킨 묘한 기분이 들었다. 그때 살았던 허름한 집도, 그 집을 이어주던 정겨운 골목길도, 거기서 뛰놀았던 동네 친구들도, 그리고 우리들의 코 묻은 돈으로 바꿔먹던 구멍가게도 사라졌으니 오래된 것은 잊히고, 보이지 않는 것은 기억에서 멀어질 것이다

없어지고 사라지는 것들에는 거기에 담겨있던 유형의 가치뿐만 아니라 거기에 묻

힌 기억과 같은 무형의 가치도 포함되어 있다는 것을 새삼스럽게 느낀다.

몇 장 남은 흑백사진을 꺼내 보지만, 눈으로 보는 것을 이기지 못하니 더욱 아쉽
기 그지없다.

04

고향으로 가는
기차 풍경은 따뜻했네

학기가 끝나면 학수고대하던 방학을 맞이하여 고향 집에 내려갔다. 당연히 기차를 타고 갔다. 그때 그리움을 안고 타고 가던 기차는 도시의 외로움에 찌든 나를 푸근한 고향과 이어주고 나의 어릴 적 조각난 기억을 이어주는 연결고리이다. 그래서 나는 지금도 기차를 타면 묘한 감정에 빠지는데, 그때 기차 타고 고향에 내려가던 과거에 있는듯한 착각을 불러일으킨다. 그래서 기차는 내가 경험했던 정서적 요소와 혼재되어 어릴 적 추억에 머무르게 하는 흑백사진처럼 아련한 그리움의 상징과도 같은 설렘이 있다. 그 당시 특급열차는 돈 많은 어른이 타는 것이지 우리 같은 아이들은 감히 생각도 할 수 없어서 대개는 보통열차를 탔다. 그때 탔던 느림보 기차는 덜컹거리며 느릿느릿 움직여도 오감으로 느끼는 즐거움이 있었는데, 차창으로 들어오는 작은 것 하나 놓치지 않을 만큼 여유로웠다. 논일하던 농부들도 기차가 꽥 소리를 내며 들판을 가로지르면 일제히 고단한 허리를 펴며 반겼고, 기차가 안 보일 때까지 손을 흔들어 줬다.

그러나 특급열차 이외에는 배정된 좌석이 없었으니 개찰구 앞에 줄 서서 기다리다가 개찰하자마자 기차를 향해 전속력으로 뛰어야 했다. 그렇게 해서 좌석을 잡지 못하면 장시간 꼬박 서서 가야만 했다. 서서 가는 경우에는 좌석마다 앉은 승객에게 어디까지 갈 것인지 물어보고, 가장 가까운 곳에서 내리는 승객에게 내가 그 자리에 앉을 것을 말하고, 마치 돈 받을 빚쟁이처럼 그 곁에 서서 갔다. 지금 생각해보면 내리는 사람이 자기가 앉았던 좌석에 무슨 권리가 있겠냐고 하겠지만, 그때만 해도 그런 일종의 관습이 형성되었던 시대였다. 구두로 선점한 그 자리에 다른 사람이 와서 내릴 곳을 물으면 이 자리를 미리 봐둔 사람이 있다는 것을 알렸다. 무슨 계약서가 있었던 것도 아닌데, 늦게 온 사람은 그것을 당연히 받아들였다.

그때는 무임승차하는 경우도 많아서 가끔 차장이 검표하면 적발되기도 했다. 보통은 분홍빛 나는 두꺼운 종이에 출발역과 도착역이 인쇄된 기차표를 지갑에 넣어 주머니 깊숙이 보관하는데, 노인들은 모자 끈 속에 놓기도 하고, 할머니들은 바지 속 고쟁이에 달린 주머니에 고이 간직하였다.

기차는 꼬박 하루가 걸렸다. 지금이야 스마트 폰이 있어 잠시의 자투리 시간도 유용하게 쓸 방법이 있지만, 그 당시에는 웬만한 지루함은 으레 그러려니 하고 견뎠고, 그만큼 시간의 여유도 많았다. 기차는 느릿느릿했고, 거의 모든 역에 섰다. 역마다 떠나는 서러움에 아쉬워하는 눈물이 가득했다. 오래된 영화에서 가끔 보는 광경이지만, 기차가 서서히 출발하면 밖에서 배웅하는 사람도 기차의 속도에 맞춰 눈물이 가득한 얼굴로 기차를 따라왔고, 떠나는 이는 창을 열고 밖으로 얼굴 내밀어 마지막 모습을 나누었다. 기차 좌석은 연두색 시트가 깔려 있었고, 직각에 가까운 등받이 한 3인승 좌석이 서로 마주 보고 있어 6명이 이런저런 이야기를 나누면서 시간의 지루함을 이겨 나갔다. 그때는 모르는 사람이라도 같은 공간에서 고향에 찾아간다는 이유만으로도 친해져서 음식을 나눠 먹는 이웃이 되었고 친구가 되었다. 기차 안에서는 서로 다른 사투리가 뒤섞여 목청이 높아져도, 여기에 함께 실은 가축의 소리까지 합세해 객차 안이 시장통이 되어도 누구 하나 불평하지 않았다.

기차 천정에는 굵은 철사 두른 망속에 백열전구가 있었는데, 철사에는 낡은 거미줄이 처져 있어 기차의 몸짓에 따라 같이 흔들렸다. 그 사이에는 하루살이 몇 마리가 붙어 있었다. 가끔은 홍익매점 아저씨들이 주전부리할 과자와 음료수, 삶은 달걀을 담은 바구니를 팔에 걸고 팔러 다녔으나 그것을 사 먹을 돈이 없었다. 흔들리는 객차와 객차 사이의 통로에는 바람과 함께 농촌의 냄새가 실려 왔다. 여름에는 더위 때문에 창문을 열어 두었는데, 굴을 지나가면 매콤한 매연이 차 안에 가득했다. 천안쯤 지나면 서울권을 벗어나 충청도 땅에 들어선다는 의미이며, 추풍령 지나 김천역에 닿으면 충청도에서 경상도로 들어왔다는 의미이다. 그러면 기차 밖으로 가느다란 그물망에 담긴 사과 파는 아줌마를 만나는데, 그 아줌마가 외치는 "능금 사이소"라는 말을 들으면 고향 집에 왔다는 안도감이 들었다. 천정에 달려있던 음질이 엉망인 스피커에서 곧 왜관역에 도착할 거란 방송이 나오면 내 가슴은 콩닥콩닥 뛰기 시작했다. 10시에 서울역에서 출발한 기차는 힘겨운 숨을 토해내며 5시쯤 우리를 왜관역에 내려놓고 다시 남쪽으로 내려갔다. 일제 강점기에 지어진 왜관역은 시커먼 페인트칠한 목조 건물로 읍내 가운데 자리 잡고 있었다.

왜관역에서 고향 집까지는 30리 족히 되는 먼 길이었다. 혹시라도 장 볼 일이 있으면 십 리 길에 있는 동곡장을 봐서, 왜관은 우시장에 소 팔러 가거나 간혹 기차 타고 멀리 나가는 때 외에는 출입이 거의 없는 먼 곳으로 인식되는 작은 도시였다.

버스가 없었으니 당연히 걸어가야 했는데, 겨울에 그 추위 뚫고 집에 가던 광경을 내가 쓴 『한옥』이라는 책의 서문에 이렇게 기술하고 있다.

겨울의 하루해는 유난히 짧다.
긴 그림자를 뒤세우고 휘청휘청 걸어가는 사이로 겨울바람이 매섭게
쏘아댄다.
강둑 옆길로 길게 난 신작로를 걷는다.
반년만의 귀향이었다.
물리적인 시간으로야 6개월이라지만, 나에게는 6년 아니 그보다 더 긴
세월이었다.

대처에서 공부하다가 방학 맞아 고향 땅으로 돌아오는 길이다.

아침 일찍 서울에서 출발한 기차는 저녁 어스름 때 돼서야 조그만 시골 역에

나를 내려놓았다.

조그만 읍을 지나 인적 없는 시골길 30리를 걸어 고향 집에 향한다.

그 옛날이야 탈것이 마땅찮아 시골길 30리는 당연히 걸어 다녔다.

옹기종기 모여앉아 이야기 나누는 듯한 집 사이로 저녁연기가 피어오른다.

노루 꼬리처럼 짧은 겨울 햇살이 산속으로 숨어버리고

얼마 안 가 수묵처럼 어둠이 번져 신작로에서 보이는 조그만 집에는

가느다란 등잔불이 켜진다.

그 집에는 오늘 하루 힘겨운 농사일 마친 농부들이 군불 따끈하게 지핀

아랫목에서 편히 쉬고 있으리라.

외양간에는 느긋하게 되새김질하는 황소의 표정이 여유롭고 황소 코에서

새어 나오는 콧김에서 겨울밤의 추위를 가늠한다.

가끔씩 정적을 깨려는 듯 개 짖는 소리가 적막을 깨운다.

겨울밤은 어두운색만큼이나 매서운 바람에 더욱 한기를 느낀다.

그러나 꽁꽁 얼어붙은 이곳에도 봄이 오면 따스운 햇빛이 땅속을 파고들어

꽃을 피우고

싹들은 무거운 흙덩이를 밀치고 얼굴을 내밀 것이다.

그를 반겨줄 가족들을 보고픈 마음에 반갑고 익숙하고 편안한 길을 묵묵히

헤쳐나간다.

한 걸음 한 걸음 떼어서 걸어가야 할 자리를 채우지 않는 한은 어떤 기적도

일어날 수 없다.

하나둘씩 초롱초롱한 별들이 쏟아져 내린다.

대처에서는 밤하늘에 별을 볼 수 없었는데, 여기서는 별이 쏟아진다는 것을
실감한다.

어두워진 사위는 발을 내디딜 때마다 앞을 내준다.

도시의 때가 묻은 짐가방이 무거운 줄도 모른다.

희미한 달빛 아래 저 멀리 고향 뒷산의 부드럽고 넉넉한 자태가 눈에
들어오기 시작한다.

해지고 서너 점 지난 시간이 돼서야 뒷산을 휘돌아 고향 집 앞 삽짝에
이른다.

어릴 적 보던 바로 그 풍경들이다.

집 앞으로는 넓은 들을 두고 뒤로는 야트막한 산, 그 산 아래에 웅크리듯이
몸을 낮춘 고향 집.

그가 태어났던 곳이고 그를 키워준 집이다.

한 시절의 영화를 뒤로하고 적막강산이 되어버린 자연과 더불어 살아가고자
했던 조상들의 지혜를 만날 수 있고 바람에 뒤척이는 등잔불 같은 애틋한
사연도 만날 수 있다.

그래서 여기만 오면 세월을 훌쩍 넘어 예닐곱의 개구쟁이 소년으로
되돌아가곤 한다.

오밤중의 귀향을 이미 알고 있는 듯 빠끔 열어둔 문을 젖히고 안방으로
내닫는다.

인기척에 자다 깬 늙은 할미는 어린 손자를 힘껏 껴안는다.

내 새끼, 노란 내 새끼.

폭 파진 할미의 젖무덤에 안긴 손자는 이른 아침부터 긴 여정의 피로를
잊는다.

비로소 등잔불을 밝힌 할미는 손자의 얼굴을 다시 한번 훑어보곤 꺼칠한 두
손으로 그의 얼굴을 쓰다듬는다.

오랜만에 손자를 본 할아버지도 헛기침으로 손자에 대한 사랑을 표현한다.

그제야 시장기를 느낀다.
부엌으로 달려간 늙은 할미는 손자를 위해 상을 차린다.
오래간만에 맛보는 할미의 솜씨다.
어떤 잔치 음식이라도, 세상에서 제일 귀한 산해진미라도 이 맛만 못하다.
방안을 둘러본다.
어릴 적에는 그렇게 커 보이던 방이 점점 작아지는 것 같다.
윗목에는 맹장지를 바른 분합문
아랫목에는 조그만 유리창을 내둔 머름 위의 여닫이
구들의 온기에 까맣게 타버린 늙은 장판 바닥
할미가 시집올 때 해 왔다던 오랜 장롱
다음 제사를 위해 담가둔 술독과 아랫목의 메주 냄새
이 모두가 고향 집 풍경이고 냄새이다.
바깥에는 겨울의 매서운 북풍이 몰아치지만 따뜻한 아랫목에 할미와
나란히 누운 손자는 이내 깊은 잠 속으로 빠진다.
고향 집에는 언제나처럼 아련한 추억과 잃어버린 어린 시절이 그대로
남아있었다.

　　그렇게 방학 한 달을 지내다가 개학 전날 올라오는 날에는 다시는 못 볼 것처럼
할머니 품에 안겨 밤을 새웠다. 무정하게 나를 실으러 오는 버스에 다음 방학 때 다시
오겠다는 인사를 남기고 몸을 실으면 등이 꾸부정한 할머니는 집 앞에서 하염없이
떠나가는 버스를 바라보았다. 추운 아침 바람에 말라버린 한 움큼의 눈물이 헤어짐
의 서러움을 말해 주었다. 그리고 다시 올라오는 기차를 타고 서울로 왔다. 내려가는
기차는 희망이고 설레었지만 올라오는 기차는 슬펐고 두려웠다. 그러나 이런 추억을

가지고 있는 기차도 이제는 변했다. 모든 것이 빨라지고 급해지는 변화에 기차도 맞춰 나가야 했기 때문이다. 속도를 높이느라 산을 뚫고 다리를 놓아 새로운 길을 내면서 그동안 느림과 불편함이 주던 소소한 즐거움을 잊어버렸다. 기차 타고 가면서 보았던 느림보 풍경들은 속도에 가려져 버렸고 방음벽 뒤로 숨어 버렸다. 그래서 나는 지금도 고향에 갈 때 가끔 빠른 기차 대신 느림보 기차를 타고 가기도 한다.

불과 얼마 전인 것 같은데, 지금 생각하면 그 세월의 변화가 엄청났다. 나이 먹는다는 것은 지난 세월을 만날 기회를 만들어 간다는 것이고, 지난 시절로 돌아가 그 옛날의 나를 다시 만난다는 것이다. 추억이 쌓이던 당시에는 아무것도 깨닫지 못했다. 지나가고 나니 그때가 소중했고 아름다웠다는 것을 이제야 알았다. 변하지 않는 것은 보물이 된다는 것을.

05

나의 살던
고향은

고향 집에 간다면 며칠 전부터 마음이 설렌다. 내가 태어나고 자란 곳이다. 그러니까 나의 어릴 적 기억이 동결되어 있고 하얀 두루마기 단정하게 차려입으신 할아버지와 등굽은 할머니가 나를 기다려 줄 것만 같다.

우리 집은 절제와 규범 속에서도 개성과 다양성을 잃지 않으려는 조상들의 의지를 읽을 수 있다. 나는 우리 집에서 살아있는 세월의 흔적을 본다. 자연의 이치를 거스르지 않고 순응하며 굳건하게 서 있는 이곳에서 빛바래지 않은 세월의 의미를 다시 한번 새기게 된다. 힘들 때는 항상 이곳을 생각하고 그렸다. 그리고 예닐곱 기억을 끄집어내곤 했다. 그것이 살아가는 나에게 큰 힘이 되었다.

사랑채이다. 옛날 할아버지가 거처하셨던 이곳은 단아하고 우아한 기품을 지닌 곳이다. 현실 속에서 이상을 꿈꾸던 지식인의 표상이었던 선비정신으로 학문을 도야 하고 인격을 수양하고자 했던 우리 조상의 삶이 배어있는 곳이다.

사랑 대청에 삼가헌이라는 현판이 걸려있다. 조선후기 서예가인 창암 이삼만 선생의 작품이다. '삼가(三可)'는 『중용(中庸)』에 나오는 말로, 천하와 국가를 다스릴 수 있고, 관직과 녹봉도 사양할 수 있고, 날카로운 칼날 위를 밟을 수도 있지만, 중용은 어렵다는 의미인데, 우리 집안 후손의 행동과 마음가짐을 가르치는 말이다.

사랑채에 걸려 있는 허미수 선생이 쓴 편액이다. 예의를 차리고, 염치를 알고, 효행을 실천하고, 국가에 충성하라. 한 시대를 관통하는 사유의 철학과 예술혼이 깃들어 있고, 더욱 적극적인 자세로 삶을 향유하려 했던 새로운 시대정신이 스며있는 곳이다.

아버님 글씨도 사랑채에 걸려있다.

금담득고취琴澹得古趣 거문고의 맑은소리는 옛 정취에 취하고
심청중묘향心淸中妙香 마음이 맑으니 묘한 향기가 풍긴다.

아버님은 행·초서에 능하셨던 분이었다.

바람도 머물다 가는 시원한 대청
마루인데, 화문석 자리 깔아 놓고 대
금 한 자락 불고 막걸리 한잔하기에
좋은 곳이다. 남쪽을 약간 비껴간 사
랑 대청에 앉으면 대문채 밖으로 앞
산이 유유히 흘러가고, 햇빛은 처마
깊숙이 들어와 더없이 따사로운 기
운을 뿜어준다.

벼슬길 마치고 향리에 물러앉은 은일 자적한 조상들의 일상이 절로 눈앞에 그려
진다. 그렇게도 덥던 여름 한낮이면 집 뒤에 있던 푸른 대나무밭에선 후덥지근한 여
름 바람이 불 때마다 대나무 잎들이 스스로 소리를 만들어 냈고 그 소리를 자장가
삼아 잠들곤 했다.

사랑채에서 정자채로 가는 중문이다.

여기를 거닐다 보면 자연을 자신의 삶 속으로 끌어들여 여유롭게 살아가던 눈 밝은 조상들의 지혜를 만날 수 있다.

문 만들 때도 반듯한 직선으로 만드는 것이 아니라, 휘어진 나뭇결을 그대로 살렸다. 인공을 최대한 배제하고 자연을 살리려는 의도를 읽을 수 있다. 8대에 걸쳐 세세손손 이 집을 지켰고, 또 앞으로도 지켜나갈 의무가 있다.

그것은 선택이 아니라 우리가 거부할 수 없는 숙명과도 같다. 그러나 이 시대에 이런 집을 건사한다는 게 그리 쉬운 일은 아니다.

우리 집의 정자채인 하엽정이다. 원래는 집안의 아이들 가르치던 서당이 있던 터에 지은 것이다. 그래서 파산서당이란 현판이 붙어 있다. 정자란 본래 일상적인 생활이 이루어지는 곳은 아니지만, 어느 곳보다 많은 사람이 머물렀던 유서 깊은 역사가 깃든 곳이다. 수묵처럼 어둠이 번지는 밤, 정자채인 하엽정의 마루에 앉으면 천년 그대로의 뭇별들이 쏟아져 내리고 풀벌레 소리 귓가에 가득할 때 정자는 옛 모습 그대로 살아 숨 쉬고 있다.

이곳은 도학과 문예를 겸비한 선
비들의 도량으로, 우리 조상들의 총
체적인 문화 활동의 장소였다. 원래
누마루는 안에서 밖을 내다보는 곳
으로, 야트막한 담장 너머로 앞산을
마주하고 있다. 바라만 보아도 기분
좋은 사람이 있듯이 보기만 해도 마
음 넉넉한 곳이 여기에 있다.

이 집은 국가 문화재로 지정되어 우
리가 지켜야 할 소중한 문화유산이다. 있
는 그대로 지키다가 후손에게 물려 주어
야 한다.

내가 어렸을 때 그렇게 커 보이던 참나무이다. 집을 지을 때 심었다고 하니 우리 집 상징과도 같은 나무이다. 저 나무는 우리 집에서 일어난 모든 일을 품고 있으리라.

칠월 열엿새 제사가 끝났으니 좀 있으면 스무여드레 제사가 있고 팔월 초여드레 제사가 연이어 있다. 우리 집 체질이 여름에 약한 모양이다. 제사는 나에게 신앙과도 같다.

제사찬
서울가는
기차
18/APR/2016

　형수가 정성스럽게 차려준 아침 먹고, 형님이 역까지 바래다줘서 서울로 올라간다. 고속버스터미널이 집에서 가까우니 편할지 몰라도 난 기차를 탄다. 기차는 어릴 적 추억을 이어주는 고마운 존재이기 때문이다.

06

우리 시골집에서
작은 음악회가 열렸습니다

우리 형수 환갑을 맞이해서 우리 고향 집에서 축하 음악회가 열렸다. 고택 음악회인
셈이다. 우리 형수는 대학 때 첼로를 전공했다. 피아노도 흔치 않았던 그 시절 첼로를
전공했다니 상당히 유복한 집안이었던 것 같다. 곱고 귀하게 크다가 우리 형님을 만
나 결혼했다.

　우리 집은 시골에서 글을 하는 선비 집안으로서 별로 풍족하지는 않았다. 하여튼 뭐가 좋아 결혼했는지는 모르겠지만, 친정집의 눈초리가 곱지만은 않았을 것 같다. 그러다가 우리 집안의 종손 격인 큰 형님이 갑자기 돌아가셨다. 고향 집의 유지 문제가 대두되었다. 집의 관리 문제도 그렇지만 찾아오는 손님을 누군가가 접대하고 모셔야 했기 때문이다.

　그때 작은형님 내외가 낙향을 결심하였다. 형님이야 태어나고 자란 곳이니 여기로 오는 것이 좋았는지는 모르겠지만 형수야 도회지 생활만 하다가 시골로 내려온다는 것이 그리 쉽지만은 않았을 것이다. 나는 그런 형수가 고맙고 항상 빚을 진 기분이다.

그런 형수가 환갑을 맞이했다. 시동생인 내가 뭔가 기억에 남을만한 축하를 해주고 싶었다. 형수가 지금까지 이 집에서 이루어 놓은 노고의 만분의 일도 되지 않겠지만 기분으로야 이 세상 모든 것을 드리고 싶었다. 궂은일에도 싫은 내색 한번 없이 오는 손님, 가는 손님 지극정성으로 대접하고, 가는 길 뭔가 하나라도 쥐어 보내는 그 후덕함에 감탄한, 다녀온 분들의 감사함이 여러 사람의 입에 오르내리고 있다.

소리 친구들이 귀한 소리를 보태주었다. 귀한 시간을 내주고 먼 데까지 와서 기억에 남을 만한 멋진 공연을 해주었다.

청명한 일요일. 의관을 정제한 연주단이 자리를 잡는다.

"자! 공연을 시작하겠습니다."

서로의 마음을 모아 만들어 내는 소리가 집안을 채운다.

곡목은 「수연장」, 「취타」, 「염불」, 「타령」, 「아리랑」, 「천년 만세」. 관객은 남녀유별이다. 6월의 녹음은 푸르고, 우리 소리는 시·공간을 넘어 감동으로 다가온다.

정악과 산조가 어떻게 다른가? 조석호 선생님의 시연. 나무, 흙, 돌로 지어진 우리 집에는 역시 우리 소리가 제격이다.

환갑을 맞이한 형수에게 시동생인 내가 한 말씀 드린다.

오늘은 축복스러운 날입니다.
저희 형수가 회갑을 맞아 온 집안이 경사스러운 오늘, 형수뿐만 아니라 이 집에 시집오신 우리 작은 엄마, 큰형수, 올해 회갑을 맞은 작은형수, 그리고 저에게 시집온 지 올해 30년이 되는 우리 집사람 모두에게 감사함을 드리며 제가 한 말씀 드리려고 이 자리에 섰습니다.

오랜 세월 살아온 이 터전에 여러 일가친척 어르신분들뿐만 아니라 축하하기 위해 오신 여러분을 모시고 이렇게 모여 앉으니 이곳을 지키고 가꾸어 오신 조상님들의 너른 뜻을 헤아릴 수 있을 것 같습니다.
이곳은 우리 모두 생명의 근원이자 모체이며 고향입니다.

내 힘의 원천 / 사랑

지금 몰아치는 세태의 격랑은 기나긴 세월을 이어온 우리의 생활 질서와
그 맥을 뿌리째 흔들어도, 이곳은 풍족하지는 않았지만, 글을 하는 선비의
법도와 충절을 그 무엇보다 소중히 지켜 내려왔고, 또 이러한 사대부의
전통을 이어온 곳으로, 조상님들이 묻혀있고 숨결이 살아있는 이곳에
이렇게 모이니 더더욱 경사가 아닐 수 없습니다.

사람이 일생을 두고 잊지 못하는 것이 있다면, 태어나고 자란 고향일 것이며,
세월이 바뀌고 나이를 먹어 시속이 급변해 가는 것을 보노라면 모든 것이
매양 무상하게도 느껴지지만, 조상님의 유업과 자취를 되짚어 보노라면
가슴 뭉클하게도 옛것이 그대로임을 느낍니다.

사랑에는 학과같이 고고한 인품의 할아버지가 하이얀 두루마기 정갈하게
받쳐 입으시고 언제나처럼 그 모습 그대로 청아하게 앉아 계실 것 같고,
지금이라도 소리치면 꾸부러진 허리에 버선발로 안대청을 내려와 저를 반길
것만 같은 할머니가 계실 것만 같습니다.
비록 앙상하고 조그마한 체구이셨지만, 할머님 품에 안기면 저 바다보다도
넓은 가슴의 심장 소리를 들을 수 있었고, 저는 항상 예닐곱 살의
응석받이가 될 수밖에 없었습니다.

그 할머니를 이어 우리 집을 지켜온
작은 엄마, 큰형수, 작은형수, 그리고 우리 집사람.
우리 집에 시집와서 대갓집 며느리로서 인내한 그 오랜 세월과 여러 남매의
어머니로서 살아온 당신의 일생을 이루 다 형언할 수는 없지만, 급변하는
세상 속에서도 흔들리지 않은 등대처럼 빛을 밝히셨던 당신들의 살아오신
세월을 보노라면, 저에겐 더 진실한 느낌으로 다가오곤 합니다.

급변하는 시대의 조류와 모든 것이 엄청나게 변하는 세월 속에서도 이 집을
지금까지 이렇게 일궈오신 분은 바로 당신들입니다.

사람이 태어나고 자란 땅은 그 몸을 기를 뿐만 아니라 뜻을 키우고 마음도
닦아준다고 했으니 이 집은 지금까지 어디에서도 흉내 낼 수 없는 뿌리 깊은
보수성과 정신적 전통이 흐르고 있는 영남의 반향(班鄉)입니다.
옛말에 사는 땅이 어질면 사람도 어질고 슬기롭게 살기를 바란다면 어진
곳을 골라 살라는 말이 있듯이 이곳에는 많은 학식과 덕망을 갖춘 인물을
배출한 곳이기도 합니다.

이 시대를 살아간 당시의 세대들이 그러하듯이 이 집도 우리 시대의 아픔과
맥을 같이하며 지금까지 내려왔습니다.
그러나 지금과 같이 모든 것이 편해지고 물질문명이 정신문화를 지배하는
오늘, 우리는 당신들이 살아온 그 어려웠던 시대를 다시 그리워하고
있습니다.
이는 당시의 보수적인 문화 의식을 다시 재현하자는 것이 아니라, 그 속에서
우리의 뿌리를 찾고 삶의 지혜를 찾자는 생각일 것입니다.
따라서 당신들이 살아온 그 시절은 결코 헛된 세월이 아니었고 당신들의 그
희생으로 오늘의 이 집이 유지될 수 있었습니다.
오늘의 이 풍요로움은 바로 이 땅, 이 어려운 시대를 살아온 당신들의
몫이고, 가장 많은 혜택을 입어야 하는 분들은 바로 당신들일 것입니다.

대갓집의 며느리로 들어와 봉제사 접빈객(奉祭祀接賓客)을 충실히 수행하였고,
아내로서는 훌륭한 내조자의 역할을, 자식들에게는 좋은 어머니의 역할을
다하면서도 온갖 집안일과 시집살이에서도 당신들의 후덕함만은 변치

내 힘의 원천 / 사랑

않았습니다.

그러나 지금에야 이 모든 것이 하나의 지나간 과거의 일이라고 치부할 수 있지만, 어려운 살림살이에 여러 남매 키우면서 큰일, 궂은일이야 오죽 많았겠습니까?

자식들의 병치레에 지새운 밤이 하루, 이틀이었겠으며 자식들의 잘못에 노심초사한 것이 어찌 한두 번이었겠습니까?

그래서 오늘 이 자리에 의연히 앉아 계시는 당신들의 모습은 더없이 당당하고 자랑스럽습니다.

이제는 당신들의 소임을 거의 다 마치신 것 같습니다.

이제는 우리들의 후대가 이 집을 이어 지켜나갈 것입니다.

인생의 목표를 성취하고 달성한 당신들은 이제 모든 것을 털고 즐겁게 살아가시기 바랍니다.

그래서 오늘 이 자리에 앉으신 당신들이 너무 자랑스럽습니다.

작은엄마, 큰형수, 작은형수, 그리고 우리 집사람

우리 집에 시집와 줘서 고맙고,

그동안 잘 살아줘서 감사합니다.

그리고 살아오면서 우리에게 많은 기쁨을 주면서 가족으로 함께한 것이 행복했습니다.

그동안 너무 고생 많으셨습니다.

우리는 모두 당신들을 사랑합니다.

부디 행복하게 사십시오.

먼 길까지 와 주셔서 저희 형수의 환갑맞이 소리 보시를 해 주셔서 고맙습니다. 이 기운을 받아 우리 집은 더욱 번성할 것이고 우리 형님 내외는 건강하게 잘 지내실 것입니다. 다시 한번 머리 숙여 큰 감사의 말씀을 올립니다. 혹시나 근처에 오실 길 있으면 들리세요. 술 좋아하시는 형님과 사람 좋아하시는 형수님이 항상 기다리고 계실 것입니다. 우리 집은 옛날부터 오시는 손님 극진하게 모시는 가풍은 남아있습니다.

오실 제 다른 것은 필요 없고 그리움만 가지고 오시면 되고, 가실 때에는 미련만 남겨 두시고 가시면 됩니다.

내 힘의 원천 / 사랑

07

고향 집 스케치

서울에 살면서도 고향 집이 그리우면 그림을 그린다. 그리고 그 속에 잠긴 기억을 끄집어낸다.

오래전 어느 수몰 지역에 답사 갔을 때 물속에 잠긴 자기 집을 그리워하는 노인을 만난 적이 있다. 그 노인은 이북 실향민이 자기보다는 행복할 것이라고 했다. 실향민은 언젠가 갈 수 있는 고향이 있지만, 수몰민은 그마저도 없다는 것이었다. 가끔 갈수기가 되면 자기가 살았던 집이 보이는데, 그 앙상한 모양을 보고 있노라면 가슴이 더 아프다고 했다.

우리 조상들이 생각하는 집은 사람이 살기 위한 거처 이전에 자연 속의 선경에 어울려 있는 자연 그대로의 모습이었다. 뒤로는 낮은 산을 등지고 앞에는 들을 두며, 마주 보고 있는 안산의 기운이 집 앞 고목 사이로 은은히 비치는 곳에 터를 잡았다.

그런 곳이면 공기 맑고 계절 따라 물소리, 새소리, 나뭇잎 소리가 사람의 정서를 돋울 뿐 아니라 경치를 음미할 수 있는 더없는 좋은 조건이 될 수 있기 때문이다.

내가 아는 이북에서 월남한 2세는 설, 추석이 되면 몇 시간 고생하면서 내려갈 수 있는 고향이 있고 친척이 있다는 것이 그렇게 부러울 수가 없다고 했다. 그러나 다행스럽게도 나에게는 어릴 적 기억이 동결된 고향이 있고, 집이 있다는 것이 그렇게 다행스러울 수가 없다.

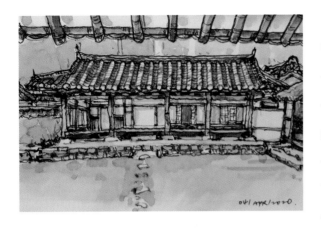

집을 지을 때 제일 먼저 고려한 것이 명당을 고르는 일이었다. 만물은 생명의 근원인 기(氣)를 가지고 있는데, 좋은 기가 모이는 곳에 집터를 잡으면 그 기를 받아서 복된 삶을 누린다는 마음이다. 집 앞으로 흐르는 작은 개울을 건너 집으로 들어가게 된다. 이는 속세를 털고 좋은 곳으로 들어간다는 세속의 의미가 있다.

고향은 어머니의 품속 같은 원초의 공간이다. 우리의 생명을 잉태하고 몸을 키웠던 곳이다.

사랑채는 바깥주인이 생활하는 공간으로, 글을 읽고 손님을 맞이하던 곳이고, 안채는 여자들이 생활하던 공간이다.

안채는 직계가족 이외에는 남자들이 출입할 수 없는 폐쇄적인 공간이다. 안채를 가더라도 사랑채를 통해야만 했으니 이곳을 드나들던 여인들은 많이 조심했을 듯싶다.

정자채로 통하는 중문이 있다. 문은 서로 다른 공간을 이어주는 매개 역할을
한다.

사랑채에서 안채로 통하는 또 다른 협문이 있다. 안채와 사랑채를 나누는 곳으
로, 유교적인 내외법에 따른 것이다. 우리나라 집들은 이렇게 문을 많이 내달았다. 그
래서 옛날 궁궐을 구중궁궐이라 했다.

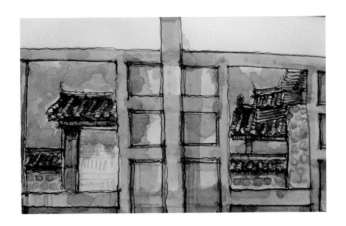

벽은 막혀 있으나 창을 만들어 외부의 경치를 집안으로 끌어들였다. 이를 예부터 '차경(借景)'이라 한다. 자연에서부터 경치를 빌린다는 뜻인데, 우리 조상들은 집을 지을 때 자연풍광을 그대로 집안으로 끌어들였다. 대청마루 쪽으로 한껏 햇살을 머금은 앞산을 두거나 뒤꼍으로 호젓한 여닫이문 하나를 내어 두는 것이 그런 것이다.

우리 고향 집은 흑백으로 그려도 운치가 있다.

사랑 마당은 밝은 기운이 느껴지게 비워둔 데 비해 담장 밑으로 작은 꽃을 심어 사계절을 느낄 수 있도록 하였다.

안채로 통하는 협문에서 사랑 마당을 본다.

지금은 베어 없어졌지만, 사랑채 앞으로는 늙은 석류나무 세 그루가 심겨 있어 거기에 새끼줄로 그네를 매 타고 놀았다.

우리 한옥은 바닥과 천장은 선의 공간이고 벽은 면의 공간이다. 따라서 면과 선이 강한 대조를 이루고 있다.

정자채로 통하는 곳에는 작은 화단을 만들었다. 여기에는 앵두나무가 심겨 있었고 키 큰 파초가 늘어져 있었다.

사랑채에서 문을 열고 대문을 본다. 사랑방의 문에 턱을 괴고 긴 그림자를 늘어뜨린 앞산을 보노라면 동심원이 퍼지듯 이런저런 생각이 지펴지고 마음은 출렁거리다가 가라앉는다. 그것은 호사스러운 나만의 산책이고 여행이다.

대문채 밤 풍경을 그려본다. 어둠은 세상의 모든 허물을 덮어주는 아량이 있다.

그 시절에는 삼시 세끼를 집에서 지었으니 끼니때가 되면 마을 곳곳에서 장작 타들어 가는 냄새와 함께 시커먼 무쇠 가마솥을 올려놓은 아궁이 굴뚝으로 모락모락 하얀 연기가 피어올랐다. 밥이 다 되어 무거운 가마솥 솥뚜껑을 열면 하얀 김과 고소한 밥 냄새가 풍기곤 했다. 겨울철 밥을 짓지 않던 아궁이에는 쇠죽을 끓이기도 했는데, 무쇠 뚜껑 아래로 김이 서려 나올 즈음 가마솥 안에서 나오던 구수한 냄새는 지금도 잊히지 않는다.

소 마구간으로 쓰던 외양간은 초가
로 되어있다. 너그러운 뒷산의 형태가
초가지붕의 완만한 선을 이루는데, 지붕
위에는 호박이며 빨간 고추를 널면 한
폭의 풍경화가 되었다.

건넌방에서 내가 태어났다. 나를 받아준 동네 할머니는 오래전 돌아가셨다.

　굴뚝은 그리 높지 않게 만들었다. 연기가 피어오를 때 집주변의 습기를 만나면 위로 솟지 않고 지면 위에 깔린다. 그래서 아궁이에 불을 지피면 구름이나 안개 위에 떠 있는 신선의 집이 된다.

　창이나 문은 자연과 인간을 구분하는 경계로, 밖의 자연을 집안으로 받아들이는 곳이다.

　겨울에 창호지를 바를 때는 풀에 국화꽃을 넣어 그 향기가 방안에 그득했다. 옛집은 그런 운치가 있다. 모여 앉은 팔작지붕 모양 너머 한줄기 저녁연기가 피어올랐다.

안채 옆에 있는 뒤안이다.

우리는 살아가기 위한 가장 기본적인 의식주를 남에게 드러내지 않으려고 하였다. 자기를 낮추고 남을 위하는 겸양의 정신이다.

사랑채에서 중문을 통해 보면 옆으로 정자채가 보인다. 담벼락 밑에는 채송화나 코스모스가 심겨 있었다.

정자채인 하엽정(荷葉亭)이다.

우리 조상들은 산이 높으면 정자를 지었고 땅이 깊은 곳에는 연못을 만들었으나 하엽정은 이 집을 지으면서 흙이 필요했기 때문에 파인 곳이 자연스럽게 연당이 되었다. 하엽정으로 이름 붙인 이유는 정자채 앞 연당에 연꽃이 가득하기 때문이다. 우리나라 집들 이름은 전, 당, 합, 각, 재, 헌, 루, 정으로 불리는데, 정자인 경우는 정(亭)자를 붙이는 경우가 많다.

정자가 들어선 자리는 어디를 보아도 운치가 있다. 바람 소리와 물 흐르는 소리가 그윽하고 고색창연한 자태는 날아갈 듯 처연하다. 풍류를 아는 길손이라면 누군들 이곳에 머무르며 세상사 시름을 달래보고 싶지 않았을까?

정자채로 가는 중문에서 뒤돌아
보면 사랑채가 보인다. 연당으로 들어
오는 물은 담장 밑을 통하여 산에서
흘러 내려오는 계류와 합해진다.

볕 바른 집터에는 나무를 심어 그늘을 만들었고, 볕이 넉넉지 못한 곳은 화목을
심어 집을 밝게 하였다. 연당 주위에 백일홍을 심어 그 붉은 기운이 백날을 간다.

　정자를 밖에서 안을 들여다보는 것도 좋지만, 안에서 밖을 내다보는 풍광도 멋지다. 누마루에 앉아 석양을 바라보노라면 연당 주위의 풍광이 어우러져 한 폭의 풍경화를 연출한다.

2. 가족

音美旅運 이야기

01

내 힘의 원천은
가족이다

흔히 같이 사는 가족을 식구(食口)라고 한다. 같이 밥을 같이 먹는 사이라는 뜻이다. 지금에야 음식을 먹을 때 각자 앞접시를 두고 음식을 덜어 먹지만, 예전에는 찌개 같은 음식은 큰 그릇에 담아 나누어 먹었다. 자기의 침이 묻은 숟가락으로 음식을 공유한다는 것은 그만큼 친밀하고 가깝다는 이야기이다. 우리 가족의 출발은 나와 집사람의 결혼부터 시작된다. 그 전은 각자 살아온 역사이다. 내가 결혼 적령기가 되고, 결혼하기 위해 몇몇 사람과 어색한 선을 보고 지금의 집사람을 만났는데, 집안끼리도 그렇고 사회적으로도 여러 갈래 얽혀있는 집안이라 쉽게 결정되었다. 우리가 결혼식을 올린 곳은 시내 예식장의 번잡함이 싫어 동숭동 흥사단 강당인데, 겨울에 난방이 시원치 않아 집사람이 많이 추워했던 것으로 생각된다.

요사이는 젊은이들이 결혼을 미루고, 결혼하더라도 아이를 가지지 않는 추세라고 하지만, 난 결혼해서 4남매를 두었다. 예전에는 먹고 살기 힘들었는데도 아이를 많이 낳아 키웠다는 이야기가 그들에게 더는 위로가 되지 않는다. 그래도 그 시절에는 힘들게 일하고 절약하면 집 한 채 마련할 수 있는 희망이 있었고, 가난해도 열심히 공부하면 계층 간 사다리를 올라갈 수 있는 여지가 있었다. 하지만 지금은 그러한 기회가 많이 줄었고, 줄어든 기회만큼 자기 몸집을 줄여야 한다는 생각에서 아이를 낳지 않는다는 생각이 들어 그들이 애처롭고 미안한 생각마저 든다. 나는 어릴 때부터 기차를 타고 고향에 내려갈 때 한 가족이 같이 가는 모습이 그렇게 부러울 수가 없었고, 우리 집이 적은 식구가 아니었음에도 난 어릴 때부터 아이를 많이 가지기를 원했는데, 집사람도 여기에 동의하였다. 그래서 결혼 후 3명의 딸과 막내로 아들을 낳아 네 명의 자녀를 낳아 키웠다. 딸 셋에 막내가 아들이라고 하면 사람들은 신기하게도 이유를 찾으려고 하고 성공했다고 말한다. 또 지금이 어떤 시대인데 자식을 네 명이나 낳아 키우느냐고 걱정을 하기도 했다. 만일 아들을 계속 낳았으면 딸을 얻기 위해 아이를 더 가졌다고 생각하는 사람은 없지만, 반대로 딸만 있는 사람은 무언가 부족하다고 생각한다. 나는 굳이 아들을 고집하는 대신 아들이나 딸이나 많으면 좋다고 생각했다. 엄마 뱃속에서 앙증맞게 잘 크는 아이를 인공적인 방법으로 몹쓸 짓을 하는 행동은 생각해본 적도 없고 절대 해서도 안 되는 일이라는 것은 지금도 변함이 없다. 그래서 우리는 신이 주는 대로 낳았고 낳은 대로 키웠다. 물론 경제적으로야 쪼들리고 부족했지만, 그 쪼들림이 부끄럽지 않았고, 경제적으로 윤택한 사람들에게 기죽지 않고 올망졸망 큰 모습을 보면 지금도 우리 부부의 선택이 잘못되지 않았다고 생각한다.

나는 우리나라 1970년대 경제 성장의 원동력이 여러 가지 복합요인이 있지만, 무엇보다도 이 땅에 사는 어머니의 열성이 빚어낸 교육열이라고 생각한다. 내가 태어난 그 시절에는 한 집에 보통 대여섯 명의 아이를 낳아 키웠다. 그 당시 어머니들은 변변치 않은 살림에 넉넉지 않은 수입으로 여러 자식을 키우고 공부를 시켜야 했으니 품을 팔아서 옷을 입히고, 쌀이 떨어져 머리카락을 잘라 팔아서라도 애들을 공부시켰다. 어머니들은 남에게는 관대하고 후했지만, 정작 본인에게만은 엄격해서 아이들 밥은 챙겨도 정작 당신의 밥은 없어 아이들이 먹다 남은 밥에 반찬을 비벼 끼니를 때우곤 했다.

이렇게 이 땅의 어머니들이 아이들을 억척스럽게 키우고 공부시킨 것은 아이들에게 향기로운 봄날을 선물해 주기 위해서였다. 그동안 매서운 바람도 만났을 것이고, 눈송이처럼 기쁨이 흩날리기도 했겠지만, 아이들을 잘 키우겠다는 일념으로 모든 것이 부족해도 어려운 시간이 지나면 빛나는 미래가 보인다는 믿음을 가지고 기꺼이 젊은 날을 희생하면서 봄날이 오기를 기다렸다.

1960년대 우리나라 가임여성 1인당 평균 자녀 수는 여섯 명이었다. 그래서 그때 표어가 "덮어놓고 낳다 보면 거지꼴 못 면한다"였다. 그러나 그렇게 자란 아이들이 이 나라의 역군이 되어 지금의 번영을 누리고 있다. 1970년대 "아들딸 구별 말고 둘만 낳아 잘 키우자", 1980년대 "잘 키운 딸 하나 열 아들 안 부럽다", 그러다가 2000년대 들어와서는 "아빠, 동생이 갖고 싶어요"라는 표어까지 등장하였다. 이제 우리나라는 세계에서 으뜸가는 저출산국이 되었고, 우리나라에서 가장 성공한 정책이 산아제한이라고 한다. 난 셋째, 넷째 아이를 낳을 때 출산 비용에 대해 의료보험 혜택을 받지 못했다. 그래도 내 복이려니 하고 키웠다. 물질적 부족은 부모의 정성과 사랑으로 대체될 수 있다고 생각했기 때문이다.

아이들은 선택적으로 태어나는 것이 아니라 부모로부터 생명을 부여받고 세상에 나와 자란다. 거기에 가장 필요한 것이 부모의 관심이고 사랑이다. 우리 애들은 전부 모유를 먹고 자랐다. 동생이 생기기 전까지 엄마 젖을 먹고 자랐으니 그 기간이 2년에서, 길게는 5년 동안 젖을 먹었다. 아이들은 젖을 먹으며 엄마 심장 소리를 들었고, 그 심장 소리를 들으며 잠이 들었다. 우리는 애들이 어느 정도 클 때까지 같은 방에서 생활했다. 물론 집도 작았지만, 나중에 어차피 우리 품을 떠나갈 자식들인데, 그저 있는 동안만이라도 보듬어 주면서 같이 있고픈 게 우리 부부의 생각이었다. 그렇게 아이들 낳아 키우다 보니 벌써 40년이 되어간다. 전혀 다른 환경에서 자란 부부가 만나서 결혼을 하고 자식 낳아 키우다 보니 집사람은 정신을 차릴 겨를이 없었다. 집사람은 언제나 그러려니 생각했고, 항상 그 자리에 그렇게 있을 것으로 생각했다. 나 혼자만 펄펄 날아다녔다. 내가 하고 싶은 것을 집사람 때문에 못 하고, 눈치 보느라고 안 한 것은 없다.

얼마 전 집사람과 외국 여행을 다녀온 적이 있다. 나 혼자만 온 천지를 다니고 집 사람은 항상 뒤에서 바라보고 배웅하는 모습만 보다가 같이 나가는 여행에 애들은 환영했고 그동안의 불편함을 참아 주었다. 결혼 이후 오랜만에 가보는 둘만의 여행에 서 집사람은 분위기를 만끽했고, 그동안 문득 잊고 살았던 오래된 기억을 불러일으키 려고 했다.

우리들의 신혼여행지는 부산이었다. 집사람은 그때를 정확히 기억하고 있었고, 소중하게 간직하고 있었다. 집사람은 아내이기 전에, 네 아이의 엄마이기 전에 여자였 다. 지극히도 당연한 사실을 집사람은 그동안 아이들 키우느라 잊고 살았고, 나는 무 심했다. 무뚝뚝한 경상도 남자의 일반사인 양 외면했지만, 이 모든 것을 집사람은 말 없이 받아주었다. 여자는 약했지만, 엄마는 강했고, 아내라는 자리는 모든 것을 포기 하고 인내하며 기다리게 했다.

여자는 아이를 낳고 키우면서 비로소 주위에 대한 공감력이 생기고, 기다릴 줄 아는 인내를 배운다. 엄마가 되기 전에는 세상을 머리로 살았다면 엄마가 되고 나서 는 가슴으로 보듬으면서 아이를 키우게 되는데, 그런 면에서 엄마만 아이를 키우는 것이 아니라 엄마도 같이 크는 과정이다. 나 혼자만 잘났다고 생각했지만, 이 모든 것 을 인내해준 집사람의 눈물이고 정성이었다. 그래서 집에서 아이들 키우고 가난한 살 림 꾸리느라 고생만 하는 집사람에게는 항상 빚을 진 느낌이고, 앞으로 두고두고 갚 아도 영원히 빚으로 남을 것이다. 남은 기간 마음을 가다듬고 눈을 모아 한 곳을 바 라보자고 했다. 이것이 비록 나의 헛된 생각이고, 조삼모사가 될지라도 집사람은 믿으 려 했고 고맙다고 했다. 내가 살아가는 동안 나의 가장 든든한 지원군은 집사람과 네 명의 아이들임은 두말할 필요가 없다. 더구나 요새같이 결혼하기 어려운 시절이 없다 고 하는데, 우리 집 4명의 아이는 각자 가정을 꾸리고 아이를 낳아 잘 살아가고 있으 니 무엇보다도 다행스러운 일이 아닐 수 없다. 사위들이 옆에 있으면 그렇게 듬직할 수가 없고, 며느리는 보면 볼수록 예쁘다. 거기다가 올망졸망한 손주들은 말할 필요 조차 없다. 각자 사는 곳이 차로 30분 내외 거리에 있어 우리 집에서 모여 소주 한잔

첫째 딸 혜연이 안고 있는 모습(셋째 딸이 그렸다.)

할 기회가 많다. 지금도 16명의 식구가 모이면 집사람이 직접 밥을 챙긴다. 직접 음식을 조리하는 수고스러움보다는 잘 먹는 수하를 보는 재미가 더 커서 몸소 음식을 해서 자손들 거두어 먹이기를 좋아한다. 외출했다가 집에 들어오면 풍기는 집밥의 냄새가 내게는 그저 기분 좋은 일상이지만, 그것이 집사람에게는 무거운 굴레가 되었을 것이고, 집사람이 해주는 밥에 익숙해서 밖에서 먹는 달달한 음식에 낯설어하는 나를 위해 차리는 주방의 부담이 적지 않았을 것이다.

우리가 지금까지 살았던 장소의 변화는 가족사의 큰 줄기이자 같은 시대를 살았던 서민의 사회상과 궤를 같이하고 있다. 결혼하고 첫 살림집은 학교에서 가까운 광명의 13평짜리 조그마한 아파트였다. 그때만 해도 광명시는 개발이 덜 된 곳이라 집

첫째 혜연이와 둘째 화연이(서오릉)

앞뒤로 논이 넓게 퍼져 있던 지역으로, 이리저리 돈을 끌어모아 작은 아파트를 샀는데, 그때만 해도 그게 가능한 시대였다. 식구라야 둘밖에 없으니 소꿉장난 같은 결혼생활이 그렇게 시작되었다. 그래도 그 작은 집에 친구들을 불러모아 술을 마셨으며, 학생들을 데리고 와서 밥을 먹었다. 집은 작았지만, 식구가 둘뿐이니 그리 좁다는 생각은 들지 않았는데, 집사람은 이웃들과도 잘 지내 40년이 다 되어가는 지금도 그때 사람들과 만난다고 하니 모두 처음 살았던 그곳에 대한 연민이 많은 것 같다.

　거기서 큰딸애를 낳았다. 그 아이가 2월생이니 백일 즈음인 봄부터 아이를 안고 집 앞을 거닐곤 했는데, 품에 안겨있는 딸의 폭신함과 아이 몸에서 나는 젖 냄새가 좋았다. 아이가 생기니 짐도 많아지고 집이 좁다고 생각되어 2년 후에는 광명시청 부근의 단독주택으로 이사를 했다. 오래전부터 등을 붙이고 살아온 늙은 동네의 오래된 집으로 들어가게 된 것이다. 이곳은 연탄 난방을 하는 곳으로, 벽돌 한 장만으로 집을 지은 표준주택이었기에 단열에 문제가 많아 겨울에는 여러 난방기구를 설치하기도 했으나 구조적으로 집이 부실해서 효율이 그리 높지 않았다. 그래서 큰딸의 얼굴은 추위 때문에 항상 벌겋게 얼어있어 가슴이 아팠는데, 그런 가운데서도 딸은 잘 커 주었고, 이 집에서 둘째 딸이 태어났다. 오래전부터 살던 사람들이 많아 서로 나누고 돕는 순박한 인정이 남아있는 동네였으나 낡은 집의 불편한 환경에서 아이 둘을 키운다는 것이 어려워 근처 새로 지은 아파트로 이사했다. 그리고 본격적으로 아이들이 크고 학교에 다니게 될 즈음 광명을 떠나 성내동에 집을 사서 서울로 들어오게 되었다. 광명에 살 때는 집이 가까워 학교 통근에 별문제가 없었으나 이곳으로 이사 오게 되면서 한 시간이 넘는 출근 시간 때문에 그만큼 더 부지런하게 서둘러야 했다. 여기 살면서 셋째 딸과 막내아들을 낳았다. 성내동에서 10년 넘게 살다가 현재의 아파트를 분양받아 지금까지 살고 있다. 그러니까 결혼해서 지금까지 광명아파트부터 시작해서 여섯 번 이사하고 여기까지 오게 되었다. 그래도 처음 시작할 때부터 작지만 내 집을 마련하고 시작했기 때문에 가능했던 것 같다. 이런 장소적 이동이 있을 때마다 그 결정은 장인어른의 도움을 받은 집사람이 했고, 나는 뒤에서 그저 작은 걱정만 보탤 뿐 해결해주는 일은 아무것도 없었다. 작은 일에 대범하고 큰일은 척척 해내는 집사람 덕에 지금까지 별 탈 없이 지내왔다.

집사람은 소소한 일상에서도 끊임없이 행복을 걷어 올렸고, 매사에 긍정적이었으며, 일손이 빨랐다. 집안일이라는 게 번잡하고 소소한 일들이 계속 쏟아지는데 아무리 해도 별로 티가 안 나는 일이다. 그런데 해도 티가 안 나는 일은 하지 않으면 금방 표가 난다. 잠시만 방심해도 설거지나 빨랫감이 쌓이고, 재활용 쓰레기를 한 주만 건너뛰어도 집안이 어지러워진다. 이런 일상적인 일은 당연하고, 아이들의 육아부터 교육까지 집사람 혼자서 도맡아 했다. 4명이나 되는 애들이 학교 가는 아침은 날마다 전쟁이었다. 매일 숙제를 봐주고 준비물을 챙겨 줬으며 간식을 준비해서 아이들을 먹였다. 거기다가 가끔 있는 집안 행사나 제사 때에는 음식을 마련해서 아이들 업고 걸려 다니곤 했다. 집사람과 결혼해서 살아오면서 좋지 않은 일도 있기는 했겠지만 크게 기억되는 것은 없고, 그런 기억조차도 지금 생각해보니 우리가 살아가는 양념 같은 것으로, 그 당시야 온 세상이 무너질 것 같은 절망에 힘들었으나 지나고 나면 그저 지나가는 평범한 일상의 한 부분으로 생각된다.

인생이 연극이었으면 좋을 것이란 생각을 해본다. 연습 없는 역할에 실수한 적도 있고, 좌충우돌하기도 했기 때문이다. 반대로 이런 생각도 가끔 해본다. 인생을 미리 연습할 수 있었으면 좀 더 멋진 인생을 살았을까? 더불어 좋은 부모가 될 수 있는 연습을 했다면, 더 좋은 부모가 될 수 있었을까? 살아가는 데 좋지 않은 일만 없으면 사는 것이 천국같이 될까? 천국처럼 고민이나 고통 없이 서로 싸우지 않고 살면 그게 행복한 인생일까? 아마 그것은 맥없는 숨쉬기일 뿐 그만한 지옥도 없을 것이다. 우리는 힘들게 이겨낸 순간이 있었기에 편하게 사는 오늘이 더 돋보일지도 모른다.

어느덧 결혼 40년을 앞두고 있다. 나는 비록 모자람이 많았고, 밖으로만 나돌아다녔지만, 집사람은 모든 것을 감싸고 참아 주면서 집을 지켜왔다. 그저 집사람과 같이 오랫동안 건강하게 노년을 맞이하면 좋겠다. 그동안 우리 위에 무성하게 자랐던 가지와 잎은 그 생기를 조금씩 잃어가고 있는 대신, 탐스럽고 아름다운 열매를 맺고, 나란히 심은 나무가 서로 뿌리를 얽어가며 뗄 수 없는 관계가 되는 것처럼 이제는 우리 부부가 이 세상을 굽어보고 있다. 비록 몰아치는 비바람을 막아줄 수는 없지만, 옆에서 같이 있으면서 닿아있는 가지들이 부축하고 얽힌 뿌리들이 서로를 잡아주는 버팀목이 되고 싶다. 우리는 부부로 태어난 것이 아니라 부부로 만들어졌고, 다시 태어나도 같이 살고 싶은 부부로 남고 싶다.

02

우리 가족 이야기

아버지.

아버지 박병규(朴秉圭)는 서예가로, 호는 효람(曉嵐)이다. 1925년에 태어나서 칠순을 겨우 넘긴 1994년에 돌아가셔서 고향 집 선영에 묻히셨다. 아버지는 영남 유림의 피를 타고 난, 꼿꼿한 선비정신을 그대로 실천하신 분이다. 경복중학교를 졸업하고 서울 상대 전문부를 나오셨다.

어려서부터 서예에 재능을 보여 제2회 대한민국 미술 전람회(국전)에서 입선한 이래 1958년인 32세 때 국전에서 특선하였고 1962년에 국전 추천작가가 되었다. 한국 서예가 협회 부회장을 역임하였고, 대한민국 국전 서예 부분 심사위원과 심사위원장을 하면서 몇 번의 개인전을 하였고, 부석사 현판을 비롯한 작품을 남기셨는데, 마지막으로 해인사에 용성조사 기념비를 휘호하신, 행·초서에 능한 분이었다.

대구 성일중학교, 서울 중앙여고에서 잠시 교편을 잡았고, 국정교과서에 근무하기도 하였다. 1970년 청진서회를 창립, 지금 한국에서 중진으로 활동하고 있는 많은 작가를 양성하였으며, KBS의 TV 미술관에서 아버지의 작품을 모아 특집방송을 하였다. 제자들이 작품 121점을 모아 『효람 박병규 서집』을 발간하였고, 남아있는 아버

아버지의 서집(좌)과 아버지 관련 전시회 팸플릿에 실린 아버지 모습(우)

고향 집 어귀에 있는 아버지 추모비이다.

지의 작품과 서예 관련 유물은 성균관대학교 박물관에 기증하였다.

경복중학교에 다닐 때부터 클래식에 심취하였는데, 평소 당신이 운명할 때 윌리엄 텔 서곡을 틀어달라는 말씀에 따라 그 곡을 들으시면서 운명하셨다. 추모비가 고향 집 어귀에 세워져 있다.

어머니.

어머니는 내가 세 살 때 돌아가셔서 어머니에 대한 기억이 없다. 이야기 속에 어머니는 존재하는데, 내 기억 속의 어머니는 오직 하나, 큰 키에 흰 한복을 입고, 안방에서 마루로 나오던 어렴풋한 모습이 어머니에 대한 나의 유일한 기억이다. 초등학교 졸업 때 졸업생 전원이 찍은 사진 한 장 말고는 그 흔한 사진 한 장도 없으니 어머니의 모습을 기억할 수 있는 단서는 아무것도 없다. 어렸을 때는 엄마와 하는 평범한 일상을 그리워했고, 엄마가 없는 것을 원망하기도 했으나 시간은 많은 것을 무디게 해서 같이 했던 추억이 없고, 얼굴을 기억하지 못하니 별다른 그리움은 없다. 내 흐린 기억 속에 어머니를 가두어 두는 것보다 차라리 상상으로 그리는 게 나을지도 모른다는 생각으로 지금까지 지내왔다.

영남 유림의 한 분인 한강 정구(寒岡 鄭逑)의 후손으로, 경북 성주군 수륜면 수성리 일명 갓말에서 태어났다. 외갓집은 우리 고향 집에서 50리 길인데, 지금으로 봐서야 아무것도 아니지만, 그 당시는 모든 여건이 어려워 외할머니가 평소 우리 세 명의 외손자를 그렇게도 보고 싶어 하였다는데, 한 번도 뵙지 못해 안타깝다.

아버지는 어머니가 돌아가신 지 3년 후 위암 장지연의 증손녀와 재혼해서 3남매를 두었는데, 이 어머니도 2021년 1월 1일에 90세를 하루 넘기시고 돌아가셨다.

집사람 이상교.

　집사람은 벽진 이씨(碧珍 李氏)로, 경남 밀양시 무안면 내진리에서 이학철과 이동주 사이의 6남매 중 장녀로 출생하였다. 부친인 청파 이학철(靑坡 李學澈)은 교육사를 전공하신 학자로 성균관대학교 교수를 지냈다. 성균관대학교 사범대학장과 교육대학원장을 역임하였고, 한국교육학회의 임원과 한국 교육사연구회 회장을 역임하였다. 『한국 교육사』 등의 저서가 있고, 정년 퇴임 기념논총인 『한국교육의 성찰』에는 43편의 논문이 게재되었다. 장인은 경남 유림인 벽진 이씨 죽파공(竹坡公) 주손으로, 외유내강을 몸으로 실천하신 전형적인 영남 선비의 표상이었다.

　장모인 이동주 여사는 경주시 강동면에 있는 양동마을의 수졸당 후손으로, 우리 장모의 말씀이나 행동 하나하나에는 옛날 선비 집안의 법도가 그대로 묻어있다.

　우리 집사람 위로는 오빠만 세 명이 있어 세 명의 며느리를 본 후에 내가 첫 사위로 장가가서 맏사위로서 장모 사랑을 듬뿍 받았다. 내가 처가에 갈 때마다 술 좋아하는 사위를 위해 큰 술상을 차려 주시곤 했는데, 이제는 연로하여서 절대 그럴 수는 없겠지만, 장모의 사랑과 정성이 가득 담긴 술상 한 번만 더 받아봤으면 좋겠다.

　이 두 분 사이에 태어난 우리 집사람은 어려서부터 큰 살림에, 봉제사 접빈객하는 집안의 가풍을 익히며 자랐기 때문에 집안일에 어느 정도 익숙해 있어 우리 집에 시집와서도 그리 낯설지 않게 적응한 것 같다.

장인 이학철 교수의 정년 퇴임 기념논총인 『한국교육의 성찰』

신혼여행지인 부산에서

　대학 졸업하고 대학원 과정 마친 후 나와 결혼했는데, 나는 내가 하고자 하는 일 이외에는 거의 관심을 가지지 않았기에 나를 대신해서 집안 대소사 챙기면서 4남매 키우고 공부시키는 모든 것을 혼자 해냈다. 세월이 흘러가는 데로 따라가는 것이 아니라 시대의 흐름에 맞추어 변화되는 사회에 적응하며 살았으며, 오랜 시간에 걸쳐 생각하고 행동하는 심사숙고형으로 많은 것을 혼자 이루어 냈다.

　결혼 이후 계속되는 출산, 육아, 가사로 이어지는 주부의 역할에 전념하다가 아이들이 어느 정도 크고 난 후, 전부터 해오던 서예에 전념하여 2011년에는 대한민국 서예대전에서 특선을 했다.

온갖 세상사에 관심이 많은 내가 학교 일
에 전념하면서, 그림 그리고, 음악하고, 주말
새벽에는 마라톤에 나가고, 방학 때는 외국
나가 세상 구경에 정신이 없는 나를 앞에서
막지 않고 뒤에서 묵묵히 밀어주면서 지금은
손주 사랑에 푹 빠진 우리 집의 중심이다. 나
와는 달라서 날 살펴주었고, 나랑 닮아 공통
된 것을 나누며 살아온 오늘의 나를 있게 해
준 사람이다.

우리 집사람이 대한민국 서예대전에서 특선하였다.

큰딸 박혜연과 사위 남형근

혜연이는 우리 집의 큰딸로, 처음 그를 얻었을 때의 기쁨은 잊을 수가 없다. 사흘
동안의 입원을 끝내고 산바라지를 위해 오신 장모와 분홍색 목욕통을 들고 우리 집
에 왔던 기억은 지금도 생생하다.

흔히 100일 당직이라고 한다. 아이가 밤새 칭얼거리고, 2시간마다 배가 고파서 일
어나기 때문에 100일간은 힘든 당직과 같은 시간이라는 의미이다. 그 시간 동안 집사
람은 아이가 배고파서 우는 것과 배가 아파서 우는 것, 졸려서 우는 것, 그냥 칭얼거
리는 것에 따라 느낌과 뉘앙스가 다른 것을 구별해내는 엄마로서의 동물적 본능을
보였다. 처음으로 맞이한 아이였기에 어려움도 있었고 모든 게 서툴렀지만, 잘 자라주
었다.

앞으로 중국이 세계에서 유망할 것이라는 판단 아래 중국에 유학을 보내 상해대
학 홍보학과를 졸업하였다. 유학 보낼 때 중국어를 습득시키고 보낸 것이 아니라 그
곳의 대학 부설 어학원에서 6개월 과정을 끝내고 곧바로 대학에 진학했기 때문에 어
학에 대한 스트레스가 많았으리라 생각된다. 처음에는 강의내용을 전혀 이해할 수

없었을 뿐 아니라 한자를, 더구나 중국에서 사용하고 있는 간자체를 배우지 않는 상
태에서 공부하기가 힘들었을 텐데, 한 2년 지나니 겨우 귀가 뚫리고 말이 나왔다고
한다. 그래도 4년 만에 무난히 졸업했고 HSK 시험에서 최고인 9등급을 받은 노력파
이다. 귀국 후에는 병원 홍보업무를 하다가 아들 둘을 키우느라 지금은 퇴직하고 전
업주부로 있으면서 동생들의 든든한 맏이 역할을 하고 있다

사위인 남형근은 충북 영동 출신으로, 남승수, 박상자 여사의 장남으로 태어났다.
사돈 되시는 분은 농협에서 근무하시다가 퇴직하였는데, 그 당시 보통의 장남들
이 그러하듯 집안을 돌보고 늙어가는 부모를 모셔야 했기에 고향을 떠날 수가 없었
다. 큰 사위는 어렸을 때부터 영동의 뛰어난 수재로, 서울대학교 기계학부를 졸업하
고, 대한항공에 근무하고 있다. 남윤우, 남윤성 형제를 두고 있다.

큰딸이 대만 텔레비전과 병원과 관련되는 인터뷰를 하고 있다.

둘째딸 박화연과 사위 최진규

둘째 딸인 화연이는 어려서부터 그림에 소질을 보여 일찌감치 미술 쪽으로 진로를 정해, 선화예중, 선화예고를 나와 성균관대학교에서 동양화를 전공하였다. 대학 졸업 후 디자이너로 근무하다가 지금은 최희서, 최이준 남매를 키우는 전업주부인데, 엄마의 피를 물려받아서인지 외손녀도 그림에 소질을 보인다.

화연이는 정상분만이 아니라 네 아이 중 유일하게 수술을 해서 출산하였다. 태기를 느껴 병원에 입원했는데, 아이가 거꾸로 들어선 역아라 병원 측에서는 수술을 서둘렀다. 그러나 정작 수술 동의서에 서명해야 하는 내가 학교에서 연락을 받고 가는 동안 집사람은 산고를 견디면서 기다리다가, 결국 내가 병원에 도착했을 때는 위험을 감지한 의사가 수술을 진행하고 있었다. 당할 고통은 다 당하고 수술한 것이다. 그렇게 이 세상에 태어난 둘째는 자기 엄마에게 보상이라도 하려는 듯 지금도 무척 살갑게 대하고 있다.

대학 은사 정년 퇴임 기념 전시회에 출품한 작품 앞에 선 둘째 딸

둘째 사위 최진규는 건국대학교 축산학과를 졸업하고, 대기업에 근무하다가 지금은 무역회사에 근무하고 있다. 사돈 되시는 분은 대기업에서 고위직 임원으로 계시다가 퇴직하였고, 안사돈은 중학교 교사로 근무하다가 퇴직하였다.

세째딸 박규연과 사위 정우진

셋째 딸 규연이도 어렸을 때부터 그림에 소질이 있어 선화예중, 선화예고를 나와 건국대학교에서 현대미술을 전공하였고, 졸업 후에는 패션디자인 업체에 근무하다가 지금은 유아 미술을 전문으로 하는 미술학원을 운영하고 있다. 규연이는 셋째 딸로서 많은 귀여움을 받으면서 자랐고, 조카들에게는 정답고 친근한 이모였다. 딸 하나를 두고 있는데, 아이를 키우다 보면 보챈다거나 밤새 잠을 안 자고 칭얼거리면 짜증이 날 만도 한데, 셋째 딸은 자기 아이한테 목청 한번 높이지 않고 사랑과 정성으로 키우고 있다. 처녀 때는 모든 것이 약해 보여 누군가의 도움을 받아야만 할 정도였는데 아이 낳고 나서는 누구보다 강한 엄마가 된 것이 신기하다. 아기를 멜빵에 메고, 기저귀 가방과 옷가지를 싼 가방을 양손에 들고 외출을 하는 셋째 딸을 보고 놀라곤 한다.

셋째 사위 정우진은 성균관대학교 경제학과를 졸업하고 도시가스 회사에 근무하고 있다. 사돈 되시는 분은 의사로, 지금도 현업에 종사하고 있으며, 안사돈 되는 분과 화목하게 가정을 꾸리고 있다.

셋째 딸은 고등학교 때 홍익대학교 주최 전국미술 실기대회에서 작품을 출품하여 최고상인 총장상을 받았다.

아들 내외 스케치

아들 박현수와 며느리 김지이

아들은 누나들 셋을 낳고 얻었다. 우리나라가 예로부터 농경문화 사회였고, 농사일을 하기 위해서는 힘센 남자를 필요로 하는 남아선호사상이 있었다. 하지만 우리부부는 꼭 그런 이유가 아니라 자식은 많을수록 좋다는 생각이 있었는데, 그러다가 막내아들을 낳았다. 누나들 사이에 막내로 태어났으니 누나들의 사랑과 관심을 듬뿍 받으면서 자랐다. 어릴 때부터 장난이 심한 개구쟁이로 자라다가 호주로 유학 가서 대학과 대학원을 졸업하고 지금은 자기 전공을 살려 컨설팅회사에 근무하고 있다.

며느리 김지이는 서울여자대학 경영학과를 졸업하고 직장생활을 하다가 아들과 결혼하여 지금은 딸 다인이를 두고 있다. 자기 자식을 사랑하지 않은 부모가 세상에 없겠지만 며느리의 자식 사랑은 대단하다. 사돈 되시는 분은 우리 고향과 가까운 고령 출신으로 출판사를 경영하고 있으며, 안사돈 되시는 분은 교직에 계시다가 퇴직하였다.

03

아버지!
저세상에서는 월척 하셨어요?

아버지는 평생의 취미로 낚시를 즐기셨다. 오늘날 인간이 사육하거나 재배하지 않는 완벽한 천연 식품은 동식물을 통틀어 물고기밖에 없다고 한다. 완벽한 대칭을 이룬 데다가 매끄럽고 윤기가 흐르는 비늘, 몸을 감싸는 화려한 색채는 지상의 동물에서 찾을 수 없는 매력을 지니고 있다.

원래부터 남자는 잡거나 낚는 수렵본능이 있는 반면에, 여자는 줍거나 캐는 채집본능이 있다고 하는데, 낚시는 오래전부터 인간이 먹거리를 채집하기 위한 수단으로 우리 생활의 일부가 되었을 것으로 생각된다. 요새는 텔레비전에서도 유명 연예인들이 아름다운 바다 풍경을 배경으로 낚시를 즐기는 모습을 보여주면서 낚시가 국민 취미가 되어가는 것 같다. 국민소득이 높아지고 주 5일제 근무가 일상화되면서 삶의 질을 높이기 위한 여가 활용이 우리에게 중요하게 다가오는 즈음, 지금까지는 50대 이상의 전유물로만 생각되었던 낚시가 이제는 젊은 층으로 확산하고 여성들의 참여도 높아지는 것 같다. 보통 낚시라고 하면, 시원한 바람 만끽하면서 파도의 움직임을 느낄 수 있는 바다낚시를 선호하지만, 아버지는 작은 개울이나 호수에서 조용하게 사색을 즐기시면서 민물고기 낚는 정통 대나무 낚시를 즐기셨다.

낚시꾼의 대명사처럼 되어버린 강태공은 강가를 찾아 난세를 걱정하고 자연 속에 파묻혀 유유자적 호연지기를 키우다가 나중에 국가에 등용되어 나라에 크게 공헌했던 인물이다. 그는 낚시를 잘해서가 아니라 곧은 낚시를 했던 것으로 유명하여 지금까지 그의 이름이 회자하는데, 아버지도 끝까지 바른 낚시를 실천하신 분이다. 아버지는 낚시하시면서 낚는 물고기는 수단일 뿐 자연을 벗 삼아 인생을 뒤돌아보며 일상의 지친 삶의 때를 씻어내는 즐거움으로 낚시터를 찾으셨던 것 같다. 낚시터에 대를 드리우고 있으면 가슴이 확 트이고 막혔던 속이 싹 풀리는 것 같다고 하셨다. 대개의 낚시터가 한적하고 외진 곳에 자리 잡고 있어 큰 낚시가방을 메고 대중교통으로 다니셨기 때문에 짧은 손맛을 치르는 대가는 무척이나 고달픈 여정이었다. 내가 차를 사고 나서 아버지를 위해서 해드릴 수 있는 것이 무엇일까 생각하다가 낚시터로 모시기로 하였다. 무슨 거창한 효도보다는 아버지가 좋아하시는 조그마한 것을 해드리는 것이 좋을 것 같았다.

　　그 당시는 토요일도 근무했기 때문에 일요일에 갈 수밖에 없는데, 수요일쯤 되면 전화를 주셨다. 그렇게 날짜와 출조지가 정해지면 가시기 전까지 낚시 장비와 준비물을 챙기시면서 대물과의 승부를 상상하는 설레는 기다림을 맛보셨을 것인데, 준비하는 과정부터 이미 낚시는 시작되었다. 거실 바닥에 낚시도구를 쭉 늘어놓고, 부드러운 천으로 낚싯대를 닦으시면서 날카로운 낚싯바늘과 투명한 낚싯줄을 손보셨다. 일요일이면 나도 아이들과의 약속이나 결혼식 등 다른 일정이 있을 수 있겠지만, 일단 낚시 일정이 잡히면 모든 일정이 무산되었다. 해가 뜨기 전에 낚시터에 도착해야 했기 때문에 여름철에는 4시, 겨울철에는 5시까지는 아버지를 모시러 가야 하니 그 전날인 토요일은 긴장해서 잠을 설칠 수밖에 없었다. 경기도 안중에 있는 삼중 수로를 자주 찾으셨는데, 그곳은 그리 붐비는 낚시터가 아니어서 항상 앉으시는 전용 자리가 있었다. 낚시는 자리를 잘 잡는 것이 그날의 조황이라, 낚시터에 도착한 낚시꾼은 제일 먼저 매의 눈으로 자리를 살핀다. 맡겨둔 고기를 낚는 것이 아니라 그날 잡을 가능성을 점치고 낚는 데서 낚시의 참다운 즐거움과 맛을 느낄 수 있기에 낚시터에는 고기가 잘 잡히는 명당이 있고, 그곳은 으레 선점한 사람이 있게 마련인데, 이곳은 한적한 편이라 자리 때문에 신경 쓸 일은 없었다. 집에서 출발해 평택역까지 가서 새벽에 문을 연 낚시점에서 그날 미끼를 장만하고, 근처 해장국집에서 아침을 들었다. 그리고 아직도 해가 뜨지 않는 새벽의 구불구불한 길을 밝혀 차 한 대가 겨우 지나갈 정도의 둑 위에 차를 세우고, 아버지의 전용 포인트에 내려 드리면 일단 내 임무의 반은 끝난 것으로 봐야 한다.

가끔은 잡지사에서 선정하거나 낚시 친구한테 얻은 정보를 가지고 낚시터를 찾아가는 경우도 있었다. 내비게이션이 없던 그 시절 말로만 들은 정보나 손으로 그린 허접한 지도 한 장으로 찾아가야 했는데, 기억에 의존해서 그린 지도가 정확할 리가 없었다. 그렇다고 새벽에 다니는 사람도 없으니 물어볼 곳도 없어 난감했던 적도 있었다. 이런 곳은 아침을 해결할 곳도 마땅찮아 집사람이 밥과 국을 먹을 수 있게 준비해 주면 현장에서 데워 식사하곤 했다.

해뜨기 전 낚시터에 도착하면 물결은 흐르는 듯 멈춘 듯 잔잔하고, 주위를 겨우 분간할 정도로 어둠이 걷히는 그 시간, 물안개가 피어오르던 자리를 찾아가시던 걸음에 아침 이슬을 촉촉이 머금은 바닥 길이 질퍽거려도 아버지는 그 시간의 촉감을 즐기셨던 것 같았다. 낚시터에 도착하고 나서는 낚시에 바늘을 연결하고 힘차게 던진다. 그리고는 언제 물지 모르는 물고기를 기다리며 드리워진 낚싯대는 월척에 물려서 금세라도 물속으로 곤두박질칠 것 같은 긴장감으로 낚싯대 끝에 시선을 고정한 채 돌아올 시간까지 찌를 응시하셨다. 날씨가 추워지기라도 하면 외부에 고스란히 노출되어 굳은 몸을 꿈쩍도 안 하시고, 찌만 응시하시던 아버지의 뒷모습은 지루해 보이기보다는 오히려 엄숙하고 경건해 보였다. 아버지는 마지막 순간까지 잡히기를 기다리며 낚싯대에서 긴장을 늦추지 않으셨고, 추위에 언 몸을 깨우면서 고기를 기다렸다. 낚시는 어떤 인위적인 방법으로 미끼를 물게 할 수 없기에 입질을 기다려야 하고, 그 기다림을 다한 구도자의 고통을 겪은 사람만 낚을 수 있는 기다림의 미학이다.

작은 놈이 물리면 찌가 물 위를 살짝 건드리며 오르내리지만, 덩치 큰 놈이 물리면 낚싯대가 휘청하고 낚싯대 끝이 절반은 휘어 내린다. 그 순간을 놓치지 않고 온몸이 물속으로 빨려 들어갈 것만 같은 전율을 느끼면서 낚시에 걸린 대어가 물살을 가르며 안간힘으로 퍼덕거릴 때, 아버지는 마치 황소와 싸우는 전율을 느끼며 통쾌한 손맛을 느끼셨을 것이다. 물속에 있을 때는 놀랄만한 유영력을 발휘하지만, 물 밖에 나오면 볼썽사납게 퍼뜩거리는 물고기를 제압하는 재미가 쏠쏠했을 것이다. 물고기의 거센 저항이 낚싯대를 통해 양팔로 전해지는 손맛이 몸 맛으로 바뀌고, 낚은 후 그 물고기를 보는 눈맛에 매료되어 낚시터를 찾는 것 같았다.

손맛도 못 보고 빈 바구니 들고 힘없이 돌아오는 경우도 많았다. 그렇더라도 출조할 때에는 큰 게 잡혀서 노인과 바다에서 나오듯 뼈만 건져 오는 것이 아닌가 하는 즐거운 상상을 하셨을 것인데, 아버지의 낚시력이나 낚시에 임하시는 노력에 비해 조황은 그리 좋지는 않았다.

아쉽게도 월척을 하지는 못하셨다. 한번은 꽤나 크고 묵직한 붕어를 잡은 적이 있는데, 재어 보니 월척에 약간 못 미쳐서 두 손으로 고기를 힘주어 눌러 재었는데도 미달이어서 아쉬워하셨던 모습이 생각난다. 낚시를 즐기는 이유 중의 하나가 잡은 물고기를 먹는 재미인데, 아버지는 그날 잡은 고기는 돌아올 즈음 물속에 방류했다. 낚시는 물고기를 낚기 전의 설레는 기다림과 물고기가 걸렸을 때의 짜릿한 격정이 낚시의 전부라고 생각하셨기 때문이다.

가끔 아버지가 같이 낚시를 하자고 청하기도 하셨다. 요새 아버지같이 자상하게 사랑을 표현하는 것이 서툰 아버지였기에 같은 공간에 낚시 드리우고 두런두런 이런저런 말씀이나 나누자는 사랑과 관심의 표현이었을 것 같은데, 내가 이를 알아차리지 못한 것 같아 지금도 죄송한 마음이다. 아버지가 낚시하시는 동안 나는 차 안에서 쪽잠을 잤고, 12시쯤 낚시가 끝나면 아버지를 모셔 드리고 늦은 오후에 집으로 돌아왔다. 대개 한 달에 두 번 정도, 아버지가 병석에 누우시기 전까지 7년 동안 모셨다. 아버지가 전화를 주시면 만사를 제쳐놓고 모셨지만, 딱 한 번 학교 입시 업무에 들어가게 되어 부득이 사정을 말씀드리고 모시지 못한 적이 있다.

아버지는 병석에 계실 때도 낚싯대를 옆에 두셨다. 퇴원만 하면 다시 출조하는 기대를 하셨고, 실제 퇴원하고 다시 입원하시는 동안 두어 번 낚시를 모신 적이 있다. 오랜만에 다시 찾은 낯익은 낚시터에서 흐르는 물길 앞에 자리를 잡고 낚싯대를 드리우는 그 순간은 고기 몇 마리를 건진다는 기쁨보다는 그동안 병마의 번거로움을 잊고 묵연히 수면을 바라보고 있는 큰 행복을 만끽하시는 것으로 보였다. 항상 낚시도구를 손질하시면서 마음을 가라앉히고 낚시를 하시면서 인생을 관조하셨던 아버지가 돌아가셨을 때, 당신이 평소 사용하시던 낚싯대를 같이 놓아 드렸으니 저세상에서도 고고한 자태를 뽐내며 낚시를 하고 계실 것이다.

그런데 아버지! 저세상에서는 월척 하셨어요?

04

손주는 보고 있어도
보고 싶다

손주는 귀엽다. 손자의 손(孫)은 아들(子)을 이을(系) 후손이란 뜻이니 더더욱 귀엽지 않을 수 없다. 우리의 유전자가 그렇게 생각하도록 만든 것인지, 학습된 고정관념으로 귀엽다고 생각하는 것인지는 모르겠지만, 손주는 무조건 귀엽고 손주는 보고 있어도 보고 싶은 존재이다. 그러나 이런 것은 할아버지인 나의 일방적인 생각인지도 모른다. 손주에게 가장 친근한 조부모는 외할머니라는 실험 결과가 나왔는데, 이러한 결과는 동양뿐만 아니고 서양도 같다고 한다. 엄마, 아빠 사이에서 아이가 태어났고, 그 자식은 또 누군가와 만나서 자식을 낳으면 친할아버지, 친할머니, 외할아버지, 외할머니가 확률적으로 비슷한 친근감을 가져야 하는데, 왜 동서양을 막론하고 외할머니에게 가장 친근감을 가질까? 엄마는 자기 배로 낳은 자식이기 때문에 아이에 대한 신뢰를 할 수 있고, 마찬가지로 외할머니도 자기 배로 낳은 자식의 배에서 나온 아이가 외손주이기 때문에 모계 쪽이 자손을 더 신뢰하고 사랑하게 된다는 것이다. 그러나 할머니와 엄마가 아이를 보는 방법은 다른데, 아마 이는 세월의 흐름과 무게가 다르기 때문일 것이다.

　엄마는 누군가를 돌보는 일이 처음이기에 미숙하고 아이에게 올바른 방향을 제시해줘야 한다는 책임감이 클 뿐만이 아니라 육아 외에도 할 일이 많기에 바쁘다. 그러나 할머니는 자식을 키워본 유경험자이면서 내 자식은 아니기에 한 걸음 떨어져 있어 만사가 여유롭다. 아이를 키우는 주체가 엄마라서 아이로 봐서는 엄마의 친정인 외가 쪽에 마음이 더 가게 마련이다. 더구나 요새 일하는 엄마들이 늘어나다 보니 아무래도 편한 친정 쪽에 아이를 맡기는 경우가 많아 생기는 현상일 것이다. 그러나 옛날에는 친조부모가 한집에 살거나 가까이 살았기에 할아버지에 의해 웬만한 인성교육이 이루어지면서 돈독한 조손 관계가 형성되는 반면에, 여자로서 친정 출입은 어려워 자주 찾아갈 기회가 없었으니 친가는 자기 집이라는 인식이 강하지만, 외가는 친가보다 약간 거리감을 느끼는 경우가 많았다. 할아버지, 할머니로 봐서도 친손은 자기의 대를 이을 후손으로 보지만, 외손은 남의 식구로 인식하는 경향이 있어 오죽하면 외손자를 귀여워하느니 방아깨비를 귀여워하라는 말까지 생겼다. 그러나 이러한 직계가족 중심의 친족문화는 그리 오래된 풍습은 아니다. 우리나라의 경우 17세기 전에는 아들과 딸 사이에 차별이 없었다. 족보에도 아들, 딸 구별 없이 순서대로 올리고, 상속도 자녀균분상속제(子女均分相續制)라 하여 딸, 아들 구분 없이 똑같이 상속하였다. 제사도 큰아들뿐만 아니라 작은아들이나 딸도 제사를 지낼 수 있었으니, 양자를 들여 제사를 잇게 하는 풍속도 그 당시에는 없었다. 그래서 아들이 없는 경우는 딸이 가계를 이어가고, 외손주가 제사를 모시기도 하는 처가 상속이나 외손봉사가 일반적인 풍속이었다. 실제 이렇게 가업을 이은 집이 많이 남아있다. 그러다가 임진왜란 이후 흐트러진 민심을 바로잡고, 땅에 떨어진 국가의 권위를 바로 세우기 위해 주자가례를 강하게 지켜나가면서 우리의 인식도 바뀌게 된다. 모든 것은 서자가 아닌 적자 중심으로, 그것도 큰아들을 위주로 모든 것이 바뀌고, 상속도 한정된 토지를 여러 자식에게 나누어 줄 수 없기에 큰아들 중심으로 상속이 이루어지게 되는 적장자 우선 불균형 상속(嫡長子 優先 不均衡 相續)으로 바뀌게 된 것이다. 그러나 지금은 그런 구분에 따른 차별은 없어졌고, 친손이든 외손이든 손주는 무조건 이쁘고 귀엽기 그지없다.

노인이 되면 세 가지가 거꾸로 간다고 한다. 초저녁에는 잠이 쏟아지는데, 밤에는 잠이 안 오고, 젊어서의 일은 훤한데 어제 일이 기억나지 않고, 자식과는 소원한데 손주는 몹시 사랑한다는 것이다. 조부모에게 손주는 자식을 기를 때 미처 몰랐던 행복이며, 손주에게 조부모는 부모와는 또 다른 의미의 무한한 사랑이 솟아나는 샘물과 같은 존재이다. 그러나 지금과 같은 세상에 결혼하고 아이를 가진다는 것이 그리 쉬운 일은 아니다. 특히 일하는 엄마로 봐서는 더욱 그럴 것이고, 둘째까지 가진다는 것은 더더욱 어려운 일이다. 아무리 공동육아라고 하지만, 아이에 관한 한 당연히 엄마에게 모든 일이 몰릴 수밖에 없다. 아이가 갑자기 아프다고 해서 회사를 쉴 수도 없고, 업무가 많아 야근이라도 하는 날이면 발을 동동거리기 일쑤일 것이고 야근을 할까 봐 조마조마할 것이다. 그래서 육아휴직을 하는데, 육아휴직은 집에서 쉬는 것이 아니라 직장을 나가지 않는 대신 직장이 바로 집이 된다는 것이다. 그래서 육아와 가사를 겸하게 되는 것이고, 휴직이 아니라 가사 재직자가 된 것이다. 이런 여러 가지 이유가 워킹맘이 아이를 가지기 어려운 이유가 된다. 결국은 이런 어려운 상황이 저출산으로 이어지는데, 정부에서 얼마간의 양육비를 준다고는 하지만, 돈 때문에 아이를 갖겠다고 생각하는 부모는 없을 것이다. 인생의 중요한 결정을 정량적 기준으로 결정할 수는 없기 때문이다. 아이를 낳고 키운다는 것은 그만큼 엄마의 희생과 엄중한 책임이 따른다. 그래서 육아도 하면서 직장 일을 병행한다는 것은 누군가의 도움이 없으면 어렵다는 이야기이고, 육아에 전념하다 보면 아무래도 직장에는 문제가 생길 수밖에 없다. 회사는 한, 두 사람이 없어도 돌아가지만, 아이는 오로지 엄마만이 줄 수 있는 사랑이 있고, 엄마의 보살핌이 필요한 때가 있고, 다시 오지 않은 시간을 엄마가 같이 있어 줘야 한다는 생각 때문이다. 딸이나 며느리도 직장생활을 하다가 결혼을 하고 출산을 하면서 자기 일을 포기할 수밖에 없었는데, 좀 아쉽기는 하지만, 손주들로 봐서는 좋은 선택이라 생각된다. 물론 여자의 사회적 진출이 많아짐에도 불구하고 아직도 우리 사회는 남자는 바깥일, 여자는 집안일이라는 선입견이 깔려 있는데, 여타의 집안일과는 달리 자식을 키우는 것은 결코 하루아침에 이루어지지 않고, 누가 대신해줄 수도 없는 엄마의 고유한 영역이다. 아이는 엄마를 필요로 하지만, 엄마도 아이가 필요하다. 아이들의 영롱한 눈망울이 엄마에게는 살아가는 힘이 되고 버팀목이 된다. 그래서 그런지 자기 엄마의 사랑과 관심을 듬뿍 받으면서 우리 손주들은 잘 커가고 있다.

손주들이 가까이 살기에 우리 집에 자주 오는데, 우리 집에 오면 자기 조부모가 자기들을 무조건 지켜줄 것이라는 믿음을 가지고 온 세상을 가진 양 뛰어논다. 특히 고만고만한 외손자들이 만나면, 시너지 효과가 배가 되어 온 집안을 뒤집고 다니는데, 그 모습조차도 예쁘기 그지없으나 단 하나 아래층 층간소음이 걱정된다. 그래서 아래층 사람을 만나면 양해를 구하곤 하는데, 다행스럽게 이해해주고 가볍게 넘기니 고맙기 그지없다.

아이들이 커가는 모습을 보니 내가 클 때와는 너무나 다른 격세지감을 느낀다. 요즈음 아이들은 전자제품을 아주 쉽게 다루면서 놀고 있다. 나만 해도 전자제품을 새로 사면, 편리함보다는 두려움이 앞선다. 새로운 기기에 대한 설명서를 익혀야 하고 손에 익숙하지 않기 때문이다. 그래서 설명서를 처음부터 따라 해보면서 연습해 보지만, 결국은 몇 가지 기능만 쓰고 있다. 그런데 요새 애들은 이런 전자제품이 두려움의 대상이 아니라 놀이기구가 된다. 휴대전화기 하나만 있으면 자기가 원하는 모든 것을 해결할 수 있고, 즐길 수 있는 요술 상자이다. 나이가 들어감은 백발이 늘어가는 동시에 젊은이들이 앞서간다는 것이다. 조부모는 물론 자기 부모 세대조차 학창 시절에 배운 지식은 낡은 것이 되었고, 사회생활에서 쌓은 경험과 경륜은 그다지 도움이 되지 않는 시대가 되었다. 옛날 아동교육의 현장은 가정이었다. 할아버지나 아버지로부터 글을 배우고 살아가는 방법을 익혔으나 지금의 사정은 완전히 달라졌다. 맞벌이 부부가 늘면서 조부모가 어린 손주를 돌보는 일이 급증하고 있으나 육아에 한할 뿐 교육에는 소외되고 있다. 조부모의 지식과 경험이 세상에서 외면당하기 때문이다. 나는 조부모와 같이 살면서 많은 것을 배우며 자랐다. 물론 그 당시에도 할아버지나 할머니가 하시는 말씀이 시대에 뒤떨어진다고 생각한 적도 있었으나 이제는 알게 모르게 그런 것까지도 내 삶에 깊게 스며들었다. 어떤 사람이 되어야 하는지 또 그렇게 되기 위해서는 어떻게 살아야 하는지 배우면서 자랐다. 굳이 거창하게 배우고 익히지 않더라도 조부모의 일상이 그리고 존재 자체가 교육이었다.

　손주들이 집에 오면 할머니는 바쁘지만, 나는 즐겁기만 하다. 집사람하고 둘만 사는 조용하던 집에 고성이 정적을 압도하는 결투장이 된다. 사각의 이불을 링으로 레슬링 경기가 벌어지고, 권투 경기가 수시로 열리는 데다가 싸우고 소리치는 도망과 추격이 벌어지며, 넘어진 위에 포개어 넘어지면서 씩씩거리고 깔깔대는 모습이 한없이 귀엽기만 하다. 손주가 사랑스럽고 반가운 것은 할아버지나 할머니나 똑같지만, 사랑하는 방법은 다르다. 할머니는 이거 먹어봐라, 저것 먹어보라 하며 밥그릇 들고 손주 따라다니면서 쉴 새 없이 새로운 음식과 간식을 내온다. 그런데 나는 손주들이 오면 아이들과 부딪치는 촉감이 좋고, 고운 얼굴에서 묻어나는 해맑은 아기 냄새가 좋아 껴안아 주고, 뉴스 대신 뽀로로를 같이 본다. 조부모가 키운 아이가 버릇 있기는 힘들다는 말이 있기는 하나 아무래도 자기 집에 있을 때는 여러 가지 간섭이 없을 수 없지만, 우리 집은 자기 부모의 통제가 먹히지 않는 곳이라서 손주들이 오기를 좋아하는 것 같다. 옛날 공자가 말하기를 효도는 부모의 몸을 봉양하는 것보다 부모의 뜻을 받드는 것이 더 가치가 있다고 했으니 엄마가 4남매를 키운 뜻을 헤아려 우리 아들, 딸들이 손주를 잘 키웠으면 좋겠다.

최희서

희서는 양쪽 집안의 첫 손주로, 모든 가족의 관심을 사랑을 듬뿍 받고 자라 지금은 초등학교 3학년이 되었다. 내 자식 키울 때는 아이가 어떻게 크는지 몰랐으나 손주는 다른 것 같다. 안 보면 눈앞에 어른거리고 하루하루 늘어가는 재롱을 보는 재미가 쏠쏠하다. 돌잡이에서 희서는 붓을 잡았다. 뭐가 되든 그저 아무 탈 없이 무럭무럭 건강하게 자랐으면 좋겠다. 돌잔치 때 둘째 딸은 인사말에서 자기를 낳아주고 키워준 엄마, 아빠에게 감사하다고 했다. 자기가 아이를 낳아보니 엄마가 자기를 어떻게 키웠는지를 알았고, 아이를 키워보면서 자기 엄마를 이해하게 된 것일까?

외손녀 덕분에 나도 할아버지 반열에 오르게 되었다. 그전에 손주 본 친구들이 손주 자랑하면 언제부터 손주가 그렇게 대단한 존재가 되었고, 이 세상에서 둘도 없는 소중한 보물로 자리 잡게 되었는지 이해가 안 되었으나 외손녀 보고 나서는 그 마음을 백번 이해할 수 있고, 손주가 집에 온다고 술자리 박차고 나간 친구들을 용서할 수 있을 것 같다.

희서가 태어나던 날, 자식을 낳은 딸이 대견하다기보다는 딸의 고단함이 안쓰러웠다. 희서도 자라 자기 엄마의 고통을 이해하는 날이 오겠지? 희서는 자기 엄마를 닮아 그림에 소질이 있고, 개구쟁이 동생을 잘 보살피는 다정한 누나이다.

내 힘의 원천 / 사랑

최이준

이준이는 희서의 남동생으로, 둘째 딸은 남매를 두었다. 이준이는 자기 누나를 좋아하면서도 짓궂게 괴롭히며, 가끔은 힘으로 제압하려고 하는 개구쟁이 동생이다.

이준이가 오면 내 방은 자기의 호기심을 충족시키는 장소가 된다. 사내아이로서 자기가 관심 있는 것이 내 방에 있기 때문이다. 여기저기 다 뒤지며 살피고 나서는 자기로서는 정리한다고 해놓지만, 표가 나기 마련이다.

지난 초겨울에는 나와 둘이서 아차산에 올랐는데, 아무리 낮은 산이라고는 해도 여섯 살 이준이가 오르기에는 힘이 들어 자주 쉬기는 했지만, 끝까지 완등하였다. 산에 오르는 중간중간 나와 나누었던 이야기 속에서 남자의 책임감과 의젓함을 느낄 수 있었다. 그러나 이런 의젓함도 자기 사촌 동생인 윤우를 만나면, 내면에 감추어진 남자로서 내재한 야성이 되살아나서 투사의 기질이 발휘된다.

이준이는 자기 누나를 좋아하면서도 그 표현이 좀 과격해서 누나는 그런 남동생을 피해 자리를 옮기지만, 이준이는 끝까지 뒤쫓아가 누나를 괴롭히는 장난을 치기도 한다. 그러나 이준이도 크면 과꽃을 닮은 누나를 무척이나 그리워할 것이다.

남윤우

　큰딸은 윤우, 윤성이 형제를 두고 있다. 윤우를 낳고 키울 때 큰딸은 직장에 나가고 있었기 때문에 애를 봐주는 아줌마가 입주해 있었다. 아이를 낳고 조리원에서 나와 우리 집에서 몸을 추스르다가 석 달 육아 휴가가 끝날 즈음, 애를 데리고 자기 집으로 가던 날 무척이나 걱정했다. 초보 엄마가 애를 잘 키울 수가 있을까? 물론 애를 봐주는 아주머니가 있지만, 친정엄마만큼이나 할까 하고 걱정했는데, 그런 걱정에 아랑곳없이 윤우는 잘 커 주었다.

　윤우는 돌잡이에서 처음에는 동전을, 두 번째는 마패를, 세 번째는 청진기를 들었다. 윤우는 자기가 하고자 하는 일에 몰두하는 집착형이다. 자기가 관심 있는 뭔가 하나에 정신이 팔리면 거기에 집중하고 결국은 이루어 내고야 만다. 요새 자전거를 배우는데, 과로해서 밤에 코피까지 쏟을 정도로 몰두하더니 결국은 두발자전거 타기에 성공하였다. 동생인 윤성이가 자기에게 끊임없이 도전하고 극복하고 넘어야 할 대상으로 형을 대하지만, 아직은 경쟁상대가 되지 않는 동생에게 손 큰 양보를 하고, 나들이할 때는 자기 동생의 손을 꼭 잡고 다니는 듬직한 형이다. 그러나 사촌인 이준이를 만나면 자리바꿈을 해서 자기가 동생으로 도전자가 되어 형에게 도전하고 끝없이 따라잡으려고 애쓴다. 안 보면 보고 싶어 하고 기다리지만 만나기만 하면 대결 구도로 바뀌는 그들을 바라보는 것도 외할아버지, 외할머니의 큰 재밌거리다. 가끔은 기발한 생각이나 철학적인 화두를 꺼내 어른들을 놀라게 하기도 한다.

南湖軒

26/may/2020

남윤성

윤성이는 윤우의 동생이다. 윤성이는 해맑은 얼굴의 귀염둥이이다. 내가 부르면 수줍은 듯이 다가와 살포시 내 볼에 뽀뽀도 해주고, 할아버지의 사랑하는 마음을 꿰뚫어 보기라도 하는 듯, 자기에게 사랑을 적극적으로 표현하는 할아버지에 대해 짐짓 아닌 척하기도 한다. 그렇지만 음식을 나누어 줄 때 형과 비교해서 조금이라도 차이가 나면 즉시 항의를 해서 어떤 불이익이나 차별을 받지 않으려는 둘째로서의 생존 방법을 보여주곤 한다. 자기 형이 자기를 약간 무시하는 듯 상대를 하지 않거나 소홀히 대하면 자기가 형에게 다가가 다툼의 빌미를 제공하면서 자기 스스로 부각해야 존재를 인정받을 수 있기에 자기 형에게 끝없이 도전하고 수없이 좌절하면서도 호시탐탐 다음을 노리는 집념을 보이곤 한다. 그러나 아이들이 커가면서 이런 경쟁 관계만 있는 것이 아니라 서로 챙겨주면서 그들만의 언어와 눈높이로 놀아주는 것은 형제만큼 좋은 것이 없다는 생각이 드는데, 외출 때는 형제끼리 손을 꼭 잡고 다니는 모습은 귀엽기 그지없다. 내리사랑이라고 부모들로 봐서 첫째를 키울 때보다 둘째 키울 때가 여유로운 것은 부모의 사소한 실수에도 아이는 의외로 관대하고 건강하게 큰다는 것을 알기 때문이다.

정아인

아인이는 셋째 규연이의 딸이다. 아이가 어느 정도 커서 학교에 다니고 학원에 다니게 되면 그때부터는 아이도 사회적 활동을 하게 되면서 친구도 사귀고 그들만의 일정이 있어 외갓집에 오는 횟수가 줄어든다고 한다. 그러나 아인이의 경우 아직 어리고 집도 가까워 외갓집에 자주 오곤 해서 자기 외조부모한테 낯가림을 하지 않는다. 우리 집에 들어서면서 활짝 웃으며 안기는 모습은 상상만 해도 즐겁다.

가느다란 머리칼을 쓰다듬고 품에 안으면 내 가슴은 알 수 없는 손주에 대한 사랑으로 가득 찬다. 나는 그냥 아이를 사랑스럽게만 키웠으면 좋겠는데, 자기 엄마는 벌써 교육 운운하며 손주에게 가르치려는 모습이 안타깝다. 밤에 길게 잠을 자지 못한다고 밤에 주는 젖을 끊으니 손주가 밤에 몇 날 며칠 엄마 젖을 찾았다는데, 우는 손주를 생각하니 마음이 찢어지는 듯했다.

아직은 외동딸이라 사랑을 독차지하는 관계로 항상 주위의 시선을 의식하고, 자기가 하는 행동을 다른 사람들이 보는지 항상 확인하곤 한다. 아직 어리지만, 언어 구사 능력이 뛰어난 것 같다. 단지 하나 입이 짧은 것이 문제인데, 셋째 딸이 학교, 직장에 다닐 때 휴일에는 밥보다는 잠을 선택해서 종일 침대를 떠나지 않아 자기 엄마를 안타깝게 하더니 이제는 자기가 낳은 딸이 먹성이 좋지 않아 속 태우고 있다. 그러니까 그때 잘 좀 먹지!

박다인

지금까지는 외손주만 보다가 처음으로 친손인 아이인데, 자식이 귀여우면 손주는 더 귀엽기 마련이다. 다인이는 내가 지어준 이름으로, 어질게 크라는 바람을 담아 지은 이름이다.

다인이의 보드랍고 조그만 손을 잡고 있으면 나의 할아버지, 할머니가 내 손을 붙잡고 닦아주던 그때가 생각난다. 내가 할아버지, 할머니의 사랑이 되었듯이 다인이도 기쁨과 사랑으로 피어나는 꽃이 되었으면 좋겠다. 이 꽃을 이쁘게 피우기 위해 부모는 물을 주고 햇볕을 주고 정성을 다하겠지만, 손주로 인해 꿈같았던 나의 어린 시절을 뒤돌아볼 수 있으니 얼마나 즐거운 일인가? 아이들이 손주가 커가는 모습을 동영상이나 사진에 담아 보내주는데, 매일 매일 달라지는 손주의 모습이 그렇게 대견스러울 수가 없다. 며느리가 외동으로 자라서 자식에 대한 사랑이 더 지극한 것 같다. 며느리는 손녀에게 모유 수유를 하는데, 그 모습에서 아이를 사랑하고 그 사랑을 한없이 주고자 하는 성스럽고 자애로운 모성을 볼 수 있다. 분유를 먹고 자란 아이와는 달리, 엄마 젖을 먹고 자란 아이는 젖을 먹으면서 자기가 엄마 뱃속에서 듣던 엄마의 심장 소리를 들을 수 있어 심리적으로 안정을 되찾고 편안해진다고 한다. 다인이의 외할아버지 내외도 자정이 넘치시는 분이라 손주 사랑이 지극한 것 같다. 아빠가 퇴근하고 집에 올 즈음에는 현관문을 쳐다보며 기다린다고 하니 자기 아빠로는 얼마나 좋을까?

05

한밤중에 난리 났네

어느 일요일 마라톤 끝내고 집에서 기진맥진 누워 있는데, 둘째 딸내미가 전화했다. 잠실의 그 집에서 고기 좀 사달라고 했다. 풀코스 끝내고 힘은 들지만, 시집간 딸이 고기 먹자는데 거절할 수가 없었다. 사위가 자기 식구들을 데리고 왔고, 저녁 먹고 집에 오니 본론이 나왔다. 월요일부터 사위가 장기 출장이라 자기 식구들을 우리 집에 두고 갈 작정이었다. 적적하던 집에 손주가 오니 집이 가득 차는 것 같았고, 온 식구의 관심이 그 아이에게로 쏠렸다. 마침 이 일대에 아이들을 위한 카페나 키즈클럽이 많아 낮에는 거기 가서 놀고 돌아오는 것 같았다. 어제도 밖에서 놀고 돌아와서 11시가 되어서야 아이는 잠들었다. 이어서 네 모녀의 수다가 시작되어 12시 반이나 되어서 각자 잠자리로 들었다.

그런데 잠시 잠이 들었을까? 아이의 울음소리가 들렸다. 낮에 놀고 들어와 피곤해서 잘 자더니 왜? 한 30분 보채는 것 같더니 외손녀는 다시 잠이 들었다. 그리고 한 시간이나 지났을까? 다시 아이가 울기 시작했다. 이젠 칭얼대는 정도가 아니라 본격적으로 울기 시작했다. 시계를 보니 2시 반. 자기 엄마가 아무리 아이를 달래봐도 먹을 것을 주고 얼러봐도 애는 계속 울어댔다.

온 식구가 잠에서 깼다. 아가는 그렇게 잘 놀고 깔깔대던 아이가 이렇게 우는 이유를 찾을 수가 없었다. 아이 엄마도 이런 경우는 처음이라며 울고, 이모들은 당황했다. 응급실에 데리고 가겠다고 했다.

그때 외할머니가 나섰다. 아이를 찬찬히 훑어봤다. 머리를 짚어보고, 배를 쓰다듬어 보고, 눈을 보고는 진단을 내렸다. 열은 없는 거 같다. 배탈도 아니다. 배탈인 경우는 얼굴색이 변하고 토하는 경우가 많은데, 그런 것 같지는 않다. 그러면서 옷을 잘못 입어 찝찝하거나, 옷을 너무 껴입어 잘 때 불편하거나, 과도한 난방으로 인한 피부 건조증이 아니냐는 의견을 제시했다. 일단은 속병으로 인한 것은 아닌 것 같다니 그나마 다행이라 생각했다. 방이 더워 아이가 땀이 많이 나니 일단 목욕을 한번 시켜보자고 했다.

새벽 3시에 목욕이 시작되었다. 외할머니는 씻기고 이모들은 그 아이 앞에서 애교를 피웠다. 새벽에 온 식구들이 다 깨서 어린아이 앞에서 재롱을 떨고 있으니 이게 무슨 난리인지? 그런데 목욕을 끝내고 닦고 나오더니 아이가 방긋 웃으면서 아주 편하고 개운한 표정을 지었다. 이유가 밝혀졌다. 그리고 한 30분 재롱을 떨더니 다시 잠이 들었다. 젊은 엄마의 인터넷 지식보다 이모들의 백가쟁명식 처방보다 아이 네 명을 키운 숙련된 할머니의 경험이 빛을 발하는 순간이었다.

딸들은 아이를 낳아 키우면서 비로소 자기 엄마를 알아가게 되고, 자기 엄마가 살았던 시간을 돌아보게 된다. 자기 엄마에 대해서는 의존적 성격이 강해서 하나부터 열까지 아기에 관해서는 엄마와 상의하게 되고, 엄마는 거기에 대해 명확한 답을 준다. 딸들은 아이를 키우면서는 자기 시간을 사는 동시에 엄마의 시간을 살게 되고, 이럴 때 엄마는 어떻게 했는지를 되돌아보며 자기 엄마를 알게 되고, 알게 되면서 감탄한다. 집사람은 이런 일들을 수없이 당했고, 그럴 때마다 혼자서 소리 없이 해냈을 것이다. 집사람이 이렇게 네 명의 아이를 돌보고 키울 때 나는 어디에 있었나?

06

은정이 이야기

정월 열사흘 고모 제사를 다녀왔다. 가끔 친정 조카 집에 와서 며칠을 계시다가 가시곤 했던 고모의 제사에 다녀온 것이다. 대구에 사는 딸 은정이도 올라왔다. 은정이에게는 특별한 사연이 있다.

　　노부부 앞에 어린아이를 안은 젊은 여인이 머뭇거리며 나타났다. 그 젊은 여인은 무엇에 쫓기는 듯 그들 노부부에게 아이를 잠시 맡겨놓고, 곧 돌아올 것이라는 말을 남기고 황급히 사라졌다. 오랜 시간을 기다렸지만, 그 아이 엄마는 나타나지 않았고, 한참이 흐른 뒤 노부부는 그 젊은 여인이 어린아이를 유기한 것을 알았다.
　　노부부는 암담했다. 이 아이를 어떻게 할 것인가? 보육원에 맡길 것을 생각했다. 남편은 정년이 얼마 남지 않은 공무원이었기에 살림이 풍족하지 않았고, 그들에게는 이미 3남매가 있었기 때문이다. 그러나 이 어린 생명을 차마 보육원에 맡길 수가 없었고, 시간이 지나면 엄마가 다시 나타나 그 아이를 데려가리라 생각하고 아내는 주위의 반대를 무릅쓰고 아이를 키우기로 하였다. 그러는 사이 남편은 정년을 맞았고, 그들은 공부하는 삼 남매를 도회지에 남겨두고, 어린 은정이를 데리고 고향으로 되돌아왔다.

어린아이는 변화 없는 시골 생활로 적적한 그들 노부부의 사랑을 받으며 자랐다. 언젠가는 그 아이 부모가 찾아올 것을 기대하며 기다렸지만 끝내 아이 엄마가 나타나지 않자 그 아이를 노부부의 호적에 정식으로 입적시켰다. 이제 노부부는 4남매를 두게 되었다.

나중에 그 아이는 자신의 이야기를 알았지만, 관계치 않고 노부부를 엄마, 아버지라 부르면서 귀여움을 독차지하며 잘 자랐다. 은정이는 노부부의 사랑을 받으며 그곳에서 중학교와 고등학교를 졸업하였다. 그런데 남편에게 갑자기 병마가 닥쳤다. 풍을 맞은 것이다. 이제 남편은 자기 힘으로는 한 발짝도 움직일 수 없는 상태가 되었다. 풍채 좋고 두주불사를 마다하지 않던 그도 병마 앞에선 어쩔 수 없이 병약한 사람이 된 것이다. 그때 그 아이는 고등학교 졸업하고 대학과 취업의 선택에서 모든 것을 포기하였다. 물론 주위에서는 그 아이에게 취업이나 진학을 권유하였지만, 그 아이 스스로 포기한 것이다. 자기를 길러준 아버지의 병구완에 매달렸다. 자기를 키워준 그들에 대한 보은이라 생각했다. 남편도 어느 정도 병에 차도를 보여, 자신이 사는 아파트를 겨우 산책할 정도가 되었다. 그제야 은정이는 늦은 공부를 결심하게 되었다. 대학에 진학한 것이다. 공부할 적령기를 훌쩍 넘긴 자기의 나이를 만회라도 하려는 듯 그는 학교생활에 적극적이었다.

시에도 관심이 많아 자신의 시를 학교 교내 지에 발표하곤 하였다. 그리고 시를 공부하는 동아리에서 한 남자를 만났다. 컴퓨터를 전공하는 잘생긴 젊은이였다. 그는 은정이의 처지를 위로하며 사랑했고, 결혼하게 되었다. 노부부는 자기들의 친자식과 다름없이 사랑했고 귀여워했던 은정이가 이렇게 커서 새로운 생활을 꾸리는 것에 대해 대단히 만족하고 있었다. 그들의 새 보금자리는 그 노부부가 사는 아파트 근처였다. 항상 곁에 두고 보고 싶다는 노부부의 바람 때문이었다. 그 노부부가 바로 나의 둘째 고모와 고모부이다. 그러니깐 그 아이 즉 은정이는 나의 고종사촌이 되는 셈이다. 그를 낳아준 친부모도 찾아 마음을 열어 모든 것을 이해하고, 낳아준 부모와 길러준 부모를 같이 섬기며 행복하게 살기를 바랄 뿐이다. 그 어린아이를 받아 키워준 고모부와 고모의 넉넉한 마음도 푸근하지만, 자기의 환경을 딛고 일어나 티 없이 커준 은정이도 대견한 생각이 든다.

은정이 결혼식 날, 하객을 맞는 신랑이 의젓해 보였고, 신부도 들뜬 모습이었다. 식이 진행되기 전 잠시 신부 대기실에 들렀다. 꾸민 신부가 이뻤다. 멀리 와줘서 고맙다고 했다. "암 당연히 와야지. 이쁘구나. 잘 살아야 해 응?"

조촐한 결혼식이 진행되었다. 신랑과 신부가 동시에 입장하였다. 신부는 당연히 아버지인 고모부가 데려가야 하나 미리 몇 번 걸음을 맞춰보고는 아직 거동이 완전치 못한 상태에서 무리였다고 생각했다. 주례는 고모부 친구인 전직 교육공무원을 지냈던 분이 맡아 주었다. 직업 주례꾼이 아닌 관계로 어눌하지만, 판에 박힌 이야기가 아닌 것이 더 가슴에 와 닿았다. 주례의 말에 의하면 신부는 자기 아버지를 7년간 봉양하여 그 효심이 대구 매일신문에 실렸고, 그 기사에 감동한 한의사 몇 분이 평생 무료진료를 제안했단다. 주례사 동안 고모부는 계속 눈물을 보였다. 신부의 눈가에도 눈물이 비쳤다. 대개는 결혼식장에서 신부 측 어머님이 운다고 하는데, 이 집은 반대였다. 둘째 형수가 피아노 반주를 맡았다. 중간에 프랭크 시내트라의 「My way」가 연주되었다. 가사대로 오랜 세월이 흐른 뒤, 은정이 부부가 지난 세월을 뒤돌아봤을 때 정말 자기들의 인생을 보람되고 열심히 살았다고 말할 수 있게 되기를 빌었다.

문득 옛날 팝송 중 패티 페이지가 부른 그 노래가 생각났다. I went to your wedding. 그 노래 가사처럼 내 눈에도 주책없이 눈물이 고여 자주 예식장 천정을 주시하였다. '그래, 정말 잘 살아야 해!'

어느 해 그 고모가 돌아가셨다. 80살을 앞두고 주무시듯 편안하게 가셨다. 주위에서는 복을 받았다고 했다. 양지바른 곳에 고모를 묻고 내려오는 길에 할미꽃을 보았다. 어릴 때 고모가 가끔 친정에 오면 나를 데리고 올라간 뒷산에서 보았던 할미꽃

이었다. 아마 고모는 돌아가셔서 할미꽃이 되었나 보다.

　어제 제사에서 만난 은정이는 남매를 둔 40대 초반의 여인이 되었다. 매년 고모 제사 때는 대구에서 올라와서 제사에 참석하고, 생신 때는 산소를 찾는다고 했다. 잘 커 준 은정이가 이쁘고, 은정이를 예쁘게 키워준 우리 고모는 좋은 곳에 갔으리라 생각된다.

07

딸에게 보내는 편지

딸을 시집보내는 데 준비해야 할 일은 전부 엄마의 몫이라 남자의 역할은 별로 없다. 살림살이를 마련해야 하기 때문이다. 터의 무늬를 터 무늬라 하는데 아버지 터의 무늬가 별로 없다는 것이다. 그렇지 않아도 집에서 아버지의 존재가치가 별로 없는데 이번 기회에 무얼 할까 고민하다가 시집가는 딸에게 아버지로서 편지를 하나 써서 결혼식장에서 읽어 볼까 하고 편지를 작성하였다.

태어날 때부터 같이 지냈으니 편지 쓸 기회가 없었는데 시집가는 딸내미한테 처음으로 쓰는 편지였다. 쓰다 보니 5장이나 되어 식장에서 읽기에는 너무 길다 싶어 줄여 3장으로 만들었다. 그런데 결혼식장에서 딸내미를 위해 내가 대금 합주를 할 계획이 미리 잡혀있기 때문에 신부 아버지 혼자 북 치고 장구 친다 싶어 사위 될 친구에게 이 편지를 보내 결혼식장에서 이 편지를 읽어도 될지를 그쪽 혼주와 상의해보라고 했다.

다음 날 그쪽 안 혼주가 우리 집사람과 만나자는 연락이 왔다. 만나니 역시 그 이야기였다. 축복받고 즐거워야 할 결혼식장에서 그 편지를 읽으면, 그렇지 않아도 눈물 많은 딸애가 드레스 입고 펑펑 울면 결혼식장이 너무 침울한 분위기가 되지 않겠느냐는 우려였다. 그러면서 집사람은 "이 양반은 가만하나 있으면 돕는 건데 괜한 일 해서 번잡스럽게 한다."라고 눈총을 주었다. 괜한 일 해서 본전도 못 찾았다. 그래서 결혼식장에서 집사람, 딸내미 몰래 계획한 편지낭독 거사 건은 졸지에 수포가 되고 이 편지는 폐백할 때 봉투에 봉해져 신혼여행에 가서 읽어보라고 주었다. 편지 내용 은 다음과 같다.

딸아
오늘 이렇게 기쁜 날
한 남자의 아내로 다가서기 위해 신부 석에 앉은 네 모습이 백합처럼
이쁘구나.
엄마, 아빠의 귀여운 딸로 태어난 것이 엊그제 같은데 어느덧 자라
이렇게 결혼을 한다니 대견하고 장하다.

딸아
네가 태어난 날이 생각나는구나.
서울 근교 어느 산부인과 병원 2층에서 넌 이 세상에 나왔다.
엄마가 고통 속에 너를 세상 밖으로 내보냈을 때, 난 또 하나의 가족을 얻은
기쁨에 이 세상을 몽땅 얻은 기분이었다.
그리고 출산 후 내가 너를 처음 만나러 갔을 때 넌 감았던 초롱초롱한 눈을
뜨고 살짝 미소를 띤 얼굴로 나를 보았던 기억이 어제처럼 새롭다.

엄마, 아빠의 사랑을 담뿍 받고 자란 너는
네가 소질을 보이던 분야로 전공을 잡아 학교에 다니면서 즐거운 학창
시절의 추억을 만들어나갔고 졸업을 해서 네가 원하는 일을 하면서 이제는
우리 부부의 품을 떠나 새로운 가정을 만든다니 기쁘기 그지없다.

딸아

아빠는 엄마를 만나 4남매를 낳아 키웠다.

내가 평생 학교에 있다 보니 남들처럼 번듯하게 입히고 먹여주지 못하고

너를 보내야 하는 내 마음이 무겁다.

그렇지만 너희 4남매는 지금까지 숨소리를 듣고 살을 비비며 살아왔다.

다행스럽게도 너희는 다투는 일 없이 잘 커 주었고, 서로를 보듬으며 길거리

음식이라도 챙겨와서 나눠 먹었다.

그동안 사이좋게 잘 커 줘서 고맙구나.

딸아

너는 네 엄마를 닮아라.

너희 엄마의 자식 사랑을 본받고 가정에 대한 희생과 알뜰함을 본받아라.

너의 모든 것은 바로 엄마의 힘이다.

엄마는 너희들을 키우고 입히고 공부시켰다.

너는 네 엄마의 희생을 평생 새기고 살아라.

딸아

너도 엄마가 될 것이다.

누구나 여자는 될 수 있지만 아무나 엄마가 되는 것은 아니다.

엄마는 아무리 힘들고 슬퍼도 울어서는 안 된다.

약한 모습을 보여서도 안 된다.

밖에서 속상한 일이 있어도 아이들 앞에선 바위같이 강해야 한다.

아이들이 기댈 수 있는 큰 기둥이 되어야 한다.

그리고 아이들이 외롭고 지칠 때는 언제라도 안길 수 있는 넓은 가슴을

가져야 한다.

너는 네 엄마의 그런 강인한 모습을 닮아야 한다.

딸아

너는 이제 한 집의 며느리가 된다.

네가 원하는 사람을 만나 이렇게 경사스러운 혼사를 가질 수 있는 것도

다 네 시부모님의 은덕이란 것을 잊지 말아야 한다.

네 시부모님이 계셨으니 저렇게 번듯한 신랑을 만날 수 있었고

오늘 이렇게 행복한 결혼식을 올릴 수 있는 것이 아니겠느냐?

먹이고 입히고 가르치고 자나 깨나 근심 걱정해 주시고 네 시부모님이 품

안에 안아 주었기에 오늘 이런 근사한 결혼식에 너희들이 주역이 될 수 있는

것이다.

항상 시부모님에게 정성을 다해 모시도록 해라.

딸아

잘 살아야 한다.

우린 거친 음식을 먹어도 되지만

너희들은 고운 음식을 먹어야 하지 않느냐?

우린 이제 늙어가는 것을

너희들에게 바라는 것이라곤

오직 너희들이 무탈하게 커 주기만을 바랄 뿐이다.

따뜻한 가정 이루고 잘 살아가는 모습을 보는 것이 우리의 소원이다.

이제부터 너는 지혜로운 며느리가 되어야 하고

슬기로운 아내가 되어야 하고

그리고 현명한 엄마가 되어야 한다.

그리고 이제부터는 최 서방이라고 불러야겠다.

최 서방.

자네같이 후덕하고 늠름한 사람이 우리 부부의 사위가 된 것에 감사하네.

물론 오랜 시간 같이 지냈으니 서로가 잘 알고 있으리라고 믿네만, 이제는

자네가 가장이라는 무거운 짐을 짊어지고 우리 딸과 더불어 이 세상을

헤치고 살아나가야 하네.

부족함이 있는 것은 채워주고

모르는 것은 가르치면서

서로의 인생을 가꾸어 나가 주게나.

부탁하네.

딸아

그동안 네가 우리 부부의 딸로서 태어나줘서 고맙다.

그리고 살아오면서 우리에게 많은 기쁨을 주면서 가족으로 함께 같이 한

것이 행복했다.

네가 없는 우리 집이 휑할 것이다.

네가 머물렀던 자리에 눈길이 자주 갈 것이다.

그리고 네 체취를 그리워할 것이다.

그러나 네가 네 시집의 며느리가 되었듯이, 최 서방은 우리 집의 듬직한

사위가 되었다.

새 식구 하나 얻었으니 경사가 아닐 수 없다.

눈물이 난다.

기쁨의 눈물일 것이다.

다시 한번 당부하건대

시집가서 시집 식구들 잘 모시고

남편 잘 섬기고

아이들 잘 키우며

예쁘게 살아라.

예쁜 우리 딸

화연아

엄마, 아빠는

너를

사랑한다.

08

아들과 오른 지리산

아들이 초등학교를 졸업하기 전에 지리산을 함께 종주하고 싶었다.

기억은 있지만, 추억이 없는 아들에게 오랫동안 기억될 추억을 하나 남겨주고 싶었기 때문이다. 어느새 훌쩍 자라 이제는 아버지 키를 넘보려는 아들과 말 없는 대화를 나눌 좋은 기회였다.

작년 9월 18일 지리산에 올랐지만, 폭우 때문에 세석에서 포기하고 백무동으로 하산한 적이 있었다. 포기도 용기라지만 아쉬움이었다. 추석 연휴를 맞이하여 아들 학교에 결석신고하고 다시 한번 시도한다. 일기예보는 비 소식을 전하지만 이미 정해진 일정을 강행하기로 한다.

예매한 버스로 남부터미널을 출발하여 구례로 향한다. 쏜살같이 달리는 버스에 활짝 앞길을 열어준 고속도로 주변에는 마지막 여름이 숨을 죽인다. 충청도 지나는데 장대비가 내린다. 걱정이 앞선다. 편안한 우등버스에 몸을 싣고 구례에 도착한다. 구례는 그리 낯설지 않은 곳이다. 구례의 풍요로움은 지리산에서 비롯되었다. 이곳에는 원수에게도 예를 베푼다는 말이 있는데 구례의 넉넉한 인심을 빗댄 말이다. 전의를 다지기 위해 저녁에 소주 한잔하고 억지 잠을 청한다. 새벽에 창밖을 보니 장대비가 내린다. 우리 부자는 지리산과 인연이 없는 것일까? 다음 날 짐을 꾸리고 길을 나선다.

구례에서 성삼재에 올라가는데, 중간에 국립공원 입장료 받는 곳은 추석이라 등산객이 없을 것을 예상했는지 문이 잠겼다. 이럴 때 자는 사람을 깨우든지 국립공원 관리공단에 전화해서 무통장 입금할 수 있을 정도의 애국심이 나에겐 없다. 국립공원 입장료에 옆으로 스치는 천은사 문화재 관람료까지 받는데, 오늘은 그 돈을 아낀다. 나의 의지와 관계없는 불로소득은 괜히 기분이 좋다.

성삼재에 도착해서 노고단으로 향한다. 노고단으로 향하는 길은 시멘트로 포장된 찻길로 일반 차량은 통제시키고 공원 관리 차량만 지나다니는 넓은 길이다. 30분쯤 오르니 화엄사 계곡을 통해 오르는 코재와 만난다. 화엄사 코스는 예전 지리산 종주를 시작하는 곳이었지만 지금은 도로가 뚫리면서 성삼재까지 차로 갔다가 노고단으로 바로 가는 것이 일반화되었다. 들풀과 야생화 그리고 밤새 방문한 멧돼지 자국이 보인다. 아래쪽의 화엄사와 구례는 수줍은 듯 구름 속에 몸을 감춘다.

노고단 대피소에서 간단히 아침을 먹고 노고단 고개에 도착하니 다행히 비는 오지 않고 동쪽 끝자락에 우리의 정복 대상지인 천왕봉을 만난다. 다른 등반객은 없다. 우리 부자는 전의를 다지며 노고단을 출발하는데, 출발은 두려움이다. 돼지령까지는 걷기 좋은 흙길이 쭉 펼쳐지는데, 계속 이런 길만 있었으면 하는 바람이지만 그렇지는 않을 것이다. 걱정했던 날씨가 도와주니 발도 편하고 마음도 한결 가벼워진다. 진흙 길 군데군데 고인 물을 피하며 길을 재촉한다. 출발하고 한 시간쯤 지나 임걸령 샘터에 도착한다. 언제 맛보아도 시원한 물맛이다. 지리산 종주가 가능한 것은 중간중간 이런 샘터가 있기 때문이다. 여기서 우측길로 접어들면 피아골 대피소를 지나 직전마을로 내려갈 수 있다. 몇 년 전 그 길로 하산한 적 있는데, 그곳에서는 깊은 계곡과 급경사를 이용한 계단식 밭을 볼 수 있다. 골짜기 위로 트인 하늘은 넓고 밝아 어느 계곡보다도 기상이 호방한데, 그 골짜기로 기운 경사면을 계단식 논으로 쌓아 올린 신기함과 아름다움은 차라리 눈물겨운 것이기도 하다. 비탈을 타고 내려오는 계단식 논의 굽이친 논배미는 우리 조상의 슬기와 멋이 한껏 배어 있는 가장 아름다운 풍광을 자아내고 지금은 경지 정리된 논에 가려 우리 주위에서 사라져 가지만, 아직도 지울 수 없는 향토적 서정의 징표가 되고 있다. 원만하게 굴곡진 들판의 모습은 자연과 가장 잘 어울린, 인간이 만들 수 있는 최고의 예술품이면서 땅에 대한 무서운 사랑과 집념을 보여준다.

근처 어딘가에 남의 씨를 받아 아들을 낳아주고, 딸을 낳으면 다시 대를 이어 씨받이가 된다는 씨받이 마을이 있었다지? 참 서글프고 가슴 아픈 이야기이다. 누가 씨받이 여인의 한과 억장이 무너지는 슬픔을 알까? 만일 아들을 낳았다면 기뻐해야 할까? 슬퍼해야 할까? 아들 낳아 바치고 이곳으로 되돌아오는 날, 받을 것 다 받았다고는 하지만 그까짓 억만금이 대수인가? 뒤돌아보니 두고 온 아들은 멀어질 뿐이고, 집이 가까워질수록 아들이 더 보고 싶었을 것이다. 이럴 때는 딸을 안고 돌아오는 이가 오히려 부럽지 않았을까? 이 땅에 살다 간 한 많고 슬픈 여인네들 이야기가 지리산에 말없이 숨겨져 있다. 이런 이야기를 품고 한을 삭이고 있는 지리산을 가슴에 안고 아들과 둘이서 걸어 나간다.

산길에서는 가끔 고개를 들어 전체적인 방향과 길을 파악하며 가야 한다. 난 항상 고개를 숙이며 길을 헤쳐 가니 방향을 잘못 잡고, 옆 가지 길로 들어 당황하기도 한다. 돌길을 계속 걸으니 아들 등산화 깔창이 너덜거려서 끈으로 조여준다.

반야봉 올라가는 노루목 삼거리부터는 서서히 오르막이 시작된다. 산죽과 잡목 지대를 만나면서 산죽의 바다로 진입하니 이마에 땀이 연신 흘러내린다. 뒤를 보니 노고단이 저만치 보인다. 머물러 있으면 익숙해지고 편하지만, 그것은 변화와 발전이 없는 묶임이 되기 쉽다. 일상에서 희미해져 가는 나의 마음, 나의 뜻, 나의 몸을 다시 세우고 싶은 내적인 열망이 들끓고, 때를 분별하지 못하고 그저 살아가는 삶이 무기력할 때에는 잠시 물러나는 것도 괜찮다. 다시 한번 거대한 지리산의 품에 나의 온몸을 맡기는 거다. 옆에 늠름한 아들이 동행하니 더없이 든든하고 믿음직스럽다.

화개재 가는 길에 올 때마다 만나는 외로운 무덤 하나를 지난다. 얼마나 지리산을 사랑했으면 여기에 모셨을까? 참 반갑고 고맙고 익숙하고 편안한 길을 우리 부자는 아무 말 없이 묵묵히 앞을 헤쳐 나간다. 힘을 모으고 마지막 고개를 치고 오르니 출발하고 3시간 만에 삼도봉에 도착한다.

옛날에는 날라리봉이라고 했는데, 지금은 경상도와 전라북도, 전라남도가 만나는 지점에 철 구조물을 설치해 두었다. 삼도봉에서 화개재로 향하는 길은 경사가 심해 나무 계단을 설치해서 편하긴 하나 원초적인 맛이 없어지는 것 같은 아쉬움도 느낀다. 화개재는 가장 낮은 능선으로, 옛날 경상도와 전라도 상인들이 물물교환했던 장소이다. 산죽을 뚫고, 나무를 헤치고, 길을 찾아 내려섰다 올라섰다를 반복한다. 간간이 만나는 리본은 우리를 토닥여주는 듯 다음 길로 재촉한다. 화개재에서 토끼봉 가는 길은 오르막이 계속 연결되는 힘든 코스이다. 하지만 오르막길에는 내리막이라는 보상이 어김없이 있다.

토끼봉에서 연하천 가는 길에 총각샘이 있다는 것을 지도를 통해 알았지만, 처음으로 가봤다. 조그만 언덕 넘어 큰 바위 밑을 파고 나온 생명수가 졸졸 흐르는데, 아무런 표시가 없다. 오르는 길이 비록 힘은 들지만 그래도 이렇게 오를 수 있는 산이 있고, 길이 있고, 또 그 속에 우리가 있고, 저 멀리 천왕봉까지 걸어갈 하루가 있어 행복함을 느낀다.

오후 2시에 연하천 산장에 도착한다. 연하천은 해발 1,500m의 능선인데도 물이 풍부하여 쉬었다 가기에 좋은 곳으로, 흐르는 개울의 물줄기가 구름 속에서 흐르고 있다 해서 붙여진 이름이라는데, 뜻을 알고 자태를 보니 그 운치가 더한다. 많은 등산객이 마당에 가득하다. 여기서 점심 먹다가 작년 연말에 지리산 100회 종주를 시도한다던 사람을 우연히 다시 만났는데, 이번이 일흔네 번째이고, 작년 연말 이후 세 번째란다. 총각샘에 표식이 없는 이유를 묻자, 비가 오지 않은 평시에는 물이 없어 그곳을 목표로 힘든 길을 재촉한 사람들에겐 낭패가 아닐 수 없어 표식을 설치하지 않은 것이라고 한다. 집사람이 넣어둔 술 한잔하니 속이 짜르르하다.

연하천에서 벽소령 가는 처음 20분은 평지와 같은 길이다가 몇 개의 고개를 만난다. 형제봉을 지나니 저기 뒤로 노고단이 보인다. 저 길을 우리의 두 발로 걸어왔다고 생각하니 뿌듯해진다. 지리산에서 내가 가장 싫증을 내는 지점인 너덜길을 지난다. 길도 좋지 않고 돌도 하나같이 살아있어 밟는 것조차 온 신경을 쓰며 한걸음, 한 걸음을 떼며 가야지 다른 방법이 없다. 마지막에 다 왔다는 생각이 오히려 얼마나 힘들게 하는지 다시 한번 깨닫는다. 긴장을 놓치면 몸도 마음도 상처를 입고 무너지니 늘 초심이어야 한다. 그것이 행복의 지름길이다.

오후 6시에 지리 10경 중 하나인 벽소명월로 이름난 벽소령 산장에 도착한다. 맑은 날 벽소령 위로 떠 오르는 밝은 달은 그 분위기가 그만이다. 두 번인가를 여기서 잔 적이 있는데, 화장실 가다가 잠시 올려 본 하늘에 총총히 박혀있던 별들의 무리가 생각난다. 서울에 살면 별을 볼 수 없는데, 여기에 오면 밤하늘에 별이 쏟아진다는 것을 실감한다. 아래 빗점골은 남부군의 총수 이현상이 최후를 맞이한 곳으로, 이 시대의 불행한 영웅을 생각하면 잠시 숙연해지는 곳이다. 이 모든 것을 안고, 지리산은 어제도 오늘도 그리고 내일도 묵묵히 이곳을 지키고 있으리라.

자리 배정받고 저녁밥을 해 먹는다. 술이 조금밖에 없어 몇 잔에 술병이 비었다. 100회 종주하는 친구가 소주 큰 병을 가지고 왔다. 산에서는 물, 술, 김치는 절대 남에게 얻어먹지 않는다고 했는데, 염치 불고하고 몇 잔 얻어 마신다. 17명의 산꾼이 잠자리하는데, 바깥 기온이 16℃라 추위가 엄습해온다. 아들은 몸부림이 심해 벽 측에 자리를 배정받는다. 잠자리가 창문 옆이라 밤새 처마에서 비 떨어지는 소리가 들리고, 내일은 전국적으로 비가 내린다고 하니 올해도 작년처럼 포기하는 것이 아닌지 걱정이 앞선다.

다음 날 새벽 5시에 아들을 깨워 비옷을 입히고, 모든 것을 꽁꽁 동여맨다. 미끄럼 조심하고, 바람이 세니 지팡이를 잘 활용하도록 일러준다. 다른 사람은 전부 자는데, 우리가 처음으로 벽소령 산장에서 출발한다. 장대비가 오고, 안개에다가 바람도 거세지만 아들을 앞세우고 깜깜한 밤길을 헤쳐 앞을 가른다. 어두운 밤에 떨어지는 굵은 빗방울 소리는 두려움이지만 그래도 가야 한다. 편하려면 집에 있지 굳이 나올

아들과 둘이 종주하는 지리산이 안개에 싸여있다.

필요가 없지 않은가? 자신을 이기고 최선을 다하는 자세는 앞으로 살아가면서 필요한 덕목 중의 하나이기에 이것을 아들에게 보여주고 싶어서 같이 지리산을 찾은 것이다. 해보지도 않고 지레 겁먹고 포기하는 마음으로는 앞으로 어려운 세상에서 아무것도 할 게 없다.

처음 20분은 평지가 이어지다가 음정 가는 갈림길부터 지루한 오르막이 사람을 지치게 만들지만 어찌하랴 이것이 산이 우리에게 주는 교훈인 것을. 선비샘에 도착하니 사위가 밝아진다. 덕평봉 능선에 있는 선비샘 일대는 넓은 절개지로, 그 한가운데를 뚫고 물이 나오는데, 비가 많이 와서 그런지 물이 철철 넘친다. 옛날 세상에 태어나면서부터 가난에 쪼들리며 평생을 살아간 박복한 사람이 평생 한 번이라도 사람들에게 선비 대접을 받아 보았으면 하는 소망에 세상을 떠나면서 아들에게 자신이 죽거든 시신을 이 샘터 위에 묻어 달라고 유언했다. 그로부터 지리산을 찾는 등산객들이 이곳을 지날 때 샘터에서 물을 받으면서 허리를 숙여 절을 하게 되니 그 사람은 생전에 그토록 받고 싶어 하던 선비 대접을 받게 된 것이다.

선비샘에서 시원한 물로 목을 축이고 출발하니 앞에서 불어오는 시원한 바람이 이마에 흐른 땀을 지워 버린다. 능선 종주의 재미는 자신이 걸어온 거리가 알뜰히 저축한 예금통장처럼 불어난다는 것을 뒤돌아보며 확인할 수 있다는 것이다. 중간중간 세워둔 이정표에서 지나온 길을 확인할 수 있다. 경사진 곳은 물이 흐르고 평지에는 물이 고였는데, 비 온 뒤 산에서 듣는 물소리는 정겹기보다는 두려움에 가깝다.

바위지대를 지나 조망이 시원하게 확보되는 바위에 앉아 우렁차게 뻗어져 이어지는 능선을 보니 계곡은 더욱더 푸르고, 빛이 들지 않는 음지는 골이 깊어 명암이 확연하다. 푸르름이 더해가는 나무숲 사이를 넘나드는 산새들의 우짖는 소리가 골을 따라 울려 퍼지고, 바위에 앉은 우리는 산과 하나가 된다.

여름이라 산죽이 우거져 앞을 방해하고, 날이 어두워 예상 시간보다 늦어져 이 속도면 당초 일정에 차질이 생길 것 같아서 지쳐 비틀거리는 아들이 가엾지만 매정스럽게 내가 앞장을 선다. 등산화는 이미 젖어 발은 불었고, 뒤를 돌아보니 아들은 힘든 발걸음을 옮기고 있다. 앞에서 바람이 불어오고, 그 바람에 넘실거리는 안개 속으로 사라졌던 꽃들이 숨고 드러내고를 반복하며 발길을 붙잡는다.

"아빠, 벌써 낙엽이 졌어요." 나무가 조금씩 물들어간다. 올해 가장 먼저 낙엽을 만난다.

9시에 세석 대피소에 도착해서 아침을 지어 먹는다. 이제는 아들이 알아서 물을 길어오고 설거지도 한다. 아침 식사 후 대피소 나무 의자에 앉아 잠시의 휴식을 즐기며 지리산의 의미를 다시 한번 되새긴다.

우리 산하를 잇는 백두대간의 시작이자 끝점인 이곳 지리산이 한때 격렬한 동족상잔의 현장이 돼버린 적이 있었다. 여순사건이 발생했을 때 이른바 빨치산의 정착 투쟁지였던 곳이 바로 이곳이다. 빨치산 토벌 작전은 토착민들의 고향을 송두리째 앗아가 버리는 비극으로 발전했고, 이념에 의한 싸움은 결국 지리산 자락의 오지마을을 모조리 파괴하는 결과를 초래하였다. 우리 민족사의 어두운 역사를 품고 모든 것을 어루만지기라도 하듯 말없이 침묵하는 용트림을 여기서 온몸으로 느낀다.

세석 대피소에서 장터목 산장에 이르는 길은 작은 오르막과 내리막이 반복된다. 올라가면 내려가야 하고, 내리막이 있으면 오르막이 기다린다. 우리 인생도 산과 같아 옛날부터 산은 우리의 부족함을 깨우치게 하는 교과서 같은 존재지만 우리는 이것을 잊고 있다. 뽐내지 말고 교만함을 두려워해야 하며, 인내를 우리는 산으로부터 배워야 한다.

짙은 안개가 바람 따라 흘러가고, 한기가 온몸을 사로잡는다. 칠선봉의 바위 사이를 헤집고 하얀 꽃송이를 드러낸 구절초와 들국화는 안개 속에서 소박하고 청초하게 한껏 아름다운 자태를 아낌없이 드러내고 있다. 장터목 마당에서 산장이 보이지 않을 만큼 안개와 구름이 자욱하다. 장터목에 도착해서 천왕봉으로 출발하기 전에 물통에 물을 채우니 누군가가 "복을 잘 받으셨습니까?"라고 묻는다. 그래! 산에서 물은 복이다.

천왕봉까지 걸어서 보통 1시간 거리이니 천왕봉 일출을 보려면 장터목 산장에서 하루를 묵는 것이 보통이다. 종주 산행 때 대부분 해가 지면 자고, 해가 뜨면 일어나 걷는다. 그래서 산장도 그런 일정에 맞추어 정해놓고 움직이는 것이 보통이다. 처음 여기에 왔을 때 일출을 맞으려고 어둠을 헤치며 천왕봉에 오르면서 문득 돌아보니 내 뒤로 새벽을 가르며 천왕봉을 향하던 불빛에 감격했던 적이 있다.

장터목에서 천왕봉을 오르는 길은 처음부터 급경사로, 힘든 코스를 오르면 살아서 천년, 죽어서 백 년을 간다는 주목 단지를 만난다. 신록이 펼쳐져 새 생명의 활기가 넘치는 제석봉에 남아있는 고사목은 이 일대에 울창했던 숲을 도벌꾼들이 도벌하면서 그 흔적을 없애려고 불을 질러 지금처럼 된 것이라 한다. 푸르름 위에 죽어버린 나무의 잔해들이 널려 있으니 삶과 죽음이 극명하게 대비되는 곳이다. 녹음이 짙어지는 숲 사이로 길은 계속되고, 여기저기 피어나는 분홍빛 꽃잎이 아침 햇살을 받아 영롱한 아침 햇살을 맞이하니 온몸에서 힘이 솟아난다. 제석봉에서 통천문까지의 경관은 정상에 이르기 전의 맛보기 가경지대라 할 만큼 경치가 좋다.

땅에 매여있던 우리를 하늘로 이어주는 통로인 통천문 뒤로는 천왕봉이 있다. '하늘로 통하는 문'이라는 이름에 걸맞게 예로부터 부정한 사람은 오르지 못했다고 한다. 통천문 철제계단에 오르면 천왕봉 오르는 막바지 지점인 벼랑 지대가 나타난다. 인간은 간사해서 올라갈 때는 내려오는 사람이 그렇게 부러울 수가 없고, 반대로 내려올 때는 오르는 사람을 만나면 그렇게 행복할 수가 없다.

천왕봉을 오르는 마지막 벼랑을 힘겹게 올라 드디어 정상을 만난다. 사방을 둘러보아도 거침이 없는 아래 세상이 아득히 내려다보이는 1,915m 천상의 천왕봉이다. 하늘을 떠받치는 기둥인 양, 불끈 솟아오른 이곳 천왕봉에서 더는 오를 곳이 없다. 한껏 위엄으로 천군만마를 호령하듯 온갖 풍랑과 비와 구름과 안개와 찬바람과 따사로운 햇살을 한 몸으로 이겨 내면서 우리 민족의 영원한 기상으로 길이 남을 우리의 유산이자 최고 봉우리이다.

뒤를 돌아다 보니 우리가 출발했던 노고단이 안개에 잠겨있다. 백두대간이 시작되는 곳으로, 안개 때문에 아무것도 볼 수가 없지만 모든 것이 우리 발아래 있다. 노고단에서 발원한 지리 영봉은 반야봉을 지나고, 칠선봉을 지나고, 영선봉을 지나 여기까지 힘찬 용트림을 하고 있다.

'한국인의 기상 여기서 발원되다'라고 쓰인 정상비는 여전히 여기에 서 있다. 땅에 매여있던 나를 하늘로 이어주고, 늘 그 자리에 있으니 지리산은 내 마음의 고향이나 다름없다. 정상은 몸을 삼킬 것 같은 바람뿐이다. 바람과 안개로 휩싸인 천왕봉에서 어느덧 성큼 커버린 아들과 같이 하늘을 올려 본다. 이대로 머무를 수만 있다면……

시간도, 세월도, 그 모든 것들이 흘러가지 말고 이대로 정지해 버릴 수만 있다면……

지리산에 대한 연민이 너무 큰 걸까? 아니면 여운이 너무 깊은 것일까? 기억이 카메라보다 뛰어난 것은 사진에는 담을 수 없는 그 순간의 감동을 생각해낼 수 있다는 것이고, 사진으로는 그 감정을 표현할 수 없으니 단지 기억에만 의존할 수밖에 없다. 다른 기억들로 인하여 그 기억이 잊힐 때쯤이면 우리는 다시 지리산을 찾을 것이다. 그리고 지리산에 온몸을 맡기고 안길 것이다.

집사람과 통화한다. 아들은 천왕봉 도착 사실을 엄마에게 자랑스럽게 알리고, 집사람은 울먹이는지 목소리가 자주 끊긴다. 아들을 꼭 껴안아 준다. 추위에 멋어버린 얼굴에 얇은 미소가 스친다. "욕 많이 봤다."

노고단에서 01-01로 시작한 안내판이 이곳에서 01-52를 가리킨다. 한 칸이 500m씩이니 52개면 26㎞이다. 노고단에서 천왕봉까지 25.5㎞라고 하니 맞는 것 같다. 다시 한번 만날 날을 기약하며 표지석을 쓰다듬고 가슴으로 안는다. 천왕봉에서 장터목 산장으로 오른 길을 다시 내려온다. 시원한 바람을 온몸으로 받는데, 바람은 지리산에 대한 그리움을 실어 온다.

오후 2시에 장터목에서 백무동으로 출발한다. 정확하게 계획대로다. 올라가는 것은 어떤 기대를 하며 긴장하게 되지만 내려가는 길은 아무래도 마음가짐이 흐트러져 예기치 않는 불상사를 초래하곤 한다. 아들에게 마지막을 조심하라고 타이른다. 넝쿨이 발목을 조여오고, 나무들이 내 몸을 놓아주지 않았던 그 길을 다시 내려간다. 내려가는 것은 축복이고 희열이다. 더구나 힘들어 올라오는 사람을 만날 때면 더더욱 그렇다.

물도 좋고 바위도 예쁜데, 그 위를 다람쥐들이 놀고 있다. 천적인 뱀이 없어서인가? 마지막에 다 왔다는 생각이 우리를 얼마나 힘들게 하는지 다시 한번 깨달으며, 그동안 감추어 두었던 온몸의 피로를 토해낸다.

긴장을 놓치면 몸도 마음도 상처를 입고 무너지니 늘 초심으로 마지막을 장식해야 한다. 한 걸음 한 걸음 떼어서 걸어가야 할 자리를 채우지 않는 한, 그 어떤 기적도 우리에게 일어날 수 없다. 그것을 무시하고 얻으려 한다면 그것이야말로 위선일 것이다.

계획상으로는 5시 도착인데, 예정 시간을 5분 앞당겨 백무동에 도착한다. 땀과

흙으로 범벅이 된 몸이지만 마음은 날아갈 것 같다.

아들을 온몸으로 힘차게 껴안는다.

그래, 장하다.

어려운 길을 헤쳐가면서 속삭이던 너에 대한 사랑이 또 한 번 가슴을 울리며 목
젖까지 차오르는 감정을 감당하기엔 내 가슴이 너무 작지만 아들아! 너를 사랑한다.

오늘 아빠와 한 산행을 오랫동안 아니 영원히 잊지 못할 것이다. 살아가는 동안
어려움이 닥치면 이 경험이 에너지가 되어 힘을 보탤 것이다.

아빠가 왜 지리산에 데리고 와서 어려운 빗속을 종주했는지 깨달을 때가 있을 것
이고 백 마디 말보다 같이 땀을 나누고 정직하게 길을 열어 헤쳐간 100리 길의 교훈
을 너는 알게 될 것이다.

네가 자라 아빠 나이가 되면 네 아이와 또 이 지리산을 오를지 모른다.

그때 너는 네 아이에게 내 나이 열세 살 때 아빠와 비 오는 지리산을 함께 다녀왔
고, 그것이 살아가는 힘이 되었노라고 말할 것이다.

그때 아빠는 이 세상 사람이 아닐 것이다.

그래도 어디에선가 아빠는 너희들을 지켜볼 것이다.

사람은 바뀌어도 지리산은 어제도 그랬듯이 지금처럼, 그리고 앞으로도 어머니의
산처럼 우리를 지켜주며 영원히 그대로 있을 것이다.

지리산을 가슴에 품고 다음을 기약한다.

아들이 중학교 2학년 때 다시 한번 지리산을 올랐다.

내 힘의 원천 / 사랑

09

아들 주례사

얼마 전까지만 해도 결혼식에는 항상 주례가 있었다. 대개 신랑이 평소 존경하는 은사나 직장 상사를 주례로 모셨다. 그러나 아들 결혼식 때 주례는 다른 분을 모시는 것보다 양쪽 혼주가 새로 시작하는 부부에게 덕담을 건네는 것이 좋다고 생각했다. 어릴 때부터 커가는 모습을 가장 가깝게 지켜봤기 때문이다. 그래서 혼인 서약, 혼인 선언문은 내가 하기로 하고, 양가 아버지가 나와 간단한 덕담을 건네기로 하였다. 내가 그날 했던 주례사를 여기에 옮긴다.

> 먼저 오늘 주말 오후인데도 불구하고 새로 출발하는 신랑, 신부를 축하하기 위해 귀한 걸음을 해주신 하객 여러분들에게 양가를 대신하여 깊은 감사의 말씀을 드립니다.

> 대개 주례라고 하면 양가와 관련이 있는 분들 중에서 사회적으로 덕망 있고 명망이 있는 분을 모셔서 인생의 귀감이 될만한 좋은 말씀을 청해 듣는 게

일반적인 경우입니다마는

오늘 결혼식에서는 양가의 바깥 혼주 되는 분이 나와서 오늘 새로 출발하는
신랑, 신부에게 덕담을 전해주기로 했습니다.
저는 신랑의 아버지 되는 사람입니다.

이제 양가의 사랑스러운 자녀가 만나 남편으로서, 아내로서, 며느리로서,
사위로서 새 가정을 꾸미고 더욱더 희망찬 미래를 향해 새 출발을 하는
이 마당에 오늘의 이 아름다운 결혼식을 준비하는데, 누구보다 애쓰신
사돈어른 두 분께 감사하다는 말씀을 드립니다.

세상에 길어서 좋을 게 없는 게 바로 주례사인데 대개 주례사는 부모에게
효도하고 부부가 금실 있게 잘 살고 자식 잘 키우라는 말씀이 주된
말씀입니다.
무엇보다 오늘의 결혼식을 위해 마음 졸이며 준비하고 기다렸을, 두 주인공

신랑과 신부에게 아버지와 시아버지로서 축하하고 사랑한다는 말과 함께 딱
두 가지만 말하는 것으로 축사를 대신할까 합니다.

첫째는, 엄마를 닮으라는 것입니다.
저는 결혼을 해서 둘만 낳아 잘 키우자.
잘 키운 딸 하나 열 아들 안 부럽다는 표어가 난무하던 시절 자식 4명을
낳아 키웠습니다.
그중 딸내미 셋은 이미 출가를 하였고, 오늘 막내를 장가보내면 저는 필혼을
하게 됩니다.
이렇게 4명의 자식이 때맞춰서 시집가고 장가가니 고마운 일이 아닐 수
없습니다.

우리 아들한테 들으니 자기는 자식 3명을 낳겠다고 합니다.
자기 부인될 사람한테 승낙을 받아서 하는 이야기인 줄은 모르겠습니다만
하여튼 자식을 많이 낳겠다니 반가운 일이 아닐 수 없습니다.
부모는 아이를 낳는 것도 중요하지만 아이들이 잘 클 수 있는 환경을 만드는
것이 훨씬 중요합니다.
자식은 무한한 부모의 사랑과 관심으로 크는 것입니다.

여기 이 부부가 자식을 낳고 키우면서 이들은 비로소 자기를 낳아주고
키워준 엄마를 알아가게 될 것입니다.
엄마!
얼마나 정다운 단어입니까?
이 세상에서 그 어떤 위대한 사람도, 그리고 어떤 나쁜 생각을 가지고
살아가는 사람일지라도 자기 엄마 앞에서는 무릎을 꿇게 되어있습니다.

엄마는 그런 힘이 있습니다.

여자는 약하지만, 엄마는 아이가 아프면 십 리 길을 마다하지 않고 아이를 업고 갈 수 있는 강인함이 있습니다.

엄마의 자식 사랑을 본받고 가정에 대한 희생과 알뜰함을 본받아야 합니다.

엄마는 비록 입지 못하고 먹지 못해도 자식들은 먹이고 입혔습니다.

그리고 공부시켰습니다.

엄마는 자식들이 먹는 것만 봐도 배가 부르고

하나라도 더 먹이고 싶어 안달이지만

엄마는 막상 자기를 위해서 상을 차리지는 않습니다.

오늘 새로 출발하는 이 부부는 엄마의 희생을 평생 새기고 살아야 할 것입니다.

그리고 엄마의 그 사랑과 희생을 닮으십시오.

그리고 둘째는, 절대 남과 비교하지 말라는 것입니다.

우리는 흔히 자식을 키우면서 남과 비교를 합니다.

네 형은 안 그러는데 너는 왜 그러냐?

우리 동창 집사람은 뭐를 잘하는데 당신은 왜 그렇게 못하느냐?

옆집 남편은 집에서 뭐를 해준다는데 당신은 왜 안 해주느냐 하는 이런 이야기를 절대 하지 말기를 바랍니다.

이 말을 듣고 아, 내가 더 잘해야 하겠다고 생각하는 사람은 한 사람도 없습니다.

미움과 증오만이 있을 뿐입니다.

결혼은 상대방을 자의적으로 선택한 것입니다.

전 세계 70억 그중에서 우리나라에 5천만 명의 사람 중에 오직 한 사람

상대방을 선택하고 평생의 반려자로 삼은 것은 참으로 귀한 인연이라 하지
않을 수 없습니다.
상대방은 세상에 하나밖에 없는 유일무이한 존재입니다.
그러니 세상에 단 한 사람밖에 없는 상대방을 그리고 거기서 태어난 귀한
아이를 다른 사람과 비교할 수 없는 것입니다.

저는 자식을 키우는 것이 예술가가 하나의 작품을 만드는 것 같다는 생각을
합니다.
하나의 좋은 작품을 만들기 위해 예술가는 온 힘을 다하고 자기의 모든
것을 소진해 작품에 매진합니다.

자식에 대한 사랑은 새끼를 떨어뜨려 살아남는 놈만 키운다는 사자의
선택적 사랑이 아니라 우렁이의 헌신적인 사랑이 필요합니다.
우렁이는 새끼를 낳으면 새끼들을 자기의 살갗 위에 살도록 하면서 새끼들이
어미의 살을 파먹으면서 성장시키고 그 새끼들이 성장하면 어미는 빈 껍질만
덩그러니 남는다는 바로 그 우렁이의 희생으로 자식을 키워야 합니다.

자식에게 먼저 다가가고 꼭 보듬고 자식을 키워야 합니다.
부모는 자식의 거울이고 거울은 절대 먼저 웃지 않습니다.

부부는 30년 가까이 다른 집안에서 성장하여 성인이 되어 만났는데 어떻게
모든 게 맞기를 바라겠습니까? 서로 틀림이 아니라 다름을 인정하여 같은
곳을 바라보면서 가는 것이고 차이는 인정하되 차별은 절대 하지 말기를
바랍니다.
두 사람은 배우자의 장점만이 아니라 부족함과도 결혼한 것임을 알아야

합니다.

그래서 결혼은 일치가 아니고 일치를 향한 출발입니다.

결혼이란 하늘에서 맺어준 인연이 땅에서 완성되는 것이라고 했습니다.

이제 두 사람은 오늘부터 부부가 되었습니다.

인생의 유일한 동반자로서 이 삭막한 세상에서 함께 인생길을 걸어가면서,

서로 위로하고 돕고 협력하는 부부가 되기를 바랍니다.

그래서 앞으로 60년 후 이들 부부는 미수가 됩니다.

그때가 되면 자기 자식들 다 성가 시키고 희끗희끗한 머리 흩날리면서 손을

꼭 잡고 공원을 걸어가는 미래의 이 부부 모습을 상상해봅니다.

그날까지 서로 사랑하고 위하면서 살아가기를 바랍니다.

결혼은 좋은 짝을 찾는 것이 아니라 좋은 짝이 되어 주는 것이라는

말씀으로 저의 주례사를 가늠하고자 합니다.

그날 사돈어른께서 하셨던 말씀도 여기에 옮긴다. 딸을 시집보내는 아버지의 마음이 그대로 담겨있다.

사랑하는 우리 딸 지이에게

네가 태어난 날

아빠는 고향 땅에 나무를 심었다.

시골에 갈 때면 늘 너는 그 나무를 안고 사진을 찍었지.

그렇게 우리의 기억은 차곡차곡 쌓여 오늘에 이르렀다.

지난 한가위, 혼인 날짜를 잡고 할머니 집에 모여서 하룻밤을 지낼 때,
아쉽고 아쉬운 마음에, 가슴에 커다란 동굴이 하나 생긴 듯 찬 바람이
불더라.
가슴에 뜨거운 것이 울컥 올라왔지만, 그 뜨거움마저 좋았다.
결혼한다고 다른 집사람이 되는 것은 아니지만
어쩌면 할머니와 보내는 마지막 밤이 아닌가 싶어 더욱더 그랬던 것 같다.
할머니로 인하여 내가 있고, 나와 더불어 엄마가 있어 네가 지금 이 자리에
있다.
얼마나 소중한 인연이고 귀중한 만남인가,
더불어 같이 먼 길을 왔고, 오늘 더더욱 너는
필생의 짝을 찾아 모든 어른의 축복을 받으니
이보다 더한 기쁨도 없으리라
그때 심은 그 나무가 너보다 더욱 컸다.
너도 튼튼하게 자랐다
고맙고 기쁜 일이다
그 시간들이 순간순간 너무 좋았다.
모든 순간이 축복이었다
너는 푸르고 울창하고 섬세하며 결이 고왔다.
한순간도 버릴 수 없는 시간을 우리에게 선물해 주었다
결혼을 약속한 그 날 이후
자다 일어나
너의 잠든 모습을 지켜보면서, 밤늦어 새벽까지 많이도 서성였다.
이렇게 훌쩍 커버렸나 싶었다.
시간은 내 편이 아니었다. 시간은 영원히 너의 편이다.
지난 시간이 너무 아쉬웠다.

주머니 속의 영원한 다람쥐 같은,

도무지 내 곁을 떠나지 않을 소중한 보물이었다

그런 네가 결혼을 한다

흔한 말로, 시집을 간다

그런 개념에서 아빠는 자유롭지가 않다

아쉽다, 더 잘해주지 못해서 후회가 된다.

더 좋은 환경을 만들어 주지 못해서

그러나 아빠는 노력했다

그것만 알아주었으면 좋겠다.

너는 떠나는 것이 아니다

더 많은 것을 성취하는 일이란 걸 나는 안다

무남독녀 외동딸, 이런 말은 하고 싶지 않다

피붙이라는 것이 개인적이지만, 다른 사람과의 인연을 통해

더 넓은 세상을 향한 디딤돌을 내딛는 것이라 생각한다

너의 세상이 열리리라 생각한다

더 좋은 두 어른을 모신다

성실해라, 힘들어도 그것이 꽃길이다

아빠도 죽을 때까지 더욱 성실하마

너를 위해서 그렇게 할게

목숨보다 더 소중한 것이 있다면

바로, 너다

너의 길이 나의 길이다.

오늘, 더불어 갈 사람이 있으니

얼마나 든든한지 모르겠다

아들 같은 사위라 말하지만, 낳지 않아도 자식이다.

너의 사람이니 더더욱 나의 사람이지 않겠는가.

엄마는 아쉬움 속에서도 더욱 든든한 나날을 보낼 수 있을 것이다.

엄마 아빠는 너의 그림자가 될 것이다

거기에 더해

훌륭하신 더 든든한 어른들을 모셨으니

나는 참 잘 살았다고 생각한다

고맙고 고맙다

나는 오늘

내 인생에서 가장 좋은 일을 했다고 생각한다

내 사랑하는 마음,

내 존경하는 마음,

네가 그걸 온 세상에 전해주거라

소박하지만 원대한 꿈을

너에게 준다

사랑하고 또 사랑한다

아빠가

한마디만 덧붙이겠습니다.

얼마 전 안사돈께서 손수 쓰신 서예작품 한 점을 예쁘게 표구해 보내

주셨습니다.

우리 신랑 신부는 그 내용을 잘 알고 있을 것입니다.

고린도전서 13장의 말씀입니다, 그것은 진리입니다.

그 사랑의 진리를 우리 현수, 지이는 늘 명심해 주길 바란다

서로 닮고, 좋아하고, 비슷하다 해서 결혼을 합니다.

아들 결혼 때 사랑이 듬뿍 담긴 축사를 해주신 사돈어른

그러나 결혼을 하게 되면 서로 다름을 확인합니다. 그래서 사랑이 꼭

필요합니다.

사랑은 '참는 것'입니다. 서로 '믿고', '진리와 함께 기뻐하는 것'입니다.

우리 사랑스런 현수, 지이는 어머니께서 주신 사랑의 의미를 늘 잘

간직해주길 바란다.

그리고 값지고 행복하게 잘 살길 기원한다.

고맙습니다.

10

선생으로 살아온
세월의 빛과 그림자

졸업생 하나가 다녀갔다.

조그마한 건설업체를 운영하고 있는데, 낮술이 얼큰해서 왔다. 무작정 옛날의 교수님이 뵙고 싶어서 왔단다.

오래전 내 강의시간에 그 학생이 술을 먹고 들어 왔단다. 낮술이 얼큰해 엎드려 잤는데, 자는 모습을 보고 아무 말 없이 강의를 계속하더란다. 강의시간 끝나고, 강한 사투리로 자기 이름을 불렀다고 했다. 자기는 야단맞는 줄 알고 잔뜩 긴장해서 나오니 어깨를 툭 치며 천 원짜리 한 장을 내밀면서 나가서 우동 한 그릇 먹고 술 깨고 오라고 했단다. 그래서 그 돈으로 학교 식당에서 250원짜리 우동 한 그릇을 먹고, 박카스 두 병 사서 하나는 먹고, 하나는 거스름돈 200원과 함께 내게 줬단다. 처음 학교에 왔을 즈음의 이야기인데, 난 전혀 기억하지 못하는 이야기를 그 졸업생은 생생하게 기억하고 있었다.

그 후 그 졸업생은 사회생활을 하면서 우동 한 그릇의 의미를 자주 되새겼단다. 남의 잘못을 탓하지 않고 덮어주는 아량. 이 졸업생이 건설 분야 일을 하다 보니 어려운 작업자의 사정을 끝까지 경청하고, 역지사지의 심정으로 그들에게 다가갔단다.

이제는 머리가 허연 노인네 졸업생이 옛 선생 앞에서 가끔은 울먹이며 하는 이야기에서 힘겹게 살아온 인생이 보이고, 그의 진정이 묻어나오는 것을 느꼈다.

졸업생이 돌아간 빈자리에 선생으로 살아온 지난 세월이 뿌듯함으로 채워지고, 내 초임 교수 시절의 풋풋함이 느껴진다. 그 후 그에게 우동보다 훨씬 더 근사한 음식을 대접받았고, 집으로 오는 내게 그는 택시 안으로 내가 준 몇십 배에 해당하는 금액을 여비로 쥐어 주었다. 김영란법 위반인가?

5월은 여러 행사가 겹쳐 있지만, 그중에 '스승의 날'도 있다. 나는 스승까지야 언감생심 그런 귀한 말을 붙일 수는 없지만 뜻하지 않게 교단에 들어서 지금까지 지내오면서 혹시나 이 조직에 누를 끼치지 않았는지 걱정하며 살아왔다. 학교에서 좋은 학생들을 만났지만, 그들에게 좀 더 가까이 다가서고 포근하게 어루만져 주지 못했음을 항상 후회하고 있다.

난 해마다 5월이면 한 학생을 생각한다.

류 군. 서울 시내 어느 공업고등학교 건축과를 졸업하고, 동일계 혜택으로 우리 학교에 진학한 학생이었다. 그러나 그 학생은 학교에 들어오고 나서 학업에 흥미를 느끼지 못하는 것 같았다. 고등학교 때 이미 건축을 접해 보았기 때문에 고등학교 때 배운 수준 이상을 버거워했다. 학교생활은 겉돌고 친구들과의 관계도 소원해져 갔다. 대학은 고등학교와 달리 이런 문제까지 교수가 신경 쓰지는 않는다. 그들도 성인이고, 민주시민이 되기 위한 소양을 공부하는 곳이기 때문에 자기가 기준을 정해 실행을 하고, 그 결과에 대한 책임도 각자 지는 것이다. 난 류 군을 그 정도까지만 생각했다.

어느 날 류 군이 지도교수인 나에게 한 장의 서류를 들고 왔다. 군대에 간다고 했다. 지금도 마찬가지지만 학교에 다니다가 방황하고 마음의 갈피를 잡지 못하는 학생은 현실에 대한 도피처로서 군대에 가는 경우가 많고, 제대하고 나서는 완전히 변해 새로운 모습을 보여주는 경우도 많았다. 그런데 휴학 원서가 아니라 자퇴 원서를 들고 온 것이다. 모르는 줄 알고 입대한다면 휴학 원서를 가지고 오라고 했다. 자기는 휴학이 아닌 자퇴를 하겠다고 했다. 휴학 원서를 내면 자동 휴학이 되고, 제대 후 복학이 되는데, 자퇴하면 학교에 적이 없어져 나중에 복학이 안 되는데 왜 군이 자퇴하느냐고 물었다. 학교에 다니기 싫다는 것이었다. 그래도 휴학 원서를 내라. 일단 휴학을 하고, 나중에 일정 기간 복학을 하지 않으면 자연스럽게 제적이 되어 자퇴와 같은 효력을 가지니 일단 휴학 원서를 내라고 했으나 그는 막무가내였다. 자꾸 같은 말을 반복하기에 집에 가서 생각해보고 3일 후에 다시 오라고 했다. 역시 같은 대답이었다. 한 번 더 생각해보고 며칠 후에 다시 오라고 했으나 역시 같은 대답이었다. 그러면 부모님과 통화를 한번 해보자고 했다. 사실 이렇게까지 할 필요는 없었다. 나야 지도교수로서 학생이 원하는 대로 휴학원서든 자퇴원서든 도장만 찍으면 되지만 학교에 대한 불만을 이런 식으로 표출하는 학생을 바로 잡아주고 싶은 생각이 있었다. 아버지도 자기 아들이 원하는 대로 해주면 좋겠다고 했다. 방법이 없었다.

다시 한번 학생에게 자퇴원서 대신 휴학 원서를 내라고 권했으나 요지부동이었다. 절대 후회하지 말라고 했다. 절대 그럴 일이 없다고 했다. 도장을 찍었다. 그리고 그 시간부로 류 군은 학적부에서 이름이 사라졌다.

일 년이 지났을까?

나에게 군사우편 편지 한 통이 전달되었다. 류 군이었다. 4장의 편지지에 볼펜으로 가득 쓴 편지였다. 서툴지만 감이 왔다. 전방에서 군 생활을 하고 있는데, 너무 고생스럽다고 했다. 공부가 하고 싶다고 했다. 지금 이 고생을 견디면 이 세상 어떠한 난관도 헤쳐 나갈 수 있고, 공부도 못할 게 없다는 자신이 생겼다고 했다. 그러나 자기는 지금 돌아가 공부할 곳이 없다고 했다. 과거 자신의 행동이 정말 밉고, 후회된다고 하면서 혹시 복학할 수 있는지 조심스럽게 물었다. 가슴이 뻥 뚫어지고 뒤통수를 크게 한 방 맞은 기분이었다. 안 되는 줄 알지만, 교무처에 문의해보았으나 답은 뻔했다. 불가능한데, 혹시 입학생 중 결원이 생기면 재입학은 된다고 했다. 입시에서 경쟁률이 몇 대일이고 대기자까지 미리 발표해서 통보하는데 결원이 생길 리가 없었다. 이런 실망스러운 결과를 통보해줄 수밖에 없었다.

그후 그 학생의 소식은 모른다. 지금 어디서 무엇을 하고 있는지? 지금도 그 학생만 생각하면 내가 좀 더 다그쳐서 휴학시키지 못한 것이 후회되고 부끄럽다. 지금은 저렇지만 군대 생활하다 보면 틀림없이 자퇴원서 낸 것을 후회하고, 제대해도 돌아가서 공부할 곳이 없다는 것에 대해 얼마나 원통해 할까 하는 것을 나는 이미 예견하고 있었을 것이다. 꿀밤 한 대 때려서라도 자기를 잡아주지 못한 나를 얼마나 원망할까?

나는 지금도 5월이 오고 스승의 날이 되면 그 학생이 생각난다. 그리고 부끄러워진다. 지금 돌이켜 생각해보면 학생들에게 좀 더 가까이 다가가 그들의 숨소리를 듣고 체온을 나누었어야 했다. 나에게 배우는 학생 하나하나가 집에 가면 더없이 귀한 자식이다. 내가 가진 것이 미천하지만 다 풀어 그들에게 줬어야 했다. 그들에게 지식이 아닌 세상을 살아가는 지혜를 심어 주어야 했고, 먼 앞을 내다보는 안목을 가지게 해주었어야 했다. 그리고 그들 이름 하나하나를 기억하지 못한 아쉬움이 남는다. 평범한 스승은 말을 하고, 훌륭한 스승은 본을 보이고, 위대한 스승은 감화를 준다는데.

나는?

박명덕 畵文集

音美旅運 이야기

II

내 삶의 윤활유 / 도전

1. 음악

音美旅運 이야기

01

대나무에서
어째 그런 오묘한 소리가?

어느덧 중년의 나이가 넘었다. 이제는 서서히 늙어간다는 것이다. 늙는다는 것이 창
피한 일은 아니지만, 추하지 않고 깨끗하게 늙어갈 필요가 있고, 거기다가 정신적으
로 풍요로운 삶을 누리고 싶다는 생각은 누구나 가지는 희망이다. 요새와 같이 장수
시대에 접어들고 있는 시기에 자칫하면 길어진 수명 때문에 힘겨운 시간을 더 길게
보내야 할지 모른다. 즉 준비하지 않으면 지루한 노년이 될 수도 있다는 것이다.

늙어가는 3대 조건이 있다고 한다. 외국어 하나쯤 할 수 있고, 몸에 맞는 운동 하
나를 개발해서 매일 몸을 움직이고, 악기 하나쯤 다룰 수 있으면, 풍요로운 노년을 맞
는다고 한다. 나의 경우 이 세 가지 중 악기는 전혀 문외한이었다. 하기야 내가 크던
그 시절은 먹고 사는 것에 급급해서 악기는 당시 부유층의 전유물 정도로만 여겨 보
통사람은 근접할 수 없는 사치스러운 취미였다.

어렸을 때 시골에서 자라면서 봄이 되면 만만해 보이는 물오른 갯버들 가지 꺾어
주머니칼로 버들피리 만들어 불던 것이 기억나기는 하나 어떤 곡조를 불 수 있는 수
준은 되지 못했고, 그저 관대에 바람을 불어넣어 소리 만들어 내는 것이 고작이었다.
그리고 할머니가 쓰시던 참빗에 종이를 대고 불면 빗살이 가늘게 떨리면서 소리가 났

다. 그 후 초등학교에 들어가 조회시간에 교장 선생님이 훈시하던 연단 옆에서 반주하는 풍금 소리에 맞춰 애국가와 교가 부른 것이 내가 처음으로 악기를 접한 시간이었다. 그리고 음악 시간이 되어 주번이나 반에서 힘센 몇몇이 호출되어 옆 반에서 풍금을 끙끙대고 들고 오면 선생님은 발판을 밟으면서 동요를 반주해 주었다.

중학교에 들어가 피아노를 처음으로 봤고, 간혹 친구들이 가지고 다니는 하모니카를 신기해하는 정도였는데, 고등학교 때는 브라스 밴드를 하는 친구들이 있었지만, 음악대학에 진학하기 위한 예비 전공자였기에 일반인이 취미로 악기를 한다는 것은 다른 나라 이야기 정도로만 생각되었다. 즉 지금까지 나는 음악과는 전혀 관련 없이 살아왔고, 악기는 전공자의 전유물로만 여겼지 내가 직접 악기를 한다는 것은 꿈에도 생각해본 적이 없었다. 노후 보험용으로 악기를 하겠다고 생각하는 데는 많은 용기가 필요했다. 전혀 가보지 않는 새로운 길을 개척해 나가는 심정이었다. 약간은 기대도 되고 새로운 것에 대한 두려움도 있었지만, 지금이라도 시작하지 않으면 영원히 못할 것 같았고, 눈도 침침해져 악보 보기도 힘들 것이니 늦을 때가 가장 빠를 때라는 심정으로 용기를 내기로 했다.

그럼 어떤 악기가 나에게 맞을까? 그리 민첩하지 않은 몸놀림과 약간 비만인 체형, 그리고 나이에 어울리는 악기를 선택해야 했다. 피아노나 바이올린은 현란하고 빠른 손동작이 필요해 자신이 없고, 그렇다고 나이 먹어 기타도 좀 그런 것 같고, 플루트나 클라리넷? 이것저것 생각하다가 서양 악기보다는 우리 악기가 좋겠다는 생각이 들었다. 그런데 우리 악기에 대해 아는 것이 전혀 없었다. 우선 생각나는 것이 가야금과 거문고 그리고 퉁소가 생각났다. 사실 퉁소라는 악기는 지금은 거의 사용되지 않아 보기 어려운 악기인데도 옛날부터 모든 부는 악기를 퉁소라는 이름으로 통칭하고 있었다. 그리고 우리 딸들이 초등학교 다닐 때 분 것으로 기억되는 단소가 생각났다. 전에 어디서 언뜻 들어본 단소는 작은 대나무에서 나는 소리가 오묘해서 어떻게 저런 소리가 나는지 의아한 생각이 들었다. 그럼 단소를 한번 불어볼까 하는 생각에 문방구에서 플라스틱 단소 하나 사고 입문용 책도 샀다. 한소리국악원 조성래 원장님과 책을 통한 첫 대면이었다.

단소는 리코더같이 불기만 하면 소리가 날 줄 알았는데 그게 아니었다. 딸에게 소리 내는 법을 배웠고, 그때부터 독학 정진에 들어갔다. 매일 아침 연구실에서 업무 시작하기 전에 조금씩 불었다. 한 달이 지나니 겨우 취구에 소리 나는 포인트를 찾아냈고, 석 달 정도 지나니 동요나 쉬운 가요를 겨우 불 정도가 되었다. 그러나 내가 부는 단소 수준은 그저 악보를 보고 기본적인 소리만 낼뿐이지 단소의 멋을 만들어 내기에는 무리였는데 이는 책을 보고 공부하는 독학의 한계였다. 단소 소리가 청아하지만, 좀 더 굵고 깊은 소리를 내고 싶은 욕심이 생겼다.

같은 대나무로 만든 대금을 생각했다. 주위에서 대금은 어렵다고 충고를 하는 사람이 많고, 어려운 대금을 왜 하느냐고 걱정을 해주는 사람도 있었다. 대금이 어렵다는 이야기는 지금도 가끔 듣는 말이다.

플라스틱 대금 하나를 샀다. 그리고 대금 입문용 책을 사서 그대로 따라 하면서 소리를 내봤지만, 단소와는 달랐다. 취구가 왼쪽 끝부분에 뚫려 있어 고개를 왼쪽으로 돌린 상태에서 김을 불어넣기 위해서는 옆으로 돌린 고개를 다시 아래로 꺾어 취구에 입술을 붙이는 자세가 익숙지 않았다. 동서양 악기를 통틀어 가장 기형적인 자세로 연주해야 하는 악기이며, 인간의 신체구조를 무시하고 만든 악기라는 생각이 들었다. 더구나 길이가 길어 오른팔을 쫙 뻗어야만 운지가 가능했고, 왼팔로는 운지하면서 대금을 받치는 역할을 하며 바닥과 거의 평행으로 들어 올려야 하는데, 이 역시 쉽지 않았다. 거기다가 손을 쫙 뻗고 오른손을 최대한 넓혀 운지를 해야 했으니 손가락의 통증도 무시할 수 없었다. 그리고 연주하는 내내 단 한 번도 고개를 돌리거나 팔을 내리지 못한 채 자세를 계속 유지해야 하니 몸이 따라주지 못해서 대금 잡고 10분을 채 넘기지 못했다. 서양 오케스트라에서는 자기 파트만 연주하고 나머지 시간에는 악기를 내려놓아도 되지만, 정악은 처음부터 끝까지 모든 악기가 쉬지 않고 연주한다. 거기다가 좋은 소리를 내는 것은 더더구나 어려웠다. 피아노를 치면 소리가 나지만, 대금은 손가락을 고문하고 자학하듯 손가락을 쫙 펴서 소리를 내야 하는데, 그게 마음대로 되지 않았다. 그래서 전철을 타거나 혼자 있는 경우에는 수시로 손가락을 접고 굽히는 연습을 하면서 손가락의 유연성을 높여 나갔다.

서너 달 연습해 보니 소리는 겨우 나지만, 악보 보는 게 문제였다. 우리 음악의 악보는 오선보가 아니라 세종 때 만들어 지금까지 전해 내려오는 정간보였다. 즉 도레미파가 아니라 중림무황태(仲林無潢汰)를 한자로 표기하고, 그 옆에는 장식음이나 꾸밈음을 부가하며, 네모 칸 안에 박자를 집어넣었으니 초보자는 해독할 수 없었다.

독학에는 한계가 있었다. 본격적으로 배울 선생님을 찾아야 했다. 공자님이 "군자는 말에는 어눌하고 행동에는 민첩해야 한다"고 말씀하셨으니 즉시 대금 교본에 나와 있는 곳으로 전화를 했다.

한소리국악원. 아무 사전 지식도 없이 들어갔다. 다른 곳은 소리를 낼 줄 알면 불기 쉬운 대중가요를 주로 하는 데 비해 여기는 오로지 정악을 위주로 하는 곳이었다.

목요일 저녁에는 퇴근하고, 또 다른 나를 찾아서 국악원에 가서 혼자 하는 공부에서 벗어나 체계적으로 대금을 배우기 시작했다. 소리내기 개인 교습 일 주일 만에 대여섯 명이 소리 연습을 하는 옆방으로 옮겨 동요 연습부터 시작하였다. 몇 곡 불면 손가락이 찢어지는 통증을 느껴야 했는데, 이는 처음 대금에 입문하는 사람은 누구나 겪는 통과의례였고, 입문자에 대한 혹독한 대가였다. 팔은 저리고, 눈과 머리는 뱅뱅 돌고, 손가락은 헤맸다. 입김이 새니 헛바람 소리만 났다. 새로운 악기를 접하고 익숙해진다는 것은 지금까지 살아왔던 관성과는 전혀 관계없는 다른 시도였다.

악기는 머리로 배우는 것이 아니라 몸으로 익혀야 하고, 손이 기억해야 한다. 그러니 새로운 악기에 익숙해지기 위해서는 부단한 노력밖에 다른 길이 없다. 지금까지 사회에서 교수로 받던 편안한 기득권을 모두 내려놓고, 완전히 바닥으로 내동댕이쳐진 기분이었다.

뚜렷한 목표가 없으니 동기유발이 되지 않는 데다가 내가 배우는 음악이 평소에 접해 보지 않은 생전 처음 들어보는 정악이었으니, 부는 것이 맞는지 틀리는지를 가늠할 수 없었다. 여태까지 가르치기만 하다가 배우는 처지에 서니 나한테 배우는 학생들의 처지가 이해되었다. 여기서 보니 매달 열 명 정도 새로운 사람들이 대금을 배우고자 입문하지만 대개는 한두 번에 포기하는 것 같았다. 소리에 매료되어 들어왔다가 조급함에 질려서 그만두는 것이다.

그때 나와 같이 국악원에 입문한 사람 중 지금까지 남은 사람은 하나도 없다. 몇 달 지나니 손가락 통증은 좀 가라앉고, 운지도 겨우겨우 되는 것 같았다. 그러나 그 기간의 고통과 마음대로 되지 않는 것에서 오는 스트레스는 말할 것도 없고, 무너지는 자존심에 나의 능력까지 다시 한번 생각게 하는 자괴감마저 들어 몇 번이나 포기하고 싶은 마음이 생겼다. 그러나 이내 마음을 고쳐먹었다. '누구나 처음은 이런 것이 아닌가? 참자. 여기서 그만두면 결국은 포기하게 되고, 또다시 시작할 수 없을 것이다.' 방학 때 외국 나간 것 빼고는 항상 10분 전에 준비하고 기다렸다.

석 달 지나니 소리내기와 동요를 끝내고, 초급반으로 월반해서 수연장을 배웠다. 본격적으로 정악곡에 들어선 것이다. 배운다고 했지만, 실은 악보 보기에 급급해서 손이 못 따라가고, 마음이 급하니 박자가 엉키고, 힘이 달리니 음이 쳐지고, 박자개념이 없으니 불다 보면 남은 다 끝나 있었다. 그때 중학교 3학년 여학생과 같이 배웠다. 50대 중반의 대학교수와 중학교 3학년 여학생이 동문수학하게 된 것이다. 그 여학생은 어릴 때부터 피아노를 쳤으니 기본적으로 청음이 되었고, 박자의 개념이 있어 하나를 가르치면 열을 아는데, 나는 열을 가르치면 하나를 몰랐다. 선생님이 어느 부분을 가르쳐 주고 각자 연습하라고 하면, 그 여학생은 서너 번 불어보고 터득했지만, 난 불어도 불어도 서투르기만 했다. 그 여학생은 자기 연습이 끝나고 내가 고군분투하는 그 시간에 핸드폰 만지작거리면서 내 연습이 끝나기를 기다렸다. 앞서가는 중학교 3학년 여학생은 내가 뒤따라오기를 기다리고, 50줄의 나는 그 옆에서 낑낑대며 소리내기에 급급했던 그때를 돌이켜보면 지금도 민망하기 그지없다. 둘이서 받는 레슨에서 실력 격차가 너무 나니 결국 그 여학생은 그만두고 말았다. 음악적 수준이 너무 다르니 도저히 같이 갈 수준이 아니라고 판단한 모양이다. 같이 갈 동급생을 잘 만났으면 계속할 아이인데, 애꿎게 나를 만나 중간에 그만둔 것에 대해 지금도 미안하게 생각된다.

　수연장을 배우고 취타를 배우면서 곡을 하나, 둘 늘려나갔다. 선생님은 출중하였으나 제자는 매일매일 헤매기 모드여서 따라가기가 버겁기도 하고 힘에 부쳤으나 새로운 것에 도전해서 조금씩 이루어간다는 성취감을 느끼기도 했다.

　어느 날. 선생님이 빠진 자리에 원장님이 대신 들어오셔서 수연장 한번 불어보라고 하셨다. 1장부터 3장까지 불었다. 물론 음정은 마음대로였고, 박자는 무시되었다. 인내를 가지고 다 듣고 난 원장 선생님이 의외로 나보고 잘 분단다. 그 정도 배워서 이만큼 불기가 쉽지 않다고 하였다. 물론 이 나이에 매주 꼬박꼬박 나와 낑낑대는 모습이 안쓰러워 용기를 북돋워 주려는 배려였겠지만, 칭찬은 고래도 춤추게 한다는데 음악입문 6개월 만에 처음으로 들어보는 격려였다.

　거기다가 원장님이 이번 정기연주회에 나가란다. '뭐라고요? 나보고 무대에 오르라고요?' 한 100번 정도 개인 연습을 하라고 했다.

　아침에 일어나면 우선은 손을 풀고, 학교에서도 틈틈이 불었다. 내 연구실 옆방 교수님들은 내 저급한 수준의 대금 소리에 순진한 피해자들이었다. 개인 연습하면서 전체 합주연습에도 참여하였다. 일주일에 한 번씩 총 13번의 합주연습이 있었다.

　2007년 11월 18일, 국립국악원 예악당. 한소리국악원 제29회 정기연주회. 국악인들이 그토록 서고 싶어 하는 꿈의 무대에 내가 서게 되었다. 출연자 중에서는 꼴찌 실력이었고, 무대에 오르지 못한 사람 중에서는 가장 출중한(?) 실력이었다.

　생전 처음 국립국악원에 와보고, 초등학교 학예회 때에도 못 서봤던 무대란 곳에 올라가 봤다. 내 자리는 맨 뒤 귀퉁이라서 관객석에서는 잘 보이지도 않은 구석진 자리였으나 이렇게 무대에 서는 것만으로도 감지덕지했다. 지금 돌이켜 생각해보니 연주 단원 80명 중에 나 하나 끼워봤자 전체 소리에는 전혀 보탬이 되지는 않지만, 이렇게 무대 경험을 쌓게 해서 한 사람의 연주자로 키우려는 원장님의 배려라는 생각이 든다.

　공연이 끝나고 구경 온 가족들을 나를 가르친 선생님에게 인사시키니 "박 선생님, 늦게 시작해서 힘들었지만 참 열심히 했어요. 앞으로 잘할 거로 생각합니다." 즉 소질은 지지리도 없지만, 미련하게 불기만 했다는 의미이리라. 그렇게 해서 맺은 인연을 시작으로 지금까지 연주회 말석을 차지하는 영광을 누리고 있다.

한소리국악원. 1980년 창립하여 정통국악을 고집하며 지금까지 이어져 벌써 42번째 정기공연을 했다. 국악의 불모지와 다름없던 그 시기에 국악원을 설립하여 빚으로 꾸려온 모진 세월이었다. 국립국악원 지도위원으로 은퇴한 조성래 원장님은 그동안 출간한 책 인세를 받아 운영비를 메웠다. 지금이라고 별반 나아진 것은 없어 가수 송년 디너파티 티켓은 100,000원을 호가하지만, 국악공연은 수준급인 몇몇 공연 빼고는 무료공연이 태반이고, 그나마도 자리 메우기에 급급하다. 무모하고 순진한 용기가 오늘을 있게 했다.

그동안 대금을 불면서 느낀 것은 내가 음악적 소양이 없는 것은 확실하지만, 뭔가 되기를 바란다는 것보다 배우는 과정을 즐기면서 그저 늘그막에 나무 그늘 아래 그림판 피고 그리다 지치면 대금 한 자락 불 수 있는 소박한 바람뿐이다.

박종홍 교수는 우리 민족이 400번 가까운 외침을 받고서도 지금까지 민족적 명맥을 이어온 이유가 은근과 끈기라고 했다. 차가운 바윗돌도 3년을 앉으면 온기가 스민다고 했으니 국악원에서 재주 없고 소질 없다고 강제 퇴학만 시키지 않는다면, 난 국악원 5층 방 한구석에다가 붙박이용 자리 금을 그어 두었다.

연주회가 끝나고 가족들과의 저녁 자리에서 이렇게 말했다.

> 원장님은 이 척박한 땅에서 100명이 넘는 아마추어를 용광로에 넣어 하나의 소리로 만들어 낸 의지의 한국인이라면, 이 아빠는 소질 없음을 이겨낸 인간승리다.
> 서편제에서 좋은 소리를 얻기 위해 아버지는 딸을 봉사로 만들었는데, 송화는 그 한을 소리로 풀지 않았는가?
> 한이 서려야 소리가 된다면 난 어디서 그 한을?

대나무가 만들어내는
소리에 반해
大笒에 지가 하지
13년이 되었다.
그러나 지금도 좋은 소리를
찾아 세상을 헤맨다.
재 FEB/2020.

02

요새 같은 세상에 누가 그런
케케묵은 소리를 해?

시월의 마지막 날이다. 내가 기억하는 시월은 발그스레한 연정이 묻어나는 계절이라기보다는 우리 고향 집 주위에 핀 코스모스가 생각나는 계절이다. 지난주 묘사가 있어 고향에 내려갔더니 담벼락에 생기를 잃은 철 지난 코스모스가 수줍게 피어 있었다. 거기서 우리 3형제가 찍은 어릴 적 사진을 지금도 귀중하게 보관하고 있다.

자라면서 시중의 대중가요가 우리 음악의 전부라고 여기다가 이제사 겨우 우리 소리를 알게 되어 여기에 둥지를 틀었다. 우리 소리를 들어 즐기는 정도가 아니라 직접 우리 소리를 만드는 무모한 도전을 했고, 어느덧 시월의 마지막 밤을 보낸 지가 두 손가락으로 셈하기에는 넘쳐 버렸다. 요즘에는 자신이 진짜 좋아하고 즐기는 것을 하려는 사람들이 늘어나면서 "안다는 것은 좋아하는 것만 못하고, 좋아하는 것은 즐기는 것만 못하다"고 하는 『논어』의 구절이 자주 인용되고 있다. 지식을 쌓는다는 것이 대상에 대한 인식이라면, 무엇을 좋아한다는 것은 대상과 주체 간의 관계에 대한 이해이고, 즐긴다는 것은 대상과 주체가 홀연히 일체화된 상태를 의미한다.

우리는 우리 것에 대해 서양인들보다 더 모르고 있다. 반면에 서양 것에 대해서는 그것이 우리의 가치 기준이 되어가고 있는 한편으로, 반만년의 역사와 문화를 자랑하는 묘한 이중성을 가지고 있다. 그동안 서양음악 알기와 즐기기를 자랑하면서도 우리 것에 관해서는 관심조차 주지 않았다. 내가 우리 소리를 하는 것은, 적어도 나는 그러한 문화적 문맹에서는 벗어나야 한다는 소박한 바람의 출발이었다.

우리는 음악을 서양음악과 국악으로 편 가르기 하는 묘한 이분법적 배타성이 있다. 우리가 알고 있는 음악은 당연히 서양음악이며, 국악은 별스러운 음악으로, 영원히 주인이 될 수 없는 손님의 자리에만 머물러야 했다. 우리 음악이 지루하고 재미없다는 것은 서양음악의 잣대로 우리 음악을 보려고 하기 때문이다. 지루하다는 말은 아마 정악을 두고 하는 말일 것이다. 서양음악은 남에게 들려주기 위해 연주하지만, 우리 음악은 듣고 수양을 쌓기 위해 소리를 만들었다는 기본을 무시하기 때문에 그런 생각을 하는 것이다. 그러나 「여민락(與民樂)」을 들어보면 그 생각이 잘못되었다는 것을 알 수 있다. 대악필이(大樂必易)라 하여 좋은 음악은 쉽기 마련이다.

「여민락」에는 백성을 섬기고 사랑하는 임금님의 마음이 담겨있다. 임금님이 자기를 칭할 때 쓰는 '짐'이나 '과인'이라는 말은 자기를 극도로 낮춘 겸양어이다. 즉 나를 낮추고 백성을 섬기고자 하는 임금님의 마음이 그 말속에는 묻어있다. 보통 우리 음악의 시작이 덩하고 합장단으로 나가는 데 비해 이 곡은 아주 소박하게 시작을 알리고, 전체 흐름이 느리고 웅장하다. 매년 신년이 되면 1시간 넘는 전곡을 연주하는데, 그날은 연주 끝나고 마시는 막걸리가 유난히 달게 느껴지는 날이다.

정악은 그 맛을 알고 나면, 그렇게 평화롭고 마음이 차분해질 수 없다. 우리 음악은 평화롭고 정직해서 흐름에 무리가 없고, 성급하지 않아 듣는 사람이나 연주하는 사람의 마음을 편안하게 해주는 마력이 있다.

우연히 옛 풍속화 하나를 접한다. 단원 김홍도의 「춤추는 아이(무동)」그림이다. 이 그림을 보면 악사 몇 명이 모여 합주하는 모습을 그리고 있다. 그러면 그 옛날에도 이습회(肄習會)가 있었다는 이야기일까? 이습회라는 명칭은 우리에게 생소한 이름이다. 이습회는 1932년 이왕직 아악부에서 아악의 보존, 육성과 개개인의 실력향상을 꾀하기 위해 조직한 모임으로, 그 당시 노 악사들이 젊은 신진들에게 그들이 지금까지 배

내가 모사한 김홍도의 「춤추는 아이^{무동}」

우고 익힌 아악을 전승하기 위한 모임이다.

그의 그림에는 그 당시 서민사회의 구수하고도 익살스러움이 화면에 넘쳐 흐른다.

그림에는 악사들이 둥그렇게 모여앉아 합주하는 모습이 있는데, 우리 이습회의 모습과 닮아있다. 피리 부는 벙거지 쓴 악사의 부풀어 오른 양 볼은 부어올랐고, 북을 치는 사나이는 전체 연주자를 응시하면서 자기의 박자를 가늠하고 있다. 비스듬히 대금을 불고 있는 사내의 눈초리가 예사롭지 않고, 해금을 하는 악사의 뒷모습은 이습회 전용 좌석인 내 자리에서 항시 보는 모습이다. 삿갓 깃으로 눈을 가리고 장구 치는 모습에서 채소리가 들리는 듯하고, 음악 소리에 맞춰 춤추는 무동의 옷자락에서 바람이 일 듯 춤추며 돌아가는 경쾌한 발걸음이 느껴지는 듯하다.

이런 그림은 자칫 격식에 얽매어 버리면 폼만 재는 형식에 치우치기 쉬우나 단원의 출중한 회화적 역량은 조그마한 화선지 위에 우리 이습회의 분위기뿐만 아니라 취타와 천년만세의 가락을 화선지 위에 담아내는 출중함을 보여주고 있다.

아! 옛날부터 우리 소리를 지키기 위해 저런 자리를 갖고 있었고, 우리가 만들어 내는 소리도 결국은 옛날 우리 선조들이 만들었던 소리를 이 시대에 다시 재현해 내는 것이다. 그 소리는 지금같이 일정한 틀을 갖춘 것도 있지만, 농사를 주업으로 삼던 그 시대의 농부들이 철 따라 부른 노래가 될 수도 있고, 고된 시집살이 하던 며느리가 한숨을 더해 토해내는 소리도 될 수 있다.

「흥타령」이나 「농부가」를 자세히 들어보면 정악이 명상적이고 초월적인 여운을 담고 있는 데 비해 산조는 아래위를 자유자재로 드나드는 극적인 감흥을 주는 것도 우리 소리의 멋이고 맛이다. 자연의 재료로 만든 우리 악기를 가지고 임을 기다리는 여인의 한숨 섞인 기다림을 표현하기도 하고, 농사꾼의 고된 노동을 해학으로 표현하기도 했다. 그래서 우리 소리가 그 오랜 세월을 지내온 것이다. 농부는 힘으로 일을 하는 것이 아니라 신명으로 하는 것이다. 일을 일로만 생각하면 농사만큼 힘든 노동도 없다. 그러나 조금만 바꾸어 생각하면 농사만큼 즐거운 일도 없다. 어른을 봉양하고 자식을 기르는 양식은 땀 흘린 만큼 거두는 땅에서 나오기 때문이다. 그러기에 들판에서 부르는 농사꾼의 노래는 이 땅에 의지해서 살아온 삶의 소리이고, 우리의 역사를 담은 민족의 음악이다. 뿐만 아니라 우리나라 사람들의 생활 속에 보편적으로 내재한 삶의 여유와 관조, 그리고 도달하고자 하는 탈속의 경지까지도 담아내고 있다. 농부들이 논두락에서 꽹과리로 한 가닥 돌려 흥을 냈다면, 선비들은 벼룻물에 국화꽃 한두 송이 꺾어 보내 친구의 젓대 소리를 청해 듣거나, 책 읽은 방에서 조용히 우리 소리를 들으며 조촐하게 흥을 갈무리했

을 것이다. 이런 풍류와 어우러진 소리가 연연히 대를 이어 지금까지 내려오고 있다. 우리 악기가 모여 만들어 내는 소리는 우리가 살아온 역사를 풀어내는 것이다. 그래서 우리가 모여 우리 소리를 익힌다는 것은 우리 문화를 공유하는 것이고, 이는 곧 우리의 역사를 시대의 소명으로 여긴다는 것이다.

역사는 과거에 대한 인식이 아니라 현재에 대한 책임으로 이해돼야 하며, 역사를 하나의 조건이나 운명으로 받아들이는 것이 아니기 때문이다. 요사이 젊은이들이 좋아하는 랩을 들으면 소리를 토해낼 줄만 알지 자기의 마음을 감추고 숨기거나 삭일 줄 모른다. 우리 소리는 마음의 소리를 뱉어내기도 하지만, 가슴속에 품기도 한다.

시간적 흐름에도 변하지 않는 문화 현상을 전통이라 한다면, 이런 흐름 속에 우리의 전통이 지금까지 면면히 이어져 왔다. 우리 소리를 한다는 것은 내려오는 에스컬레이터를 오르는 것과 같다. 쉬면 밀리고, 멈추면 뒤처지니, 앞서거니 뒤서거니 하면서 앞으로 가야만 한다. 좀 모자라면 어떻고 뒤떨어진들 어떠하리. "학문은 물을 거슬러 가는 배와 같아서, 나가지 않으면 뒤로 물러난다"는 『논어』에 나오는 말을 되새겨 본다.

내 삶의 윤활유 / 도전

03

토요일에는
그 은밀한 곳에서 밀당을 한다

벌은 꽃을 찾고, 부나비는 불을 찾듯이 우리는 일주일 동안 자기 할 일을 하고, 토요일이면 이곳에 모여든다. 우리 소리를 익히고 나누기 위해서이다. 세상을 살다 보면 옳다고 생각하는 것만 하고, 마음에 드는 것만 하고 살 수는 없다. 때로는 옆길로도 가고 돌아갈 수는 있지만, 그래도 문득 생각나는 곳이 있다. 비록 도회지 생활을 하지만, 꿈속에도 언제나 가고픈 그곳. 그리고 그곳에서 기다려 주는 푸근한 사람들. 생업 뒤 여가로 고급 취미를 즐기는 이들이 모이는 한소리 국악원이 그런 곳이다.

우리에겐 참다운 취미나 놀이문화가 없다. 기껏해야 만나면 화투나 하고, 술이나 마셨지, 취미는 일부 한량들의 사치스러운 여가라고 생각했다. 그래서 취미가 뭐냐고 물으면 한참을 생각하다가 독서나 산책이라고 답한다. 한국의 텔레비전 시청시간이 다른 나라에 비해 높은 이유가 바로 여기에 연유한다. 이는 우리의 주업인 쌀농사가 88번의 손이 가야 비로소 수확하는 근면이 요구되었기 때문에 여가는 휴식으로만 여겼지 취미를 위한 정신적 재생산이라고는 생각하지 않았다. 지금까지 우리나라는 짧은 시간에 고도성장을 해야 했기에 우리에게 취미는 없어도 되는 여분의 것으로 생각했다, 살아가다가 정신적 여유가 생기면 뭣인가에 취미를 붙이면 될 거로 생각했다. 그런데도 우리 소리를 접하고, 그 의미를 깨우친 올바르고 곧은 사람들, 편리한 것이 선이라는 논리를 뒤엎고 쉬운 길보다 돌아가기를 스스로 선택한 사람들, 길고 지루한 교향곡도 잘게 잘게 만들어 필요한 부분만 선택적으로 꼭꼭 집어 들을 수 있는 편리한 세상에 두꺼운 300곡 정악 책을 펴는 사람들, 쉬운 결과보다는 과정을 즐기는, 조금은 뒤떨어진 사람들이 모였다. 그러나 그들은 적어도 우리 소리가 가진 의미와 깊이를 알고 있는 사람들이다. 그래서 그들은 꽃놀이 대신 여기에 모여 우리의 소리를 경건하게 접하는 것이다. 요사이 바쁘고 떠들썩한 일상 속에서 살고 있기에 우리 마음의 중심을 잡고, 진정한 자기 소리를 통해 남의 소리와 맞춰보는 여유를 되돌아보는 멋스러움을 느낄 수 있는 소중한 시간이다. 오랜 시간 그 긴 세월을 같이 했던 우리의 소리. 수많은 우여곡절을 거치면서 거친 질곡의 세월을 넘고 멸시와 천시를 경험하면서도 끈질긴 생명력으로 지금까지 근근이 이어지며 오늘도 사람들이 모였다.

며칠 전 신문에서 아주 충격적인 기사를 본 적이 있다. 어느 걸 그룹의 멤버가 안중근 의사의 사진을 보고 누군지 알지 못했다는 기사였다. 안중근 의사를 모르는 걸 그룹. 독립을 위해 목숨을 바친 의사를 몰라보는 이 시대의 청년들. 자기가 지금 누리는 번영의 뿌리가 누군가 희생의 결과라는 의식도 없이 지금의 혜택을 당연히 받아들이는 그들의 태도가 실망스럽다. 그런 텅 빈 생각을 가지고 짧은 치마 입고 몸으로 보여주고, 입으로 내뱉는 가사에 무슨 철학이 스며있고 감동이 있을까? 과거 우리 선조들의 고귀한 희생 위에 지금의 번영이 있는 것이다. 우리의 훈장과도 같은 역사다. 역사는 시간의 흐름이고, 시간은 곧 변화를 의미한다. 역사적 시간은 변화가 본질이고, 역사적 변화의 특성은 연속성이다. 만일 이 연속성이 부정되고, 역사를 끊어지고 토막 난 실타래라 한다면 역사적 고찰은 전혀 무의미하다. 역사는 절대적 전환, 단절은 없다는 가정 위에 성립되어있다. 단절 없이 이어지는 역사의 꿰임이 바로 우리의 임무이다. 그래서 전통문화란 우리가 살아가는 잠재능력의 축적이다.

문화적 주체란 과거의 자기 것만을 고집하는 것이 아니라 우리의 전통문화를 가

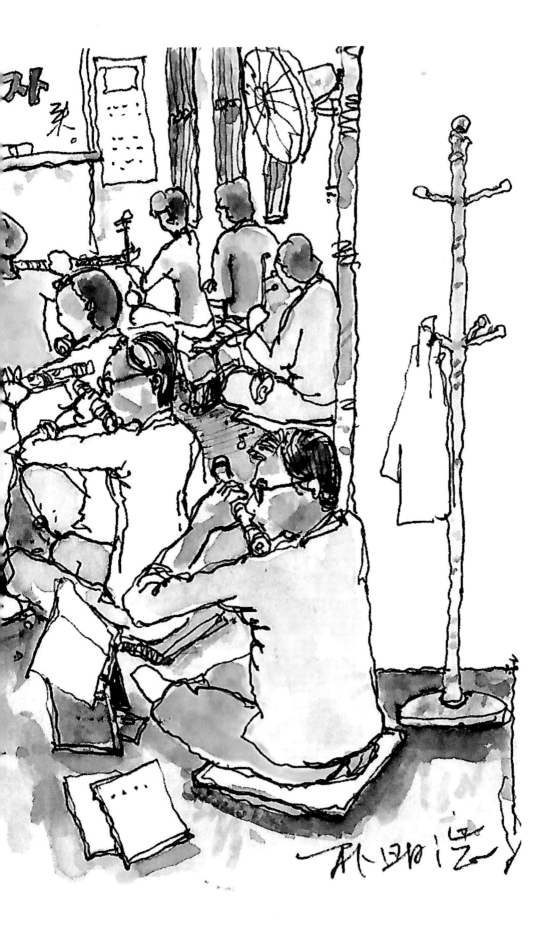

꾸어 이어가고, 그것을 섭취하여 소화하고 내면화시킬 줄 아는 미래 지향적인 발전적 주체가 되어야 함은 당연하다. 역사는 지나간 우리들의 거울이며, 현재는 과거가 압축된 현실이라는 것이 바로 이런 이유에서 나온 말이며, 역사는 지나간 우리의 미래라는 것을 결코 잊어서는 안 된다. 우리가 지난 것을 잊지 않는다는 것은 과거가 미래의 본보기가 되기 때문이다.

지금에야 그나마 우리 문화의 재조명이니 전통문화의 복원이니 하면서 조금 대접받지만, 지금까지 우리 문화가 제자리 못 잡고 얼마나 천대받고 홀대받았는가? 근대화 과정에서 우리 사회에 들어온 서양문화는 모든 분야를 압도하였다. 그들의 문화는 그 당시 헐벗고 굶주린 우리들에게 존경 내지는 열망의 대상이 되었다. 그들이 사는 집은 편리하게 보였고, 입는 옷은 천사 날개 같았고, 먹는 음식은 이 세상 최고의 산해진미로 보였고, 소리는 얼마나 날렵하게 들렸는가? 갑자기 유입된 서구문화에 대한 환상은 반대로 우리 전통문화의 열등감과 자기학대로 나타났다. 우리의 모든 것을 버리고 외국 것에 젖어 버리는 타성에 물들고, 우리 과거에 대한 자학적 부정을 일삼았다. 이런 현상은 나라와 나라 사이에 폭력이 날뛰던 시대에 약한 나라가 갖는 공통적인 현상인지도 모른다. 서구문화는 우월하고 본받아야 할 선진문화인데 비해 우리 문화는 열등하고 거칠어, 버려도 아깝지 않은 것에 불과하다고 생각했다. 이러한 이분법적 사고에 얽매어 한 치도 앞으로 나갈 수 없었던 암울한 상황에서도 우리 소리는 그 어려운 세월을 딛고 명맥을 이어 지금까지 내려오고 있다. 그런 의미에서 이 자리는 선조들이 했던 소리를 지금 우리가 한다는, 시대적 공감대를 형성하는 뜻깊은 자리이다.

자기 문화에 자신을 잃었을 때 문화 식민주의가 오는 것이며, 자기 역사를 자기 눈으로 보지 못하고 우리 손으로 쓰지 못할 때 민족문화의 상실이라는 문화적 실향민이 탄생하는 것이다. 아직도 멀고 멀지만, 누군가가 해야 할 일이고 이루어야 할 과제이다.

우리 소리를 한다는 것은 우리의 과거를 기억한다는 것이다. 과거를 기억하지 않으면 그 과거는 다시 반복된다. 그래서 역사는 미래를 위한 기억이고, 우리는 그 기억을 찾아가는 추억여행을 하는 것이다. 여기가 소리를 생업으로 하는 국립국악원도 아니고, 무슨 강압적인 힘을 가진 단체는 더더구나 아니다. 그냥 우리 소리가 좋아 보인 사람들이고, 남이야 뭐라고 하든 간에 우리 것에 미친, 시대에 좀 뒤떨어진 사람들의 모임이다. 그러나 적어도 여기에 모인 사람들은 우리 문화의 파수꾼이자 우리 소리의 지킴이들임에는 틀림이 없다.

미국 사람은 미국적인 것을 사랑한다. 영국 사람들은 영국적인 것에 긍지를 갖는다. 세상에 사는 민족은 그 민족 나름의 기억이 있다. 그 기억은 민족의 전통 속에서 기생하는 공통분모이다. 유대인들은 구약성서나 탈무드라는 민족 고유의 경전을 배운다. 왜냐하면, 유대인에게는 그 책 속에 민족의 기억이 있고, 그 기억을 바탕으로 현재와 미래가 만들어지기 때문이다. 그러나 우리에게는 우리 문화에 대한 의식이 없거나 미약했다. 우리 전통문화의 소중함을 알지도 못했고, 알려고 하지도 않았다. 도리어 우리 기억 속에서 빨리 잊히기 원했고, 남아있는 유물이나 유적은 보존이나 공유의 가치가 아니라 기피의 대상이 될 뿐이었다. 교통에 장애가 된다고 해서 성벽을 헐고, 옛 다리는 좁다고 뜯어 버렸다. 요지에 자리 잡은 옛집은 헐어 버리고, 그곳에다가 새로운 빌딩을 지었다. 문물, 문화, 사고방식, 정신구조 모든 면에서 과거의 전통은 사라졌고, 그것을 모태로 하여 자양을 섭취해 오던 민족의 기억은 영양실조에 걸려 빈사 상태에 놓여있다. 그런데도 우리 것을 지키고 가꾸어 가는 사람들. 그리고 그 소중함을 인식하고 있는 사람들이 만들어 놓은 오늘의 모습은 스스로 생각해도 대견하고 뿌듯하기 그지없다.

있을 때는 그 소중함을 모르고 지내다가, 나가보면 그 자리의 소중함을 비로소 깨닫고 다시 돌아가고픈 고향 집 같은 푸근함이 배어 있는 곳. 서커스단의 어릿광대처럼 온 천지를 떠돌다가 돌아가고픈 어머니 품속 같은 그리움이 묻어있는 곳, 가난이 싫어 뛰쳐나가 타향을 헤매다가 남의 눈을 피해 야심한 밤에 들어갔을 때, 등잔불 밝히고 따뜻한 밥 한 그릇 아랫목에 묻고 기다려 줄 것 같은 정이 서린 곳, 한소리국악원은 바로 그런 곳이다. 그리고 그곳에는 우리 소리를 사랑하는 사람들이 있다.

　　연산군 때 학자인 성현의 아들 친구인 홍모가 성현의 집에서 글을 읽고 있는데, 문밖에서 청아한 거문고 소리가 나서 밖을 내다보니 한 노인이 매화나무 밑에서 거문고를 타고 있었다. 그 모습이 "그때 달빛이 밝아 대낮 같고, 매화꽃이 만개하였는데, 백발은 바람에 날려 나부끼고, 맑은 음향이 매화꽃 냄새에 타오르니, 마치 신선이 내려온 듯 문득 맑고 시원한 기운이 온몸에 가득함을 느꼈다."라고 적고 있다. 앞으로 저런 소리를 만들고 싶고, 저렇게 멋들어지게 늙고 싶다.

04

음악^{音樂}에서 시작해서, 음악^{音惡}을 거쳐, 음악^{飮樂}으로 끝난다

우리 소리의 참맛은 어울림이다. 우리는 우리 소리를 하면서 꿈을 만들고 마음을 채운다. 그렇다고 여럿이 똑같을 수는 없다. 달라야 재미있고 어울리는 맛이 난다. 어느 날 우리 소리를 하기 위해 국악원에 모인 사람들의 마음은 이렇게 같으면서도 달랐다.

1) 음악^{音樂}

차렷.

인사.

예쁜 구령에 맞춰 초등학교 인사를 드린다. 텔레비전에 나오는 「진짜 사나이」의 각이 선 구령보다 옥구슬 굴러가는 소리가 정겹다. 그렇다. 소리를 하기 전에 예를 다 해야지.

12명이 모였다.

「송구여」.

일주일 묵혀둔 악기에 기를 불어놓고 길을 만든다. 아랫배에 힘을 주고 소리에 혼을 싣는다.

「수연장」과 「송구여」.

두 곡을 딱 맞춰 하나의 틀로 묶은 혜안이 놀랍다. 거뜬거뜬 넘어간다.

다음은 「취타」 풍류 다섯 곡.

이 사이를 이용해서 늦잠 잔 지각생 한 분이 능숙한 솜씨로 들어와 얼른 조율을 끝내고 절대 지각하지 않은 것처럼 자리를 잡는다. 우리는 그분을 기다려 주고 대금이 소리 내어 틈을 메운다. 「취타」에서는 높은 파도를 넘나드는 일엽편주가 연상되고, 「길타령」, 「금전악」에서는 시원하고 막힘이 없는 뻥 뚫린 물길을 만나는 것 같다. 이때까지 피리에서 고군분투하고 있는 분에게 해금파트 한 분이 세련된 목소리로 격려의 말씀을 전하니 벌겋게 상기된 얼굴에 수줍음이 입힌다. 우리는 지칠 때 서로 이끌어 주고, 같이 가는 배려가 있다. 협동과 노동을 기본으로 하는 농업경제 시대에는 노동의 피로를 잊기 위해 같이 어울려 소리를 했다. 농사의 시름을 잊고 신명을 내게 하고 서로 어울려내는 것이 소리였다.

「표정만방중 상령산」.

또 한 분의 해금 주자가 스튜어디스 발걸음으로 사뿐사뿐 입장한다. 4층에서 레슨을 마치고 오는 길이다. 이번 연주회에서 연주할 곡이라 원장님이 부쩍 신경쓰는 곡이다. 가야금, 거문고가 들어가는 줄풍류에서 관악 위주로 편성되는 대풍류로 바뀐다. 해금은 대풍류에도 들어간다. 형태상으로 현악기이지만, 활대로 현을 문질러 관악기처럼 지속음을 내는 악기의 속성에 따라 일찍부터 관악에 포함하기도 하였다. 이때 또 한 분의 거문고 주자가 입장했는데, 관악기로만 편성된 곡을 연주하니 오자마자 손을 놓는 사태가 발생했으니 어이할거나? 아직 독수공방을 지키는 피리 파트는 도망도 갈 수 없는 막다른 골목에서 혼자서 불고 불고 또 분다. 힘이 들어 소리가 고르지 못하다는 하소연에 "힘이 들어가서 그러니 힘을 빼요 빼. 떠르르하고 짝할 때 딱 끝내는 거 요거만 하면 다 되야. 어렵긴 뭐가 어려워?" '힘을 빼라'. 이 말은 악기 처음 배울 때 줄기차게 듣는 소리다. 악기뿐만 아니라 운동도 그렇고 모든 게 그렇다.

맞는 말씀이긴 한데 그게 어렵다. 힘을 빼서 비워두어야 한다. 우리 소리의 참맛은 비워둠이고, 비워둠은 곧 채움을 전제로 하는 것이다.

중국의 노자가 이런 말을 했다. "우리가 그릇을 만들 때 우리는 그릇이라는 형체를 만든다고 생각하지만, 사실은 그 그릇의 빈 곳을 만드는 것이다." 빈 곳은 비어있지만, 나중에 음식물이 담긴다는 것을 의미하는 것이다. 그래서 우리가 그릇을 만드는 것을 그릇이라는 형체를 만드는 것으로 생각하지만, 실제는 그릇 안의 공간을 만드는 것이다. 즉 비움은 채움이라는 의미인데, 잘 음미해보면 동양철학의 깊은 맛을 헤아릴 수 있는 말씀이다.

내가 학교에서 학생들에게 노자의 말을 자주 인용했다. 건축하는 행위는 하나의 새로운 건물을 만들어 내는 것으로 생각하지만, 사실은 공간을 만드는 것이다. 그 비어있는 공간은 쓰는 사람이 채울 것이니 쓰는 사람의 용도를 생각해서 설계하고 집을 지으라는 말을 자주 하곤 했다. 건축이나 음악이나 그 근본정신은 닮아있다. 지휘가 없는 대신 마음과 마음으로 서로를 읽어 갈 길을 밝혀 나간다. 산을 넘고 바다를 건너고 구름을 타고 가다가 다시 내려와 꽃길을 걷는다. 폭풍우를 만나고, 비바람 사이로 한 줄기 빛을 발하는 길을 만난다. 파도가 넘치듯 물결이 흐르듯 대금과 피리가 주고받는 소리가 정겹다. 백악지장인 거문고가 가운데 자리를 잡고, 여기에 대금꾼들과 피리잽이가 만들어 내는 관악기 소리에 더해 해금 낭자들의 두 줄에서 흘러나오는 애절한 해금 가락이 곁들여지고, 원장님의 채편소리를 더해 만들어 내는 소리의 여운은 5층 전체가 소리향으로 가득하고, 사당골 일대가 깊은 여운으로 물든다. 앞서 가는 관악기보다는 전체적으로 음악을 받쳐주는 해금 소리가 오늘은 유난히 정겹게 들린다. 해금은 바이올린같이 밖으로 끄집어내는 소리가 아니라 속으로 품어내는 소리다. 왼손으로 현을 떨리듯이 잡고 활대로 느리게 풀어내는 소리는 긴 한숨 같은 애잔한 슬픔이 묻어있다. 말로 다 하지 못한 슬픔을 한숨으로 풀어내듯 여미어 내는 소리는 듣는 이의 가슴을 적신다. 그래서 해금을 하는 여인의 뒷모습에는 아련한 슬픔이 가냘프게 보인다.

활대가 바뀔 때마다 변하는 고갯짓과 얇은 어깨의 흔들림은 해금 소리의 슬픔을 배가시킨다. 해금은 가슴을 파고드는 애잔한 그리움이다. 인형 같은 아가씨가 연주하는 「그 저녁 무렵부터 새벽이 오기까지」를 들으면 더더욱 그렇다. 소리를 만드는 이들이 고우니 해금 명주실 자체의 울림에서 나오는 소리가 오늘은 유난히 이쁘게 들린다.

인공위성이 붕붕 떠서 미국 땅 토마스 씨 집 앞에 서 있는 자동차를 식별할 수 있는 이 대명천지에 아직도 구음을 불러주고, "여기서 피리가 나가고 대금이 치고 나오는 거여, 알겠쥬?" 요사이는 초등학교 수업도 비주얼화하고 디지털화하는 세상에 참 정겹고 푸근한 모습이다.

「보태평」과 가곡 「언락」.

바람이 불 듯 물이 흐르듯 막힘이 없이 흘러가는 소리에 사당골이 물든다. 절제된 가사 말이 멋있다. 바쁜 현대를 살아가는 우리에게 임은 누구인가? 애절한 그리움을 가지고 살아본 적이 언제인가? 밤하늘을 올려보고 달을 본 적이 있는가? 초등학교 때 짝꿍 이름을 기억하는가? 처음으로 상대방의 가냘픈 손을 잡아 본 설렘을 기억하는가? 바쁘다는 핑계로 추억을 내동댕이치고 기억도 지웠다. 그러나 우리의 역사와 오랜 시간을 같이한 우리 소리에는 이 땅의 정신이 담겨있다는 것을 철들고 한참이 지난 후에야 깨달았다. 같이 일하는 것이 줄어들면서 개인적인 업무가 우선되고 노동과 여흥이 분리되면서 소리가 생활에서 멀어지기 시작했다. 발전, 개발만이 우리의 전부인 양 생각하던 개발 우선 시대에는 남아있는 우리의 전통문화를 전부 내다 버렸고 철저히 외면하였다. 모든 것이 시대에 뒤떨어지고 거추장스럽다고 생각했다. 우리 스스로가 우리 자신을 부정하고 외면한 것이다. 우리의 소리도 잊혀 갔다. 없어지고 사라진 줄 알았다. 그러나 5천 년을 우리와 같이 한 소리가 하루아침에 인위적으로 없어지지는 않는다. 오늘 우리가 했던 이 소리도 옛날 우리들의 조상이 했고, 우리가 하고 있고, 그리고 앞으로도 누군가가 하게 될 것이다. 우리는 그 사이를 자리매김하는 것이다. 소리를 하고 복을 짓는 것이다. 그 주인은 바로 당신이다.

2) 음악音惡

음악(音樂)이 잘못하면 음악(音惡)이 된다. 하나의 고운 소리는 그 소리가 그냥 만들어지는 것이 아니다. 더구나 혼잣소리를 하는 것이 아니라 여럿이 마음 맞춰 소리를 만들어 내야 한다. 정제된 소리를 이어 가는 중에 누구 하나라도 실수하게 되면 금방 티가 나고, 어제의 소리를 그대로 반복하는 것을 사진 소리 또는 괴뢰같은 죽은 소리라 하여 꺼리는 음악이다. 각자 소리 내는 악기에 따른 특징이 있다. 일반적으로 현악기는 날카롭고 예민하고, 관악기는 강하면서 호탕하며, 타악기는 대범하고 끼가 많은 팔방미인 같은 느낌이 든다. 이런 개성을 녹여 어울리는 소리를 만드는 게 쉽지 않다.

「표정만방 상령산」 연습 중 원장님은 애가 탄다. 국립국악원에서 연주한 녹음을 들으니 우리가 연습했던 템포보다 박이 느리니 당황하는 모습이 역력하다. 듣고 또 들으면서 녹음에 맞춰 치고 들어가 보지만 신통찮다. 시간이 답해 주리라. 일단 가락만 떼면 박은 마음을 맞춰 나가면 되리라. 하루아침에 되리라고는 생각하지 않는다. 평생을 갈고닦아 귀한 소리 하나 만드는 것인데 그리 쉽게 터득될 리가 없다. 단번에 올라타 버리면 흥이 덜해진다. 원장님이 좋게 마무리를 해주신다. "서양음악같이 짝짝 맞아 들어가면 재미가 없어요. 어금버금하면서 맞춰가는 것이 우리 소리의 맛이지요. 많이 듣고 연습하세요." 행간의 내용이 읽혀진다.

3) 음악飮樂

이습회가 끝나면 항상 거기에 모인다. 사당동은 두 노선의 지하철이 만나고, 경기도 각지로 가는 버스의 출발지이면서 관악산 등산로의 하산지점이기 때문에 항상 복잡하다. 그러기 때문에 어디를 가도 사람들로 붐비나 이 집은 골목 2층에 숨어있기 때문에 아는 사람만 오지 뜨내기 손님은 거의 없다. 수더분한 아줌마와 어떠한 주문에도 No!라는 소리를 할 줄 모르는 아저씨가 운영하는 곳이다. 이습회가 끝나면 으레 모이는 곳이다.

여기는 특별히 주문하지 않더라도 여주인이 우리 마음을 읽어 내주는 음식만 먹어도 되니 메뉴 때문에 고민하지 않아도 된다. 우리 같은 동년배들이 무난하게 먹을 수 있는 음식을 합주 후의 목마름과 배고픔을 생각해서 간을 하고 양에 맞춰 내준다. 비 오는 날에는 삼겹살을 내주고, 눈이 오는 스산한 날에는 얼큰한 찌개를 내주며, 날이 맑은 날에는 상큼한 채소를 버무려 준다. 개인적인 용무가 있는 사람 외에는 여기에 모이는 게 일종의 불문율처럼 되었다. 여기 오는 재미에 소리판에 온다고까지는 할 수 없지만, 하여튼 이습회하면 가장 먼저 떠오르는 곳이 바로 여기다. 여기는 공유하고 함께 즐거워하는 소통과 화합이 어우러지는 공간이다. 소박한 안주에 맑은 술 한잔이 더해진다.

술맛은 어디서 무엇을 먹느냐보다 누구와 마시느냐에 따라 다르다. 부담스러운 자리의 산해진미에 고급술보다는 정다운 사람끼리 나누는 소박한 자리가 좋다. 서양에서는 남남끼리 공동체를 만들 때 규약을 만들지만, 우리 선조들은 술을 나눔으로써 동질화를 모색하였다. 그래서 이질 요소를 동질화하여 공동체 의식을 만들기 위하여 술과 음식을 나눈다.

사람은 모여서 산다. 혼자는 살 수가 없다. 만일 세상을 등지고 혼자 산다면 그는 "나는 자연인이다"처럼 된다. 모여 살다 보니 이웃이 만들어지고 친구가 생기고 관계가 만들어진다. 여기 모인 사람들은 우리 소리로 만들어진 친구이고 관계이다. 음악을 즐기는 사람들이니 미움이 없다. 여기 와서 비로소 일주일간 생활인으로서, 가장으로서, 주부로서의 긴장을 내려놓는다. 앞서는 이도 없지만 뒤처진 이도 없고, 대가도 없지만 소리치도 없는, 올망졸망한 사람들이다. 간혹 딴청 피우다 악보 줄을 놓치기도 하지만, 그때는 쉬어가는 태연함도 생겼다. 일주일의 찌든 피로를 우리 소리로 풀었다면 그래도 못다 푼 정을 술 한 잔에 털어낸다. 강요도 없고 억지도 없다. 그렇게 모여 세상 걱정은 혼자 다 하고 천진난만하게 일주일을 마감하지만, 아직 이 자리 십 년에 여기서 취한 사람을 한 번도 본 적이 없다.

처음에야 당연히 음악 이야기로 시작하지만, 시간이 지나면 세상사 모든 것이 화제가 되고, 테이블마다 모여 앉은 사람의 취향에 따라 화제가 바뀐다. 그저 평범하게 세상 살아가는 이야기에다가 직장 이야기, 가족 이야기 등 우리가 살아가는 모든 이야기가 이 집에서는 안줏거리 화제이다. 조금은 이른 식사를 겸해 술 한잔이 따르지만, 가끔 식사보다는 술에 치중하는 때도 있다.

술이 약간 되면 다른 집으로 옮기는 번거로움을 피해 여기서 2차를 겸하는 때도 있는데, 이럴 경우는 시간이 길어진다. 대개 이 집 손님들은 간단하게 저녁을 먹기 위해 오는 것이라 우리 팀이 마지막 손님이 되는 경우가 대부분인데, 우리를 위해 한없이 기다리는 주인장에게 미안해질 즈음 자리를 파한다.

이제 입춘이 지났다. 한겨울 높고 깊은 산을 하얗게 감싸던 눈은 어느덧 녹아 이제 봄이 올 것이다. 봄은 물소리와 함께 온다. 우리 땅 어디든지 할머니 손등의 주름살처럼 접혀진 땅에는 골짜기를 만들고, 골짜기에는 이제 눈이 녹은 물이 흐를 것이다. 시냇물 소리는 땅의 조화를 알리는 벅찬 환호성이다. 나무는 움트고 풀은 무성해지듯이 우리의 삶에도 풍성함이 넘쳐 그 풍성함을 소중하게 가꾸어 가리라. 여기 모인 사람 모두는 그런 멋을 알고 있기 때문이다. 술을 마시니 마음이 동하고, 마음이 동하니 내 좋아하는 시 한 수를 읊는다.

꽃이 핀 산에서 두 사람이 마주 앉아 술을 나누네
한 잔 한 잔 또 한 잔
나는 이제 취해서 자고자 하니 그대는 이제 돌아가시게
내일 또 한 잔 생각나거든 거문고 안고 다시 오시게.
- 이태백, 「산중대작(山中對酌)」-

우리 소리 모임은 음악(音樂)으로 시작해서 음악(音惡)이 되기도 하지만, 결국은 음악(飮樂)으로 끝난다. 우리가 마신 것은 술이 아니라 정이고, 우리가 먹은 안주는 사랑이며, 여기서 얻은 것은 우리 소리를 한다는 자부심이다.

05

소리판에 와서
집박도 해보고 출세했다

"형님, 오늘 오시는 겨?"

"네, 좀 있다 갑니다."

"한 30분 전에 오셔, 원장님께서 오늘 좀 보잡니다." 악장의 전화였다.

시계를 보니 5시 50분. 서둘러 하던 것을 정리하고 연구실에서 나온다. 얼마 전 악장으로부터 은밀한 제안을 받는다. 이번 연주회 때 집박 좀 맡아달라는 부탁이었다. 농담인 줄 알았다. 우리 한소리에 내로라하는 선배들이 있으니 내가 감히 박을 잡을 수 없다고 완곡히 사양을 한다. "아직은 때가 아니라고 생각됩니다." 좀 있으니 원장님이 전화를 주셨다. 역시 이번 연주회에 집박 좀 맡아달라는 말씀이었다.

집박.

연주회에서 집박의 역할은 중요하다. 집박은 현대음악과 굳이 비교하자면 지휘자의 역할과 같다고 할 수 있다. 무대 위에 자리를 잡은 연주자들이 준비가 끝나면 녹색 청삼을 입은 집박이 등장해서 관객에게 인사를 하고 합주단을 향해 선 다음에 준비가 다 되었다고 판단하고 예비 박을 짧게 치면 연주자들은 그 신호에 맞춰 일제히 악기를 들고 준비한 뒤, 다시 한번 박을 치면 그 신호에 맞춰 일제히 연주가 시작된다. 연주가 끝나면 박을 세 번 쳐서 연주의 끝을 알린다. 집박은 전통음악 연주뿐만 아니라 궁중 무용에서도 장단이나 춤사위의 변화를 알리는 등 연주의 진행을 총괄하는 사람을 말하는 것이다.

집박을 맡는다는 것은 모든 연주자들을 통솔하는 지휘력도 그렇지만, 연주할 악보를 전부 외우고 있어야 하기에 대개는 그 조직의 원로이거나 연장자가 맡는 것이 일반적이다. 연주자들은 보면대에 악보를 두고 보면서 연주를 하지만, 집박은 악보를 보지 않는다. 그래서 시작과 끝을 잘 짚어 주어야 하는 것은 물론 간혹 연주 도중 마루가 바뀌거나 음악이 쉬어가는 절정에 박을 쳐주는 경우도 있기 때문에 악보를 전부 꿰차고 있어야 한다. 그리고 강한 체력이 필요한데, 대개 10분 내외의 짧은 곡은 문제가 없지만, 45분이 걸리는 평조회상이나 1시간이 넘는 여민락을 연주할 때 집박은 그동안 꼼짝하지 않고 부동자세로 그대로 서 있어야 한다. 운동해서 힘든 것보다 움직이지 않고 서 있는 것이 훨씬 더 힘들다는 것을 안다면 장시간 연주에서 집박의 어려움을 이해하리라 믿는다. 오래전 어느 연주회에서 연로하신 원로 한 분이 집박을 맡았는데, 후반부로 갈수록 체력이 떨어져 처음에는 꼿꼿하던 자세가 점차 흐트러지기 시작하여 연주자들이 연주보다 집박의 상태를 걱정했다는 전설 같은 이야기가 전하기도 한다. 그래서 세종이 백성을 사랑하는 마음에서 만들었다는 「여민락」 같은 경우는 가끔 쉬어가는 여유가 있는 서양 오케스트라와 달리 1시간 넘게 처음부터 끝까지 연주해야 하니 연주단도 힘든데, 꼼짝하지 않고 서 있어야 하는 집박은 더 힘이 든다. 우스운 이야기로, 세종이 백성을 위하고 사랑하는 마음에서 만들었다는 여민락이 연주단과 집박에게는 육체적으로 힘든 곡이지만, 전곡을 연주해냈을 때는 무언지 모를 뿌듯한 보람으로 다가오니 역시 세종대왕은 존경으로 다가설 수밖에 없는 위대한 인물인 것 같다.

집안에 큰 제사나 향사가 있으면 어른들이 모여 준비하면서 할 일을 미리 분담한다. 유사는 누가 맡고, 초헌관은 누가 하고, 아헌, 종헌을 정하는데, 임무가 정해지면

종이에 각자 임무를 맡은 사람의 이름을 써 벽에 붙여 여러 사람에게 알린다. 그럴 때 이번 제사에서 누가 유사를 맡고, 초헌은 누가 한다는 이야기를 하곤 하는데, 이때 임무를 맡은 사람은 그 행사의 얼굴과 같은 상징성이 있다. 연주회 이야기할 때도 어디에서 어떤 공연이 있으면 집박은 누가 맡는다는 이야기를 하곤 한다. 집박은 요새 연주단의 상임 지휘자같이 같은 사람이 계속 맡는 것이 아니고, 그때그때 적당한 사람을 골라 맡기는 것이 일반적이다. 그래서 집박을 맡는다는 것은 그 음악회의 얼굴로서 대단히 중요한 역할을 하는 것이며, 개인으로 봐서도 영광스러운 자리가 아닐 수 없다.

이번 정기연주회 앞두고 이리저리 신경 많이 쓰는 원장님에게 고민을 들어주자는 생각에 엉거주춤한 대답으로 갈무리한다. 원장님 방에서 박에 대한 개인 교습을 받는다. 볼 때는 아무것도 아닌 것 같이 보였는데 새로 박을 잡으니 어색하고 서툴지만 연습하는 것 외에는 다른 방법이 없다. 공연을 보러온 관객들에게 믿음직한 집박의 모습을 보여 음악에 대한 신뢰를 높여야 한다는 책임감이 무겁게 다가온다. 단번에 소리를 '딱' 만들어 내면서 청중들에게 그림도 잘 나와 될텐데…….

몇 번의 개인 연습을 하고 연습실로 들어선다. 여러 연주자가 모여 「수연장」으로 분위기를 만들면서 손을 푼다. 「수연장」 한바탕 후 원장님께서 나를 앞으로 불러내어 소개 말씀을 하신다. 맨날 제일 뒤 열등석에만 있다가 앞에 서서 아래를 내려 보는 기분도 괜찮다. 내 개인적인 경우는 말할 것도 없고, 이쪽 방면에는 친가, 외가, 처가까지 싹싹 털어봐도 그 흔한 하모니카 제대로 갖춘 집이 없는 이 황량한 집안에서 일찍이 뜻한 바가 있어 우리 소리를 접하고 급기야는 집박까지 하니 소리판에 와서 출세했다. 그렇게 시작한 집박으로 그 후 몇 번에 걸쳐 무대에 선 적이 있다.

내 삶의 윤활유 / 도전

06

내 하나의 사랑은 가고

초등학교 5학년 때였다. 어린이날을 맞이하여 창경원(현 창경궁)이 무료 개방한다고 해서 놀러 갔다. 거기서 어느 방송국에서 공개방송을 하고 있었는데, 그 공연에서 박재란이란 가수를 처음 보았다. 세상에 저렇게 예쁜 사람이 있을까 싶을 정도로 하얀 얼굴에 절세미인이었고, 노래도 잘했다. 그때부터 난 박재란이란 가수의 열렬한 팬이 되었고, 라디오에 나오는 그의 노래는 모두 흥얼거릴 정도가 되었다.

거리를 지나가다 레코드 가게 앞에 진열된 LP판 재킷에 나온 그의 얼굴을 보면 괜히 얼굴이 붉어지곤 했다. 그러다가 언제부턴가 그를 볼 수가 없었다. 그렇지만 난 마음속으로 항상 그를 그렸다. 나의 머릿속에는 소녀 같은 얼굴과 꾀꼬리 같은 그의 노래만 각인되어 있었다.

집에서 내가 보는 텔레비전 프로는 다큐멘터리와 뉴스 그리고 월요일 저녁에 방영되는 가요무대이다. 뉴스는 세상 돌아가는 이야기를 내가 직접 찾지 않아도 풀어서 쉽게 전해주니 공짜로 세상 돌아가는 소식을 들을 수 있고, 다큐멘터리는 카메라를 통해 남의 살아가는 이야기를 보는 재미가 있다. 월요일 가요무대를 챙겨보는 이유는 대부분 들어서 알 수 있는 노래들이기 때문이다. 젊은 가수는 알지도 못 하려니와 그들이 하는 음악을 이해할 수도 없고, 가사 내용도 가슴에 와닿는 것이 없다.

집에 들어가 가요무대를 보는데, 박재란 쇼란 부제가 붙어 있었다. 박재란. 이름만 들어도 가슴이 쿵쿵 뛰었다. 요사이는 웬만한 일도 무덤덤하게 넘어가지만 몇십 년 동안 마음속으로만 그리던 그 가수를 볼 수 있다는 기대감 때문이었다.

먼저 흑백의 박재란이 나왔다. 위로 곱게 올린 머리에 입을 오물오물하며 부르는.

산 너머 남촌에는 누가 살길래
해마다 봄바람이 남으로 오고
아 꽃피는 4월이면 진달래 향기
밀 익는 5월이면 보리 내음새
어느 것 한가진들 실어 안 오리
남촌서 남풍 불 때 나는 좋데나

노래 2절은 흑백에서 컬러로 바뀌면서 자줏빛 드레스를 입은 여인이 나온다. 오랜 세월 동안 머릿속에 자리 잡은 박재란은 소녀티가 가시지 않는 아가씨였는데, 텔레비전에 나온 가수를 박재란으로 인식하기까지 약간의 시간이 필요했다. 이제는 나잇살이 묻어나는 노년의 그를 만났다. 옥구슬 흘러가는 듯한 맑은 목소리가 이제는 윤기도 없어졌고, 고성에서는 힘에 부치는 듯 온몸을 떨었다.

두 번째 곡은 「임」이란 노래였다. 전주와 간주가 멋있는 곡이다. 옛날에는 무슨 내용인지도 모르고 가사를 읊었으나 다시 들으니 서글픈 노랫말이었다.

서로 만나 헤어진 이별이건만

맺지 못할 운명인 걸 어이 하려나

쓰라린 내 가슴은 눈물에 젖어

애달피 울어봐도 맺지 못할걸

차라리 잊어야지 잊어야 하나

　이쯤 되니 저 얼굴에서 옛날의 박재란을 비슷하게 찾을 수 있었다. 지금 보는 저 가수가 그동안 머릿속에 그리던 박재란이란 가수로 떠올리기까지 40년 넘는 시간이 너무 길었다.

　「럭키 모닝」, 「푸른 날개」, 「해피 세레나데」란 곡이 이어졌다. 1950년대 16세에 데뷔하여 1,000여 곡을 불렀고 영화에도 출연했단다. 그러다가 가정사 아픔이 있어 1973년 미국으로 건너갔다가 완전히 귀국했다고 했다. "인기가 무엇이냐"는 사회자의 물음에 "한때 자기가 가장 좋아하는 선망의 대상이다."라고 했다. 가수가 된 것을 후회하지는 않지만, 가수 생활에 바쁘다 보니 가정을 못 가꾼 것이 후회된다고 했다. 어려서 멋모를 때 인기라는 신기루에 가려 정작 자기에게 중요한 것이 무엇인지 알지 못했고, 그것을 깨달았을 때는 가정이란 틀은 이미 없어지고 말았다고 한다. 담담하게 이야기하지만, 그 속에는 많은 회한이 묻어 있는 것 같았다. 결국 젊어서 한순간의 뜬구름같은 인기와 여자로서 누려야 할 행복을 맞바꾼 것이다. 지금 나이 먹으니 후회가 되고 그래서 고향으로 다시 온 것이라고 했다.

　주현미가 나와 「소쩍새 우는 마을」을 부른다. 요새 노래는 가사 내용이 구어체이지만 옛날 가사는 서정적이고 호소력이 있는 한 편의 시라는 생각이 든다. 젊은 신세대 가수 다섯 명이 나와 「둘이서 트위스트」를 부르는데, 깊이는 없고 음악을 몸으로 대결하는 것 같은 느낌을 받는다. 가사만 읊조릴 뿐 노래의 맛은 살려내지 못한다.

　성우 고은정이 나왔다. 목소리만으로는 나이와 얼굴이 전혀 연상되지 않는다. 「진주 조개잡이」와 「밀짚모자 아가씨」라는 귀에 익은 노래가 이어진다. 오랜만에 하와이언 기타를 보고 밀짚모자, 포플러, 양떼, 목장의 아가씨 같은 골동품 같은 노랫말을 접한다. 옛날 흑백텔레비전 시절에는 보이지 않던 것이 요사이는 눈가의 주름까지 카메라에 잡힌다. 젊은 가수들이 부르는 민요풍의 노래 몇 곡이 이어지고, 마지막으로 조항조와 둘이서 「행복의 샘터」를 부른다.

심심산골 외로이 피어있는 꽃인가
소박한 너의 모습 내 가슴을 태웠네
그리움에 날개 돋쳐 산 넘고 물 건너
꿈을 따라 사랑 찾아 나 여기 왔노라.

외딴곳에 피어난 이름 없는 꽃인데
찾아주는 그대는 정녕 나의 님인가?
어린 가슴에 그리던 그 사람이라면
반겨 맞아 받드오리 따르오리라

어찌 보면 자기가 살아온 덧없는 삶. 그래서 아쉽고 후회스러운 자기의 삶을 그리는 여운을 남긴다.

그동안 가슴에 묻고 지내온 박재란이란 가수에 대한 실망은 어찌 보면 나의 이기심 때문이다. 나는 도시의 편리함에 묻혀 살면서도 시골에 사는 사람들은 아직도 베잠방이 입고, 우리 것을 가꾸면서 살아주기를 바라는 이중적인 마음인지도 모른다. 젊어서 연애하다가 헤어져 자기는 다른 사람과 결혼해 잘 살면서 그 사람은 혼자 살기를 바라고, 혹시 결혼한다는 이야기가 못내 서운한, 이중적 이기심 같은 것이다. 나는 학교 나와 직장 잡고 결혼해서 지금까지 온 것은 당연하다 여기면서 박재란이란 가수는 영원히 그대로 있어 주기를 원했다.

　젊어 아리따운 박재란은 이쁘고 인형에 불과했다면 지금 박재란의 목소리는 옛날의 미성은 아니지만, 인생의 무게가 실린 중후함이 보였다. 푸른 젊음과 맞바꾼 연륜이란 훈장. 나는 여태까지 눈에 보이는 젊음만 쫓았지 그 뒤에 가려진 세월을 잊고 있었다. 큰 잔에 술을 채워 지나간 세월을 음미하듯 마신다. 젊고 예쁜 박재란이란 가수는 이제 나의 머릿속에서 사라졌지만, 노년의 인자함과 푸근함이 묻어나는 원숙미 넘치는 그녀를 만났다. 유리 상자가 아닌, 쿵쿵대는 심장 소리를 들을 수 있고, 숨소리를 느낄 수 있는 조그만 공연장에서 다시 한번 그를 만나고 싶다.

07

주옥같은
우리의 명곡을 아십니까?

---

1) 우리 소리의 연륜을 가늠한다 / 「수연장寿延長」과 「송구여頌九如」

이습회의 시작은 수연장부터 한다. 때로는 송구여도 같이 연주하는데, 이 곡을 시작하면서 일주일 비워둔 마음을 고르고, 서로의 음을 맞춰본다. 항상 연주하므로 쉽다고 생각하지만, 이 곡이 어려운 곡임을 느낀다면 그것은 이 곡의 진정한 의미를 알고 있는 것이다.

전혀 어울릴 것 같지 않은 이 두 곡이 만나 하나의 정제된 소리를 만들어 낸다. 서양음악이 대규모 극장음악에 어울린다면, 「수연장」은 서양음악같이 웅장하거나 화려하지 않다. 그래서 수연장은 조그마한 공간에서 만들어 내는 소리가 정겹다. 그러나 여기에 송구여를 더하면 그 웅장함이 배가 되어 힘찬 소리로 거듭나게 된다.

"자, 대금 황 불어봐요." 대금 소리에 맞춰 조율하자는 것이고, 그 말은 이제부터 독주가 아니라 합주로 넘어간다는 의미이다. 이제부터는 너와 내가 아니라 우리가 된다. 지금부터는 저 혼자 잘났다고 내뺄 게 아니라 뒤처지는 사람을 보듬고, 부족한 사람은 서로 메워주면서 고운 소리를 만드는 과정으로 접어드는 것이다.

장구 소리의 신호에 맞춰 모든 악기가 열을 내 뿜는다. 우리가 정악에서 제일 먼저 배우는 곡이 수연장이고, 자주 연주하는 곡도 바로 수연장이다. 그래도 정악 중에서는 가장 많이 불어본 곡이라 자기의 소리를 대가들의 소리와 견주어 저 정도까지 음악의 귀가 터지려면 얼마나 더 노력해야 할지, 또 저들은 얼마나 각고의 노력을 기울였는지 가늠할 수 있으니 무심한 듯 흘러가는 도드리의 선율이 그저 예사롭지 않게 들린다. 우리 소리는 심오하여 그냥 들으면 아무 느낌이 없으므로 마음을 하나로 모으고, 귀보다는 마음으로 들어야 한다. 그런 다음에는 마음보다는 기로 들어야 제 맛을 느낄 수가 있다. 귀는 고작 소리를 들을 뿐이고, 마음은 사물을 인식할 뿐이지만, 텅 빈 기는 무엇이든 채울 수 있는 큰 비움이 있기 때문이다. 그런데 비움은 큰데 채워지지 않으니 그게 문제이긴 하지만. 우리 정악이 정겹고, 따뜻하고, 흥겹고, 멋스럽고, 고상하고, 심오하고, 열정적이라 한다면 과연 이 수연장은 어디에 해당하는 곡일까?

「수연장」을 '밑도드리' 또는 '미환입(未還入)'이라고도 하는데, 악절의 특정 부분에 되돌이표처럼 돌아드는 특징에서 붙여진 이름이다. 곡의 특성상 무뚝뚝한 느낌이 들어서 곡의 맛을 내려면 누구처럼 매일 인왕산에 올라 돌멩이 셈을 하면서 종일 불어야 될 것 같다. 더듬더듬 한 단어씩 읽기 시작한 책을 수백 번 읽고 또 읽게 되면 드디어 문리가 터져 어느 순간 그 책의 내용이 머릿속에 환하게 박히게 되고, 문장의 첫 글자만 대면 다음 문장이 입에서 술술 나올 정도가 되는 단계에 이른다고 하는데, 연주자들이 도드리를 연주하면서 도달하고 싶은 경지가 이쯤이 아닐까 한다. 우리 춤사위에서 보면 같은 동작이 반복되는 도드리가 기초가 되고 있다. 혼자 추는 춤이든 군무든 발로 몸을 돌리는 도드리는 칼춤, 승무, 농악, 살풀이, 탈춤, 부채춤 할 것 없이 돌지 않는 춤이 없으며, 이런 도드리 동작이 한국의 신바람과 무관하지 않다고 볼 때 우리는 언제 도드리란 곡을 가지고 리듬과 박자를 타면서 신바람 나게 놀아볼 수 있을까?

물론 공식적인 이습회 외 혼자 연습할 때에도 이 곡을 먼저 연주하면서 악기 상태를 살피고 자기 컨디션을 점검하게 되니 일 년에 적어도 100번은 분다고 봤을 때 우리 소리 입문 햇수와 수연장의 연주 회수는 비례한다고 볼 수 있다. 나의 경우는 이런 셈법에 따르면 1,000번을 넘게 불었다는 결론이 나오는데, 깨우침이 늦어 아직도 그 느낌을 느끼지 못하니 과연 늦긴 늦나 보다. 저취에서는 넓고 부드러운 소리가, 중간에서는 맑고 화평한 소리가, 역취에서는 꿋꿋하고 장쾌한 소리가 멋지다.

2) 춤추는 바다에 배가 흔들리듯 / 「취타吹打」

취타는 '치고 때린다'는 뜻으로 행진곡풍의 경쾌로움이 음악에 묻어있다. 임금님 출타시 연주했다는 곡에 걸맞게 박자가 빠르면서 소리가 아래위를 어우른다.

옛날 궁궐에서는 모든 예의 기본을 악으로 표현했다. 임금을 비롯한 모든 문무백관 앞에서 당시 악사들은 의복을 갖추고 집례자의 시작에 따라 그리고, 집박의 신호에 모든 연주자가 만들어 내는 소리에 맞춰 무희들의 춤사위가 시작되고, 이것들이 어울려 그려내는 유려함에서 백성을 사랑하고 공경하는 지혜를 배웠다. 근사한 제복에 웅장한 악기를 메고 행진하며 연주하는 서양 행진곡은 그 멋진 소리와 더불어 볼거리도 제공한다.

여기에 버금가는 우리 소리가 바로 「대취타」, 「취타」, 「길군악」, 「길타령」, 「별우조타령」 같은 곡들이다. 서양음악은 유명한 작곡가가 작곡하고 세계 일류 오케스트라가 연주하는 것이 일류음악이고 훌륭한 음악이라고 생각하지만 우리 음악은 꾀죄죄하고 고리타분하며 별 가치도 없는 구닥다리 음악이라고 생각한다. 이러한 생각은 우리 음악이 싫다는 전제와 맞물려 그 강도가 증대되었다. 그러나 취타를 들어보면 그 맛이 서양음악 못지않은 멜로디에 흥이 넘쳐흐른다. 기기묘묘하게 출렁이는 파도 모양의 기개를 느낀다.

서양음악이 대개는 약박에서 시작하여 강박으로 끝나는 데 비해 취타는 강박으로 시작하니 시작부터가 우렁차다. 음악이 진행될수록 파도가 심하게 요동치는 것처럼 가락의 높낮이가 가파르고 속도도 급해진다. 박자는 고른데 그 높낮이가 망망대해에 돛단배 타고 가는듯한 착각을 일으키게 한다. 조그마한 지하수가 땅을 뚫고 나와 지류를 이루고, 강을 흘러 바다에 이르는 수 천릿길에 물은 항상 낮은 곳으로 흐르는 겸손함과 높은 곳과 막힌 곳을 피해 돌아가는 지혜가 있다. 그러나 일단 출발하고 나면 바다에 이르고야 말고, 바위도 뚫는 인내와 끈기가 있으며, 깊은 곳에서는 쉬어가는 여유도 있다. 이런 인내와 끈기 그리고 그 여유로움이 소리에 묻어나야 할 텐데……. 피리가 치고 나간 자리를 대금과 해금이 이어받아 자리를 메우고, 가야금, 거문고 소리가 전체를 받쳐준다. 마치 작은 개울들이 흘러들다가 어디선가는 만나 큰 강을 이루듯이 어느 순간부터는 여러 악기가 어울려내는 합주의 참맛을 만끽한다. 혼자 부는 독주도 멋지지만, 여럿이 어울려내는 농익은 소리는 듣는 이로 하여금 감동을 준다. 왜 취타를 만파정식(萬波停息)이라 하는지 어렴풋이나마 짐작할 것 같다.

우리도 그 지혜를 배우듯 한 음 한 음 조심스레 짚어 나간다. 앞서지 말고, 그렇다고 뒤처져서도 안 되고, 옆 소리를 듣고 같이 나가야 한다. 독주와 달리 합주는 남을 배려하는 겸양의 정신이 배어 있는데, 항상 그냥 지나치고 깨우치지 못하니 그게 문제다. 우리 음악은 소리로 채우는 부분도 재미있지만, 사실은 소리 사이의 틈 즉 그 여백에서 더 많은 여운을 느끼고 수많은 상상력을 자아낸다. 음과 음 사이의 공백을 굳이 다른 악기로 채우지 않고, 그대로 비워두는 사이 공간이 우리 소리의 백미이다. 우리 선조들은 음악이나 노래, 그림, 춤, 장식, 공간배치에서도 여백의 미를 추구했다. 우리 수묵화에서도 대나 난을 친 부분보다 그리지 않는 여백을 항상 머릿속에 가늠하고 그린다. 그렇게 그려놓고 그려진 부분과 그려지지 않는 부분을 관통함으로써 아름다움을 느끼고 멋을 찾아낸다. 동양화가 색과 면보다는 먹의 농담과 선 그리고 공간의 여백으로서 표현하려는 것은 이것들이 심성에 의해서 사물의 중요한 골격을 파악하는 데 가장 적절하기 때문이며, 색과 같은 단순한 시각에 호소하는 것이 아니라 한층 깊은 정신구조에 감흥을 자아내고자 하는 것이 예술적 의도이기 때문이다. 우리 음악도 그렇다. 우리 음악의 쉼은 절정이고 주체이다. 유럽의 교회 종소리는 높은 고음으로 사람을 천상으로 끌어올리는 사이를 허락하지 않은 데 비해 한국의 고즈넉한 산사의 종소리는 다 울리고 난 다음에도 듣는 사람의 마음속에 남아있는 여운에서 소리의 참맛을 느낄 수 있고, 자연의 소리를 닮아있다.

취타 한바탕 연주하면서 여기에 숨을 맞추어 가다 보면 이 소리에 푹 안겨 함께 흘러가는 일체감을 맛보게 된다. 내가 음악인지 음악이 나인지 모르게 한참 몰입할 때 몸도 음악처럼 자연스러워지고 몸과 정신이 맑아짐을 느낀다. 지식을 앞세운 연주나 감상보다는 가슴으로 느끼고 몸으로 체득하는 것이 우리 음악에 더욱더 가깝게 다가갈 수 있는 지름길임을 다시 한번 느낀다. 파도를 넘나들 듯, 바람에 너울 타듯, 꼬인 실타래가 풀리듯 소리가 넘실거린다. 취타는 그런 멋이 있다.

3) 이 소리를 모르면 우리 음악을 평하지 마라 / 「수제천壽齊天」

우리 소리 중 혼자 하는 독주가 멋있는 곡이 있고, 어울려서 하는 합주가 어울리는 곡이 있다고 볼 때 수제천은 당연히 합주의 깊은 맛을 느낄 수 있는 곡이다.

우리 소리 대부분은 음악의 흐름에 따라 힘과 기운을 넣었다가 빼는, 즉 죄었다가 푸는 수많은 고리가 있다. 수제천이나 동동을 연주할 때는 곡의 묵직하고 역동적인 힘의 분배를 살피면서 연주할 필요가 있다. 서양음악처럼 화성을 사용하지 않고 음을 떨거나 흘러내리거나 꺾어내는 음으로 끊임없이 움직이는 여러 소리의 조합이 경이롭다.

원장님은 지금 우리나라에서 수제천을 연주할 수 있는 곳이 국립국악원과 우리 한소리밖에 없다고 말씀하시곤 했다. 수제천은 연륜이 길고 음악성이 높은 단체라고 연주할 수 있는 곡이 아니다. 오랜 시간 서로 마음을 읽고 호흡을 맞추어야만 만들 수 있는 곡이다. 흩어졌다가 모이고 다시 흘러가는 소리의 여운은 단지 정간보를 나누었다고 해서 되는 것이 아니라 오랫동안 농익은 호흡과 연륜이 있어야만 가능한 오묘함이 있다. 서양같이 지휘봉을 보고 연주하는 것이 아니다. 물론 장구가 있지만 뒤에 있어 볼 수가 없다. 내 소리를 내기 전에 남의 소리를 들으면서 전체적인 흐름을 쫓아가야 한다.

수제천에서는 정간보에 표기된 음계가 살아 움직이는 것 같다. 한 음에서 슬쩍 미끄러져 내렸다가 올라가고, 밀어 내렸다가 제 음으로 돌아오는데, 긴 박은 곱게 떨어주면서 변화 없는 울림에 작은 여운을 남겨준다. 수제천의 농현은 굵으면서 가늘고, 길면서도 짧은 감동을 남긴다. 그 울림은 움직이는 물체와 같아 서양음악의 장식음처럼 부수적인 것이 아니라 수제천의 본질이고 바탕이다. 음과 음 사이에서 느낄 수 있는 여운은 마치 큰 뱀이 강을 거슬러 올라가는 몸짓을 느낄 수 있으며, 한 음과 한 음의 선이 쭉 이어지는 시간보다 그 소리 사이에 숨겨진 여백의 깊이에 온 정신이 빨려들어가는 것 같은 착각이 든다. 소름이 끼치는 느낌을 받을 정도이다. 과연 우리 음악의 최고봉답다.

"고선이 높아! 대금 고선을 숙여! 고선이 높아지면 음악이 달라져!"

다른 음악도 그렇지만, 수제천을 연주할 때는 피리의 역할은 절대적이다. 원장님의 피리 사랑은 유별나다. 이 곡을 연주할 때 피리 소리가 좋으면 그날은 다른 악기도

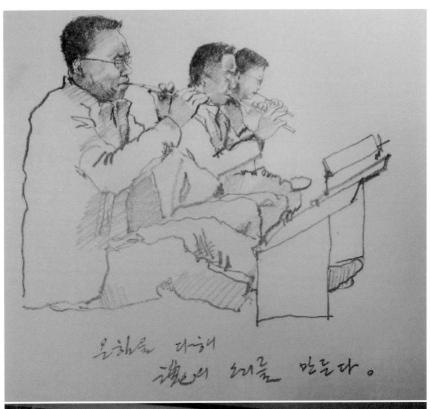

온해을 다해
魂을 소리를 만든다.

대충 넘어가지만, 피리 소리가 탁해지면 나머지 악기도 싸잡아 바닥으로 곤두박질치고, 한소리 피리잽이 수혈 방안이 거론된다. 그날 소리 평은 말할 필요가 없다.

합주연습 때 원장님의 동선을 보면 왼쪽 부분 즉 거의 피리와 대금 사이로 집중된다. 그러나 고개는 우향우 바로 벽 쪽의 피리 자리로 향하고 있다. 구음도 불러주고, 요성도 넣어주고, 때로는 소금도 불면서도 시선은 오로지 피리 쪽이다. 피리 앞에서 손으로 장단 맞춰주고, 피리 앞에서 온몸으로 지휘하고, 피리 부분의 장단이 길어져 숨이 차오를 때쯤에는 그 앞에서 어린아이 걸음마 하듯 엎드려 바닥도 두드리면서 기를 넣어준다. 피리 소리가 좀 약하다 싶으면 바로 옆에다 귀를 바짝 대고 소리를 구별해내니, 좋게 말하면 그 많은 주자 중에서 개인 교습 받는 기쁨도 있지만, 다르게 말하면 "꼼짝 마"이다. 그러니 합주시간에 피리 부는 모습을 보면 낮술 한잔한 듯 눈은 붉게 충혈되고 얼굴의 온 힘줄은 힘이 돋아 보기에 민망할 정도이다. 그러니 다른 파트는 멀쩡한데 안압 환자까지 속출하는 사태까지 이르렀다. 다행히 피리 소리가 잡히면 괜찮지만, 그렇지 않으면 "어디 가서 피리잽이 몇 명 데리고 와야지"하는 말씀이 있으면 그게 무엇을 뜻하는지 우리는 알고 있다. 그래도 요새는 피리 소리가 좋아지고 수적으로도 좌중을 압도하니 그나마 분위기 좋다는 소리를 듣는다. 하여튼 우리 한소리의 피리님들 원장님의 독차지 사랑 축하해야 할지 위로해야 할지? '어휴! 피리 안 하기 잘했다.'

4) 천년을 살아보시렵니까? / 「천년만세千年萬歲」

천년만세는 계면 가락 도드리 - 양청 도드리 - 우조 가락 도드리의 세 곡으로 구성되어 있다. 우리 아이들 결혼식 때 우리 국악단과 함께 축하곡으로 연주했던 곡이다.

천년만세는 우리 음악이면서 서양음악 멜로디에 가장 가깝게 느껴지는 곡으로, 이 세상을 살아가는 우리네 인생을 닮은 소리다. 이 곡은 연주할 때마다 흥이 나고 신이 돈다. 곡이 바뀔 때마다 전혀 다른 느낌이 나면서도 하나의 큰 흐름을 만들어

가는 조화가 멋지다.

사람은 각기 자기의 심성을 모아 소리를 만들지만, 그 소리는 지나온 풍광을 담아낸다. 옛 빛깔 고즈넉한 절간을 휘돌아 내려가는 시냇물은 스님의 맑은 마음을 담아오고, 남쪽 마을 동백꽃이 고운 시골 초등학교를 돌아 나온 시냇물은 어린아이들의 재잘거림을 담아온다. 잔칫집을 지나면 그 흥겨움을 담아내고, 슬픔이 가득한 집을 돌아 나오는 바람 소리는 그 아픔을 어루만지며 버겁게 그곳을 빠져나온다. 그래서 음악은 여백을 담아도 자연스럽고 찬 소리를 담아도 멋이 있다.

우리가 만들어 내는 소리에는 우리의 세상살이와 인생살이가 그대로 묻어있다. 그래서 예부터 우리 음악은 하늘과 땅의 광대함을 표하고, 땅의 시작과 끝을 나타내며, 사계절의 바람과 비를 나타내는 우주적 질서라고 했다. 선현들이 즐겼던 음악은 음악 자체가 아니라 음에 담긴 우주적 질서를 표현했고, 우리의 삶을 담았다. 그 마음이 이 음악에는 숨겨져 있다.

4장부터 6장까지 장구 소리가 현란하다. 채가 춤추고 손이 허공을 자유자재로 날아다닌다. 저 장구 소리에 맞춘 우리도 춤을 춘다. 소름이 끼칠 정도로 멋지다.

합주할 때 장구의 역할은 서양음악 지휘자의 역할과 같다고 볼 수 있다. 이 곡을 연주할 때 장구 소리는 힘이 넘치면서도 유연하고 날렵하다. 같은 악기지만, 연주하는 사람에 따라 소리가 다르다는 것을 다시 한번 느낀다. 장구 소리는 일면 단순한 가락을 만들어 내는 것 같지만, 장단과 강약에는 우리의 정서가 담겨있다. 우리가 주업으로 했던 농사일은 어느 지역에 정착해야 하고 주위 땅을 경작해야 하며 하늘이 알맞게 비를 내리고 햇빛을 비춰줘야 한다. 따라서 이러한 자연과 풍토에 인간이 적응해야 했다. 거기서 우리는 모순에 대한 반항보다는 자연에 대한 순응을 익혔고, 조화의 철학을 배우게 된다. 우리 음악 특히 정악에는 이런 중용과 절도가 배어있고, 앞서고 뒤에서 받쳐주면서 이끌어가는 것이 장구 소리다. 나를 내세우기보다는 남을 우선 배려하는 마음이 장구 소리에 배어있다.

수묵화에서 먹빛의 농담을 가려서 그린 붓 자국의 자유로움이나 붓끝의 움직임에 마디마다 맺힌 힘과 속도에 따라 그림이 달리 나타나듯 피리, 대금, 해금 악기마다 내는 고유한 소리가 모여 멜로디가 되고 멜로디가 모여 감동이 되어 우리 가슴으로 되돌아온다. 해물 매운탕을 먹을 때 미더덕을 씹는 기분 즉 각 음마다 탱글탱글한 느낌과 봄나무에 어리는 물기처럼 소리에 생기가 돋고 고무줄 같은 탄력을 느낀다. 개인적으로는 양청 6장에서 분위기가 바뀌면서 7장으로 넘어가는 그 부분을 좋아한다. 찌는듯한 더위 속에 먹구름이 모이고 갑자기 비가 억수로 내리듯, 폭우가 갑자기 멎고 한낮 땡볕이 온 대지를 비추는 그런 짧은 순간의 희열을 맛보는 것 같다.

5) 「평조회상平調會相」

영산회상은 영산회상 불보살(靈山會相 佛菩薩)이라는 불교 가사를 가진 성악곡에서 유래되었다. 원래 부처 생존 당시 영산의 설법 자리에 있던 하늘에서 떨어진 꽃 한 송이에서 이심전심의 마음을 읽은 일화를 가사로 표현한 「상령산」과 「중령산」, 「세령산」, 「가락덜이」, 「상현 도드리」와 「하현」, 「염불」, 「타령」, 「군악」 등이 포함되어 아홉 곡의 모음곡이 되었다. 그러나 계면조보다 낮은 평조회상에서 음역이 낮은 하현도드리는 더 낮게 변조하는 것이 불가능해서 여덟 곡을 연주하는 데 한 곡 연주하는 시간을 버는 셈이 되니 45분 가까운 연주시간에 모두 지쳐 있을 때 이 시간은 황금과도 같다. 영산회상은 현악영산회상, 평조회상 그리고 관악영산회상이 있는데, 현악영산회상이 원곡이며, 여기서 나머지 두 곡이 파생되었다. 현악영산회상은 거문고를 비롯한 현악기가 중심이 되고 현악영산회상을 4도 낮게 이조한 곡이 바로 평조회상이다. 그리고 관악기로만 연주하는 영산회상이 표정만방지곡이다. 여기에 영산회상 전곡 중간에 도드리를 놓고, 마지막에 천년만세를 넣어 여러 곡을 갖추어 연주하는 영산회상이라는 의미로 가즌회상이라고도 한다. 대개는 한소리 게시판을 통하여 연주할 곡목이 미리 소개되는데 연주 예정 곡이 가즌회상이나 평조회상으로 적혀 있으면 5층에 올라오는 사람들의 얼굴에서 웃음기가 사라지고 긴장의 기미가 보인다.

평조회상의 상령산은 긴 가락의 사이에서 느껴지는 여백 부분에서 멋이 넘쳐흐르고 후렴구의 반복 부분에서는 숨을 멈춘다. 긴 여음을 이어 갈 때는 하나둘 속으로 차분하게 수를 세면서 숨을 고르고 명상에 젖어 들다 보면 그 여백의 공간에서 무한한 깊이와 넓이를 느낄 수 있고, 이 부분을 잘 타고 넘는다면 몰입의 경지로도 넘어갈 수도 있으련만 거기에 미치지 못하는 나는 항상 남은 시간을 가늠하기에 바쁘다. 군더더기 없이 간결하고 단순하면서 소박하고 그윽한 아름다움과 담백한 맛이 상령산에 배어있고, 길고도 가늘고, 가냘픈 그리고 때로는 슬프기도 한 따스함을 느낄 수 있는 부드러운 선율이 평조회상에 숨겨져 있다.

2008년 2월에 나는 1년 과정의 대금 초급반을 끝내고 중급반에 오른다. 하필 중급반 승급한 첫날 내가 속한 학회 이사회가 있었는데, 이사회가 예정보다 조금 늦게 끝나 첫날부터 지각하게 되었다. 미안한 마음에 501호 문을 살포시 열고 들어가는 바로 그 시간에 서른 명 가까이 되는 회원들이 모여 평조회상 상령산의 후렴 부분을 연주하고 있었다. 그 소리가 너무 멋있었다. 하늘 높이 둥둥 떠다니다가 구름 타고 서서히 땅으로 내려가는 느낌이 들었다. 서른 명이 하나의 통일되고 조화로운 소리를 만들어 내는 모습에 나는 반했고, 그 감흥이 지금까지 내가 한소리 말석을 차지하고 눌러 앉아있는 이유가 되었다.

대개는 평조회상을 연주할 때 상령산, 중령산을 끝내고 나면 중간쯤 되니 잠시 한숨 돌리고 다음으로 넘어가는 여유를 보이기도 하지만, 장구채를 잡은 노 선생의 심술보가 돋으면 중령산 끝나고 그대로 세령산으로 넘어가기도 한다. 그래서 중령산 끝날 때쯤이면 혹시나 하고 노 선생의 얼굴을 훔쳐보곤 하는데, 모른 채 외면하고 "세 - 령 - 산"하고 외치면 갑자기 힘이 뚝 떨어지고 여기저기서 들릴락 말락하는 한숨 소리와 신음이 새어 나온다.

염불에서 타령으로 넘어 들면 한 박씩 따박 따박 넘어가는 기분이 큰 산을 넘나드는 기분과 같고, 딱딱 떨어지는 느낌이 선명하여 높은 산에서 시원한 바람을 만났을 때의 개운함을 느낀다. 요사이 우리 주위의 음악이라는 것이 기를 발산시키고 분산시키는 데 비해 이런 평조회상 같은 음악은 우리 마음을 가라앉히고 나를 뒤돌아

볼 수 있는 여유와 여백을 느끼게 해준다. 힘은 들지만 박자를 타고 리듬을 넘나들면서 절로 흥이 돋는다. 숨은 차고, 팔은 아프고, 허리는 결리고, 눈은 충혈되는데, 그래도 기분은 좋다. 그래서 극과 극은 통한다고 했던가? 너무 슬프면 웃음이 나고, 너무 기쁘면 눈물이 난다.

50분 가까이 쉬지 않고 이 곡을 연주하고 나면 어렸을 때 방학 끝나고 개학 날 방학 숙제 검사 마친 후련함과 편안함을 느낀다. 몸과 팔은 힘들지만, 정신은 맑게 깨어난다. 그리고 깊은 산속 옹달샘보다 더 시원한 막걸리 한잔을 그린다.

6) 풍년을 기원하는 장엄함이 / 경풍년慶豐年

경풍년은 '풍년을 경사한다'는 곡으로, 잔칫날 잔칫상이 들어갈 때 주로 연주되어 '거상악(擧床樂)'이라고도 한다. 가곡 우조 두거, 염양춘은 계면조 두거에서 관악 선율을 변조하여 만들어진 곡이다.

두거는 여창 한바탕을 부를 때 평거와 반엽 사이에 부르는 곡인데, 평평히 부르는 평거에 이어서 첫 음을 높은음으로 치켜 부른다고 하여 이름 붙였다. 순우리말로는 존 자진 한입이라고도 한다.

'존'은 재촉한다는 뜻이고, 자진은 '잦은'의 의미로, 이수대엽, 중거, 평거까지 느릿느릿 노래하다가 두거에 와서 속도가 빨라지기에 붙은 이름이다. 정가의 자음은 짧게, 모음은 길게 늘여 표현하는 것도 우리 말 표현에서 비롯된 아주 자연스러운 현상이다. 우리 그림은 넓은 화선지 가운데 한 획만 그어도 그 자체가 그림이 되고 글씨가 되고 예술이 되는 것처럼 화성이 합해져 만들어지는 서양음악보다 우리 소리는 단선율이지만, 한 곳이 비어있는 여백에서 오는 한가로움을 느낄 수 있다. 경풍년이 바로 그 맛이다.

경풍년은 분명 비어있고, 여백이 많고 쉼이 많은데, 우리는 거기에서 여유를 찾고 여운을 느낀다. 느리면 느린 대로 깊고, 넉넉한 멋과 여유가 있으며, 빠르면 빠른 대로 그 변화가 다채로워 사람의 마음을 휘어잡는 오묘함이 있다. 이 곡을 연주하다 보면 앞에서 넘실넘실 춤추는 무희가 있는듯한 착각에 빠진다. 경풍년을 연주할 때는 눈을 지그시 내리깔고 마음을 풀어 늙은 할머니가 긴 고갯마루를 넘듯이 아주 천천히, 그러나 장중하게 하나하나의 음을 되새김하듯이 풀어나가야 한다. 우리가 연주하는 앞에 두 손을 뒤로 포개고 팔자걸음으로 천천히 앞으로 나가는 나라님이 계신다고 생각하면 이 곡 연주하는 맛을 배가시킬 수 있다.

창덕궁 후원에 가면 관람정 옆으로 옛날 세자들이 걸음 연습하던 곳이 있다. 디딤돌을 팔(八)자로 놓아 여기에 따라 걸으면 되는데, 촐싹대지 말고 왕의 위엄을 살려 가슴을 쫙 펴고 보폭을 넓히면서 넓고 깊은 마음을 가지고 정치를 하라는 의미가 담겨있다. 즉 포용과 배려의 정치를 하라는 뜻인데, 행차에 연주하던 곡이 바로 경풍년이니 그 의미를 새겨서 이 음악을 풀어가야 한다.

남태로 시작되는 첫마디가 장중하고 엄숙하여 마치 가득 차린 진수성찬이 차려진 밥상이 주인을 찾아 들어가는 모습이 연상된다. 속도가 거뜬거뜬하고, 음정이 높은음으로 시작되니 음악이 전반적으로 경쾌하여 18세기 이후 관아나 개인의 잔치에서 주로 연주되었다.

피리, 대금, 해금이 자아내는 음색과 섬세하고 잔잔한 울림은 풍년의 넉넉함과 평안함을 나타낸다. 경풍년은 '사관풍류(四管風流)'라 하기도 하고, 가곡을 노래 없이 연주하는 일련의 악곡으로, 경풍년, 염양춘, 수룡음으로 세분하여 부르기도 한다. 염양춘은 여성스럽게 연주하며 태가 협으로, 남이 무로 바뀐다. 농, 계락, 편1, 편2를 수룡음이라고도 하는데, 언뜻 듣기에 정적인 음악일 것 같지만, 탱글탱글 생동감이 넘쳐흐르며 조금씩 박자가 빨라져서 후반부로 가면 자신도 모르게 덩실덩실 어깨춤이 나올 정도이다. 농사는 뿌린 대로 거두고 우리 소리는 연습한 만큼 좋은 소리를 낸다.

7) 편안함이 온 누리에 퍼지게 하라 / 「함녕지곡咸寧之曲」

영산회상은 여덟 곡 혹은 아홉 곡을 이어서 연주하는 모음곡 형식으로 되어 있는데, 함녕지곡은 표정 상현의 1, 2장과 염불 3, 4장 그리고 타령을 묶어 연주하는 곡이다. 따라서 곡의 구조는 영산회상과 같은데, 주로 궁중과 민속무용의 반주 음악으로 사용된다. 마지막 곡 군악의 후반부에서는 모든 악기가 고음역으로 치솟으면서 호기 찬 행진곡풍의 가락을 연주하게 된다.

대금, 피리, 해금 등이 어울려서 내는 소리는 힘차고 거세다. 서양의 브라스 밴드가 내는 금속성의 소리가 아니라 자연의 재료로 만든 우리 악기가 어울려내는 소리는 자연의 소리가 묻어있다. 자연은 인간의 대상물이 아니라 우리가 속해 있는 우주적 질서이며, 모든 생성의 모태이자 사멸의 회귀점이다. 불교적으로 말하자면 무적존재이며 도교에서는 무위적 존재이다. 확실히 우리에게 있어 자연을 닮고자 하는 정신이나 자연과의 조화라는 테마는 모든 철학과 예술의 기본정신이라 해도 과언이 아니다. 나중에 뒤풀이 자리에서 어느 분은 이 곡이 밋밋해서 지루하다고 했고, 어떤 분은 이 곡의 매력에 빠져 항상 다른 기분으로 연주할 수 있어 좋다고 했다. 이 곡에는 온 나라가 화평하고 만백성이 평안하라는 임금의 마음이 담겨있다. 우리는 세종을 성군이라 하고, 후세에는 그를 대왕이라 했다. 세종이 펼친 왕도정치의 기본은 백성이었고, 오직 백성에 대한 따뜻한 연민과 절절히 흐르는 사랑이 동서고금을 뛰어넘는 최고의 조선을 만들었다. 백성을 향한 임금의 사랑 바로 그 마음이 한글을 창조한 세종의 마음이었다. 소통과 나눔, 약자에 대한 배려로 만든 한글은 세종의 마음이 담긴 사랑의 문자이다. 정조 때 창덕궁 끝에 초가집을 짓고 임금과 왕자들이 농사를 짓도록 논을 만든 이유도 궁궐에 있어도 백성에게 다가가고자 하는 임금의 마음이었다. 이런 성군의 어진 마음이 담겨있는 곡이 바로 함녕지곡이다. 지금과 같이 혼란스러운 시기에 다시 한번 되새겨 볼 필요가 있다. 이 어려운 시기에 나라를 다스린다는 위정자들이 이런 음악으로 마음을 다스릴 수 있으면 얼마나 좋을까?

8) 흑백의 정전에 장중한 소리를 더하다 / 「당악祠樂」

나한테 종묘라는 사진 책이 한 권 있다. 흑백 사진집인데, 하얀 눈이 덮인 엄숙하고 고요한 종묘의 모습을 잘 그린 책이다.

종묘는 종(宗)의 묘(廟)이다. 왕들의 잠든 혼을 모시는 사당으로, 조선의 시작은 종묘와 사직단으로부터 시작되었다. 종묘는 조상에게, 사직단은 신에게 제를 올리는 곳이다. 태조는 한양으로 도읍을 정하고 궁궐에 앞서 먼저 종묘와 사직단을 지었다. 조선왕조 철학의 근간인 유교 문화를 상징하는 곳이다. 우리는 사람이 죽은 후 혼과 백으로 분리된다고 여겼다. 혼은 하늘로 올라가고 백은 땅으로 돌아간다. 혼은 사당에 모시고 백은 무덤에 모셨다. 종묘는 왕과 왕비들의 혼이 깃든 신주를 모신 사당으로 제례 때 연주되었던 곡이 바로 종묘 제례악이다.

종묘 제례악은 운지도 다르고 느낌도 다르고 분위기도 다른데, 크게 정대업과 보태평 두 묶음의 곡으로 구성된다. 정대업은 왕조의 군사적인 업적, 즉 무공을 찬양하는 곡이고, 보태평은 왕조의 학문적인 업적, 즉 문덕을 찬양하는 곡이다. 희문-기명-귀인-형가-집녕-융화-현미-용광정명-대유-역성-진찬의 11곡으로 되어있다. 지금도 종묘 제례악은 5월 첫 일요일 종묘에서 거행된다.

무채색에 가까운 종묘 정전에 붉은색 제례 의상을 입은 악사와 무용수들이 침묵 속에 등장하고 이어 검은색 제복을 입은 제관들이 정전에 입장하여 주악과 함께 제례가 거행된다. 신을 영접하는 영신, 신에게 폐백 올리는 전폐, 초헌, 아헌, 종헌의 헌작 뒤에 제기를 거둬들이고 신을 배웅하는 송신에 따라 진행되는데 큰 틀에서 보면 우리 고향 집에서 지내는 제사의식과 거의 유사하게 진행되고 있다.

「종묘 제례악」은 국가무형문화재 제1호이다. 그만큼 중요성과 상징성이 있다는 것이다. 국보 1호는 숭례문이고, 그 숭례문이 2008년 2월 10일 불탔다. 난 그때 외국에 있었다. 호텔에서 일어나 텔레비전을 켜니 CNN에서 남대문 모형이 나오는 모습이 언뜻 보였다. 왜 이 방송에서 남대문을 보여주나 했는데, 나중에 보니 화재사건에 대한 보도였다. 그때 온 국민은 슬픔에 휩싸였다. 숭례문 앞에 제상을 차리고 굿을 하고 국화꽃을 바쳤다. 숭례문으로 상징되는 역사적 상실감에 동감하는 것이었다. 그러나 사실 숭례문이 국보 1호로 지정된 것은 숭례문의 문화재적 가치와는 상관이 없다. 1934년 일본은 그동안의 무력정치에 대한 한국민의 반발을 의식해서 「천연기념물 보존령」을 발표하고 그때까지 있던 문물을 체계적으로 관리하기 시작했다. 그때 우리 문물을 관리하던 총독부 직원의 581건 번호 앞에 보물을 추가해서 보물 1호가 된 것이다. 그때는 우리나라가 주권이 없을 때이니 국보라는 말은 없었다. 그러다가 1962년 제정된 「문화재보호법」이 발효되고, 국보와 보물로 체계적으로 지정하게 되면서 숭례문과 흥인지문이 각각 국보, 보물 1호로 지정되었다. 훈민정음을 국보 1호로 하자는 말이 문화계 일각에서 끊임없이 나오고 있는데, 그렇다고 숭례문의 문화재 가치가 낮다는 말은 절대 아니다.

낙양춘.

보허자.

대개 우리 음악의 한자음을 보면 주로 나오는 글자가 장(長), 춘(春), 수(壽) 등인데, 이 글자를 보면 우리 음악이 추구했던 생각이 무엇이었는지 짐작이 간다. 우리 소리를 색으로 비유하자면 산조가 화려한 빛을 내는 색인데 비해 정악은 무채색에 가깝다. 그나마 정악 중에서도 천년만세 같은 경우는 날렵한 푸른빛을 띠지만, 당악이나 제례곡은 검은빛의 무채색에 가깝다.

정악은 최고의 명상음악이다. 명상음악이란 우선 몸과 마음이 편안해야 하고, 편안한 가운데 초롱초롱 빛나야 한다. 그래야 맑은 정신으로 자신을 들여다볼 수 있으며, 그런 의미에서 우리 정악이야말로 진정한 명상음악이라고 할 수 있다. 너무 고요하고 엄숙해서 푸르스름한 영기마저 감도는 정전에 무거운 무채색의 검은 제례복을 입은 제관들이 행하는 장엄한 의식을 상상하면서 한 음, 한 음을 조심스럽고 또박또박 연주하다 보면 여기에 참가하는 모든 이들이 시간의 개념을 떠난 영원의 공간으로 거니는 듯한 착각에 빠진다.

더구나 악기 선율위에 절제된 동작의 무용과 악기의 절묘한 어울림 속에 성악이 들어가면 한층 더 중첩되는 깊이를 느낄 수 있으며, 이것을 바탕으로 행해지는 제례의식을 보노라면 우리는 그 속에서 음악과 소리, 그리고 춤이 어울려 승화된 최고의 즐거움을 체험할 수 있다.

9) 우리의 마음을 노래에 담다 / 가곡歌曲

임을 기다리는 마음 / 여창 우락(羽樂)

우락은 '우조로 부르는 노래'라는 뜻이다. 가곡은 초수대엽, 이수대엽, 삼수대엽의 삭대엽과 일종의 변이형인 롱(언롱, 평롱, 우롱)과 락(계락, 언락, 우락), 편이 있다. 우락 같은 노래는 화창한 봄동산처럼 즐거운 마음으로 불러야 하고, 곡조의 흐름은 담담하게 흘러가는 물 같아야 듣기 좋다.

> 바람은 지동치듯 불고 궂은 비는 붓듯이 온다.
> 눈 정에 거룬님을 오늘 밤 서로 만나자고 하고
> 판첩쳐서 맹서받았더니
> 이러한 풍우중에 제 어이오리
> 진실로 오기 곳 오량이면 연분인가 하노라.

지금 같으면 어느 정도의 풍수해에 대비하기 때문에 기상조건 때문에 둘의 약속이 어긋날 리 없고, 설사 만나지 못할 정도의 기상재해가 있다면 당연히 연락을 취하겠지만, 그 당시 비바람 때문에 만나지 못하는 마음이야 오죽했으랴? 당연히 못 오는 줄 알고 마음이야 먹고 있지만, 그래도 혹시 오시려나 은근히 기다리면서 이 비바람을 뚫고 오기만 한다면 얼마나 좋겠냐고 기다리는 마음이 이쁘다. 과연 그 끝은 어떻게 되었을까? 비바람이 아니라 천지가 개벽하여도 사랑의 약속만은 지키겠노라고 큰 비 홀딱 맞고 기다리는 임을 찾아 왔다면 그를 맞이하는 심정은 어떠했을까?

여창 가곡은 곱고 단정하며 섬세한 여성미를 표현하는 것이 중요하다. 판소리나 오페라처럼 큰 성량과 표현력이 강한 표정 대신 곱고 단정한 여성미를 중시한다. 그렇다고 한없이 예쁘고 다소곳하게만 부르는 것은 아니다. 예쁘고 부드러움 사이에는 손끝 매운 여자의 상큼한 맛도 있고, 오로지 한 남자를 기다리는 당찬 여인의 내면도 표현해야 한다. 특히 남창 가곡과 달리 여창 가곡은 판소리 명창같이 큰 성량과 과잉된 몸짓보다는 곱고 단정한 여성미를 중시했다. 여기에 덧붙여 우리의 창법이나 가곡에서만 볼 수 있는 특유의 발음체계와 시김새가 더해 한층 깊은 맛을 낸다. 끊어질 듯 이어지고 구성지게 넘는 가락이 우리 가슴을 적셔준다.

남자들의 소망 / 남창 소용(騷聳)

가곡은 시조 시를 노랫말로 삼아 관현악 반주에 맞춰 부르는 노래로, 성악과 기악이 어우러진 음악이다. 피리가 앞서 나가고 대금이 뒤따르며 묵직한 거문고가 받쳐주면 노래와 유사한 선율로 반주하는 해금이 합해 전체적인 소리를 만들어 간다. 소용은 남창가곡인데, 여기에는 모든 남자가 부러워하는 것들이 다 있다.

불아니 땔지라도 절로 익는 술과

여물죽 아니 먹여도 몸집 크게 살찌고 잘 걷는 말과

길쌈 잘하는 여인과

술이 샘 솟는 주전자와

새끼 잘 낳는 검은 암소

평생에 이 다섯 가지만 가진다면 부러울 것이 없어라.

선비들은 예악 정신에 기초한 음악을 즐겼다. 예(禮)로서 질서를 잡고, 악(樂)으로 평화로운 세상을 만들려고 했다. 이들이 즐긴 악기 중의 하나가 거문고이다. 옛 양반들은 인격 수양의 방편으로 거문고를 즐겼는데, 기품과 절도를 갖춘 선비정신이 거문고 소리와 어울린다고 생각했기 때문이다. 거문고에 맞춰 선비들이 하는 소리가 시조창이고 가곡인데, 그 노랫말은 멋스럽기 그지없고, 소리를 들으면 마음과 정신이 맑아진다.

우리 가곡은 일정한 반복을 계속하기 때문에 곡을 놓쳐도 장구 소리만 잘 듣고 따라가면 된다. 서양 노래같이 반주가 노래를 따라가는 것이 아니라 별도의 음을 만들어 내기 때문에 반주가 제대로 되고 있는지를 모를 때가 많다. 장구 소리를 따를 수밖에 없다. 한때 장구는 기생이나 무당이 하는 악기라는 인식이었지만, 이제는 반주나 지휘의 역할을 톡톡히 해내고 있다.

강산이 나를 에워싸고 있으니 / 남창 계면 편수대엽(編數大葉)

부르는 이의 카랑카랑한 소리가 여운을 만들고 사람의 소리와 악기의 주고받는 교감이 멋들어진다. 가곡에는 단순과 겸허, 소박과 순리가 담담한 아름다움으로 담겨있다. 적당히 끊어주고 이어가는 절제의 멋이 있다. 절약은 부자를 만들고 절제는 인간을 만든다.

만해는 꽃은 떨어지는 향기가 아름답고, 해는 지는 빛이 곱고, 노래는 목멘 가락이 묘하고. 임은 떠날 때 얼굴이 더욱 예쁘다고 했다. 인간의 소리는 자연을 닮아 바람이 불면 세차고, 노을이 지면 서글퍼지고, 햇빛이 비치면 반짝이고, 비가 오면 어두워진다. 그런 소리를 할 줄 아는 재주가 부럽다.

멀어진 그 임은 이 밤에 나를 찾아오시려나 / 남창가곡 언락(言樂)

벽사창이 어룬어룬커늘
임만 여겨 펄떡 뛰어나가 보니
임은 아니 오고 명월이 만정한데
벽오동 젖은 잎에 봉황이 와서 긴 목을 휘여다가 깃 다듬는 그림자로다,
맞초아 밤일세
만정 항여 낮이런들 남우일번 하여라.

옛날 선비들이 부르던 가곡으로, 은근한 노랫말이 멋지다. 나는 이 곡을 연주하면서 하이얀 두루마기 정갈하게 갖춰 입고, 화문석 자리 위에 막걸리 주안상 앞에 놓인 우리 고향 집을 그린다.

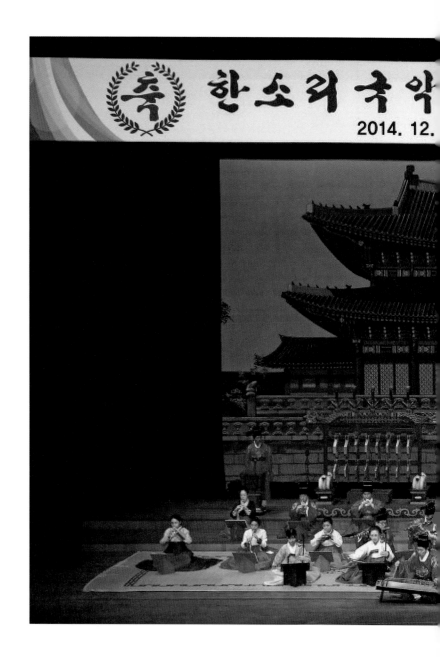

2. 마라톤

01

나는 선천적 몸치에
운동치이다

사전에 몸치라는 단어를 찾아보니 '노력을 해도 춤이 잘 안 춰지는 사람. 박자나 리듬, 율동 등이 맞지 않고 운동신경이 무딘 어설픈 사람을 가리킨다'고 되어있다.

내가 고등학교 다닐 때 국민교육헌장이라는 게 처음 생겼는데, 거기에 보면 "성실한 마음과 튼튼한 몸으로, 학문과 기술을 배우고 익히며, 타고난 저마다의 소질을 계발하고, 우리의 처지를 약진의 발판으로 삼아, 창조의 힘과 개척의 정신을 기른다"는 문구가 나온다. 사람마다 타고난 소질을 계발하라고 하지만 난 어렸을 때부터 운동에 관한 한 맥을 못 추었으니 계발하고 발전할 수준이 되지 못했다.

운동의 기본인 달리기는 물론이고, 기구를 가지고 하는 운동 역시 마찬가지였다. 운동뿐만 아니라 몸으로 하는 것은 뭐든 젬병이었다.

시골에서 태어나 내가 다니던 초등학교는 우리 집에서 십 리나 되는 먼 길이었다. 지금 어른 걸음으로 봐도 한 시간은 걸림 직한 거리였다. 먼 거리를 매일 걸어서 다녔는데, 가끔 등교 시간에 늦으면 뛰어가련만 그때는 학교에서 학생들의 출결 상황에 무신경해서 그랬는지 학교에 가기만 하면 되었으니 지각했다고 뛰어간 적도 없었다.

선천적 운동 부적성에 후천적 조건마저 별로였으니 운동은 나에게 머나먼 남의 이야기였다. 옛날 시골 동네에서 짓궂은 어른들이 어린아이들을 불러 모아 엿을 상품으로 달리기를 시켰다. 난 상품으로 엿을 맛본 적이 한 번도 없었고, 다른 아이가 탄 상품을 얻어먹어 본 적밖에 없다. 가을이면 초등학교에서는 운동회가 열렸다. 소일거리가 없던 당시 초등학교의 소풍과 운동회는 온 동네의 축제였다. 운동회가 다가오면 학교는 물론이고 온 마을이 들썩들썩했다. 선생님은 선생님대로 운동회 준비에 바빴다. 운동장에 만국기를 달아 축제 분위기를 고조시켰고, 천막을 펴서 동네 손님을 맞을 채비를 하였으며 운동경기에 쓸 도구나 기구 그리고 공책, 연필 등의 상품을 준비하였다.

어머니들은 가마솥을 걸고, 온 동네 사람들은 학교에 모여 누구랄 것도 없이 운동회를 도왔다. 동네 청년들도 선생님을 도와 운동장에 하얀 선을 긋고 하늘 높이 둥근 박을 매달았다. 놀거리가 없고 자주 만날 수 없는 동네 주민들에게 그 시절 운동회는 1년에 한 번 농사일을 잊고 마을 주민들이 모이는 잔치고 축제였다. 아이들 학교에 보내놓고 바빠서 학교 한 번 찾지 않던 부모님이 오시고, 맛있는 음식까지 마음껏 먹을 수 있었으며, 어른들은 힘든 농사일을 내려놓고 오래간만의 여유를 즐길 수 있는, 모두가 기다리고 기다리던 날이었다. 운동장 한쪽에는 여러 사람이 먹을 국을 끓였고, 그 옆에서 대낮부터 막걸리 몇 잔에 술이 얼큰한 동네 어른들이 이야기꽃을 피웠다.

운동장에는 만국기가 걸렸고, 낡은 스피커에선 음악이 흘렀다. 해맑은 아이들이 맑은 가을 하늘을 배경으로 청군과 백군으로 나뉘어 운동장에 달렸다. 학교 건물이라 해봐야 시커먼 콜타르를 칠한 낡은 단층 건물 두 동에 가운데 높이 솟은 태극기 그리고 그 앞으로는 조회 때 교장 선생님이 말씀하시는 단상이 있었다. 운동장 귀퉁이에는 녹슨 철봉과 미끄럼틀 그리고 씨름을 할 수 있게 모래를 모아놓은 씨름장이 아이들 놀이기구의 전부였다.

운동회는 아이들만의 잔치는 아니었다. 학년을 대표하는 어머니들이 가슴에 명찰을 붙이고 달리기 시합을 했다. 몸뻬 바지에 고무신이 벗겨지고도 1등을 차지한 어머니는 다음 해 운동회 날까지 두고두고 스타 대접을 받았다.

청군, 백군으로 나뉘어 달리기, 공 굴리기, 박 터뜨리기를 하고, 여학생들은 운동회날 부모님들 앞에 무용을 선보였다. 한 쪽 발목 묶고 달리기하는 이인삼각으로 어른들까지 흙먼지에 뒹굴며 시간 가는 줄 모르던 흥분의 도가니였다. 목청껏 응원하고 나면 다음 날은 목이 쉬어 힘들어도 어제의 운동회 이야기로 마냥 시간 가는 줄 몰랐다.

운동회 최고의 종목은 뭐니 뭐니 해도 달리기였다. 하얀 런닝셔츠에 가운데 하얀 줄이 선명한 무명 반바지 그리고 까만 고무신이 공식 복장이었다. 3등 안에 들어야 월계수 문양이 그려진 공책을 받을 수 있는 치열한 승부의 세계. 상이라고는 처음이자 마지막으로 받은, 월계관이 찍혀진 공책이 별것 아닌 것 같지만 그 도장은 부모님에게 자기의 달리기 실력을 공식적으로 뽐낼 수 있었던 절호의 기회였다. 공부 지진아로 천대받다가 오늘 하루는 보기 좋게 자기의 소질과 기량을 역전시킬 수 있었다.

고학년은 남자와 여자가 별도로 팀을 이뤄 경주하지만 저학년인 경우는 남녀 혼성으로 뛰었다. 즉 여자아이들과 같이하는 달리기 경주인 셈이다. 그런데 난 일찌감치 예선경기에서 탈락하여 출전 기회도 얻지 못했다. 운동회뿐만 아니라 체육 시간에 선생님이 학생들 전부를 대상으로 달리기 경주를 시키는데, 여기서도 난 항상 쓰라린 패배를 맛보게 된다.

여학생들은 쉬는 시간에 운동장에 나와 고무줄놀이를 주로 했는데, 짓궂은 남학생들이 면도칼로 고무줄을 끊고 도망가는 일이 많았다. 내가 점 찍어둔 여학생이 고무줄놀이할 때 몰래 가서 고무줄을 끊고 도망갔으나 이내 그 여학생들한테 붙잡혀 곤욕을 치러야만 했다. 그러니 어렸을 때부터 운동이라면 주눅이 들었다. 몸이 약간 비대한 편이어서 더욱 그랬을 것이다.

유년 시절을 보낸 학교를 생각하면 지금도 우수와 그리움으로 가득하고, 추억으로 남아있는 친구들을 떠올리면 아직도 뭉클한 그리움으로 가슴에 다가온다. 하지만 축제의 장에서 난 한 번도 주역이 된 적은 없었다. 그 당시 대개의 남자아이는 체육 시간을 좋아했다. 일반 학과 시간에는 별 흥미를 느끼지 못하고 지루해하다가도 체육 시간만 되면 남자아이들은 물고기가 물을 만난 듯 운동장에 나가 뛰고 뒹굴었는데, 그런 면에서 나는 열등생 대열에 낀 체육 지진아였다.

시골에서 초등학교에 다니다가 3학년을 마치고 서울로 전학 왔다. 시골에서는 10리 길을 아침저녁으로 다니느라 힘이 들었지만 서울에 오니 10여 분 거리에 학교가 있어 편리했다. 그때는 지방에서 서울로 전학 오는 학생이 거의 없어 반 친구들이 나보고 시골 촌놈이라고 놀려댔다. 거기다가 내가 팔자걸음을 걸어 담임선생님이 나를 불러 운동장에서 걸음걸이 연습을 시킨 것이 기억에 남는다.

내가 중고등학교에 들어갈 때는 입학시험을 보고 들어갔다. 그때 입학시험은 필기시험과 체력장으로 나뉘는데, 필기시험이야 공부해서 본다지만 체력장이 문제였다. 턱걸이와 달리기, 멀리뛰기를 했는데 턱걸이는 그때나 지금이나 하나도 하지 못하니 나는 항상 기본점수를 받는 데 그쳤다.

중학교 입학 이후 고등학교 때까지 체육 시간은 나에게 가장 괴로운 시간 중의 하나였다. 체조를 간단히 하고 나서는 공을 나누어 준 후, 편을 갈라 구기시합을 했는데, 난 별 취미가 없으니 운동장 양지바른 곳에 앉아 구경했다. 그때는 학생들이 체육복으로 갈아입고 운동장으로 나간 후 교실을 지키는 당번이란 게 있었다. 당번에 걸린 친구에게 당번을 바꿔준다고 하면 운동장에 못 나가 몸이 근질거리는 친구는 이게 웬 떡이냐 하면서 당번을 바꿔서 내가 교실 지키는 불침번을 했다. 어려서부터 운동에 관한 한 선천적 소질도 없었지만 하고자 하는 의욕도 없는 그야말로 몸치의 전형이었다.

대한민국 남성이면 누구나 군대에 간다. 나도 대학 2학년 끝내고 입대하였다. 입대 전 나름대로 걱정과 고민도 많았다. 내가 과연 군대 생활을 무사히 마치고 건강한 몸으로 제대할 수 있을까? 그때까지 대학 생활이라는 게 공부는 뒷전이고 거저 술이나 마시면서 흐트러진 대학 생활을 계속하다가 어떤 전기를 마련해봐야 하겠다는 생각에서 입대하게 된 것이다.

입대일이 7월 1일이었으니 더위에 유난히 약한 나에게는 날씨가 큰 걱정이었고, 훈련을 받게 될 대구라는 곳이 다른 지방보다도 유난히 더워 큰 걱정이 아닐 수 없었다.

어렸을 때는 동네에서 장정이 입대하면 온 동네가 떠들썩하였다. 6·25전쟁이 끝나고 얼마 안 되었으니 당시는 군에 가서 전사하거나 다쳐서 제대하는 경우가 많았기 때문에 입대하는 장정이 있는 집은 반초상집이었고, 동네에서도 모두 입대하는 장정의 무사 제대를 빌었다.

서울에서 논산훈련소로 입대하는 경우에는 한양대학교에 집결해서 왕십리역에서 기차 타고 논산까지 내려갔는데, 난 고향이 대구 근교이다 보니 대구에 있는 향토사단 훈련소로 입대하였다. 할아버지가 훈련소 입구까지 와주셨다. 서울부터 동행한 할아버지와 헤어지고 훈련소 문에 들어가는데, 누구나 똑같은 생각이었겠지만 마치 도살장에 끌려가는 두려움과 긴장이 교차하였다.

훈련소에 들어가서 3일 동안의 대기기간을 거쳐 정식 훈병이 되었는데, 그때부터 6주간의 훈련 기간은 평소 몸이 둔하고 운동에 익숙하지 않은 나에게 무척 힘든 나날이었다. 군대는 뭐든지 하나만 잘하면 편하다는 소리를 들었다. 당시 훈련소에는 차트를 작성한다거나 강의 교범을 만드는 일이 많았다. 입대 후 어느 날 중대 서무병이 그림 그릴 줄 아는 사람 나와 보라고 해서 이것을 하면 힘든 훈련에 어느 정도 열외하겠다는 생각에 내가 덥석 손을 들었다. 서무병은 나에게 간단히 몇 마디 물어본 뒤 중대본부로 데리고 가서 간단한 테스트를 하였다. 군대에서 쓰는 차트라든가 그림이라는 것이 그리 고차원적인 것은 아니어서 그때부터 틈틈이 중대본부에 불려가 그림을 그리거나 잡다한 행정 보조 업무를 하였다.

급한 업무는 낮에 하는 훈련을 빼먹고 하게 되는데, 더운 여름날 밖에서 받는 훈련 대신 음식 냄새가 배어있는 사병 식당에서 하는 작업이 그렇게 고마울 수가 없었다. 가끔은 야간까지 작업이 이어져 잠이 부족하기도 했지만 훈련받는 것보다는 훨씬 쉬운 일이었다. 그림 덕분에 훈련소에서는 훈련 과정을 무난하게 마칠 수 있었고, 힘들다는 유격 훈련도 차트를 작성하는 것으로 대신하였다.

훈련소 배출 후 행정 주특기를 받고 육군본부로 배속을 받았다. 본부대에서 잠자고, 아침에 일어나면 걸어서 10분 거리인 육군본부로 출근했다가 저녁 먹고 다시 본부대로 퇴근하는 형식이었으니 몸치라고 해서 특별히 힘든 일은 없었다. 수요일 오후는 '전투 체육의 날'이라 해서 과 대항 또는 내무반 대항 배구시합이 열렸으나 난 당연히 열외병력으로, 물 주전자 당번을 하거나 기타 심부름을 할 뿐 배구시합에 참여한 적이 없었다. 다만 1년에 한 번씩 육군본부에 근무하는 행정병 전부가 3박 4일 동안 유격 훈련에 가게 되는데 이게 1년 중 가장 힘든 과정의 하나였다.

다른 곳보다 더 힘든 훈련은 아니었으나 사무실에서 행정업무만 하다가 직접 몸으로 부딪치는 유격 훈련이라 고되지 않을 수 없었다. 유격 훈련을 한 번 받은 적이 있는데, 내가 몸치라는 것을 확실히 알 수 있었다. 그때 유격장이 안양에 있었는데, 입소 첫날 5㎞ 구보가 있었다. 그 정도 거리를 뛰어 본 적도 없었고, 뛸 능력도 없었으니 당연히 대열에서 낙오할 수밖에 없었고, 낙오자들은 조교 한테 모진 대가를 치러야만 했다.

유격훈련이 16개 코스로 구성되어 있었는데, 내가 합격한 것은 한 코스밖에 없었다. 그 코스는 판자로 만든 벽체에 있는 사다리를 타고 올라가 두 손 들고 유격이란 구호를 외치고 반대편으로 내려오는 과정으로, 이 코스는 불합격이 없었다. 나머지 15개 코스에서는 코스마다 별도의 얼차려가 있었던 것이 당연했다. 유격 훈련이 1년에 단 한 번, 3박 4일이었기에 천만다행이었다.

안 되면 되게 하고, 불가능은 없다는 군대에서도 나는 여전히 몸치였고, 몸을 움직이는 데는 젬병이었다. 대학을 졸업하고 사회생활을 하면서도 나는 여전히 운동과는 전혀 관련이 없는 생활을 하고 지냈다.

02

몸치 탈출 대작전

대학 졸업 후 설계사무소에서 근무하다가 대학으로 자리를 옮겼다.

대학에서는 자기의 의사와 관계없이 보직을 맡게 된다. 학과장이야 학과에 소속되어 있으면 누구나 돌아가면서 해야 하는 보직이라 당연하지만 중앙 보직은 될수록 안 맡으려는 것이 대학교수들의 일반적인 생각이다. 보직을 맡게 되면 시간적 제약도 많고, 회의, 결재 등으로 인해 개인 시간을 갖기가 힘들어진다. 평교수 때야 시간을 내서 마음대로 연구하고, 보고 싶은 책도 보고, 학생들과 격의 없이 어울릴 수 있는 시간이 많지만, 보직을 맡다 보면 매인 몸이기 때문에 평교수 때보다는 시간을 많이 가질 수 없는 것이 당연하다. 나도 평교수 때는 휴일에 그림을 그리러 다니고, 방학 때는 외국에 나가서 새로운 것을 보고 느낄 수 있는 시간도 많았으나 보직을 맡게 되면서 자유로운 시간으로부터 일정 기간 멀어지게 되었다.

대학에서 나에게 기획실장 언질을 주었다. 난 아니라고 펄쩍 뛰었고, 절대 그런 일을 수행할만한 인물이 못되니 다시 한번 생각해 달라고 몇 번이고 말씀드렸다. 그러나 학교의 생각은 확고했다.

기획실장. 대학의 모든 일에 대한 기획 업무를 관장하는 곳이다. 교무처나 학생처

같은 곳은 업무가 많긴 하지만 매년 비슷한 일이 반복되니 예년에 했던 일을 참고해서 하면 되지만 기획실 일이란 닥치는 새로운 일을 해야 하기에 여간 신경 쓰이는 것이 아니었다. 어디에 매여 일을 하는 것이 체질에도 맞지 않았을 뿐 아니라 능력도 부족했기 때문이다.

그때 우리 대학은 부족한 공간 때문에 고민이 많았고, 그 문제를 풀어야 했기 때문에 건축을 전공하는 나를 지명했다고 생각된다. 우여곡절 끝에 기획실장직을 맡았지만, 몸에 맞지 않은 옷을 입듯이 체질에 맞지 않아 가시방석 같은 시간이었다. 그러다가 보직을 벗었다. 기다리던 일이고 기쁜 일이 아닐 수 없었다.

오랜만에 사무실에서 연구실로 돌아왔다. 속박당해본 사람만이 자유의 진가를 느낀다. 몸과 마음이 새털 같아진다. 날아갈 듯한 기분으로 무엇을 할까 하다가 새로운 도전을 꿈꾼다. 내가 가장 못 하는 것에 과감히 도전하기로 마음먹는다. 운동을 생각했다. 나는 운동과 전혀 관계가 없는 것으로 생각했지만 나이도 먹어가는데 뭔가 운동을 해야 하지 않을까 막연히 생각하던 차에 보직까지 끝났으니 절호의 기회였다.

운동 중에서 무엇을 할까 고민하다가 마라톤을 생각했다. 마라톤은 나 혼자 할 수 있고, 누구나 쉽게 접할 수 있으며, 모든 사람이 할 수 있는 운동이다. 그리고 특별한 기술이나 장비가 필요 없고, 달리면서 뭔가를 치거나 휘두르지 않으면서 인간의 원초적인 몸짓인 달리기에만 집중할 수 있는 순수한 운동이다. 재능이나 유전적 소질과 상관없이 오로지 신발 한 켤레와 뛰겠다는 의지만 있으면 달리는 모든 사람이 승리자가 될 수 있는 순수한 스포츠이다. 결코 남에게 피해를 끼치지 않고, 적과 눈을 마주치지 않으며, 결과의 책임은 100% 자기가 감당해야 하니 나 같은 몸치에게 가장 적당한 운동이라는 생각이 들었다.

그날부터 나의 인내심과 한계를 시험해 보기 위해 집 근처 초등학교 운동장을 뛰기 시작했다. 12바퀴를 뛰었으니 약 4㎞쯤 되는 것으로 생각된다. 한 달에 23~24번 정도 뛰면서 달력에 그 날짜를 기록했다. 과음한 다음 날이나 춥고 덥고 귀찮은 날도 있었으나 그래도 뛰었다.

　처음에는 4㎞ 뛰는 것도 힘들어 도중에 주저앉고 싶은 마음이 굴뚝같았다. 오늘은 이 정도만 뛰고 걸을까 하는 유혹이 항상 있었고, 어제는 과로했고 과음했으니 오늘 하루만 그냥 넘어갈까 하는 타협이 항상 있었다. 하지만 난 나 자신을 채찍질했다. 이왕 시작한 거 여기서 관두면 나 자신이 너무 초라해질 것 같았다. 내가 이것 하나도 이겨내지 못하는, 초라하고 나약한 존재였는가? 이것 하나도 하지 못하는 주제에 앞으로 무슨 일을 할 수 있을까? 지금까지 운동이라면 철저한 방관자였으나 이제는 운동을 해야 하는 나이가 되었고, 여기서 주저앉으면 운동과는 영영 멀어지고 다시는 못할 것 같은 생각이 들었다.

　흔히 마라톤을 선진국형 운동이라 한다. 각자 차를 가지고 다니고, 회사마다 엘리베이터가 있어 자연스레 운동할 기회가 줄어드니 몸은 둔해져서 운동의 필요성을 느끼게 되는 것이다. 대부분 사람이 '운동한다'는 말이 '담배 끊는다'는 말만큼 흔한 국민 거짓말이 될 정도로 운동에 관한 한 많은 결심을 했고, 또 그 결심을 쉽게 파기한 것이 한두 번이 아니었을 것이다. 운동화, 운동복은 집에 있을 테고, 집에서 가까운 공원이나 초등학교 운동장으로 나가기만 하면 되는데 그것을 실천하기가 말처럼 쉽지 않은 것이다. 게으른 탓도 있지만 도대체 무슨 운동을 어떻게 시작해야 할지 몰라 망설여지는 사람이 생각보다 많다. 그런데 마라톤은 다른 운동과 달리 운동기구를 준비한다거나 기본적인 기초강습을 받는 등의 사전 준비 없이 운동복과 운동화만 있으면 된다.

　하루하루 거리를 늘리고, 속도를 높이면 뛰는 피로감이 가중되었지만, 뛰고 난 후의 상쾌함과 무언가를 해내고 이루었다는 성취감은 점점 커져갔다. 공휴일에는 집에서 느긋이 있다가 결국 하루를 그냥 보낸 때도 있다. 하루 운동을 거르고 나서 다음 날의 후회는 말로 표현할 수가 없다. 집에서의 움직임이 적으면 식욕도 떨어지고, 낮잠을 자는 경우 밤에 잠을 자지 못하니 월요일 날은 몸과 마음이 지치기 마련이다. 아침 운동을 하면서 나도 모르게 운동의 묘미에 빠져들게 되고, 결혼 후 늘어만 가던 몸무게가 멈추는 일거양득의 효과를 보게 되었다. 나 자신이 어느덧 마라톤의 매력에 서서히 빠져들게 되었고, 운동이라면 몸서리치던 내가 매일 아침 초등학교 운동장을 도는 규칙적인 마라톤맨으로 변신하였다. 그러다가 우연히 마라톤 대회가 있다는 것을 알았다.

매일 아침 초등학교 운동장에서 뛰고, 휴일이면 한강에 나가서 혼자 뛰면 되는 줄 알았지 아마추어를 위한 마라톤 대회가 있는 줄은 몰랐다. 마라톤 대회는 황영조나 이봉주만 나가는 줄 알았다. 그러면 대회에 한 번 나가보자. 마라톤 대회에 나간다는 것이 일종의 자극이 될 수 있다고 생각했다. 매일 혼자 뛰는 것보다 다른 사람과 어울려 뛰면 또 다른 마라톤의 매력에 빠질 수 있고, 대개 1개월 전에 접수신청을 받기 때문에 그것을 목표로 연습을 한다면 확실히 동기유발이 될 수도 있다는 생각이 들었다.

2000년 9월 17일. 이봉주 금메달 기원 단축마라톤 대회. 10㎞. 옛날 시골길로 25리 길이니 한 새참 길이다. 출발 장소는 미사리 조정 경기장. 8시 출발.

집에서 입던 반바지에 운동화를 신고 나갔다. 아직 마라톤 복장이나 신발에 대한 준비가 안 되어있을 때였다. 복장 문제보다는 내가 과연 25리 길을 뛰어 다시 이곳에 올 수 있을까 하는 두려움이 앞섰다. 출발 총성이 울리고, 앞에서부터 뛰기 시작하는데, 사람이 많다 보니 내가 뛰기까지는 5분 넘게 걸렸다. 경보 수준으로 뛰어나갔다.

처음 5㎞는 미사리 조정경기장 왕복하고, 나머지 5㎞는 밖으로 나가 하남시청에서 반환점을 돌아오는 코스였다. 조정 경기장 2㎞ 지점을 뛰는데, 벌써 반환점을 돌아오는 선두 선수가 있었다. 등위는 언감생심이고, 완주가 목표니까 그들과 상관없이 내 페이스를 유지하였다. 조정 경기장 2.5㎞ 반환점을 돌아 나오는데 내가 거의 후미 그룹이었다.

5㎞ 지점에서 시계를 보니 30분이 지나고 있었다. 조정 경기장을 나오니 진행요원과 경찰들이 차량 통제하고 있었는데, 통제당한 운전자들이 경적을 울리면서 싸우고 야단이었다. 모처럼 일요일 가족들 데리고 나들이 가는데, 통제하니 화날 만도 할 것

이다.

5㎞ 지나자마자 100m 길이의 오르막이 있었다. 힘든 것이야 말할 것도 없지만 이를 악물었다. 여기서부터 서서히 걷는 선수들이 보이기 시작하였다. 7.5㎞ 지점인 하남시청 반환점을 도니 노란 테이프를 주었다. 정직하고 확실하게 돌았다는 증거물이었다.

여기서부터 지치기 시작했다. 집에서 뛸 때는 이 이상의 거리를 뛰어본 적이 없었기 때문이다. 좀 뛴다고 하는 선수들은 이미 골인했을 것이고, 지금 뛰는 후미 그룹에 속한 대부분 사람은 걷다 뛰기를 반복하였다. 앞에 보이는 선수들이 약 100m 정도는 될 것 같은데 왜 그렇게 먼지……. 발은 움직이는데, 몸은 나가지 않고 마음만 급할 뿐이었다. 마지막 미사리 도로를 넘어서 조정 경기장으로 들어가야 하는데 차량 통제를 풀어 놓은 상황이라 선수 몇 명이 모이면 차량을 잠시 통제하고 선수들을 보내곤 했다.

이제 약 200m만 지나면 골인이다. 20m 앞에 여자 둘이 뛰고 있어 추월하려고 마음먹는다. 마지막 있는 힘을 다한다. 15m, 10m, 5m, 3m, 1m. 드디어 여자 선수들을 추월한다. 골인점이 눈앞에 보인다. 그런데 갑자기 옆에서 쌩 소리가 나서 보니 그 여자 선수들이 나를 추월해 버렸다. 골인 지점을 불과 한 10m 남겨두고 있어서 다시 추월할 수 있는 거리도 짧았고 힘도 없었다.

1시간 6분 34초. 금빛 나는 완주 메달을 받았다. 운동이라면 몸서리치던 내가 마라톤 대회에 나가 10㎞를 완주하고 메달을 받다니, 나에게는 황영조 올림픽 금메달 못지않은 보물이다. 이렇게 처음으로 마라톤 대회에 나가 완주하였다.

처음에는 마라톤 대회 완주만으로 만족했으나, 다음에는 기회가 된다면 1시간 이내로 기록을 단축해야겠다는 생각이 들었다.

마침 10월 3일 문화일보 주최 통일 기원 마라톤 대회가 있었다. 통일도 빌고 기록도 단축한다는 명분으로 신청을 했다. 그리고 한강에 나가 매일 연습하였다. 거구를 뒤뚱이며 팔자걸음으로 씩씩거리며 매일 달렸다.

새벽밥 차려주던 집사람이 요사이 무슨 바람이 불어 휴일 뜀뛰기를 하느냐고 묻는다. 구파발에서 출발하여 임진각까지는 풀코스 구간이다. 나머지는 버스 타고 가다가 코스마다 내려준다. 약 40분 달려 하프코스 출발지점에 선수들을 하차시킨다. 내리는 사람 대부분 몸매도 잡혀있고, 복장 신발 등 꾼다운 차림새이다. 하프코스 신청자들이 가장 많은 것 같다.

다음은 10㎞. 하프코스 출전 선수들과 비교해서 확 차이가 난다. 복장도 제각각이고, 나같이 배가 부풀어 있다. 나 같은 초보자들이 많은 것 같다. 그들의 이야기를 들으니 10㎞쯤이야 아무것도 아니라며 자신에 차 있었다. 하지만 그것은 그들의 생각일 뿐이지 그동안 몸 부풀고 망가진 것을 염두에 두지 않는 중대한 실수를 범하는 것이다. 그래서 10㎞ 코스에서 포기자가 가장 많다고 한다. 어차피 5㎞는 기록 측정용 스피드 칩도 안 주고 건강달리기인데, 처음부터 5㎞ 참가하기는 좀 뭐 하니까 대개 10㎞를 신청한 것이다.

10㎞ 출발지에서 하차한다. 제각각이다. 연령은 20대부터 60대까지이고, 남자 틈에 가끔은 립스틱 짙게 바른 아줌마도 보인다.

10시 출발.

처음부터 마치 100m 단거리 선수같이 쏜살같이 달려 나가는 그룹이 있다. 대개 초보자들이다. 제 실력도 모르고 욕심만 앞세운 것이다. 이 대회에서 난 59분 24초를 뛰어 아슬아슬하게 1시간 이내로 골인했다. 이렇게 해서 그해 가을 마라톤 대회에 공식적인 데뷔를 하게 된다. 몸치의 몸부림이 시작된 것이다.

03

이런
천지개벽할 일이 있나?

그 사건은 우리 학교에 파문을 일으킬만한 했다. 내가 하남마라톤과 통일마라톤에서 10㎞를 뛴 후, 학교 게시판에 완주기를 올렸더니 학교에서 작은 소동이 벌어진 것이다. 절대 일어날 수 없는 불가사의한 일로, 도저히 믿지 못하겠다는 것이었다. 이 소식은 일파만파로 퍼져 나갔고, 운동과 전혀 관계가 없다고 생각된 내가 마라톤 대회에 나가 완주를 했다니 모두가 놀란 것이다.

나의 완주가 다른 사람에게는 자신감이었다. 우리 학교 대표 몸치로 소문난 내가 10㎞를 완주했다는 소식은 많은 이에게 마라톤에 관한 한 나도 할 수 있다는 희망을 주었다. 내가 뛰었는데, 자신이 못할 리가 없다고 생각했고, 10㎞쯤은 아무나 나가기만 하면 되는 거리로 생각한 것이다.

그들도 하나둘 마라톤에 동참하기 시작했다. 아마 그들은 생각했을 것이다. 내 비록 그동안 운동을 게을리했고, 나이를 먹긴 했지만, 대한민국의 남자로서 군대에서 완전군장하고 뛴 경험이 있는데, 10㎞ 정도야 못 뛸까? 완전군장하고 구보하던 생각하면 군장 무게만도 20㎏에 달하는데, 뒤에서 자기 몸을 잡아끌던 군장도 없고, 무게 때문에 좌우 균형이 안 맞아 고생하던 총도 없는 데다가 세상에서 가장 단출한 복장인 러닝셔츠에 팬티 하나만 걸치고 거추장스러운 군화 대신 새 날개같이 가벼운 운동화 신고 뛰는데 그 정도야 못 뛰겠는가? 마라톤은 정직한 운동이라 아무리 선천적 소질이 있고 재능이 있다손 치더라도 10㎞는 아무 연습 없이 누구나 무작정 뛸 수 있는 거리가 아니다. 사전 준비운동 없이 무작정 뛰어나가니 몸이 가열되지 않은 상태에서 몸이 말을 안 듣고, 오랫동안 안 쓰던 근육을 갑자기 쓰게 되니 근육에 무리가 오고, 호흡에 대한 사전지식 없이 무작정 뛰니 호흡은 거칠고, 자세가 불안하니 속도는 나지 않아 이래저래 힘만 들이는 셈이다. 더구나 초등학교 운동장을 도는 경우는 같은 코스를 열 번, 이십 번을 돌게 되니 그 지루함 또한 견디기 어렵다.

처음에는 많은 사람이 참가했다. 운동의 필요성을 느낄만한 나이가 된 것이다. 운동이 체질이 되지 못한 사람들로서는 규칙적으로 나가 뛴다는 것이 그리 만만한 일이 아니다. 그러다 보니 각자 마음속으로 정해둔 자신의 약속을 자꾸 어기는 결과가 되고, 이런 일이 몇 번 반복되면 결국 운동을 지속적으로 할 수 없게 된다. 운동이 끝난 후의 상쾌함과 개운함을 모를 리 없으나 일을 하다가 딱 멈추고 나가기가 그리 쉬운 일은 아니었다. 약간은 타율적인 간섭과 모여서 하는 체계적인 운동의 필요성을 느낀 것이다. 아무래도 여러 명이 같이 뛰면 재미도 있고 의지도 생기기 때문이다.

학교 옆의 안양천이 옛날에는 공장폐수로 불결했으나 지방자치가 된 이후 자치단체장들이 주민 복지향상에 신경을 쓰면서 학교 옆부터 한강으로 이어지는, 훌륭한 마라톤 코스가 만들어져 마음만 먹는다면 문제가 될게 없었다. 이래저래 열 명 넘는 인원이 모여 일주일에 한 번씩 퇴근 후 안양천에서 뛰기로 했다. 학교에서부터 5㎞ 지점에 표시해서 그 지점을 왕복하면 10㎞를 뛰는 셈이었다. 처음에는 아무것도 아닌 줄 알고 10㎞ 뛰다 보니 알통이 배기고 근육이 뭉치는 등의 사소한 부작용도 생겼지만 모여 같이 뛰다 보니 마라톤의 효과가 서서히 나타나기 시작했고, 그것을 각자 깨닫기 시작했다.

일주일이 반쯤 지난 수요일 퇴근 후에 모여 같이 뛰니 학교 업무에서 오는 스트레스도 날릴 뿐 아니라 각자 간의 거리를 좁힐 좋은 기회였다. 학교라는 데가 회사 조직과 달라 교수들은 연구실에서 각자 자기 전공 분야만 연구하고 강의를 하기 때문에 같이 모일 기회가 적어 교수 간의 유대감이나 소속감이 희박한 경우가 많고, 직원들도 자기 고유 업무가 있다 보니 같은 울타리에 있다고 해도 가까운 사이가 되지 못한다. 그런데 마라톤은 똑같은 거리를 뛰니 고통도 같이 나누게 되고, 같이 땀을 흘리니 동질감이나 유대감뿐만 아니라 벽도 허물어지는 효과를 보게 되었다. 교수, 직원 할 것 없이 모여 뛰었고, 30명이 넘는 인원이 동호회로 등록하여 대회에 출전하기도 했다. 그러다 보면 스타급 선수가 생기기 마련인데, 같이 운동하게 되면서 소질이 두각을 나타내게 되었다.

초반 5㎞ 정도는 모두가 같은 속도로 달리다가 5㎞ 지점부터는 자기의 능력에 따라 스피드를 높여 뛰기 시작하니 골인 시간이 5분에서 10분 정도 개인차를 보이기도 했다. 하지만 나는 변함없이 후미 그룹을 장식했다.

모여 하는 운동은 일주일에 한 번이었으나 각자 개인적으로 휴일이나 방과 후에 연습하다 보니 실력이 향상되는 사람도 있었고, 운동 결과 뱃살이 빠져 그 결과를 눈으로 직접 확인하는 경우도 많았다. 이때가 우리나라에서 마라톤이 일반인들 사이에 붐을 이루기 시작한 시기였다. 이에 맞춰 내가 마라톤 대회에 나가 완주기를 올린 것이 우리 학교 구성원들이 마라톤을 시작하는 동기를 부여한 것은 확실하다. 여럿이 어울려 운동을 하다 보면 각자 속도에 따른 우열이 가려지는데, 시간 차이가 크게 나면 문제가 없지만, 기록이 비슷한 경우일 때는 서로 보이지 않는 경쟁 관계가 만들어져 보는 이로 하여금 또 다른 재미를 느끼게 한다.

운동 후에는 맥주를 같이 마시기도 하는데, 이 시간에는 누구는 그동안 혼자 꾸준히 연습해서 기록이 점점 좋아지고, 누구는 요사이 일이 바빠 운동을 등한시한 결과, 몸이 붇고 기록이 떨어진다는 등의 이야기가 화제가 된다.

화제의 중심에는 항상 내가 있었다. 나의 둔한 운동신경을 보고 나왔다가 한두 번 뛰어보니 마라톤이란 것이 그리 만만하게 도전할 만큼 쉬운 운동이 아니란 것을 깨닫는 경우가 많았다. 당연히 나를 이기리라고 생각하고 가볍게 나왔다가 후반에 지쳐 나보다 늦게 골인하고는 마음을 고쳐먹는 경우도 있었다. 나를 기준하여 나보다 잘 뛰는 사람은 보통 정도의 주자로 생각되고, 나보다 뒤떨어지는 선수는 좀 더 분발해야 하는 이유가 되었다. 좋든 싫든 내가 우리 학교 마라톤의 가운데에 서게 되었다.

공식 대회에 나가 10㎞ 코스를 세 번 완주하였다. 마지막 10㎞ 대회는 중앙일보 주최 마라톤 대회로, 잠실운동장에서 출발하여 올림픽공원을 거쳐 다시 잠실운동장으로 돌아오는 코스였다. 우리 학교 몇 사람들과 같이 참가하였는데, 골인 후 대포집에 모여 각자 무용담을 펼치고 있었다. 10㎞를 뛰고 들어 왔는데도 하프 뛰고 들어온 선수만큼 완주 후 무용담이 뻥 튀겨 이야기되고, 술은 마치 풀코스 뛰고 들어온 사람처럼 마셔대고 있었다.

마라톤 경기가 있는 날, 잠실새내역 일대 음식점과 목욕탕은 마라톤 뛰고 들어온 사람들로 넘쳐난다. 그날 우리는 10㎞ 뛰고 들어와 아침 기운이 가시지 않은 오전이어서 식당 손님이 우리밖에 없었다. 잠시 후 또 한 팀이 우르르 몰려왔는데, 그 사람들은 하프코스 뛰고 들어온 사람들이었다. 우리는 10㎞도 겨우 뛰어 들어왔는데 저 사람들은 하프코스 뛰고 들어온 선수들이라 생각하니 갑자기 그 사람들이 위대해 보이기 시작했다. 도대체 저 사람들은 뭘 먹고, 평소 어떻게 연습했길래 50리 길을 뛰어갔다가 왔다는 말인가? 우리 고향집에서 대구까지가 50리길이었다. 그때 시골 버스는 동네 어귀에서 손 흔들고 뛰어나오는 손님들까지 기다려 태워 주었으니 두어 시간은 족히 걸리는 거리였다. 산 넘고 금호강이라는 조그마한 강을 건너야 다다르는 50리길을 뛰어 완주했다는 것에 대해 10㎞ 주자인 우리로서는 경탄하지 않을 수 없었다. 왁자지껄했던 우리 자리가 갑자기 조용해졌다.

꾼은 꾼을 알아보는 법이다. 우리보다 두 배 이상의 거리를 뛰고 들어온 사람들에 대한 하수의 배려였다. 그들의 이야기 한마디 한마디가 우리 가슴에 내리 꽂혔고, 이 세상을 같이 살아가는 사람들이라기보다는 마치 다른 세상을 사는 신선 같은 느낌이 들었다. 그때까지 난 10㎞를 뛰었다는 사실만으로 만족해서 그 이상의 거리를 생각지도 않을 때였다.

그에게 다가가 실례를 무릅쓰고 하수로서 예를 다해 술 한 잔을 따르고, 하프를 뛰려면 어떻게 해야 하는지 여쭈었다. 그중 한 명이 10㎞를 뛰는 것이 어렵지 그다음 하프코스는 별것 아니니 한번 도전해보라고 했다. 그러면서 내년 봄 하프코스를 목표로 한다면 이번 겨울이 중요하니 동계훈련을 충분히 하라고 했다. 혼자서 15㎞를 뛸 수 있는 능력 정도만 갖추고 실제 대회에 나가면 분위기가 있어서 하프코스를 쉽게 뛸 수 있을 것이라고 충고해 주었다. 용기를 얻은 셈이다.

그해 늦가을 서해대교 개통을 앞두고 서해대교를 왕복하는 기념 마라톤 대회가 있었다. 왕복하면 15㎞ 정도 되는 거리였으나 교각 특성상 가운데는 높고, 양 끝이 낮은 완만한 경사를 이루고 있었다. 5㎞ 늘어난 거리에 대한 부담은 되었지만 완주하였다.

그해 겨울 난 하프를 대비한 연습에 들어갔다. 특별한 훈련은 아니고, 아침이나 저녁에 이전보다 뛰던 거리를 늘렸고, 주말에는 한강에 나가 15㎞를 뛰었다. 날씨가 춥고 눈이 내린 날은 뛰기에 불편하였지만 어김없이 뛰었다. 이렇게 하루하루 연습하면서 그해 겨울이 지나갔고, 다음 해 봄, 나는 드디어 마라톤 하프코스에 도전하게 되었다. 잠실종합운동장에서 미사리 쪽 왕복 코스였다. 일기예보에서는 한파를 예측했지만, 날씨는 의외로 좋았고, 하프코스 주자는 그리 많지 않았다. 하프마라톤이란 말 그대로 풀코스의 절반을 달리는 것인데, 풀코스의 절반을 달리는 만큼 박진감이 넘치고 스피디한 경기가 펼쳐진다. 선수층이 두꺼운 외국의 경우에는 하프마라톤 전문 선수가 따로 있다고 한다. 하프마라톤은 초보자에서부터 고수에 이르기까지 모든 러너가 함께 즐길 수 있는 코스인데, 풀코스에 대한 막연한 두려움을 가지고 있는 초보 마라토너들에겐 자신감을 줄 수 있고, 풀코스 완주 경험이 있는 주자들에겐 자기의 모든 역량을 다해 기록에 도전할 기회가 되기 때문이다.

3월 아침의 쌀쌀함이 뛰기에는 안성맞춤이다. 총성이 울리자 모두 힘차게 출발했고, 순식간에 꼬리에 꼬리를 물고 길게 늘어섰다. 힘을 모으고 속도를 낮춘다. 여기서 튀어 나가면 후반부의 고통으로 이어지기 때문이다. 출발 후 1㎞가 지나니 벌써 꼴찌

그룹이 만들어진다.

이곳 코스는 내가 사는 집 주위를 도는 코스라 눈에 익은 곳이다. 출발 후 30분쯤 지나니 몸이 풀리고 뛰는 상쾌함이 느껴진다. 후미 그룹의 대열에 끼어 그들과 속도를 맞춘다. 주로의 폭이 넓지 않아 앞뒤로 열을 이루면서 뛰는데, 뒷사람의 거친 숨소리가 나의 뒤통수에 꽂힌다. 잠실 아파트를 우측으로 두고 왼편으로는 겨울을 지낸 한강이 유유히 흘러가고, 아파트에는 아직 휴일의 단잠에 취한 사람이 있을 것이다. 계절은 어김없이 봄을 알리고, 개나리가 부끄러이 몸을 내민다. 이른 아침 자원봉사를 위해 나와 준 학생들에게 손을 들어 인사를 건넨다.

하프코스 반환점을 돈다. 10㎞ 대회에서 뛰어본 거리이나 지금부터는 한 번도 뛰어보지 못한 미지의 거리기 때문에 두려움이 앞선다. 아직은 견딜 만한데 약간 쌀쌀한 날씨가 살려주는 것 같다. 하지만 거리를 더해 갈수록 무릎 통증과 장딴지의 근육이 굳어지는 것을 느끼고 숨이 차기 시작한다. 이를 악문다. 어차피 또 하나의 과정을 통과한다는 것은 엄청난 용기와 고통을 수반한다. 세상에 누워서 편하게 할 수 있는 도전은 아무것도 없다. 설령 그런 도전이 있다 하더라도 그렇게 해서 얻은 결과는 별 효과가 없을 것이다. 자기 스스로 뜻을 세워 도전하는 과정에서 땀을 흘리고 노력하여 자기의 뜻한 바를 이루었을 때 그것은 또 다른 자신감으로 돌아온다.

봄이라고 하지만 아직 겨울 기운이 완연한 한강 변을 뛰고 있는 내 몸은 땀으로 범벅되고, 앞에 보이는 풍경들이 가물가물해지면서 머리는 텅 빈다. 내 머릿속은 오로지 완주였다. 반환점을 돌아오는 길은 갈 때보다 힘은 더 들지만 결승점과 연결되는 곳이라 그래도 안심이 된다.

15㎞ 지점을 넘기고 나서 피로가 극에 달하기 시작한다. 내 앞을 달리던 주자들은 전부 다 나가고, 몇 명만이 힘겨운 레이스를 펼치는데, 골인 지점이 다가올수록 주자들의 발걸음이 무거워 보인다. 나도 힘에 겨워 가슴속 깊은 숨을 토해낸다. 발바닥과 접지하는 바닥의 딱딱함이 온몸으로 전달된다. 앞서가는 주자의 뒷모습은 고통으로 얼룩져 한발 한발이 견디기 힘든 고통임을 알 수 있다.

20㎞ 지점을 넘긴다. 이제 남은 거리는 1㎞밖에 안된다. 이 거리만 넘기면 난 드디어 10㎞ 주자에서 하프 주자로 수직상승을 하게 된다. 고통으로 온몸은 일그러지고 어디 하나 성한 곳이 없는 듯하나 고통을 참으며 결승점을 향한다. 이제는 뛰는 것이 아니라 무의식적으로 발걸음만을 옮길 뿐이다. 왼발, 오른발 내딛는 만큼 몸은 앞으로 나가고, 옆에 있던 앙상한 나뭇가지가 뒤로 쳐진다.

정말 젖 먹던 힘까지 토해낸다. 어린애가 처음 엄마 젖을 물면 그 아이는 그때까지 한 번도 해 본 적이 없는 엄청난 노동을 처음으로 해 보는 것이다. 그전까지는 엄마와 연결된 튜브로 모든 영양을 쉽게 받았으나 세상에 태어나고부터는 스스로 어려운 일을 해내야만 한다. 아이는 온 힘을 모아 엄마 젖을 빨아야 젖이 나오지 그냥 물고 있는 상태에서는 나오지 않는다. 그러기에 젖을 빨고 있는 아이의 이마를 보면 그 고통이 얼마나 심한지 땀이 송글송글 맺혀있다. 그렇게 아이들은 커가는 것이다. 이제 잠실운동장 앞에 설치된 하프코스 결승점을 향해 마지막 오르막을 오른다. 그때까지 맛보지 못한 혹독한 고통을 맛보며 골인한다.

1시간 54분 20초. 인생의 힘든 여정만큼이나 다양한 고통을 경험하고 나서야 비로소 10㎞ 주자에서 하프 주자로 거듭나게 된다. 한겨울의 추위를 이겨낸 노력의 조그마한 결실이었다.

04

꿈에 그리던
풀코스 완주

"해저문 소양강에 황혼이 지면……"

두 시간 달려온 기차가 가을 안개가 짙게 드리워진 춘천역에 우리를 토해낼 때 춘천의 주제가인 양 이 노래가 울려 퍼지고 있었다. 아침 일찍 우리 학교 전사들은 청량리역에서 만나 전의를 다지며 기차에 몸을 실었다.

대학 다닐 때 몇 번인가 기차를 타 본 이후에 춘천에 갈 때면 승용차를 이용했기 때문에 타 본 적이 없다. 그 옛날 완행열차가 다니던 시간으로 돌아가고 싶어서 꼭 타고 싶던 기차였다.

조선일보 춘천 마라톤 참가자를 위한 임시열차. 모처럼 휴일 나들이에 모인 승객의 표정에는 무거운 침묵만이 감돌고 있었다. 물론 우리 학교 참가자들도 마찬가지로 잠을 청하는 사람도 있었지만, 이는 마치 어느 드라마의 마지막 장면에서 죽음을 앞둔 이가 자기의 두려움을 보이기 싫어 친구에게 "나 떨고 있니?" 한 것처럼 자기의 두려움을 감추려는 마음일 것이다. 가끔은 누군가 오늘 경기의 승리를 장담하긴 했지만 야심한 밤에 개가 크게 짖는 이유는 자기의 두려움을 떨쳐버리고 주위에 자기의 존재를 알리고 싶은 것과 같으리라. 이렇게 풀코스 완주를 앞선 전사들의 얼굴에서는 굳은 표정을 걷어내기 어려운 무거운 침묵만이 맴돌고 있었다. 뼈 없는 농담 몇 마디만 실없이 오고 갈 뿐이었다.

2001년 10월 21일.

최고의 역사를 자랑한다는 조선일보 춘천마라톤대회에 처음으로 풀코스 도전장을 내밀었다. 빨리 달리지 못하는 마라톤 지진아에게도 멀리 달리는 기회가 열린 것이다. 오기 전 마라톤 동호회 홈페이지에 소개된 주로 상황을 외우다시피 숙독하고 나름대로 전략도 세워 놓았다. 하지만 나같이 처음 풀코스에 도전하는 이에게는 105리라는 거리가 공포로 다가왔다. 내가 과연 출발지인 이 지점에 돌아올 수 있을까? 내가 지금 해야 할 것은 불안감을 떨쳐버리는 것이다. '나는 반드시 할 수 있다'는 자신감을 스스로 주문한다.

풀코스에만 만 명이 넘는 매니아들이 참가하므로 출발점인 춘천 공설운동장 400m 트랙은 선수들로 넘쳐나고 있었다. 밖의 세상은 불평등이 존재하고 반칙이 있을 수 있으나 같은 출발선에 서서 출발하는 공정함과 절대 운에 좌우되지 않는, 정직의 정신이 배어있는 마라톤은 선두로 골인한 선수에게는 명예를, 일반 선수들에게는 저마다의 성취를 주는 공평한 스포츠이다. 마라톤이란 운동의 좋은 점은 요행이 통하지 않는 정직한 운동이라는 점 외에 누구나 같은 조건에서 같은 코스를 뛰는 평등한 스포츠라는 것이다. 물론 주자의 주력이나 준비한 연습량에 비례해 기록과 순위가 달라지기도 하지만 기록과 나이에 관계없이 다양한 계층이 어울려 뛸 수 있는 화합의 스포츠라는 점도 마라톤이 가지는 매력이다.

11시 5분 출발.

선수들이 많은 관계로 출발하는 데만 10분이 넘는 시간이 걸렸다. 팡파르가 울리고, 하늘에선 연막을 품은 경비행기가 창공을 날고, 관중석의 가족들은 열렬한 박수를 보내는 가운데 105리 길을 출발한다.

이제부터는 주로에서 절대 남의 힘을 빌릴 수 없으며, 힘이 다하면 낙오하는 방법 밖에 다른 선택이 있을 수 없다. 운동장 문을 나오자마자 약 3㎞에 달하는 언덕이 나타났다. 여기서 힘을 너무 소모하면 안 되니 최대한 힘을 절약하며 속도를 늦춘다. 전부가 앞만 응시하며 말없이 기계적으로 발걸음만 뗄 뿐이다. 여기서 벌써 걷는 간 큰 주자들도 보인다. 아직 몸이 덜 풀린 상태라 약간 힘겨운 레이스를 펼친다. 5㎞ 지점을 32분에 통과한다.

여기서부터는 도로가 2차선으로 줄어들어 사람들이 부딪칠 수밖에 없다. 조금 더 가니 의암호가 나타나고, 의암호 저편에는 2~3㎞에 걸쳐 미리 출발한 선수들의 줄이 장관을 이룬다. 저쪽에서 이쪽으로 환호를 보내고 이쪽에선 답을 한다.

여기 어디쯤인가에 춘천 출신의 작가 김유정의 문인비가 있을 텐데, 뛰는 데 열중하느라 보지 못하고 지나버린다. 의암댐에 이르자 마임을 하는 몇 명이 마임 이벤트를 한다. 그래 이곳 춘천에 마임을 하는 연극인이 있지, 마임을 혼자의 힘으로 춘천의 명물로 끌어 올렸지만 정작 자신은 암 투병을 하고 있다는 안타까운 소식을 들은 적이 있다.

저쪽 삼악산 중턱에 분홍색을 칠한 삼악산장이 보인다. 어느 겨울인가 그곳에 들러 차를 마신 적이 있다. 눈이 내릴 때였는데, 그곳에서 내려 본 의암호는 스위스 풍경을 보는 듯한 절경이었다. 그 언저리 덕두원리에서 군대 가기 전, 며칠인가 민박을 하며 지낸 적이 있다. 새로운 세상에 부딪힐 두려움에 벗어나고자 이곳에 왔었는데, 추억의 조각을 전혀 찾을 수가 없을 만큼 변해 있었다. 가을이 깊어진 소양호를 옆에 끼고, 그 풍광 속으로 수많은 마라토너가 숨을 토해내며 장관을 이룬다.

하프지점을 2시간 14분에 지난다. 아직까진 그렇게 지치지 않고, 착실하게 경기를 운영한다. 지금부터는 내가 뛰어본 적이 없는 거리를 가게 된다. 한 걸음 한 걸음 내디딜 때마다 나의 마라톤 역사를 새로 쓰는 것이다. 동네 주민들이 자기 그릇을 내어 물을 주기도 하고, 들판에 앉아 새참을 먹던 농부들도 힘내라고 손을 흔든다. 가을빛이 완연한 의암호 저쪽 편에는 춘천 시내가 한눈에 들어오고, 청명한 가을 높은 하늘은 우리들의 완주를 응원하고 있었다.

가끔은 지쳐서 걷는 선수들이 보이기 시작하고, 이동 의료진에게 다리 통증을 호소하며 응급조치를 받는 모습도 보인다. 호수 저편에는 춘천댐을 돌아 춘천 시내로 향하는 선수들의 행렬이 눈에 들어온다. 줄지어 뛰어가고 있는 선수들이나 지금 골인한 사람들은 무척 행복할 것이란 생각이 든다.

22㎞ 지점부터 춘천댐에 이르는 완만한 경사길이 뱀등 같이 늘어져 있다. 멀리 두던 시선을 당겨 내 발 바로 아래로 고정시킨다. 두려움에 지레 겁먹고 낙오할 것 같아서이다. 처음 오버하던 사람들도 여기서는 속도를 늦추거나 걷기 시작한다. 가로등과 가로수 지나가는 것을 속으로 세고, 가끔 고개를 들면 역시나 그 자리다. 다리에 힘이 들어가고 점점 숨이 가빠오는데, 마음과 달리 몸은 앞으로 나가지 않는다. 발가락의 통증과 발바닥의 화끈거림도 마음에 걸린다.

26㎞ 춘천댐.

중계하러 나왔던 모 방송국 차는 자기 일을 끝낸 듯 뒷정리를 하고 있다. 이 시간이면 선두주자는 벌써 골인을 했을 시간이고, 주연인 그들이 지나간 자리에 조연과 엑스트라들이 줄기차게 발걸음을 옮기고 있지만, 어차피 그들에게 후미 선수들이 눈에 들어올 리가 없다. 춘천교대 군사 훈련단 학생들의 응원이 힘에 넘친다. 춘천댐을 지나자마자 나타나는 몇 개의 언덕이 주자들을 지치게 만든다. 여기서 4시간 30분 페이스 메이커를 만난다. 잠시 그를 따르다가 이내 쳐지고 만다. 페이스 메이커의 뒤통수가 보이고, 뒷몸 전부가 보여 점점 시야에서 멀어지더니 결국 더 이상 볼 수가 없었다. 줄이 있으면 앞서가는 페이스 메이커를 당기고 싶은 마음은 굴뚝같은데, 몸이 따라주지 않는다. 다리가 더 무겁게 느껴지고 체중이 아래로 실린다.

30㎞ 3시간 14분.

작은 오르막 내리막을 몇 개 지난다. 1시간 동안 9㎞를 달린 꼴이다. 힘은 거의 소진된 것 같다. 바나나로 요기를 하고, 잠시 스트레칭을 하며 굳은 근육을 풀어주는데, 다리가 움직여지지 않는다. 102보충대 신병들이 나와 응원을 펼친다. 어디나 젊음은 사람을 움직이고 힘을 쏟게 한다. 흔히 마라톤은 한 대회에서 두 경기를 치른다고 한다. 전반 32㎞와 후반 10㎞ 경기를 구분해서 말하는 것이다. 전반 32㎞가 전주곡이었다면 마라톤의 하이라이트는 후반 10㎞이다. 흔히 마라톤의 한계니 마라톤의 벽이라는 구간을 힘겹게 지난다. 다리는 비틀거리고, 종아리의 통증은 점점 심해져 근육이 딱딱하게 굳어지는 것 같고, 숨은 턱밑까지 찬다. 풀코스 데뷔전의 혹독한 신고를 톡톡히 치른다.

35㎞.

이젠 도심지로 접어든다. 그러나 힘을 다하여 뛸 수가 없다. 그렇다고 여기서 그만둘 수는 없다. 거리가 더할수록 속도는 점점 느려지고, 다리 힘은 빠진다. 술 먹은 다음 날처럼 속이 울렁거리기 시작하고, 눈앞의 모든 것이 흐릿하게 보인다. 포기하고 싶은 유혹을 억지로 달랜다. 이제껏 난 운동이라는 면에서 보면 지진아였다. 오늘 운동 지진아를 뛰어넘어 마라톤 풀코스 완주를 하느냐 마느냐의 갈림길에 서 있다. 여기서 포기하면 다시 원점이다. 어떻게 해서라도 난 가야 한다. 주민들의 응원이 힘이 된다. 춘천 시내로 들어오는 길목인 소양교를 건넌다. 일본인 여자 하나가 플래카드를 들고 응원을 한다.

38㎞ 4시간 14분.

1시간에 8㎞ 뛴 셈이다. 소양교 건너 춘천역 뒤로 소양강을 끼고 이어진 대로는 가도 가도 끝이 보이지 않는 것 같다. 한참을 달린 것 같은데, 주위를 돌아보면 그 자리이고, 시간은 속절없이 흘러가는데, 몸은 더 지쳐 간다. 고개를 숙이고, 지나가는 전봇대를 세면서 외로움과 지루함을 달랜다. 뛰는 시간보다 걷는 시간이 길고, 다리는 통증의 단계를 넘어 감각이 무뎌지는 것 같다. 숨이 너무 벅차 가로수를 잡으니 몸의 무게를 젖은 손이 감당하지 못하고 내려앉는다. 가슴과 배에 상처가 나서 피가 맺히고, 그 상처 부위에 땀이 스미니 따갑고 쓰리다. 허리 통증과 어깨 결림까지 온몸 어느 한 곳 아프지 않은 곳이 없고, 이렇게 해서 죽을 수도 있다는 생각이 든다. 하지만 그만둘 수는 없다. 여기서 그만두면 지금까지 뛰어온 거리와 노력이 아깝고, 지난 2년 가까이 풀코스를 뛰기 위해 들인 공이 공염불이 된다.

빨리 가든 늦게 가든 가는 것은 매일반이다. 선두가 밟고 지나간 그곳을 나 역시 시간차를 두고 간다. 이제 남은 거리만 뛰면 나는 드디어 풀코스를 완주하게 되는 것이다. "나는 할 수 있다. 나는 어떻게 하든 완주할 수 있다."라는 주문을 스스로에게 던진다. 지금은 비록 고통스럽지만 여기서 완주만 한다면 자부심과 긍지는 영원할 것이라는 생각을 하며 고통을 잊는다. 옆 사람이 위협을 느낄 정도로 턱뼈가 으스러지도록 이를 악물고 눈에 힘을 준다. 이제는 80~90% 선수들이 걷는다. 더러는 다리를 쩔뚝이는 사람도 보이고, 보도블록에 앉아 다리 마사지를 하는 사람도 있고, 인도에 아예 큰 대(大자)로 누운 사람도 있다. 이제는 한 차선만 차량을 통제하여 사람이 뒤엉키기 시작한다.

41km.

저 앞의 커브만 지나 우회전하면 종합운동장이 보일 것이다. 작은 다리 하나를 건넌다. 마지막에 다 왔다는 생각이 얼마나 힘들게 하는지 다시 한번 깨닫는다. 다리에는 약간의 경사가 있는데, 평소 같으면 의식하지 않을 경사도 몸이 힘드니 느껴진다. 이 정도 되면 아주 작은 돌멩이도 피해가고, 길 가운데 그어놓은 페인트 자국의 두께가 느껴질 정도로 예민해진다.

춘천 종합경기장이다. 힘을 더해 보지만 마음뿐 다리가 따라주지 않는다. 발바닥이 바늘에 찔린 듯 아프다. 어깨가 결리고, 흔드는 팔에 힘이 없다. 마음과 달리 다리는 작대기가 걸어가듯 흐느적거린다. 사람들의 환호성을 들으며 운동장 출입문에 들어선다. 이봉주, 황영조가 그랬듯이 문을 들어서면 스탠드에 있던 관중들이 환호하고, 그들은 손을 흔들며 400m 트랙을 한 바퀴 돌아 우승을 하고 금메달을 거머쥐는데, 나도 같은 경기장 출입문을 들어서니 스탠드 사람들이 환호하는 것 같지만 내 귀에는 들리지 않고, 한 바퀴 도는 트랙이 왜 그리 긴지 원망스러울 뿐이었다.

골인점이 보인다. 죽을힘을 보탠다. 조금 더, 더, 더. 결승점을 치고 들어간다. 골인이다. 내가 드디어 42.195㎞의 풀코스를 완주한 것이다.

4시간 47분 14초.

10월의 파란 가을 하늘을 올려 본다. 무언지 모르지만 가슴 깊이 울컥하는 것이 치민다. 결투는 끝났다. 나와의 피나는 싸움이었다. 시계 초침 하나의 간격에 최선을 다 바쳤다. 나머지는 다음을 기약할 뿐이다. 난 1초의 이 순간을 위해 5시간여를 후회 없이 달렸다. 105리 길을 건강한 두 발로 뛰었다는 것은 인간의 한계에 도전한다는 것이다. 풀코스 완주로 모든 일을 할 수 있다는 자신감을 얻은 값진 계기가 되었다. 그날 나는 춘천 호반에서 온몸으로 고통의 시를 쓰고, 발로는 핏발선 그림을 그렸다.

05

대망의 마라톤 풀코스
100회 완주

예전 서울대학교나 예비고사 수석 합격자의 인터뷰 기사를 보면 하나같이 같은 말을 한다. "과외공부는 하지 않았고, 학교 수업만 충실히 했다.", "참고서보다는 교과서 위주로 공부했다.", "잠은 하루 8시간씩 충분히 잤다." 이러한 기사가 일반 학생들에게 용기를 북돋워 주고, 나도 할 수 있다는 용기를 심어 주었다는 데는 긍정적일 수는 있으나 귀신이 아닌 이상 남과 똑같이 하고서 남보다 뛰어 날 수는 없다. 심지어는 "공부가 제일 쉬웠어요"라는 책이 나와 베스트셀러 반열에 오르기까지 했다. 물론 출판사의 상업주의가 절묘하게 학부모나 학생들의 관심을 들쑤신 결과일 것이다.

2008년 3월 2일.

제11회 서울마라톤대회에서 난 마라톤 풀코스 100회를 완주하였다. 마라톤에 관해 학교 공부나 과외공부도 받아본 적도 없고, 세상에서 마라톤이 제일 쉽다고 생각한 적은 꿈에도 없다. 반대로 82kg 과부하에 팔자걸음, 배불뚝이, 운동치에다가 먹는 것을 즐기고 술도 좋아한다. 스타트 라인에 서면 내가 다시 이곳에 올 수 있을까 하는 걱정은 변함이 없다. 남들은 불가사의라고 할지 모르나 8년 동안 하나의 목표를 위해 온몸을 바치고 휴일을 반납한 도전의 결과이다.

　학교 보직이 끝나고 새로운 도전에 대한 두려움으로 시작한 마라톤. 몸에 맞지 않은 옷을 입듯이 나에게 학교 보직이라는 감투는 체질에 맞지 않았고, 가시방석 같은 시간이었다. 보직이 끝나면서 나는 마라톤에 과감한 도전장을 내밀었다. 오랫동안 잠자던 나의 몸은 새로운 도전에 주눅 들기 시작했다. 처음에는 4km만 뛰어도 땀은 비 오듯 했으며, 다리 근육이 당겨 집으로 걸어오기가 힘들 정도였다. 아침에 눈을 뜨면 운동장에서 당할 그 고통에 감히 이불을 박차고 나갈 용기가 나지 않았다. 그러나 다시 생각해보면 내가 언제 운동을 이렇게 해 본 적이 있는가? 40년 넘게 사용한 내 몸에 새로운 활력을 집어놓을 필요가 있었다. 일어나서 이것저것 생각하면 안 된다. 생각에 잠기다 보면 나 자신과 타협하게 되고 쉬운 것을 택하게 된다. 안일한 생각이 결국은 결심을 무너뜨리고 나약한 사람으로 만든다. 그래서 자기 전에 내일 아침에 입을 옷을 머리맡에 두고, 아침에 눈을 뜨면 기계적으로 옷을 갈아입고 뛰쳐나갔다. 아침에 못 뛰면 저녁에 뛰었고, 약간의 감기 기운이 있고 몸살 기운이 있어도 집에서 누워있기보다는 운동장에 나갔다. 과음한 다음 날은 고역이었다. 술을 좋아하다 보니 이런저런 술자리가 많았고, 과음을 하는 경우가 많았다. 이런 날은 누워있어도 괴로운 데, 나가 뛰기까지 하니 속 쓰림과 두통에 구토 증세까지 있었다. 이건 마라톤이 아니라 고문에 가까운 형극의 길이었다. 그래도 매일 아침 운동을 거르지 않았다.

마라톤 풀코스 100회 완주기념패

마라톤이란 운동이 결국은 도전이고 새로운 도전을 위해서는 모든 것을 인내해야 하지 않은가? 오랫동안 운동한 사람에게도 마라톤은 힘든 고통의 운동이라는데, 하물며 몸치이고 운동치인 나에게는 힘든 것은 당연할 것이다.

　　2001년 10월 21일, 드디어 대망의 풀코스에 도전하고 4시간 47분 14초로 완주하게 된다. 백오 리길을 달려 마지막 골인 지점에서의 희열은 무어라 형언할 수 없다. 심장이 터질 것 같은 고통과 다리 근육의 통증, 온몸과 얼굴이 땀으로 뒤범벅이 되었지만 무엇과도 바꿀 수 없는 짜릿한 희열을 느꼈다. 2005년 1월 9일 일본 이브스키 마라톤에 참가하게 된다.

　　이곳에서 우리와는 다른 일본 마라톤의 세계를 접하게 된다. 그들은 마라톤을 도전의 대상이 아니라 일종의 유희로 생각하고 있었다. 각양각색의 이벤트를 곁들인 축제 마당에 주민들은 전부 나와 선수들을 격려하고 맞아 주었다. 그 대회에서 한 노인이 칠백몇 번째 완주라는 쪽지를 등에 달고 뛰는 것을 보았다. 속도는 느릿하지만 마라톤 자체를 즐기고, 생활의 일부로 생각하는 것 같았다. 거기서 풀코스 100회 완주를 꿈꾼다. 그리고 거기에 맞는 계획을 세운다. 완주가 우선이고, 기록보다는 느림의 미학을 실천하자. 마라톤에 관한 한 굵고 짧게 사는 것보다 가늘고 길게 살자. 의지가 있으면 길은 열어 주지만 가지 않으면 길은 멈춰버린다. 마라톤은 자기와의 처절한 싸움이고, 자기 호흡에 맞춰 자기 페이스를 찾아야 갈 수 있는 길이며, 한 걸음 한 걸음 떼어서 가야 할 자리를 채우지 않는 한 어떤 기적도 일어날 수 없다. 뒤돌아서 갈 수 없고, 앞으로만 나갈 수밖에 없다. 이기려 하지 말고, 한 걸음 한 걸음 가는 것을 즐겨야 하며, 늦게 가도 최선을 다해 가는 것이 순리이다. 순전히 나 자신과 의지에 달려있다는 생각으로 한 번 한 번 완주 횟수를 채워 나갔다.

　　지금까지 100회를 완주한 기록을 보면 4시간대 46번, 5시간대 48회, 6시간대 6회. 기록만 본다면 한심하기 짝이 없고, 연구 대상감이다. 많은 사람은 의아해한다. 마라톤이 기록보다는 완주에 의의가 있고, 마라톤 그 자체를 즐기는 것이 우선이라지만 어떻게 100번을 뛰어도 기록은 맨 날 그 자리를 맴돌고 몸무게는 꿈쩍 않고 움직이지 않느냐고 묻는다. 내가 생각해봐도 참으로 한심하기 짝이 없다. 대개 꼴찌 수준을 유지했고, 꼴찌도 4번이나 했다.

어느 해 원주에서 열린 마라톤 대회에 참가하였다. 원주운동장에서 시작해 시외로 나갔다가 38㎞ 지점에서 다시 시내로 들어와 운동장으로 돌아오는 코스였다. 중간 지나 몇 명의 꼴찌 주자가 무리 지어 뛰다가 하나둘씩 치고 나가더니 38㎞ 지점인 원주 시내에 들어와서는 나 혼자뿐이었다. 나 하나 때문에 통제한 도로 한 차선을 풀지 못하고 있었다. 휴일이라지만 미안하기 짝이 없는 노릇이었다. 앞에 내달리는 주자는 보이지 않고, 나 혼자 원주 시내를 뛰어 운동장에 향하고 있었다. 뒤로는 구급차한 대가 계속 따라오고 있었다. 그때는 지쳐 걷다가 뛰다가를 반복하고 있었으니 내가 뛰면 구급차도 뛰고, 걸으면 구급차도 내 속도에 맞춰 걸었다. 구급차 뒤로는 마라톤 경기 때문에 세워둔 도로 통제용 빨간 원뿔 플라스틱인 라바콘을 회수하는 트럭이 뒤따르고 있었다. 구급차 보조석에 앉은 보건소 당직 근무자의 얼굴에는 일요일을 반납하고 꼴찌 주자를 뒤따르는 지겨움과 짜증이 완연했다.

구급차에 타라고 했다. 남은 4㎞를 차로 가면 5분이면 갈 텐데, 뛰는 속도로 봐서 50분은 가야 할 것 같았기 때문이다. 한두 번의 권유는 나를 생각하는 고마운 배려라는 생각이 들어 정중하게 사양하였으나 그의 거듭되는 승차 권유에 화를 내고 말았다. 내가 38㎞를 뛰어왔는데, 나머지 4㎞를 차를 타고 가겠느냐고, 나 혼자 갈 수있으니 그냥 들어가라고 했다. 그럴 수는 없다고 했다. 결국 그날 애꿎은 원주시민이 누려야 할 일요일의 도로를 나 혼자 독점하고 꼴찌를 기록하였다. 끝나고 그분에게 정중하게 사과하였음은 물론이다.

100회를 뛴 지금도 출발은 두려움이다. 출발하고 처음 10㎞는 두려움을 가지고 뛰어나가고, 20㎞쯤에는 서서히 몸이 풀리면서 그날의 컨디션이 결정된다. 30㎞까지 뛰면 그날 기록을 대충 예측할 수 있다. 마지막 골인까지는 가장 고통스러운 순간이다. 이때는 두 번 다시 뛰고 싶은 생각이 들지 않는다. 그러나 골인을 하는 순간, 산모가 예쁜 아기 재롱에 고통스러운 출산의 순간을 잊고 다시 아이를 가지듯이 그때까지의 고통을 잊고 다음 대회를 기다린다. 100번의 풀코스 완주에서 5시간, 6시간을 헤매는 경계인으로 살아가고 있으니 마라톤에 대해서 소질이 없다는 것은 확실하다. 그러나 이제 마라톤은 나에게 도전과 극복의 대상이 아니라 즐거움을 누릴 수 있는 보람 있는 스포츠가 되었다.

100회 완주하고 앞으로도 마라톤은 계속하겠지만 지금까지도 그랬듯이 느림의 미학을 실천하려고 한다. 시간에 몸을 맞추지 말고 몸에 시간을 맞추기로 했다. 풀코스 100회를 완주함으로써 한을 풀었고 원을 이루었다. 햇수로 8년이 걸린 대장정이었다.

2008년 3월 2일, 나의 인생 노트에 또 하나의 마침표가 추가된다.

마라톤 풀코스 100회 완주 기념패를 받고 있다.

내 삶의 윤활유 / 도전

06

남들이 한 발로 뛰어도 달성할
서브 4를 마라톤 입문 11년 만에 달성하다

마스터스 마라토너의 꿈은 서브 3이다. 풀코스를 2시간 59분 59초에 들어오는 것이다. 서브 3을 하기 위해서는 타고난 신체조건은 당연하고, 거기에 맞는 훈련도 병행해야 함은 물론 기필코 달성하고 말겠다는 확고한 의지도 필요하다.

나 같은 신체조건에서 서브 3은 도저히 불가능한 일이라 5시간 언저리의 완주에 만족하며, 100여 회를 넘게 뛰면서 이게 내 마라톤 운명이려니 하며 지내왔다. 시간이 지나면서 느림의 미학을 실천한다고 했지만 이 판에서 언제까지 5시간 꼴찌 언저리를 뛰어야 하는지에 대한 회의감이 들기 시작했다. 나라고 못 할게 없지 않은가? 서브 3은 어렵더라도 서브 4는 한번 해야 하지 않겠나 하는 생각을 했다.

2009년 3월.

체중계에 오르니 84.7kg. 겨울이라 춥다는 핑계로 게으른 생활의 결과였다. 무언가 특별한 조치가 필요했다. 풀코스 뛰기 전까지는 매일 연습했지만, 풀코스를 뛰고 나서는 대회 때만 뛰었지 별도로 운동을 하지 않았다. 뛰고 나면 3~4kg씩 빠지지만 끝나고 질펀하게 마시고, 다음 날 재어보면 체중은 제자리여서 지속적인 운동의 필요성을 느꼈다.

학교 헬스실에 등록했다. 저녁에 운동하려고 했지만, 일주일에 이틀 나가기 어려웠다. 이 일 저 일에 술 약속도 있고 해서 새벽으로 시간을 옮겼다. 새벽이니 다른 일이 있을 수 없다. 학교가 머니까 일찍 나오면 차도 잘 빠지고, 전철도 한산했다. 6시에 일어나 간단히 양치만 하고, 신문 한번 쪽 보고, 6시 30분이면 집에서 나온다. 1년 지나니 신기하게 몸무게가 점점 줄더니 78㎏ 수준을 유지하게 되었다. 결혼 후 30년 가까이 80㎏ 중반대를 유지하다가 드디어 70㎏ 대로 빠진 것이다.

몸이 가벼워 생활에 여러모로 장점이 많았는데, 그중 하나는 마라톤 기록이 단축되는 것이다. 통상 몸무게 1㎏을 빼면 3분 단축된다고 한다. 80㎏ 중반일 때에 기록이 5시간 전후였다가 점차 단축되더니 4시간 중반대를 뛰고, 2009년 12월 13일 미사리대회에서 4시간 04분 53초로 지금까지 최고기록을 달성했다. 날씨, 주로도 좋았고, 사람도 많지 않은 최고의 조건이어서 종전 최고기록을 무려 16분이나 단축했다. 이후 마라톤 대회에서도 대개 4시간 10분 내외의 기록을 유지했다. 서서히 욕심이 발동한다.

서브 4 도전.

큰 대회의 틈새를 노려 주말에 남산이나 여의도, 안양천, 월드컵경기장 등에서 조그마한 대회가 열린다. 칩이나 완주 메달도 없이 대회 참가비를 낮추고 대회를 치르는데, 나같이 많은 대회에 참가하는 경우에는 비슷비슷한 기념품도 싫증나고, 메달도 100개가 넘어 효용 가치도 없어 별 대접 못 받는다. 크게 이름나지 않은 대회지만 여기에 오면 마라톤 골수분자들 얼굴을 자주 볼 수 있다.

여의도나 도림천에서 출발하여 안양천을 끼고 광명에서 돌아 오목교에서 반환하여 돌아오는 코스였는데, 이 코스는 학교에서 연습차 달려본 길이라 주로 상황을 잘 알아 낯설지 않았다. 겨울대회는 불순한 기후와 주로 조건 등 마라톤에서 기록 단축 조건으로 볼 때 그리 유리하지는 않으나 쉬지 않고 감각을 유지할 수 있다는 데에는 긍정적인 면이 있었다.

　이 대회에서 3시간 58분 33초를 뛰어 처음으로 서브 4를 기록했다. 이 소식을 학교 식구들에게 전하니 모두 시큰둥한 반응이었다. 칩도 없는, 동네 뜀박질하는 수준의 대회에서 세운 기록을 인정할 수 없다는 것이었다. 공인받을 대회를 골라 참 실력을 보여줘야만 했다.

　2010 서울국제마라톤대회 겸 제81회 동아마라톤대회. 골드라벨 대회로 승격하고, 처음 열리는 대회를 나의 공식 서브 4를 달성할 대회로 잡았다. 전날 황사가 워낙 심해 걱정이었는데, 바람은 조금 쌀쌀하지만, 겨울의 위력은 상실하고, 바람이 불어도 훈기를 느낄 정도였다. 지금까지 겨울대회에서 착용하던 긴 타이즈를 벗으니 그렇게 편할 수가 없었다.

　기온이 15℃ 이상이면 체내의 산소 소모가 많아지고, 피로가 쉽게 오기 때문에 좋은 기록을 기대할 수 없지만, 기온이 10℃ 미만일 경우에는 체온 발산도 적절하고, 체내 산소 소모량도 적으면서 피로 회복도 빨라져 마라톤 하기엔 아주 적당한 날씨이다.

　전국에서 그리고 가까운 이웃 나라에서 23,000명의 건각이 광화문에 모였다. 간단한 식전행사가 열리는데, 대회 관계자들의 소개에는 시큰둥한 반응을 보이던 참가자들이 대회 홍보이사로 있는 이봉주가 소개되자 많은 박수를 보낸다.

　나는 D그룹.

　엘리트 선수들이 나가고 25분 후에야 출발한다. 서브 4를 하기 위해서는 5㎞ 구간을 28분에 달려야 한다. 나는 약 5㎞를 뛰어보면 컨디션이 점검되면서 대개 그날의 기록이 점쳐지는데, 남대문을 돌아 을지로로 들어서니 길이 좁아 사람들이 엉키기 시작한다. 지금까지 나는 남의 주로에 방해가 되었지만 오늘은 역사적 사명을 띠고 서브 4에 도전한 몸이다. D그룹이면 대개 4시간대 후반 기록자들이 많아 그들을 뚫고 나가야 하는데, 그게 만만치 않다. 그들과 같이 나가는 방법밖에 없다.

　5㎞ 구간기록을 보니 29분 51초. 나는 처음에는 늦게 달리는 편이라 5㎞를 32분

정도에 달리곤 했으니 이 기록은 보통 때보다는 빠르지만 이 기록으로 서브 4는 힘들다. 을지로에서 청계천으로 코스를 바꾸니 앞에서 바람이 막지만, 3월 중순이라 바람이 그다지 영향을 미치지는 않는다.

5㎞에서 10㎞ 구간기록이 29분 18초.

사람들의 물결로 헤집고 나갈 틈조차 보이지 않는 주자들 사이를 헤치며 틈을 찾아 앞으로 나가지만 마음은 급하고 사람이 막아서니 난 결국 인도로 뛰어오른다. 가로수가 중간중간 있어 주로를 방해하지만 다른 사람과의 부딪힘보다는 나은 것 같다.

15㎞까지 구간기록이 28분 49초.

약간 빨라졌지만 속도를 더 내야 한다. 길은 좁고, 뛰는 주자는 많아 거의 포화상태인 청계천을 지나 17㎞ 지점의 종로로 접어들어 편도 4차선의 넓은 주로에 주자가 흩어지니 여유가 생긴다. 여기부터 진짜 승부를 걸어야 한다. 지금까지 까먹은 시간도 보충해야 함은 물론 착실한 레이스를 펼쳐 기필코 서브 4를 달성하리라고 마음을 다져 먹는다.

비교적 한적한 1차선을 질주하니 주자가 없어 좋긴 하지만 반대편 차선과 가까워 차들이 내뿜는 매연을 마셔야 했다. 지나가던 시민들이 가끔 창문을 열고 파이팅을 외쳐주는 것이 고맙지만 그들에게 일일이 답할 여유가 나에게는 없다.

신설동 20㎞ 구간기록이 27분 30초. 지금까지는 급수처에서 물 마시는 2~3초의 시간도 아끼기 위해 한 번도 물을 마시지 않았지만 여기서 물 한 모금 마신다. 속도를 의식한 마음이 급하니 컵에 담은 물의 반은 엎질러지고 만다. 작년에는 이 언저리에서 경기를 포기했다. 1년 지난 오늘은 역사적 기록에 도전한다.

하프 기록이 2시간 01분 27초.

몸은 별로 문제가 없는 것 같지만 이 상태가 언제까지 지속될지 은근히 걱정이 된다. 지금까지 나는 대개 하프까지 속도를 늦추다가 하프 넘어서 본격적인 레이스를 펼쳤는데, 오늘은 하프 기록이 이 정도 나왔으니 더더욱 승부를 걸어볼 만했다. 나머지 하프 거리를 1시간 58분을 기록하면 그렇게도 그리던 서브 4에 진입하겠구나 하는 기대에 부푼다. 그러나 한편으로는 두려움도 앞서는데, 하프 거리를 저 정도 속도로 달려왔으니 체력이 다른 때보다 더 소모되었을 것이고, 지금부터는 기하급수적으로 피로도가 가중될 것이 아닌가? 하지만 여기서 속도를 늦춰 포기해 버리면 난 영원히 4시간대 진입은 힘들다. 두 번 다시 이런 좋은 기회가 올 수 있을까 하는 의구심이 앞선다.

"아니 오늘은 웬일이야? 그렇게 빨리 달리고 평소 같지 않게" 몇몇 낯익은 주자들이 의아함을 표한다. 그분들에게 나의 결심이 들킨 것 같아 멋쩍은 미소로 파이팅을 외치며 스쳐 지나간다.

22㎞ 신답 지하차도를 지나는데, 앞서가는 무리가 함성을 지른다. 자기의 괴로움을 잊기 위해 외치는 함성이 사람을 타고 후미 주자로 연결된다. 25㎞ 군자교에서 약간 오르막을 만난다. 고개를 숙이고, 시선을 최대한 낮춰 언덕을 오른다.

25㎞ 구간기록 27분 34초. 오늘은 뛰다가 죽더라도 승부를 걸어야 한다.

한양대 앞 성동사거리의 30㎞ 지점 구간기록 27분 56초. 여기서 잠실대교 북단까지의 5㎞ 거리는 주로가 좁아지니 사람들과 부딪침이 잦아지고 마음이 급해진다. 이제부터는 서서히 몸의 피로도가 더해진다.

잠실대교 북단인 35㎞ 지점 구간기록이 28분 10초. 주로가 좁아 속도가 약간 느려졌다. 이제 나머지 거리 7㎞에서 승부가 결정된다. 서브 4를 달성하기 위해 남은 시간은 40분. ㎞당 5분 40초로 뛰어야 한다.

잠실대교를 건넌다. 다리 위로 불어오는 바람이 만만치 않지만, 바람을 뚫고 앞으로 향한다. 하지만 마음만큼 몸이 앞으로 나가지 않는다. 숨이 목 밑까지 차고, 다리는 통증이 더해지면서 한 걸음 한 걸음이 고통의 연속이다. 고통을 잊기 위해 소리 한번 내 지르고 싶지만, 마음뿐 소리 지를 힘도 아낀다. 내 자신을 볼 수 없지만 핏발 선 눈에 땀으로 범벅된 얼굴, 말라버린 허연 거품이 입 주위에 가득하리라. 지금까지 140여 회를 뛰면서 얼마나 갈망하던 서브 4였던가. 남들은 한 발로도 달성하는 기록을 10년 달리면서 한 번도 기록한 적이 없다. 그래서 오늘까지 왔다. 그 기록 달성을 위해 새벽에 몸을 만들고 훈련하지 않았는가. 오늘은 기필코 그 기록을 달성하리라. 무슨 일이 있어도. 꼭.

잠실대교를 지나 37㎞ 내리막길에서 속도를 내니 몸의 무게가 종아리와 무릎을 지나 머리까지 이어진다. 뛰는 발걸음마다 두뇌도 흔들리는 것 같다. 아득한 현기증도 느낀다. 그뿐만 아니라 몸 외부로 연결된 구멍은 전부 땀으로 덮였고, 호흡은 가빠서 입을 아무리 크게 벌려도 감당치 못한다. 39㎞ 지점에 이르니 모든 것이 소진된 것 같다. 한 걸음 떼기가 너무 힘들다. 속이 메스껍고 구토가 나지만 구토 때문에 호흡이 불규칙하게 될까 봐 아랫배에 힘을 주어서 달랜다. 종아리가 굳어져 마치 종아리에 나무막대기를 박은 듯한 뻣뻣함을 느낀다. 주저앉고 싶은 생각이 굴뚝같다. 속도를 늦추고 잠시 걷기라도 하면 살 것 같았다.

40㎞ 지점인 백제 고분로 5㎞ 구간기록이 27분 20초.

남은 거리가 불과 2㎞이니 13분에만 뛰면 되지만 혹시나 하는 마음에 불안감이 엄습해 온다. 어느 해 마지막 1㎞ 지점에서 힘이 다해 새로운 기록을 놓친 적이 있었다. 남은 힘을 다해 젖 먹을 힘까지 토해내며 걸음을 옮긴다. 이제 내 몸에는 물 한 방울도 남은 것이 없다. 오로지 치고 나가는 것밖에 다른 방법이 없다. 핏발선 눈으로 앞을 주시하며 주로에 뛰쳐나가니 연도의 주민들은 의아한 듯 바라보지만 난 오로지 서브 4의 유혹을 털어내지 못한다. 나도 모르게 느려지는 속도를 채찍하듯 서브 4를 되뇌며 자신에게 주술을 건다.

장딴지의 통증이 말이 아니다. 발바닥은 화끈거리고 무릎은 칼로 살을 찢어내는 고통을 느낀다. 여기서 쓰러지면 안 된다.

41㎞ 지점을 지나고, 종합운동장 정문을 우회전하여 약간의 오르막을 만난다. 오늘 마지막 승부처이다. 잠실운동장으로 골인하는 대회에서 이 오르막을 대부분 걸었지만, 오늘은 여기서 걸으면 지금까지의 노력이 모두 공염불이 된다. 무릎의 통증과 장딴지 근육이 굳어져 오는 것을 느끼며, 피로가 급작스럽게 밀려오고 속도가 느려진다.

1초를 아껴야 한다. 아니 0.1초라도. 어느 대회에서 3시간 00분 00초에 골인해서 서브 쓰리(sub three hours)에 못 들어간 주자의 기록을 본 적이 있다. 다음 대회에서 서브 3의 소원을 이루었는지 모르겠지만, 아니라면 얼마나 원통했을까? 0.1초 아니 0.01초만 당겼어도 소원을 이루었을 텐데. 그런데 그것은 제삼자의 입장이고, 주자로 봐서는 마지막 남은 온 힘을 쏟아부은 결과였을 것이다. 도저히 이제는 나올 것이 없는 상태까지.

운동장 문을 들어가니 빨간 트랙이 보인다. 저 트랙의 3/4만 돌면 결승점이다. 마지막이 보인다. 우레탄의 푹신함을 느낄 겨를도 없이 내달린다. 앞이 어른거리고, 다리는 힘이 빠져 누군가 밀어서 쓰러지게 되면 다시는 못 일어날 것 같다. 그래도 가자. 다리가 두 동강이 나고, 온몸이 으깨어져도 가야만 한다. 몸은 따라주지 못하는데, 마음은 급하니 허리가 앞으로 굽어진다. 황소 같은 숨을 내쉬며 몸 안에 있는 모든 것을 토해낸다. 베를린마라톤에서 손기정선수처럼 100m 선수가 골인하듯 온몸을 던져 결승점에 향한다. 스피드 칩의 굉음이 들리고, 그 자리에서 쓰러진다.

3시간 58분 52초. 해냈다. 드디어 해냈다. 그렇게도 그리던 서브 4를 드디어 이루어 냈다. 불혹의 나이에 접어들어 마라톤 입문한 지 11년, 풀코스 143회 만에 이룬 몸치의 쾌거였다.

종착점.

50살을 훨씬 넘긴 주자는 망연히 하늘을 우러러보고 있었다.

그의 두 눈에는 눈물이 흘렀고 그는 눈물을 닦을 생각도 없이 그대로 서 있었다.

아주,

오랫동안,

그렇게.

07

예비사위와 달린
마라톤 200회

2011년 9월 25일 가평에서 열린 제4회 에코피아 가평마라톤대회에서 풀코스 마라톤 200회를 완주하였다. 주최 측에서는 황송하게도 나의 200회를 축하하는 작은 이벤트를 마련해 주었다. 이 바닥에서 10년 동안 1,000시간을 뛰어 200회 완주한 꼴찌 마라토너에 대한 격려성 위로잔치였다.

　　200회라고 특별할 것도 없이 여전히 5시간 겨우 맞추어 텅 빈 운동장에 골인하였다. 200회라고 집사람과 둘째 딸내미가 와주었다. 그들은 운동장에서 5시간을 꼬박 기다려 나를 맞아 주었는데, 대개 좀 뛴다는 선수들은 이미 들어오고 한참이 지난 후였다.

　　200회 완주하는 날. 둘째 딸과 교제를 하던 예비사위에게 같이 뛸 것을 청하였다. 나는 풀코스, 예비사위는 하프코스. 출발하기 전 예비사위 얼굴에 화기가 돈다.

하프라고 해도 처음 뛰는 사람에게는 만만한 거리가 아니다. 더구나 가평마라톤 코스는 언덕이 많아 선수들을 지치게 만든다.

서너 달 전에 대회 신청하고 혼자서 개인 연습한다고 했다. 하지만 평소 뛰어보지 않은 사람이 하프코스를 완주하는 것이 쉬운 일이 아니다. 그래도 3시간 가까운 질주 끝에 풀코스 선두 그룹이 들어올 즈음에 골인하였다.

　그가 들어올 때까지 집사람과 둘째 딸은 노심초사하며 골인 지점에서 그를 기다렸다. 나는 풀코스 꼴찌그룹이었고, 그는 하프코스 꼴찌그룹이었다. 이 대회는 그의 데뷔전이자 은퇴 경기였다.

　내가 처음 마라톤 풀코스를 뛴 것이 2001년 10월 춘천마라톤에서였다. 꼬박 1년 반을 연습하고 도전한 것이다. 너무나 처절했고, 참을 수 없는 고통이 온몸 구석구석을 파고들었다. 하지만 거기서 멈추지 않고 계속 달려 나갔다.

강원도 평창에 가면 100회 마라톤공원이 있다. 여기에 풀코스 100회 이상 완주자 이름이 새겨진 비가 있다. 영광스럽게도 내가 우리나라 109번째 100회 완주자로 이름이 올라있다. 운동치, 몸치가 누구도 생각하지 못한 마라톤 풀코스 100회를 이루었으니 나의 영광이고 집안의 경사이다.

이제 나의 한풀이는 끝났다고 생각했다. 얼마 동안 마라톤 대회에 나가지 않았다. 처음에는 몸이 편했다. 하지만 얼마 지나면서부터 불안해지기 시작했다. 편하던 몸이 오히려 불편해지기 시작했다. 나중에 깨달았다. 나의 몸은 이미 일요일 마라톤에 적응이 되어있었다.

일요일 새벽 남보다 일찍 일어나 마라톤 대회에 나가면서 상쾌한 일주일을 맞이했었다. 운동화 끈을 다시 묶었다.

이제는 200회가 목표이다. 하지만 기록은 여전히 5시간 언저리를 왔다 갔다 하는 마라톤계의 지진아로 남아있다. 지금도 35㎞ 지나면 포기를 생각하고, 40㎞ 넘으면 바늘로 온몸을 찌르는 고통을 느낀다. 골인할 즈음엔 반죽음 상태가 된다. 난 그동안 200번을 죽다가 깨어났다.

　하지만 이제 그 고통까지도 사랑한다. 고통 뒤에는 틀림없이 골인의 달콤함이 있기 때문이다.

　항상 들어오면 텅 빈 운동장. 그곳에는 꼴찌 마라토너를 반겨주는 스태프진이 있다. 험난한 길을 헤쳐 도달하는 골인점에는 나를 기다려주는 친구들이 있고, 가족이 있다. 그리고 내가 뛸 수 있는 길을 열어준 아름다운 조국이 있다. 진정으로 물 한잔 권하는 그들이 있기에 200회가 가능했다. 그들에게 나무나 과도한 사랑을 받았다.

100회 전까지는 100회 완주가 목표였고, 100회를 뛰고 나서는 200회가 목표였다. 이제는 다시 그 목표를 고칠 때가 되었다. 나의 다음 목표는 '다음 대회 완주'

힘이 있는 한 앞으로도 계속 뛸 것이다. 내가 지치고 힘들어 더 뛸 수 없을 때는 아들이 대신 뛸 것이다. 아비 대신 뛰면서 아들은 그때야 느낄 것이다.

아비가 둔한 몸으로 풀코스 200회 뛰었을 때 몸으로 들려주는 무언의 메시지가 뭔지 아들은 비로소 깨닫게 될 것이다. 이제는 네가 나가야 한다. 어려움이 있을 것이다. 지치고 힘들 것이다. 죽음보다 더한 고통을 맞이하게 될 것이다. 그러나 헤쳐 나가야 한다. 넘어지고 쓰러지더라도 이를 악물고 나가야 한다. 고통은 또 다른 자신감으로 너에게 다가올 것이다.

나는 네가 뛰어나가는 모습을 뒤에서 지켜볼 것이다.

그리고 오랫동안 네가 들어오길 기다릴 것이다.

08

꼴찌, 아무나 할 수 있지만
누구나 할 수 있는 것은 아니다

서울대회는 집에서 가고 오기는 편하지만 5월의 정취를 느끼고 싶어 지방의 한 대회에 신청했다. 제천마라톤대회.

전날 일찍 잠자리에 들었지만 쉽게 잠을 이루지 못한다. 새벽 5시 집사람이 먼저 일어나 주섬주섬 먹을 것을 챙겨준다. "뛰다가 힘들면 포기 하세요. 괜히 무리하지 말고." 항상 듣는 이야기이다. 그러나 난 절대 포기는 하지 않을 것이다.

예약한 버스에 오른다. 휴일 나들이에 모인 승객들의 표정에는 시험을 앞둔 수험생처럼 무거운 침묵만이 감돌고 있었다.

제천운동장에는 많은 마라톤 마니아들이 모여 있었다. 풀코스만 320명이다.

하늘에선 경비행기가 창공을 난다. 길지 않은 식전행사와 간단한 스트레칭을 끝내고, 10시에 출발한다. 이제부터는 백오 리길을 혼자 헤쳐 나가야 한다. 마치 남이 자기의 인생을 대신 살아줄 수 없듯이 주로에서는 남의 힘을 절대 빌릴 수 없으며, 힘이 다하면 낙오하는 방법밖에 다른 선택이 없다. 그래서 마라톤을 곧잘 인생에 비유하긴 하더라만.

출발선에 나오자 마자 약간의 언덕이 나타났다. 하지만 이것은 전초전임을 나중에야 알게 된다. 여기서 힘을 너무 소모하면 안 된다. 최대한 힘을 절약하며 속도를 늦춘다. 전부 앞만 응시하며 기계적으로 발걸음만 뗄 뿐이다.

도심지를 벗어나 한적한 시골길로 접어든다. 교통이나 도로 통제가 비교적 잘되었다. 많은 분이 박수와 격려를 보낸다. 많은 자원봉사자와 도로 옆 주민들이 얼음물을 들고 와서 선수들에게 나누어준다. 서울대회에서는 곳곳에서 경찰과 말다툼하는 광경을 볼 수 있었는데.

하프 반환점까지는 여러 명의 선수들이 같이 달리다가 이후에는 몇 명만이 무리지어 뛰었는데 12㎞ 지점부터는 내 뒤에 아무도 보이지 않는다. 경찰차 하나만 나를 뒤따라올 뿐이다.

15㎞의 언덕길에서 5시간 페이스 메이커를 만난다. 걷고 있는 나에게 걸으면 다시 뛰지 못한다고 천천히 뛸 것을 권유한다. 하지만 마음뿐 발은 따라주지 않는다. 중간에 밭일을 하시던 아저씨가 혼자 뛰는 나보고 "뒤에는 아무도 안 보여"하신다. 이제부터는 확실히 마지막 주자가 되었다.

의림지를 지나 우측으로 방향을 돌리니 많은 주자가 반환점을 돌아 나오면서 파이팅을 외쳐 준다. 그중에는 완주를 외쳐주는 사람도 있다.

풀 반환점 2시간 26분.

5시간 페이스 메이커들이 요기를 하며 몸을 풀고 있었다. 반환점에서 그들을 따라간다. 이제 여기서 쳐지면 다른 방법이 없으니 무조건 따라가리라 마음먹는다. 그러나 마음뿐 몸은 지쳐 5시간 페이스 메이커들도 놓치고 만다. "웬만하면 같이 가시죠"라는 말을 남긴채 뛰어가는 페이스 메이커 뒤를 구급차가 따라간다. 이는 곧 교통통제를 푼다는 의미일 것이다. 난 인도로 오른다. 차가 많지 않아 인도와 차도를 오르내리기를 반복하면서 앞을 내디딘다. 나를 위해 운영위원들이 무전기로 중간중간 연락을 취하며 교차로에서 길을 열어둔다. 미안하기 짝이 없다. 자원봉사자들은 자기의 임무를 끝내고 짐을 정리하고 있었지만 운영위원들은 미리 연락을 받은 듯 마지막 주자인 나를 기다려 주고 격려해준다. 주민들도 물을 따라주면서 완주를 외쳐준다.

30㎞에 이르러 큰 도로와 연결되는 지점에서 방향을 잡지 못하니 트럭을 몰고 내 뒤를 따르던 아저씨가 직진하라고 방향을 잡아준다. 35㎞ 지점에 이르니 앞에 한 주자가 쓰러지듯 뛰고 있다. 내 모습도 뒤에서 보면 저 모습 같으리라. 중간에 남은 운영위원들과 자원봉사자들 그리고 주민들이 격려해준다.

37㎞ 지점.

마지막을 정리하던 제천마라톤 동호회 한 분이 나를 위해 동반주를 해준다. 하지만 힘이 다하여 뛸 수가 없다. 그렇다고 여기서 그만둘 수는 없는 일이다. 반은 뛰고 반은 걷는다. 뛰는 시간보다 걷는 시간이 길고, 다리 근육은 말이 아니지만 남은 거리 5㎞가 힘을 더해준다.

차를 몰고 가던 사람들이 중간중간 격려해준다. 지칠 데로 지쳐 다리가 내 맘과 같이 움직여 주지 않는다. 인도가 우레탄으로 되어 있어 발의 충격을 덜어 주긴 하지만 시간이 지날수록 통증은 더해지고 다리 근육은 단단하게 굳어가는 것을 느낀다. 한 걸음 한 걸음이 고통의 연속이다. 그래도 여기서 포기할 수는 없다. 무슨 일이 있더라도 나는 가야만 한다.

운동장을 두고 ㄷ자로 길을 돌아 마지막 언덕을 오른다. 트럭 하나가 우리 앞에서 경광등을 켜고 길을 열어준다. 운영위원인 듯한 분이 마지막 주자임을 확인하고 내 옆에 붙는다.

운동장 출입문을 지난다. 트랙을 도는 마지막 300m가 왜 그리 긴지 원망스러울 뿐이다.

좌청룡 우백호. 두 사람의 봉사자들에 싸여 백오 리의 마지막 지점을 향해 발을 내딛는다. 마이크에서는 마지막 주자가 들어온다는 것을 알린다. 마지막 곡선코스를 돌고 직선주로로 들어오니 골인점이 보인다. 마지막 있는 힘을 다해 스퍼트를 하고 테이프를 박차고 마지막으로 골인한다. 1등만 할 수 있는 테이프를 나에게도 배려해줌은 마지막 불쌍한 주자에게 주는 주최 측의 고귀한 선물이다. 메달을 목에 걸어주고, 물 하나를 건넨다. 비록 다리는 풀리고 몸은 녹초가 되었지만 가슴 속은 그 무엇과도 바꿀 수 없는 희열을 느낀다.

5월의 푸른 하늘을 우러러본다. 구름 위에서 봤을 때는 하찮은 그 길을 달려 여기까지 왔고, 나를 기다려주는 고마운 이들이 있어 힘든 피로를 잊는다. 비록 마지막 주자였지만 꼴찌는 결코 아니었다.

09

이브스키에서는 꽃에 물들고,
오쿠무사시에서는 정에 취하다

서른 번째 풀코스 완주는 특별한 곳에서 뛰고 싶었다. 사람으로 치면 완전한 성인이 아닌가? 이리저리 뒤져보다가 일본 이브스키에서 마라톤 대회가 있다는 것을 알게 되었고, 신청했다. 이브스키가 휴양도시이기 때문에 리조트 호텔밖에 없어 가고시마에 있는 호텔에 예약한다. 전에 와본 적이 있어서 그리 낯설지는 않은 곳이다.

예약한 호텔에 체크인하고, 저녁 먹으러 나왔다가 한적한 이자카야에 들어간다. 손님 없는 텅 빈 카운터에 앉아있던 40대 초반의 주모는 내가 한국에서 왔다고 하자 대뜸 욘사마 이야기에 침이 마른다. 일본 아줌마들은 왜 욘사마를 그렇게 좋아하느냐고 물으니 자기는 한국이라고 하면 으레 화염병과 피투성이가 되어 사지가 잡혀 버스에 태워지는 데모꾼이나 자기 나라 천황에 대한 사과 등 과격한 이미지만 생각하다가 포근한 욘사마를 보고 생각이 싹 바뀌었다고 한다. 문화의 힘이 대단하다고 느낀다.

대회 전날, 대회 본부에 들러 번호표, 소개 책자, 코스 설명도와 식권을 받는다. 전체 참가자 13,587명 중 한국인 참가자가 133명이다. 대부분은 여행사나 직장단체로 신청하고, 나만 개별 신청이었다. 주최 측은 오후에 희망자를 버스 3대에 태워 코스를 미리 답사하면서 각지의 특성을 알려준다. 돌아오는 길에 이브스키역에서 하차하여 하시무네 유적지를 구경하고, 스케치 몇 장한 후 가고시마로 돌아온다. 기차 차창을 통해 활화산인 사꾸라 지마가 보인다. 가고시마 뒤를 떡 버티고 있는 성산에는 메이지시대에 조선 정벌을 주장하며 정한론을 주장한 사이고 다카모리가 할복자살한 동굴이 있다.

다음 날 아침 가고시마역 코인 로커에 짐을 놓고, 단출한 어깨 백 하나만 둘러메고 이브스키로 간다. 이브스키 행 기차는 두 량짜리 미니 기차인데, 복장을 보니 마라톤에 참석하는 사람이 대부분이다. 기차길 옆 도로를 보니 마라톤 대회에 참가하는 사람들의 차량 때문에 약간 정체되는 듯하다. 귀중품은 맡기지만 옷 같은 것은 체육관 관중석 바닥에 그냥 둔다.

09:00 풀코스 출발.

야자수가 늘어진 도로에 보슬비가 내린다. 배포된 코스의 고저도를 보니 높낮이가 심해 5시간을 염두에 둔다.

우리나라 마라톤 대회 복장은 거의 똑같은데, 여기는 형형색색에 만화영화 주인공 복장, 양복에 가방 든 복장까지 제각각 개성이 넘친다. 좁은 도로에다가 만 명 넘는 선수들이 모이니 출발부터 정체와 지체가 반복된다. 마라톤 30회 완주에 출발부터 걷기는 처음이다.

5시간대 후미 그룹이라 그런지 여자가 약 30%는 되는 듯하다. 도로는 좁고, 주자들이 많아 추월이 도저히 불가능하다.

이 상황에서 뛰어봐야 5시간인데, 차라리 편하게 마음먹고 주위 경치나 살피며 가기로 한다. 우리나라는 아직 겨울이 한창이지만 서울에서 남쪽으로 비행기 거리 2시간 되는 이곳은 벌써 봄의 전령이 대지를 덮어 뛰어가는 연도에 유채꽃이 만발하다.

이케다 호수를 지난다. 잔잔한 호수 위로 파란 하늘 아래 유채꽃 속을 달리는 내 모습이 투영된다. 비가 가끔 뿌린다.

동네를 지날 때면 어김없이 사탕 바구니를 들고나온 소년과 소녀들이 두 손에 바구니를 들고 응원하면서 "간바레"를 외친다. 규슈의 후지산이라고 일컬어지는 가이몬산이 앞에 떡 놓여있다. 주자를 위해 중간중간 한글로 붙여놓은 안내판에서 일본인의 친절을 본다.

배가 고프기 시작한다. 그때 한 아줌마가 자기 집에서 무언가를 들고나오는데, 이것이 먹을 것임을 직감한다. 오니기리. 한 개를 먹는다. 특별히 간을 하지 않았지만 시장이 반찬이다. 또 하나를 먹는다. 밥이 압축되어서 두 개면 밥 한 공기는 되리라. 허기를 면하니 주위 광경이 눈에 들어온다.

철도원이 근무하는 역중 최남단 역이라는 야마가와역을 지난다. 주민들이 나와 마사지를 해준다. 나도 여기서 간단한 마사지를 받는다. 뛰면서 마사지 받는 호사를 누리기는 처음이다. 내가 한국에서 왔다고 하니 좋은 추억을 많이 가지고 가란다. 이브스키 시내에 들어서니 모래찜질하는 관광객이 보인다. 6시간 25분 28초로 골인한다. 10,927명 중 6,629위이다. 그때까지 최장기록이다.

이브스키라는 조그마한 휴양도시에서 열리는 이 대회는 자기의 고장을 알리는 행사의 하나로, 온 주민이 나와 즐기는 축제다. 중간에 연도의 주민들이 자기 집의 자랑이라며 사탕, 초콜릿, 단팥죽, 주먹밥, 차, 앵두 등을 주었다. 어느 집에서는 임시 부엌을 만들어 우리 시레기국 같은 것을 끓여 주기도 했고, 자기 집의 자랑이라며 단무지를 주는 집도 있었다. 주민 모두가 외지에서 온 손님들을 정성껏 대접하는 모습이 인상 깊었다.

일본 마라톤을 뛰어보니 우리와는 약간 다르다. 우선 우리 같이 죽자 살자 뛰는 것 같지는 않고, 순수하게 뛰는 것 자체를 즐기는 행사로, 대회 마감 시간이 8시간이다. 기록보다는 시골 풍경을 즐기고, 주민들의 환영을 받으면서 바다, 호수, 경치 좋은 산을 지나가며 주위 풍경을 만끽하면서 뛰거나 걷는데, 마라톤 경기라기보다는 지역 축제로 즐기는 듯한 느낌을 받았다. 봄이 가장 먼저 오는 이브스키에서 주민들의 인심에 놀라고, 노란 유채꽃에 취한 경기였다.

그동안 외국대회를 다섯 번을 참가하였는데, 전부 일본이다. 단지 가깝다는 이

유였다. 도쿄 가는 길에 인터넷을 보니 제 3회 오쿠무사시 green line challenge run and walk 대회가 열린다고 해서 참가 신청했다. 도쿄에서 약 60㎞ 떨어진 코마가와의 코마신사에서 열리는 대회인데, 이곳은 오래전에 가본 곳이다. 코마신사는 나라시대 때 우리나라 사람이 지어 주었다는 신사였다.

오전 4시에 일어나 기차 타고 현지에 도착하니 7시였다. 다른 대회 같으면 대회장이 사람들로 인산인해를 이루었을 텐데 의외로 조용했다. 기차에서 내려 약 15분 걸어 대회장에 갔는데, 시골 초등학교 운동회 같은 분위기였다. 탈의장이 남녀별로 1인용 텐트 하나씩밖에 없는 조그만 규모였다. 번호표를 받았다. 팸플릿을 보니 신청자 215명 중 외국인은 영국 사람이 하나 있는데, 주소지가 이곳이고, 한국인 이름도 하나 있으나 도립병원 근무로 되어있는 것을 보니 재일교포인 것 같았다.

출발지가 해발 100m. 최고 높이가 900m. 북한산을 넘는 마라톤인 셈이다. 대회 홈페이지를 아무리 봐도 지나는 마을 이름만 나와 있지 아무것도 없는 것이 이상했지만 지금은 어쩔 수 없는 상황이었다. 주위 산을 둘러보니 울창한 산림으로 둘러싸여 공포로 다가왔다. 설마 저 산을? 혹시 몰라 지폐 세 장을 주머니에 넣는다. 7시 30분부터 출발인데, 출발은 10초에 한 사람씩 호루라기를 불면 뛰어나가고, 운영자가 번호를 입력해서 시간을 재는 시스템이었다. 혹시 몰라 출발 시각을 8시 50분으로 신청해두었다.

기다리기도 뭐해 빨리 출발할 수 없느냐고 물으니 마이크든 운영자가 "아 바쿠상"하면서 멀리서 왔다고 선물을 주었다. 출발 순서를 바꾸어 7시 46분에 출발하였다. 주위 사람들이 박수로 배웅해준다.

2㎞까지는 도로가 이어지다가 우회전하면 산속으로 들어간다. 지금까지 일본에서 뛰어본 대회에서는 연도에 시민들이 나와 손뼉 치고 자기 집의 자랑거리인 먹거리도 줬지만 여기는 집이 없으니 사람이 있을 리가 없었다. 갈림길에만 흰 페인트로 화살표를 그려 놓았다. 여기서 길 잃으면 국제미아가 되는 것이다.

6㎞ 지점에 첫 급수대가 있는데, 책상 위에 콜라와 이온 음료를 놓고 할머니 한

분과 여중생 하나가 자원봉사하고 있었다. 계속 오르막에 가끔 내리막도 나왔지만, 전체적인 지형은 오르막이었다. 괜히 비행기 타고 여기까지 와서 산속에서 길을 잃는 것은 아닌지 걱정이 앞선다.

10㎞를 1시간 32분 32초에 지난다. 어차피 기록은 물 건너갔다. 산을 뛰어오르니 숨은 차고, 땀은 비 오듯 했다. 산속이지만 아스팔트는 되어있었고, 삼나무가 쪽쪽 뻗어있어 그늘이 계속 이어졌다. 옆을 뛰던 50대 중반의 남자가 나에게 마라톤 때문에 일본에 왔느냐고 묻는다. 그렇다고 했다. "스고이!"

세 번째 급수대에는 바나나와 빵이 있고, 할머니와 할아버지 두 분이 자원봉사하고 있었다.

20㎞를 3시간 02분 23초에 지난다. 기록에 대한 욕심을 버리니 마음이 편했고, 높은 곳에 올라가니 아래를 내려 보는 경치가 좋았다. 휴일이라 등산객이 가끔 눈에 띄었다. 굽이치는 길은 계속 이어지는데, 반환코스가 아니고 출발점과 골인 지점이 달라서 계속 앞으로 가야만 했다. 순찰차도 구급차도 없었다. 마라톤 대회 명칭이 green line challenge run and walk라는 의미를 알겠다.

네 번째 급수대는 산의 정상에 있는 휴게소였다. 우리 생선국 같은 것을 주는데, 간장 그릇 정도 되는 작은 그릇에 담아주니 먹고 나서도 전혀 무소식이다. 체면 불구하고 하나 더 먹었는데도 기별이 없다.

정상에 도착했다. 벤치에 앉아 잠시 호사를 누려본다. 마라톤인지 등산인지 모르겠다. 더 이상 오를 곳이 없고, 발아래 사방을 훤히 볼 수 있다. 가을 산은 어디나 멋지다.

30㎞ 4시간 42분 19초. 30㎞를 지나고 나서는 거의 평지이다. 불어오는 바람에 땀이 마르니 몸이 으스스하다.

우리나라의 육송은 휘어져 있지만 스기목이라 불리는 삼나무는 아주 단단하게 쪽쪽 뻗어있다. 이 나라가 일찍부터 목조건축이 발달할 수 있는 계기가 되었다. 마라톤에 입문해서 63회째는 별난 곳에서 별 이상한 대회에 참가한다고 생각했다.

100회까지는 37회가 남았다. 까마득히 멀게만 느껴지고, 나와는 상관없을 것 같은 숫자가 이제는 점차 현실로 다가온다. 조급하지 말고, 게으르지도 말고, 만용을 부리지 말고, 그저 이 한 몸 뛸 수 있음에 감사하자.

35㎞ 시계를 보니 5시간 31분 11초를 지나고 있다. 잘못하면 최장기록이다. 여섯 번째인 마지막 급수대가 있었다. 아줌마 둘이 자원봉사하고 있는데, 내 이야기를 미리 들은 듯했다. 한국 연속극을 자주 보는데, 너무 재미있다고 했다. 소면을 주는데, 한 젓가락도 안 되었다. "한 그릇 더 하세요" 자랑스러운 한국인임이 밝혀진 마당에 게걸스럽게 더 먹을 수가 없었다. "아니요. 이만. 고맙습니다." "내리막길에 커브가 많으니 조심하세요."

올라간 길을 다시 내려온다. 급경사이다. 내리막길은 위험하다. 다리라도 겹질리면 낯선 외국 땅 산속에서 큰일이다. 나를 추월한 주자들이 하나, 둘 보이기 시작한다. 그들을 추월하고 가다가 그들이 보이지 않으면 나도 걷는다. 한국인임이 밝혀진 마당에 그들이 보는 앞에서 같이 걸을 수는 없다고 생각했다.

40㎞를 지나니 산 아래 평지에 다다르고, 집이 보이기 시작한다. 골인 지점은 어느 조그만 시골 초등학교였다. 열댓 명이 박수로 맞이한다.

6시간 17분 40초. 혹서기 대회에서 세운 6시간 07분 32초를 10여 분 넘기는 최장기록이다. 기록은 깨지기 위해 존재한다지만 이런 기록은 안 깨지는 게 좋은데.

운영자가 다가와 물 한잔을 권하며 코스가 어떠냐고 묻는다. "경치가 너무 좋았어요." 짐을 꾸리고 교문을 나서는데, 지금 들어오는 주자도 있다. 몸은 힘들지만 만족한 미소를 머금고 있었다. 순수하게 두 발로 걷고 뛴 엄숙한 결과에는 모두가 한마음이었다.

산악마라톤이라 몸은 힘들었지만, 일본인들의 정성 어린 친절을 맛볼 수 있는 대회였다. 운영자가 내년에도 시간이 된다면 참가해 달라며 90° 일본식 인사를 한다.

내 몸을 실은 기차는 방금 내가 뛰어오른 산을 끼고 한적한 시골 마을을 지나 도시의 황량함으로 다가서고 있었다.

10

마라톤 300회,
그리고 은퇴

2017년 5월 27일 여의도에서 열린 바다마라톤대회에서 나는 드디어 풀코스 300회 완주하였다.

12,658.5㎞. 서울에서 부산까지 15번 왕복했다는 것이고, 블라디보스토크에서 모스크바까지의 횡단철도 거리보다 길며, 서울에서 태평양 건너 뉴욕까지의 거리이다. 2001년에 처음으로 풀코스를 뛰었으니까 장장 16년이 걸렸다. 휴일 새벽을 반납한 결과이다.

아침 일찍 집사람이 동행해주었다. 100회 완주한 여의도에도, 200회 완주한 가평에서도 집사람은 옆에 있었다.

300회라고 갑자기 주력이 되살아 나는 것이 아니니 여전히 꼴찌그룹에 끼어 겨우 헐떡이며 골인하였다. 그래도 300회 주자 체면 세워 주려는지 내 뒤로 20명이나 있었다.

300회 완주 중에서 10%인 30번 정도는 꼴찌로 들어온 것 같다. 이제는 익숙해져서 창피함도 없다. 꼴찌가 있으니까 1등이 있는 것이라고 자기 위안으로 삼는다.

그동안 집사람은 300번의 새벽밥을 지어 주었다. 새벽 일찍 밥 먹고 나오기 힘들 때는 주먹밥을 만들어 주었다.

마라톤 선배들이 멋진 족자를 만들어 주었다.

둘째 딸도 장소를 알려주지 않았는데도 물어물어 찾아왔다.

5시간 반 달려 골인하는 순간, 대개 이 시간이면 파장이라 골인 지점이 한적한데, 이날은 멀리서 보니 골인 지점이 분주하게 보였다. 무슨 사고가 난 줄 알았다.

사회자가 내 이름을 부르는 게 들렸다. 이상하다 하고 골인을 하니 뜻밖에도 우리 소리를 같이하는 해금 낭자 두 분이 나를 기다리고 있었다.

전에 나에게 300회 예정일을 묻길래 대답 안 했는데, 이리저리 뒤져 내가 뛰는 대회를 알아내고, 주최 측에 전화를 해서 300회 주자 중 내가 있는 것을 확인하였단

다. 플래카드를 만들고, 꽃을 사 들고, 여의도 땡볕에서 두 시간을 넘게 기다려 나를 맞이한 것이다. 이럴 줄 알았으면 한 시간 정도 일찍 들어올걸.

우리 학과 후배 교수들이 300회 기념패를 만들어 주었다. 고맙기 그지없다.

내 삶의 윤활유 / 도전

원래 계획으로는 2018년 8월 내 정년퇴임에 맞춰 300회를 하던 계획이 좀 당겨졌다.

마라톤 100회를 뛰고 나서, 200회를 뛰고 나서도 난 은퇴한다고 이야기했다. 너무 힘들고 어렵기 때문이었다. 그러다가 한 두어 달 지나서는 슬그머니 다시 주로에 나갔다. 마라톤에는 이상한 마력 같은 것이 있기 때문이다.

우리 식구들의 응원은 나를 뛰게 하는 원동력이었다. 손주들이 좀 크면 5㎞라도 같이 뛰어보고 싶다. 아장아장하는 그들을 데리고.

우리나라 전체인구 중에서 풀코스 뛸 수 있는 사람이 과연 몇 명이나 될까? 우리나라 최고 대회로 불리는 동아일보마라톤, 조선일보마라톤에 참가하는 선수가 20,000명 내외이다.

여기서는 꼴찌라 할지라도 전 국민으로 보면 최상위 그룹이 된다. 꼴찌라도 뛸 수 있는 건강이 하락하는 것에 감사할 뿐이다.

내가 목표한 300회를 끝으로 난 마라톤을 접었다. 억지로라도 더 뛸 수는 있을 것 같으나 지금부터는 오히려 부작용이 더 많을 것 같았다.

나이를 먹을수록 주위 환경에 맞춰서 살라고 하고, 힘이 드는 마라톤을 계속한다는 것은 역효과가 날 수 있다고 생각해서 운동치에 몸치인 나의 아름다운 도전은 여기까지라고 생각했다.

그동안 마라톤을 하면서 많은 것을 얻었고 이루어 냈다. 하고자 한다면 뭐든지 할 수 있다는 자신감이 생겼는데, 이는 무엇과도 바꿀 수 없는, 몸으로 얻은 귀한 교훈이다. 빨리 가서 지치기보다는 천천히 가서 완주하는 느림보 정신으로 세상을 살아갈 것이고, 사는 게 힘들고 지치면 마라톤 35㎞ 지점의 그 고통을 되새길 것이다. 이렇게 나의 노년을 슬기롭게 헤쳐가고 싶다.

박 명 덕 畵 文 集

音美旅運 이야기

III

나의 또 다른 표현 /
그림

01

그림은 오래전부터
나의 취미로

나는 어렸을 때부터 그림 그리기를 좋아했다. 지금은 아이를 전문적인 화가로 키우지 않더라도 사물을 보는 안목을 키우고, 자기 표현력을 기르는 과정의 하나로 그림을 가르치지만, 그 당시는 학교서 배우는 국어, 산수, 사회, 자연 같은 과목 외 음악, 미술, 체육 쪽으로 관심 가지는 것을 별로 탐탁지 않게 생각했다.

부모들은 아이가 학교에서 국어 잘하고 산수 잘해 높은 점수 받아 좋은 학교에 진학하고, 원하는 직장에 들어가기 원했다. 그런 생각을 하는 부모에게 자기 아이들이 그림 잘 그리고, 노래 잘하고, 체육에 특기가 있다는 것은 그리 반가운 일이 아니었다.

그러니 내놓고 그림 좋아한다는 이야기를 할 수 있는 상황이 아니어서 숨어서 몰래 그리곤 했다. 어렸을 때 할아버지와 서울에 처음 왔을 때 타본 기차를 그렸던 기억이 어렴풋이 난다. 초등학교 들어가서는 만화를 교본으로 만화 주인공 그리는 것을 즐겼다. 놀 것과 오락이 없었던 그 시절 초등학교에 다녔던 사람들에게 무엇을 하고 놀았냐고 물어본다면 십중팔구는 딱지치기와 구슬치기 그리고 만화라고 대답할 것이다.

나 역시 초등학교 다닐 때 집 주변에서 종이로 접은 딱지치기나 여러 가지 그림이 인쇄된 동그란 딱지 따먹기하던 것과 만홧가게에서 만화를 봤던 기억이 난다. 그 당시는 만화의 인기가 대단해서 우리가 접할 수 있는 정보를 만화 통해서 얻는 경우가 많았다. 요즘은 집집마다 아이들 방에 보면 교육용 만화가 몇 권씩 꽂혀 있지만, 그 당시는 만홧가게에서 돈을 내고 만화를 보았다. 만화는 집에 꽂힐 정도로 가치 있는 책으로 평가받지는 못했다. 그래서 학교 앞이나 동네 골목에는 항상 만홧가게가 있었다. 요즘의 만화는 학습용 만화, 역사 만화, 유명 소설을 각색한 만화 등이 주류를 이루고 있으나 그 당시 만화는 만화가의 상상력에서 나온 창작물이었다. 상상력의 수준이 높아지면서 유명한 소설 못지않게 구성이 탄탄하고 재미있는 만화들이 끊임없이 쏟아져 나왔다.

그 당시 만화가가 되기 위해서는 만화가 밑에 문하생으로 들어가 오랜 기간 수련하다가 어느 정도 자립할 수 있는 실력을 인정받으면 독립해서 만화가로 데뷔했다. 나는 이 말을 듣고 어느 만화가의 문하생이 되어야겠다는 막연한 꿈을 가지고 있었으나 실행에 옮기지는 못했다. 중학교에 진학하면서 본격적으로 미술반 활동을 하며 그림을 그렸다. 그 당시는 지금과 달리 몇몇 부유한 집 아이들을 제외하고는 미술학원이나 개인 교습으로 그림을 배운 것이 아니라 방과후 학교 미술부에 남아서 선배들 시중들면서 배우는 것이 일반적이었다. 중·고등학교가 같이 있어서 중학교 때 미술부에 들어가면 고등학교 형들이 대학입시 준비하는 과정을 어깨 너머로 지켜볼 수 있었다. 선배들이 그리는 옆에서 물통에 물을 채워주거나 팔레트에 물감 짜주는 허드렛일을 했다. 가끔은 고등학교 선배들이 몰래 담배를 피우면 하급생들은 창문을 활짝 열어젖히고 화판으로 담배 연기를 밖으로 빼기도 했다. 그것이 나쁜 일이고 좋지 않은 일에 가담한다는 죄책감은 없었고, 나도 학년이 오르면 그런 세습적인 혜택을 당연히 입을 것으로 생각했다. 일주일에 한 시간뿐인 정규 미술 시간에는 일반적인 미술을 접했다면, 미술부에서는 좀 더 전문적인 그림을 그렸다.

고등학교에 올라가서는 나 혼자만의 심각한 고민을 하게 된다. 이제 진로를 선택하여 대학에 진학해야 하는데, 본격적으로 그림을 전공하기 위해 미술대학에 갈 것인가에 대한 고민이었다. 미술대학에 진학해서 그림을 전공하고 졸업해서 할 수 있는 일이라는 게 전업 화가로 나가거나 응용 미술을 전공해서 디자인 쪽으로 나가는 것이 그 당시 미술대학 졸업생들이 택할 수 있는 분야였다. 그러던 어느 날 내 그림을 엄격히 봤을 때 전공으로 하기에는 실력과 소질이 부족하다는 것을 깨달았다. 전공한다는 것은 그림을 평생의 업으로 삼는다는 것으로 내가 결혼해서 가정을 가진다면 가족을 부양해야 하는 책임이 있는데, 내가 과연 그림만 그려서 가족을 부양할 수 있을까? 내 그림이 과연 다른 사람의 감동을 자아낼 정도의 수준인가?

우리나라에서 전업 작가로 그림 그려서 생업을 유지하는 것은 몇몇 대가들 외에는 어렵다, 그 몇몇 대가들도 모든 사람이 좋아할 만한 정도의 수준 있는 그림을 그리는 것은 나이가 어느 정도 무르익었을 때의 이야기이지 그 역시 젊었을 때는 수 없는 고민을 하고, 경제적 궁핍 속에서 고생했을 것이다. 즉 화가로서 인정받기 위해서는 자신의 젊음을 바쳐 고민하고 노력해야 하며 가족의 희생이 뒤따른다는 이야기인데, 이는 비단 우리나라뿐만 아니라 선진국도 마찬가지이다. 그런데 자기야 좋아서 그림을 택하고 미술을 사랑하기 때문에 고난의 세월을 이겨낼 수 있다지만 이런 가장을 배우자로 선택하고, 태어난 자식들도 이런 고통을 같이 감내해야 하는가 하는 것을 생각해 볼 때 나는 그런 것들을 상쇄할 소질도, 능력도 없다고 생각되었다. 그 대신 그림을 생업으로 하는 프로가 아니라 아마추어로서 취미로 그림을 그린다면 좋겠다는 생각이 들었다. 결국 나는 미술대학 진학을 포기했다. 지금 생각해도 내 일생 최고의 선택이었다는 생각이 든다.

나는 그림 대신 건축을 전공으로 선택했다. 이는 대학에서 건축을 전공하고 평생 건축가로 일하고 계시는 작은아버지의 권유에 따른 것이다. 내가 미술대학 진학을 포기하고 학과 선택에 고민하고 있을 때 작은아버지는 그림에 미련이 있다면 그림과 어느 정도 연관이 있는 건축과에 가는 것이 좋고, 그것도 홍익대학교 건축과가 내가 생각하는 방향과 맞을 것이라는 조언을 해 주셨다. 내가 미술대학 진학을 포기하고 갈

바르셀로나 거리에서 현지 화가들과 스케치를 하는 모습

피를 못 잡고 있을 때 이 말씀은 망망대해에서 등대를 만난 것과 같은 기분이었는데, 그 후로도 작은아버지는 건축 쪽에서 내가 성장하는 데 많은 도움을 주셨다.

그렇게 해서 나는 건축을 전공하게 되었다. 요새는 건축과 관련되는 스케치를 컴퓨터로 하는 경우가 많으나 건축에서 스케치는 자기의 아이디어를 표현하는 가장 손쉬운 방법의 하나이다. 그래서 건축이 나의 전공이 되었고, 그림은 평생 같이 가는 취미가 되었다. 하지만 학교에 재직하고 있을 당시는 아무래도 학교 일이 우선이니 자유스러운 분위기에서 그림을 그릴 수는 없었다. 학교에서 짜인 강의와 거기에 따른 준비가 있고, 여러 잡다한 일도 병행하기 때문이다. 주말에 사생회 따라 야외에 나가 그림을 그리거나 방학 중 외국에 나갈 때 스케치하는 정도로 만족해야 했다.

내가 있는 대학에서 큰 공사를 하게 되었다. 혹시 그 파편이 나에게 튀지 않을까 하는 우려가 있었는데 그 걱정이 현실이 되었다. 학교에서 나보고 그 공사에 대한 책임을 맡아달라고 했다. 몇 번 사양하다가 결국은 학교 측의 강압에 못 이겨 공사장으로 내려왔다. 돈과 관련되고 항상 위험이 도사리고 있는 현장이기 때문에 칼 위를 걷는 기분으로 하루하루를 지냈다. 그래도 시간은 흘렀다. 1년의 준비와 2년 반의 공사 과정을 거쳐 드디어 내 임무가 끝났다. 무거운 짐을 내려놓은 자유의 몸이 되었고, 속박의 굴레에서 벗어난 시간의 소중함을 느꼈다. 학교 기획실장 보직이 끝나고 마라톤을 시작했듯이 이번에도 무언가 새로운 도전을 하고 싶었다. 여러 가지를 생각하다가 그동안 손 놓았던 붓을 다시 잡기 시작했다.

그전에도 틈틈이 그림을 그리기는 했지만, 학위나 학교 일하다 보니 붓을 놓고 있었다. 뒤켠에 내던져진 물감과 붓을 챙겨 들고 서울에서 한두 시간 정도의 야외로 나가서 우리 자연을 화폭에 담았다.

우리나라는 사계절이 뚜렷하고 시시각각으로 변하는 풍경이 아름다워 몇 번을 그려도 싫증이 나지 않는다. 특히 내 고향 풍경을 닮은 사생지에서의 작업은 시간 가는 줄 모른다. 투박한 붓이 하얀 캔버스에 스며들어 고향 풍경이 되기도 하고 아름다운 꽃으로 피어나는 마술을 부리기도 했다.

휴일이면 인사동에 모여 출발하는 사생회를 따라다녔다. 반은 전업 화가들이고, 반은 나 같은 아마추어나 오래전부터 알고 지내던 화우들이라 부담이 없었다. 첨단이니 디지털이니 정보화라는 단어들과는 약간은 거리가 있는 정감 어린 사람들과 어울림이 재미있었다. 그림 그리러 간다는 명목이지만, 못 그리면 맑은 공기라도 마시고 오면 되고, 더 큰 속내는 그 동네에는 항상 인심 좋은 술이 돌아다니기 때문이다. 그림 사이에 "박 교수, 이리와. 감자전에 술이 너무 농익었어. 한잔해야 그림이 잘 되제 잉? 그림도 술맛이 들어야 농익는 것이여. 어서 와 이리." 그 말투가 양지바른 고향 집 툇

마루에 앉은 것처럼 정겹다.

혼자 가는 것보다는 화가들 따라가는 것이 좋다. 그들이 그리는 것을 옆 눈길로 배울 뿐 아니라, 그들과 어울리는 것은 전혀 다른 세상을 보는듯한 재미가 있기 때문이다. 사람 사는 냄새가 물씬 풍기고 서로 나누는 정이 살갑다. 돌아오는 길 화우들과 나누는 술 한잔의 어울림이 내가 여기에 참가하는, 숨길 수 없는 이유이기도 하다. 그러고 보니 벌써 40년 가까이 화가들 따라 인사동 언저리를 맴돌았다.

오랜만에 인사동에 나가 한 화가의 안타까운 죽음을 접한다. 강릉 출신으로, 그의 그림 주제는 오랫동안 바람 부는 날이고, 그림에는 항상 까치 한 쌍이 있었다. 바람은 작가의 고향인 강릉이고, 까치는 작가가 사랑하던 자기 가족을 표현한 것이다. 미술 교사로 있다가 그만두고 전업 작가로 나섰는데, 생업이 안 되다 보니까 집사람이 생계를 위해 행상 나간 사이에 자기는 그림을 그리다가 저녁때쯤 집사람을 기다려 같이 돌아오는 그 시간이 가장 행복하다는 로맨티스트였다.

인사동에서 만나면 탑골공원 뒤편에 자리 잡은 그늘진 술집에서 밤 깊도록 그림 얘기를 했다. 그러다가 흥이 나면 벽을 손톱으로 긁으면서 "봄비 나를 울려주던 봄비"라고 절규하듯 불렀는데 그 노랫소리를 이제 들을 수가 없다. 그의 병명은 영양실조가 발전된 위암이라고 했다. 외국 나간 자식 뒷바라지 때문에 집사람이 잠시 외국에 나가자 그때부터 곡기를 끊어 영양실조가 되었고, 그런 가운데서도 술만 계속 마시다가 결국 위암이 되었다고 했다. 참 순진하고 아기같이 해맑은 심성을 가진 분이었다.

흔히 늙는데도 준비가 필요하다고 한다. 대책 없이 늙어버리면 갑자기 생긴 시간의 무료함을 감당하지 못한다고 한다. 그런데 그림을 그린다는 것은 늙음을 즐겁게 받아들일 준비를 하는 것이다. 지금도 하얀 캔버스나 스케치북을 펼치면 정신이 맑아지면서 모든 것이 화폭에 집중된다. 내가 그리는 점 하나, 선 하나가 어떻게 나타날 것인가에 대한 기대에 손놀림이 빨라진다.

두고두고 손보며 자기 것으로 만들어가는 유화도 좋고, 아이의 순진함을 보는 것

인사동에서 열 번 정도 전시회에 참가하였다.

같은 영롱한 수채화도 정이 가고, 10초에 승부를 가르는 크로키도 재미있다.

내가 답사길이나 외국 나들잇길에 그리는 그림은 2~3분을 넘기지 않는다. 대상의 특징을 살펴 빨리 스케치하고 자리를 옮기는데, 여기에는 크로키가 많은 도움이 되었다. 짧은 순간에 동물적인 직관력으로 그리고자 하는 대상을 화면에 옮기는 순간포착의 쾌감을 즐긴다.

그동안 그렸던 그림을 꺼내 보면 그림에 담긴 시간의 기억이 되살아난다. 그래서 그림을 본다는 것은 지나간 시간을 끄집어내 그 기억을 선명하게 볼 수 있다는 것이다. 그래서 지나간 시간을 기억해줄 그림이 나에게는 더없이 소중한 보물이다.

늙어 산 좋고 물 맑은 곳에 자리 펴고 그림 그리다가 지치면 대금 한 자락 불고 막걸리 한잔하는 꿈이 내가 원하는 미래이다.

02

우리 집사람이
전시회를 했습니다

집사람이 결혼 전에 서예를 한다고 해서 그러려니 했다. 그 당시 서예가로 활동하시던 아버지의 제자들을 자주 봐서 그리 낯설지는 않았지만, 요새 같은 세상에도 이런 고리타분한 서예를 하는 사람도 있구나 하는 정도로 생각했다.

지금 글을 읽지 못하는 사람은 없지만, 요새 펜으로 글씨 쓸 일이 없어졌으니 글씨 못 쓰는 사람은 많다. 내가 어렸을 때는 학교에서 서예를 배웠다. 고사리 같은 손으로 먹을 갈고 붓을 들어 글씨를 썼다. 하지만 시간이 흐르면서 서예는 필수가 아닌 선택이 되었고, 지금은 아이들에게 붓 대신 마우스나 키보드가 더 친근하게 되었으니 서예는 이 시대에 어울리지 않는 고루한 취미가 되었다. 볼펜으로 글 쓰는 것도 거의 볼 수 없는 세상에 붓과 먹이 웬 말인가? 새롭고 재미난 것이 많은데, 서예 한다는 것이 이해되지 않았다. 서예를 하는 이유가 차분함이나 집중력을 키우려고 하거나 악필을 교정하는 방법으로 시작한다. 더 거창하게 말하면 인품을 드러내거나 인격 수양에 도움이 되어 배우는 경우가 많다.

서예가 종이 위에 붓, 먹을 이용하여 문자의 아름다움을 표현하는 시각예술을 통칭하지만, 보통은 붓글씨를 뜻하는 경우가 많은데, 우리나라에서는 원래 서도(書道),

나의 또 다른 표현 / 그림

서법(書法)이라고 하다가 1960년대부터 서예(書藝)라고 불리기 시작했다. 일본에서는 아직 서도라고 한다. 우리와는 달리 아직 연하장이나 혼례 예물용 봉투, 전별금 봉투에는 붓으로 써야 예의라는 인식이 깔려있어 일반인들이 서도를 공부하는 경우가 많다. 그런데 우리나라는 1980년대 이후 경제가 급성장하며 여가문화라는 게 생겨나기 시작하면서 신흥부녀자들이 처음 배운 것이 서예, 꽃꽂이, 에어로빅이었다. 그때부터 여기저기에 서예 교실이 생겨나기 시작했는데, 부자 동네에 산다는 세속적인 이미지를 탈피하기 좋은 것 중의 하나가 서예였다. 글씨를 쓴다는 것이 우리의 전통문화를 상징하는 고매함과 서예의 필수도구인 종이, 붓, 먹, 벼루로 상징되는 지필묵연(紙筆墨硯) 또는 문방사우(文房四友)라는 이름에서 오는 고상함이 지성인다운 분위기를 나타낸다는 기대감 때문이었을 것으로 생각된다. 이런 이유와 관계없이 집사람은 어릴 때부터 서예를 배웠다.

그때는 지금과 같은 학원이나 교습소가 없었고, 유가에서 행하는 가정 교육 덕목 중에 하나로 생각해서 할아버지와 친정아버지가 써준 체본을 가지고 글씨를 배웠다. 옛날에는 선비가 닦아야 할 정신수련의 일종이고, 인간의 선행조건에 필요한 조건 중 하나였다. 서예는 자기 뜻을 알리고 전하는 실용적인 요구와 예술적 표현뿐만 아니라 참다운 인간성을 추구하는 기본으로 요구되어왔다. 그래서 서예의 근본정신은 동양의 자연관과도 일맥상통하고 있다.

그림이 선과 색으로 작가의 마음을 표현하는 것이라면, 서예는 서체라는 형식에 문장에 담긴 내용이 표현되기 때문에 한 획을 그어도 쓰는 사람마다 표현이 다르고, 보는 사람마다 느낌이 달라진다. 그래서 글씨를 보면 그 사람의 됨됨이를 알 수 있는 수양으로 봤기 때문에 옛날 유가에서 아이들에게 제일 먼저 가르친 것이 서예였다. 서예를 하게 되면 한자를 같이 공부하게 된다. 서예의 시작이 한자인 데다 수많은 경전이 한자로 되어 있어 글씨를 쓰면서 원전이 주는 의미를 배우게 되는 최고의 교육 방법이었다.

집사람은 중·고등학교 때 서예부에 들어가 특별활동을 하게 되면서 각 대학에서 주최하는 휘호 대회나 전국규모 대회에 나가서 종종 상을 받은 적은 있다. 그 당시 학교의 제일 목표는 입시를 위한 점수 따기 경쟁이 치열했던 분위기에서 글씨를 쓴다는 것은 일종의 사치였다. 그런 데다가 처가는 밀양에서 살다가 장인이 성균관대학교에 교수로 자리 잡으면서 서울에 따로 살림을 차렸다. 그 당시는 하숙이라는 개념이 없었고, 친척 중 누구라도 서울에 자리를 잡고 있으면 그 집에서 기숙하는 상황이라 친가에 처가 권속까지 모여 사는 큰 집안의 장녀로서 하교 후 집안일을 도와야 한다는 의무를 뒤로 한 채 학교에 남아서 붓을 잡는다는 것이 어려웠을 것이다. 그러다가 대학에 들어와서 서예를 공부하는 동아리에서 글쓰기는 계속했으나 나와 결혼 후에는 아이 4명을 낳아 키우다 보니 전념할 시간이 없었다.

여러 가지 일 때문에 하는 듯 마는 듯하다가 아이를 어느 정도 키우고 나서 본격적으로 붓을 잡기 시작했다. 우송 윤병조 선생님을 은사님으로 모셨다.

선생님은 새로운 주문을 했다. 처음에는 당연히 수천 번 따라 쓰기를 하면서 기초를 다지고 실력을 쌓아야 하지만 여기서 끝나면 안 된다는 것이었다. 옛글을 바탕으로 도약을 하되 글씨에 숨겨진 의미를 현대적으로 계승하는 법고창신의 예술적 경지를 주문했다. 서예를 하는 참다운 자세는 고대로부터 내려오는 기법의 재현이 아니라 새로운 창작을 위한 것이고, 여기에 병행해서 정신적 도야를 중요시해야 한다는 것이 선생의 지론이었다. 다시 새로운 마음가짐으로 서예에 매진해 나갔다.

아이들이 어느 정도 컸다고는 하나 아직 엄마의 손길을 필요했기에 낼 수 있는 시간은 새벽밖에 없었다. 새벽 4시에 일어나 하루도 거르지 않고 글을 쓰며 혼자만의 정진을 계속해 나갔다. 사위가 조용하니 정신이 모였고 한 가지에만 집중할 수 있었다.

선생의 주문대로 기초부터 다지기 시작했다. 한번 익힌 익숙함을 떨치기가 쉽지는 않았지만, 수 없는 습작밖에 다른 방법이 없었다. 행서를 거쳐 초서에 다가가고자 했고, 예서를 기본으로 전서를 다듬었다. 쓸 때마다 긴 호흡으로 몸속의 긴장을 풀어내야만 했다. 서예에서 가장 중요한 것은 호흡인데, 호흡이 들떠서는 원하는 대로 쓸

수가 없다. 먹을 가는 시간은 글쓰기 전의 긴 호흡을 가다듬는 시간이고, 붓에 먹물을 묻히는 순간부터 몰입의 단계에 들어서게 된다. 자세를 잡고, 기를 모으면서 호흡과 집중이 동시에 이루어져야 한다. 한번 쓴 획은 고치거나 덧붙일 수가 없어 단 한 번의 붓길로 우주를 만들어야 한다. 그래서 글씨는 그 사람의 내면을 드러내는 것이고, 경험이 우러난 결과물이라고 한다.

집사람은 화선지를 대할 때마다 하나의 작품을 만든다는 바람 이전에 자기 스스로에 대한 수양으로 집중력을 높이는 데 주력하였다. 그러다가 선생이 대외 공모전 출품을 권유했다. 자기 자신의 꾸준한 공부도 필요하지만 한 번쯤은 실력을 가늠해보는 것도 좋다고 했다. 그래야 자기 자신을 알고 다시 출발할 수 있는 계기를 만들 수 있다고 했다. 제23회 대한민국 서예대전을 목표로 했다. 서예 하는 누구나 꿈꾸는 신인들의 등용문이었다. 학교 때 몇 번 대외 공모전에 나가서 상 받은 적은 있지만, 그것은 학생 때 이야기였다. 프로가 되기 위한 마음부터 달라야 했다.

작품의 방향을 정했다. 답습이 아닌 새로운 것의 창조. 옛것을 모방하는 것만으로 남에게 감동을 줄 수가 없고, 더구나 예술적 경지까지의 깨달음은 요원하다고 보기 때문이다. 여기에 맞춰 수많은 연습을 했고, 모자라지만 작품을 완성해서 출품했다. 이제는 모든 것이 집사람 손을 떠났고, 결과를 지켜볼 수밖에 없었다. 요새 서예인구가 급증해서 경쟁이 치열하다고 하니 입선 정도를 기대했다. 그런데 심사결과는 특선이었다. 꿈에도 생각하지 못한 결과였고, 조그마한 열매가 맺어지는 순간이었다. 나중에 전해 들은 이야기로는 오래전부터 내려오는 글씨의 대물림이 아니라 자신만의 개성이 드러난 새로운 서체를 개발했고, 지금까지의 서체보다 좀 더 자유로운 필체와 비정형에서 오는 예술성을 높게 봐서 특선으로 선정했다고 한다. 오래 새겨야 할 말씀을 주셨고, 평생을 지고 갈 화두를 받았다고 생각했다. 집사람은 지금도 그 말씀을 새기며 작품에 임하고 있다.

그런 집사람이 전시회를 했다. 이제는 심사위원의 평가가 아니라 일반인들의 엄정한 평가를 듣기 위해서였다. 먹을 갈면서 정진하고, 한 발 한 발 황소걸음 한 결과를 내보이는 것이다. 준비하는 순간순간마다 기를 부르고 한 획 한 획에 정신을 모았다. 화선지에 첫 획을 그을 때 부드러운 먹물이 종이에 알맞게 스며들어야 생동한 기운이 발하여 좋은 글씨가 나온다. 먹을 가는 마음에 따라 작품의 농담이 달라지기 때문에 벼루에 먹을 가는 시간은 신중할 수밖에 없다. 그 시간은 작품에 들어가기 전에 마음을 가다듬고 글씨의 깊은 뜻을 음미하는 의례이기도 하다. 그래서 먹을 갈 때는 환자처럼 갈고, 글을 쓸 때는 장사처럼 쓰라는 이야기가 있다. 정성이 담긴 먹물과 집사람만의 자유로운 운필이 어우러져 만들어낸 작품을 모아 전시장에 걸었다.

내가 이바지한 것이라고는 방학 때 외국 나가고, 보통 때는 늦게 들어가 혼자만의 시간을 많이 가지게 해준 것뿐이다. 집사람의 작품성은 외로움의 결정체이고, 그 외로움을 이겨낸 본인의 전리품이었다. 개막 행사 때 소리 친구들과 축하 연주를 한 것은 이런 미안함의 표시였다.

지금도 집사람은 글씨를 쓴다. 글씨에 전념하는 시간이 길어지면 묵향이 방안에 은은하게 퍼진다. 그 내음은 깊은 암자의 불당에 피우는 향내처럼 내 마음을 가라앉혀 주는 침묵의 향이고, 은은한 화선지에 스미는 붓의 포근한 속삭임은 어렸을 때 아버지 방에서 만나던 바로 그 느낌이다.

시간을 되돌려보면 사람은 바뀌었지만 그대로이다. 미리 작정한 것도 아닌데 아버지와 며느리가 대를 이어 서예를 한다는 것이 운명처럼 느껴지기도 한다.

전시회 팸플릿 서문이다.

차일피일 미루다가 용기를 내어 부끄러운 전시회를 하려고 합니다.
혼자였으면 영원히 못 할 일을 여럿이란 무리에 쌓여 용감한 시도를 합니다.
시간이 많이 흐른 것 같습니다.

초등학교 때 친정 아버님의 가르침을 받으며 처음 서예에 접했습니다.
유가의 법통을 따르는 집안에서 선비의 기본법도인

예악사어서수(禮樂射御書數)는 당연히 배워야 하는 덕목으로 생각했습니다.

중, 고등학교를 거처 대학 때까지 지필묵을 가까이하고자 하였으나 여러

가지 일상의 무거운 짐으로 인해 매진하지는 못했던 것 같습니다.

그러다가 결혼을 하니 놀랍게도 저의 시아버지 되시는 분이 우리나라

서예계의 큰 어른이신

효람 박병규(曉嵐 朴秉圭) 님이셨습니다.

놀라운 인연이었지만 저는 그때 아이 4명을 낳아 키우느라 시아버지한테

직접 배울 기회는 없었지만, 예술에 임하는 자세와 열정은 느낄 수

있었습니다.

그러다가 아이를 어느 정도 키우고 나서 본격적으로 나 자신을 찾을 기회를

얻게 되었습니다.

그때 지금의 스승이신 우송 윤병조 선생을 만났습니다.

우송 선생님은 항상 옛것에서 새로운 것을 찾는다는 법고창신(法古創新)의

정신과 과거의 것을 그대로 옮기는 수준에서 벗어나 새로운 것을

만들어낸다는 적구생신(積久生新)의 이념은 저를 변하게 하였습니다.

그때부터 저는 과거의 것에 대한 재현이 아니라 새로운 것을 찾는다는

수도자의 심정으로

서예에 임하게 되었습니다. 그러나 제가 원래 천학 비재 하다 보니 마음만

앞설 뿐 손이 따라가지 못하고 있습니다. 붓에 먹을 묻혀 화선지에 옮겨질

때 퍼지는 자연스러운 농담과 역동성, 그리고 한 획 한 획 만들어나가는

순간의 엄숙함은 아직 많이 모자라고 미숙하지만 제가 평생 풀어야 할 저의

동경이며 꿈이고 이상이며 예술적 숙제로 생각하고 있습니다.

지금 생각해보면 제가 붓을 잡은 것은 운명적인 필연이 아니었나 하고

생각해봅니다.

학자로서 성균관 대학교에서 평생 교수로 지내신
친정아버지의 선비정신과

영남 명문가의 피를 타고 나신 시아버지의 예술가적
기질을 가까이서 뵈올 수 있었다는 것이 저에게는
더할 수 없는 큰 자산이였으며 선대의 재질을 이어받아
다방면에 예술적 끼를 주체 못 하는 나의 영원한
외조자인 박명덕 교수,

그리고 네 명의 자식 중 두 명이 그림을 전공하고 있는
것은 속일 수 없는 유전적 결과라는 생각이 듭니다.
이분들의 도움과 가르침으로 오늘 제가 있음을 새삼
새겨봅니다.

그동안 저를 지켜봐 주시고 이끌어 주신 모든 분
고맙습니다.

　　　　　　　　　을미년 새해를 맞이하여
　　　　　　　　　청학시루 주인 근초가 올립니다.

약력
근초 이상교根草 李相嬌
1957년 서울 출생
성균관 대학교 및 대학원 졸업
2011년 제23회 대한민국 서예대전 특선
단체전 및 그룹전 다수 출품

나의 또 다른 표현 / 그림

聞道春還未相識　起傍寒梅訪消息
昨夜東風入武陽　陌頭楊柳黃金色
碧水溶溶雲曳花　美人不來空斷腸
預拂春山一片石　與君連日醉壺觴

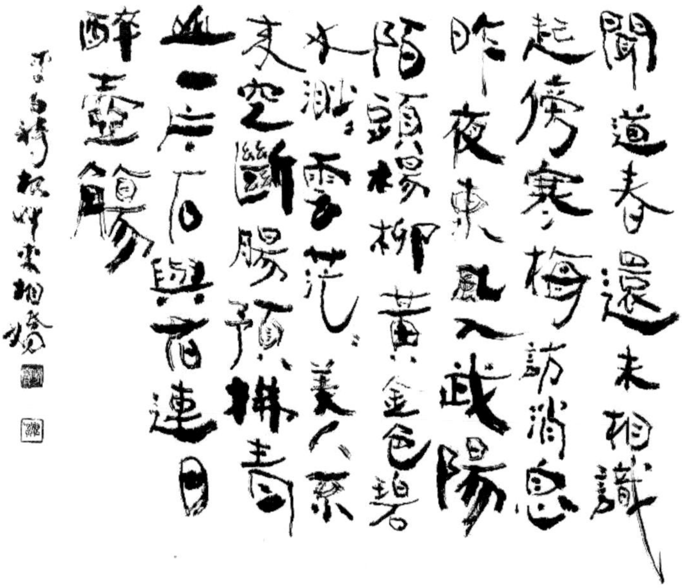

聞道春還未相識
走傍寒梅訪消息
昨夜東風入武陽
陌頭楊柳黃金色
碧水浩浩雲茫茫
美人不來空斷腸
預拂青山一片石
與君連日醉壺觴

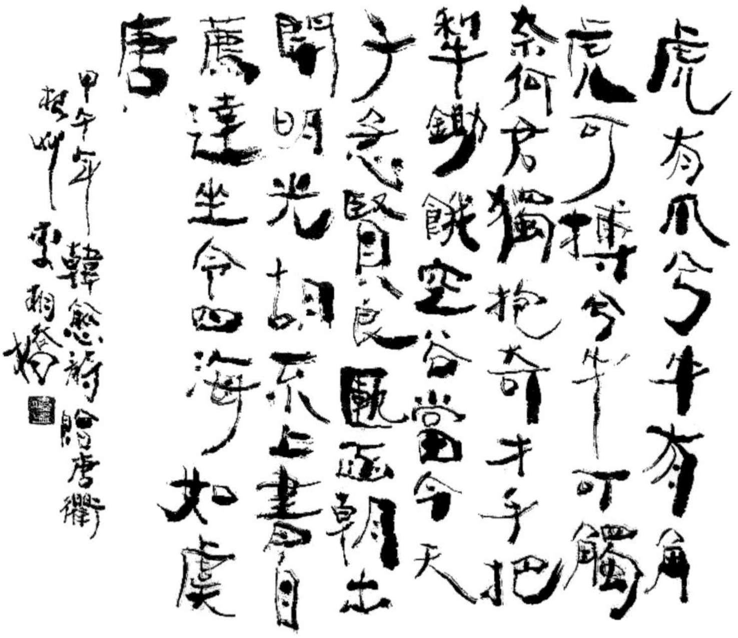

虎有爪兮牛有角
虎可搏兮牛可觸
奈何君獨抱奇才
而手把犁鋤餓空谷
當今天子急賢良
匭函朝出開明光
胡不上書自薦達
坐令四海如虞唐

甲午年 韓愈詩 贈唐衢

樽酒相逢十載　逢十載後我為壯夫君白首我少年樽酒相
鱗禾女起無復望當今賢俊皆周行君何為乎亦遑
遑行到君莫亭手破除墓事無遑酒

甲午年　韓愈詩贈鄭兵曹郭兵曹行書하이예날
松竹堂박명덕

樽酒相逢十載　前君為壯夫我少年樽酒相
逢十載後我為壯夫君白首我少年樽酒相
遑行到君莫亭手破除墓事無遑酒

起無復望當今賢俊
載後我為壯夫
行到君莫停行手破除
墓事手無遑酒

前君為壯夫死少年樽酒相逢十
我手興世不相當戰鱗禾女
首周行君何為乎亦遑盃
松竹

나의 또 다른 표현 / 그림

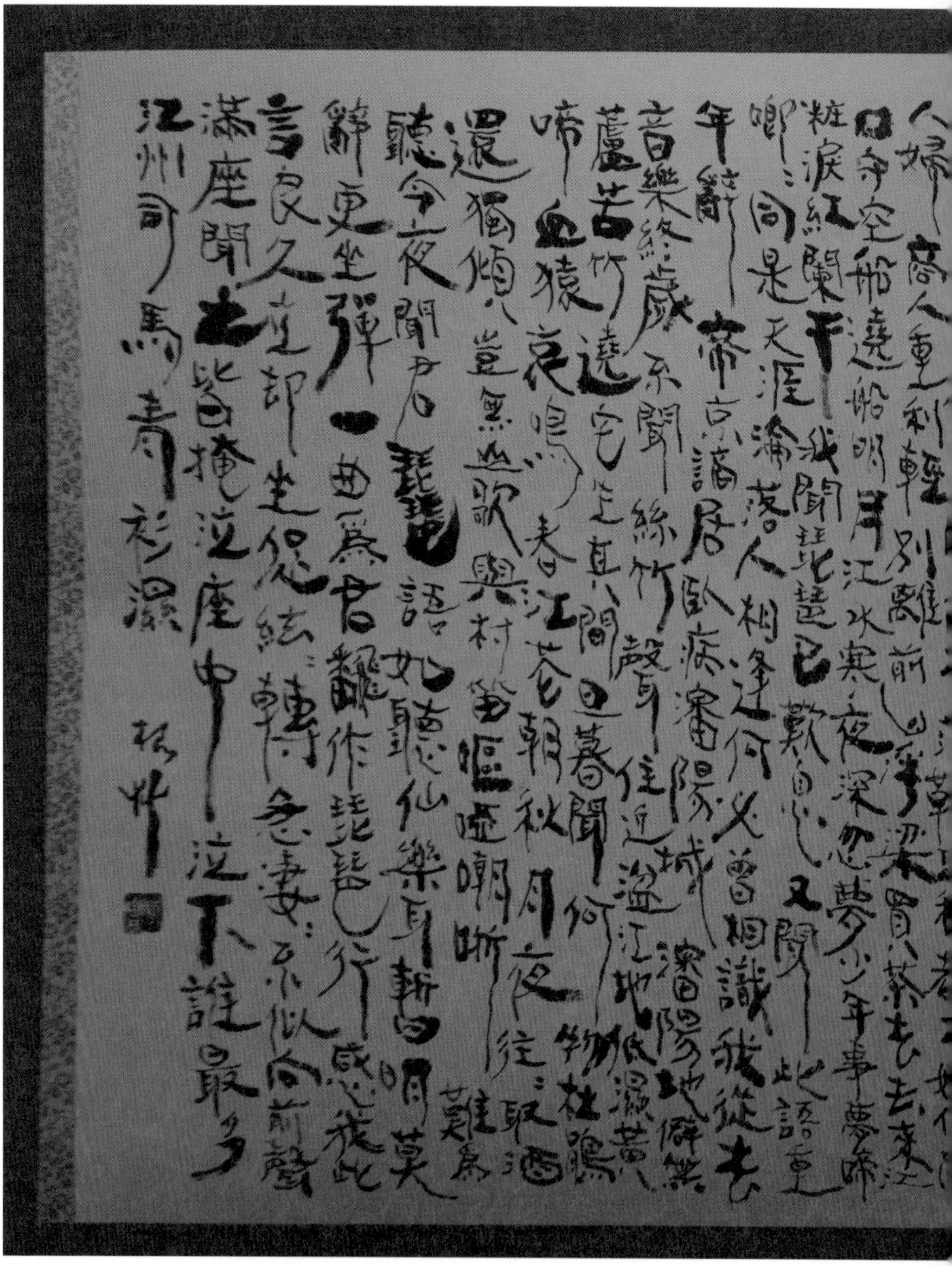

人　商人重利輕別離　前月浮梁買茶去
去來江口守空船　遶船月明江水寒
夜深忽夢少年事　夢啼妝淚紅闌干
我聞琵琶已歎息　又聞此語重唧唧
同是天涯淪落人　相逢何必曾相識
我從去年辭帝京　謫居臥病潯陽城
潯陽地僻無音樂　終歲不聞絲竹聲
住近湓江地低濕　黃蘆苦竹遶宅生
其間旦暮聞何物　杜鵑啼血猿哀鳴
春江花朝秋月夜　往往取酒還獨傾
豈無山歌與村笛　嘔啞嘲哳難為聽
今夜聞君琵琶語　如聽仙樂耳暫明
莫辭更坐彈一曲　為君翻作琵琶行
感我此言良久立　卻坐促弦弦轉急
淒淒不似向前聲　滿座重聞皆掩泣
座中泣下誰最多　江州司馬青衫濕

松竹

潯陽江頭夜送客　楓葉荻花秋瑟瑟　主人下馬客
在船　舉酒欲飲無管絃　醉不成歡慘將別　別時茫茫江
浸月　忽聞水上琵琶聲　主人忘歸客不發　尋聲
暗問彈者誰　琵琶聲停欲語遲　移船相近邀相見　添酒
回燈重開宴　千呼萬喚始出來　猶抱琵琶半遮面　轉軸
撥絃三兩聲　未成曲調先有情　絃絃掩抑聲聲思　似
訴平生不得志　低眉信手續續彈　說盡心中無限事
輕攏慢撚抹復挑　初為霓裳後六么　大絃嘈嘈如急雨
如私語　切切錯雜彈　大珠小珠落玉盤　間關鶯語花底滑
幽咽泉流冰下難　冰泉冷澀絃凝絕　凝絕不通聲暫歇
別有幽愁暗恨生　此時無聲勝有聲　銀瓶乍破水漿迸
迸鐵騎突出刀鎗鳴　曲終收撥當心畫　四絃一聲如裂
帛東船西舫悄無言　唯見江心秋月白　沈吟放撥插絃
中整頓衣裳起斂容　自言本是京城女　家在蝦蟆墓
陵下住十三學得琵琶成　名屬教坊第一部　曲罷曾
教善才服妝成每被秋娘妒　五陵年少爭纏頭　一曲紅

317

나의 또 다른 표현 / 그림

나의 또 다른 표현 / 그림

03

합주 연습 중에
도둑 그림을

합주 끝나고 나오다가 가방에 화구
가 있다는 것을 알고 다시 올라가 가
곡 연습하는 것을 그린 것이다. 하나
그리는 데 2분 정도 걸린 것 같다. 시
간이 많지 않아 내 자리 주변에 있는
분만 모델이 되었다. 당신도 방심하
는 사이 언제 내 그림모델이 될지 모
른다.

단소 삼매경

피리 부는 사나이

볼에 물이 오른 사람

기골이 장대하여 힘이 넘치니
소리가 꽉 찰 수밖에 없다.

기를 모으고 온 정신을 집중한다.

정신일도 하사불성.

본인이 모델이 된다는 것을 의식하지 않아야 자연스러운 포즈가 나온다.

선조의 소리를 훔치면서 그 시대 정신을 닮는다.

소리에 연륜을 더하다.

세월을 가슴에 묻고 소리에 혼을 싣는다.

온 정신을 집중하여 고운 소리를 만든다.

혼이 담긴 소리를 만들자.

04

한국인의 얼굴

이 땅에 살았거나 사는 한국인의 얼굴을 그리려고 한다. 비교적 우리에게 알려진 얼굴이 대상이지만, 확실한 선정기준은 없다.

건축가 김중업 씨를 그렸다.

고집스럽게도 자기 철학을 확고하게 가진 건축가였다. 외골수적인 성격 탓에 부딪치는 일도 많았으나 지금은 모두 그분을 그리워한다.

「한국인의 밥상」은 최불암 씨만 할 수 있는 역할이다.

음식을 먹기 전에 눈으로 미리 음미하고, 눈을 지그시 감고 한 숟갈 먹으면서 우리 음식의 깊은 맛을 음미하는 모습은 패스트푸드에 길든 젊은 연기자가 도저히 흉내 낼 수 없는 노배우만의 영역이라는 생각이 든다. 그의 얼굴에 담겨 있는 뚝배기 같은 세월의 깊은 맛을 집어내기에는 내 그림 솜씨가 부족한 것이 안타까울 뿐이다.

가수 이장희 씨이다.

풍경이나 정물을 그릴 때는 대상을 빼도 되고 변형시킬 수도 있지만, 인물은 특징을 잡아내지 못하거나 눈, 코, 입의 얼굴 요소 중 뭐 하나라도 실수하면 전혀 다른 얼굴이 된다. 이장희 씨가 가창력이 뛰어난 가수는 아니지만, 동시대를 산 동지애를 발휘하여 그려봤다.

백범 선생이다.

그리면서 얼굴을 찬찬히 보니 힘든 시기에 그 어려운 일을 했던 분이라고 믿기지 않을 만큼 순하고 착한 할아버지 인상이다.

장미란 선수가 현역일 때 코치가 와서 자는 자기를 깨워 억지로 음식을 먹였다고 한다. 순간적인 파워가 필요한 체중 증가 때문이라 했다. 선수로서야 할 수 없겠지만, 한창 예뻐지고 싶은 소녀로서는 고민이 많았으리라는 생각이 든다. 우리가 생각하는 장미란 선수의 모습은 역기를 들고 일그러진 얼굴로 포효하는 모습이다. 그런데 은퇴한 요새 사진을 보니 머리도 염색하고, 얼굴선도 또렷해진 게 20대 처녀 얼굴로 변해 있었다. 이제는 길거리에서 떡볶이도 사 먹고 방탄소

년단도 좋아하는 자연인 장미란으로 돌아갔으면 좋겠다. 그리고 시집가서 잘 산다는 이야기를 들었으면 더 좋겠다.

그동안 고생 많았고 당신 덕분에 행복했습니다. 당신의 일그러진 얼굴을 우리 모두는 사랑합니다.

한국 현대건축을 논하면서 김수근이라는 인물을 빼놓을 수 없다.

그는 일본에서 공부하다가 1960년대 초 국회 의사당 현상 설계에 당선되면서 귀국해서, 1960~70년대에 걸쳐 200여 작품을 설계했고, 80개가 넘는 건물을 완공시켰다. 이때 벌어들인 수입의 상당 부분은 문화사업에 투자해서 『공간』지를 펴내고, 공간사랑이란 소극장을 만들었다. 공옥진의 병신춤, 김덕수의 사물놀이가 여기서 탄생하였다. 1977년에 『타임』지는 그를 이탈리아의 르네상스를 후원했던 로렌초 메디치에 비유했을 정도였다. 그 당시 건축가라는 직업에 대한 인식이 없었을 때 발로 뛰면서 건축이 우리 생활과 밀접한 예술의 한 장르라는 것을 알리려고 무던히도 노력하다가 한창나이인 55세에 죽었다. 건축 종합 교육기관을 만들고자 했던 그의 꿈도 물거품이 되었다. 그러나 그 당시 정권의 프로파간다를 위한 건축가라는 비판도 있고, 심지어는 남영동 대공분실이 그의 작품이라는 사실까지 많은 논란의 중심에 서 있기도 하지만 건축가는 의뢰자에 의도에 맞는 건물을 설계하는 것이 직업적 본분이다.

1960년대 대학생이 별로 없던 그 시대, 서울대 법대 나온 최희준이라는 가수의 등장은 최고의 뉴스였다.

그전까지 가수는 고운 목소리로 노래를 잘하는 미성의 시대에서 그 특유의 허스키 보이스는 개성적 시대로의 변화를 예고했다. 오랫동안 우리는 그의 노래에 젖어 있었는데, 얼마 전 작고했다는 소식을 들었다.

그 시절 우리는 서영춘 씨를 흉내 내곤 했다.

"요건 몰랐지?" "인천 앞바다에 사이다가 떴어도 꼬푸가 없으면 못 마십니다." "피가 되고 살이 되는 찌개백반" '시골 영감 처음 타는 기차놀이'라는 노래는 요새로 치면 랩의 원조 격이다. 즐거울 게 별로 없던 그 시절, 우리 모두를 즐겁게 해줬던 분으로, 변화무쌍한 표정 연기는 일품이었다. 우리나라 코미디계의 1세대로서 지금 활동하고 있는 코미디언들은 그분이 닦아놓은 길 덕분에 편하게 걸어가고 있음을 새겨야 할 것이다. 유난히 웃음을 감추고 사는 우리 모두에게 많은 웃음을 주고 간 그분을 그려봤다.

나의 또 다른 표현 / 그림

그해 겨울 유난히 추웠던 날. 난 명동의 그림판에 가고 있었다. 그런데 거리에 사람들 줄이 길게 늘어져 있었다. 돌아보니 끝이 보이지 않았고 옆으로 또 다른 줄이 만들어지고 있었다. 그 중간중간에는 따끈한 커피를 대접하는 자원봉사자들이 있었다.

선종한 김수환 추기경의 추모행렬이었다. 피붙이도 아닌 사람의 죽음을 애도하기 위해 그 추운 날 줄을 서서 기다리는 사람들을 보고 나는 신자는 아니지만 큰 경외심을 가졌다.

참 좋은 인상을 준 분으로, 인중이 길어 더욱 선한 느낌이 든다. 요새같이 어지러운 세상에 우리 모두가 존경할 수 있는 이런 어른이 계셨으면 좋겠다. 그분이 읊조리듯이 부르는 「애모」라는 노래가 듣고 싶다.

그때 시골 초등학교 졸업식은 온통 눈물바다였다. 대처에서야 초등학교 졸업하면 상급 학교 진학하는 경우가 많았으나 시골에서는 입 하나 덜기 위해 학교를 나서면 도시로 나가서 일하거나, 집에서 농사일을 도왔다. 그러니 초등학교가 처음이자 마지막 졸업식이 되는 것이다. 상급 학교에 보내주지 못하는 부모님을 감히 원망할 수 없으니 상급 학교 대신 일을 해야 하는 자기의 처지가 서러워 목놓아 울었다.

졸업식 때 5학년 대표는 선배 보내는 심정을 구구절절 눈물 흘리면서 송사를 낭독했고, 졸업하는 선배는 후배에게 보내는 답사를 했다. 농한기라서 시간 내서 찾아오신 할머니, 할아버지도 귀여운 손주의 앞날이 걱정되어 눈을 껌뻑거렸고, 아버지, 엄마는 상급 학교를 보내지 못하는 아이에 대한 미안함 때문에 몰래 눈물을 훔쳤다.

땅 한 뙈기에 기대고 사는 농촌은 정주
성이 있어 대를 이어 살았으니 아버지를
가르친 선생님이 그 아이를 가르치는 경
우도 있었다. 송사, 답사 끝나고 불렀던
노래가 졸업식 노래였다.

"빛나는 졸업장을 타신 언니께
꽃다발을 한 아름 선사합니다.
잘 있거라 아우들아 정든 교정아
선생님 저희는 물러갑니다.
앞에서 끌어주고 뒤에서
밀며(하략)"

이 노랫말을 붙인 분이 바로 윤석중 선생님이시다. 이 노래뿐만 아니라 많은 동요
를 만드셔서 우리를 맑고 밝게 키워주신 분이다. 그래서 그런지 참 선한 얼굴을 하고
계신다.

요새 영화는 어렵다. 어디가 선하고 악한지 확실치가 않다. 한참을 생각해야 한다.
김일 선수가 하는 레슬링은 피아가 확실하고 흑백이 분명했다. 경기 초반에는 상대
선수가 반칙하고 룰을 어기며 엄청난 공격을 한다. 그래도 김일 선수는 우리 민족이
그렇듯이 참고 인내하며 공정한 경기를 이끌어 나간다. 급기야 김일 선수는 피투성이
가 되고 비틀거릴 정도까지 되면 경기를 보던 관객들이 김일 선수를 열광적으로 응원
하며 그만의 무기인 박치기를 주문한다. 그 응원에 힘입어 김일 선수는 그 특유의 박
치기를 한다. 한 번. 두 번. 왼쪽 다리를 들어 올려 힘을 모은 다음에 상대방의 머리채

　　　　　　　　　　　　　　　　　　　　　　　　　　　나의 또 다른 표현 / 그림

를 잡고 꽝 부딪치면 악의 화신인 상대방은 겁에 질려 벌벌 떨면서 도망 다니다가 결국은 바닥에 꼬꾸라진다. 그 모습을 보고 온 국민은 환호했고 열광했다. 텔레비전이 흔치 않았던 그 시절 TV에서 프로 레슬링 중계를 할 때면 동네 만홧가게나 텔레비전 있는 집에 모여서 그의 경기를 지켜봤다.

배고프고 암담했던 시절 김일 선수는 우리에게 큰 용기를 주신 분이다. 김치 쪼가리에 보리밥 먹던 우리가 햄과 버터를 먹는다는 그 선수들을 불러서 이렇게 이길 줄 생각이나 했을까? 서양인은 동경의 대상이고, 모든 것이 우리보다 우세하다고 생각했던 그들에게 승리한 김일 선수는 국민의 영웅이었다. 서양인들뿐만 아니라 일본 선수들도 불러와서 박치기 하나로 혼쭐을 내주던 장면을 보고 통쾌함을 느꼈다. 박치기라는 게 서로의 머리가 부딪치는 것인데, 당신인들 왜 안 아팠을까? 그래도 온 국민의 슬픔을 혼자의 아픔으로 삭이며 우리도 열심히 하면 서양인도 따라잡고 일본인도 이길 수 있다는 큰 희망과 자신을 주신 분이다. 어떻게 보면 현재 대한민국의 정신적 초석을 이룬 분이라고도 할 수 있다. 하여튼 그 시절 김일 선수의 박치기는 많은 사람에게 고단한 삶을 지탱 시켜 주는 희망의 대명사 같은 것이었다. 그런데 말년에 병원 한구석에서 초라하게 늙어가는 모습을 텔레비전에서 보고 참 미안했고 서글펐다. We still remember you as a hero.

李承晚 大統領

우리나라는 전직 대통령 문화가 없다는 것이 아쉽다.

퇴임 후 불행해지거나 아들이 사고 쳐서 곤혹스러운 일을 당하기도 했다. 퇴임 후 동네 할아버지 같은 이웃으로 돌아오는 대통령을 봤으면 좋겠다.

요사이 부쩍 유명해진 가수 영탁이다.

텔레비전을 보면 젊은 친구들이 부르는 트로트가 대세이다. 트로트란 어느 정도 나이 먹어 인생이 짙어 갈 즈음 자기가 살아온 인생을 노래로 녹여낸 장르인 줄 알았는데, 어린 친구들이 자기의 감정을 녹여 어떻게 저런 소리로 만들어내는지 놀랄 뿐이다. 그러나 좀 더 생각해 볼 필요가 있다. 그 가수들은 지금 시작하는 이들로, 아직 자기 곡도 없을 뿐 아니라 그들에게 재능이 있다고 하나 어느 정도 한계가 있을 것이

다. 그런데 지금 방송국에서는 그 가수의 모든 재능을 반복 시켜 보여 주거나, 바닥까지 끌어내고 있다. 그들에겐 비운 재능을 채울 시간이 없다. 물론 그들은 오랫동안 무대를 그리고 마이크를 염원했기 때문에 서로의 필요에 의해서 이런 결과가 되었겠지만, 각자의 탤런트가 소진되면 그다음부터는 무엇을 보여 줄 수 있을까? 그때부터 시청자나 팬들은 냉정하게 외면할 텐데 스스로 채울 시간이 필요하지 않을까 하는 조바심이 생긴다. 부디 그들이 반짝하는 일회용 가수가 아니라 그들이 원했던 무대에서 오랫동안 사랑받는 가수로 남았으면 좋겠다.

폐간 위기를 겪었던 월간 『샘터』가 창간 50주년 기념호를 겨우겨우 발행했다.

『샘터』는 1970년 김재순 씨가 창간한 교양 잡지다. "책 한 권 값이 담배 한 갑 값을 넘지 않게 하라"는 김재순 씨의 바람대로 지금도 담배 한 갑 값을 밑도는 가격으로 책정되어 있다.

내가 그 책을 읽을 당시 피천득, 법정, 이해인, 최인호, 장명희 같은 분들의 주옥같은 글을 접할 수 있었다. 한때는 50

만 부 이상의 발행 부수를 기록했다고 하나 지금과 같이 볼 게 많고 즐길 게 많은 세상에 이런 교양 잡지의 설 곳은 좁아만 졌다. 적자에 적자를 거듭하다가 급기야 지난해 10월 연말 598호를 마지막으로 무기한 휴간하겠다고 공지했다. 1970년 4월 첫 호를 발행한 이후 단 한 번도 빠트리지 않았던 『샘터』의 사실상 폐간 선언이었다. 통권 600호 발행과 창간 50주년을 눈앞에 둔 시점이었다. 국내 최장수 교양 잡지 『샘터』의 무기한 휴간 소식은 충격이었다. 『샘터』를 이렇게 문 닫게 할 수 없다는 목소리가 이어졌고, 많은 사람의 응원과 지원이 잇따랐다. 후원금과 신규구독, 구독 연장 신청이 쇄도했다. 『샘터』에서 영혼의 갈증을 해결하고 목을 축이며 쉬어 간 사람이 한둘 아니라는 뜻이다. 결국, 이 잡지는 휴간을 선언한 지 한 달 만에 발행을 계속하기로 하고는 통권 600호를 발행했다. 사람들은 기적이 일어났다고 했다. 그러나 회사는 그 전에 적자 때문에 사옥을 매각했다.

대학로에 있는, 덩굴로 뒤덮인 빨간 벽돌 건물이 이제는 샘터라는 이름 대신 다른 간판이 붙어있다. 이 건물은 김재순 씨의 요청에 따라 김수근 씨가 설계한 것이다. 이 건물의 가장 큰 특색은 건물이 면한 세 개의 도로 쪽으로 모두 입구가 있고, 가운데가 작은 마당이 되어, 사람들이 사유지인 대지를 마치 길의 일부인 양 거리낌 없이 드나들 수 있는 점이다. 이것은 공공시설에서도 보기 드문 형태이다. 보통 건물의 1층은 건물주가 임대료를 가장 많이 받을 수 있는 영역으로 생각되는 곳인데, 이 부분을 공공 영역으로 할애한 것은 건축주의 배려 없이는 불가능한 일이다. 건축주인 김재순 씨와 설계자인 김수근 콤비가 만들어낸 걸작이었다.

숨이 끊어지는 듯했던 『샘터』는 독자들의 응급조치로 겨우 살아났다. 그렇다고 『샘터』가 완전히 회생한 것은 아니다. 여전히 적자는 계속되고 있고, 위기는 현재 진행형이다. 이 잡지가 계속 발행되기를 바라며 이 잡지를 창간한 김재순 씨를 그려봤다. 샘터는 영원한 전설로 남았으면 하는 바람을 가지고.

한국 사람치고 배삼룡을 모르는 사람은 없다.

슬랩스틱 코미디 원조로, 칠부바지를 입고 추던 특유의 개다리춤은 모든 이에게 많은 웃음을 선사했다. 비실이라는 별명답게 배삼룡 씨만큼 바보 연기를 잘한 연기자는 없었다. 우리는 유난히 웃음에 인색할 뿐만 아니라 남에게 자신의 희로애락을 보여 주면 가벼운 사람으로 취급받았다. 이런 사람들을 웃겨야 했으니 그는 무대에서 더 열심히 넘어지고 자빠지면서 모자라고 어눌한 연기를 했다. 그의 연기를 보고 실컷 웃고 나오면서 우리는 그를 저질이라 폄하했고, 한국 코미디의 수준을 평가절하하는 이중적인 태도를 보였다.

그는 5공 때 신군부에 의해 저질 코미디언으로 분류되어 방송 출연을 금지당하기도 했다. 결국 자신을 철저히 낮추고 상대방을 세워주는 치밀한 계산에 의한 연기였음에도 우리는 그 사람이 진짜 바보인 줄 알았고, 모자라는 줄 알았다. 우리보다 더 힘이 없고 모자라는 사람이 있다는 것이 기뻤다. 그는 바보 연기를 잘한 것이지 그분이 바보는 아니었다. 아마 그는 자기의 연기를 보고 자신을 바보라고 생각하는 사람들을 오히려 바보라고 생각했을 것이다. 연기는 연기일 뿐인데, 어떻게 보면 그분은 촛불같이 자신을 태워 우리 모두를 최고로 추켜세운 분이었는지 모른다. 남을 웃겼지만, 자신은 우스운 사람이 되지 말자는 신념이었는지 무대나 방송 외에서는 굉장히 젠틀하고 근엄했다고 한다.

코미디언 배삼룡 씨는 아마 천국에서도 많은 이에게 웃음을 주고 있을 것이다. 그는 타고난 코미디언 연기자였으니까.

클래식은 어렵다. 그러니 일반 대중이 쉽게 다가설 수가 없다. 정작 클래식을 하는 사람은 대중을 관객으로 앉혀놓고 연주를 하지만 그들을 품으려는 노력은 하지 않았다. 너희들이 스스로 알아서 들으라는 심산이었다. 그러나 사실 자기들끼리 철옹성을 쌓고 스스로 대중의 접근을 막는지도 모른다. 우리는 어려운 공부를 했으니 너희들이 모르는 것은 당연할 뿐만 아니라 알려는 시도조차 반기지 않았는지 반문해보아야 할 것이다. 그것이 자기들의 자존감이 더 높아지는 차별화 전략이었을지도 모른다. 지휘자 금난새는 클래식을 일반 대중에게 쉽게 다가설 수 있도록 다리를 놓은 사람이다.

'해설이 있는 청소년 음악회', '로비 음악회', '도서관 음악회', '갤러리 음악회' 등을 개최하면서 콘서트홀에서 관객을 기다리는 것이 아니라 사람들이 모이는 곳에 찾아가 해설이 있는 음악회를 함으로써 클래식 대중화에 앞장섰다.

독일에서 지휘 공부를 하고 귀국 후에 KBS 교향악단에서 12년간 지휘자로 활동

하다가 수원 시립교향악단으로 자리를 옮기게 되었다. 당시 수원시향은 1년에 10회 정도만 연주하는 활동이 적은 오케스트라였다. 어느 정도인가 알아보기 위해 500석 규모의 수원시향 연주회에 가 보니 80명이 연주하는데 관객이 80명이었고, 그마저도 2부에서는 40명으로 줄었는데 연주자의 가족들이 왔다가 얼굴만 보고 나가 버리는 상황이었다. 짜고 치는 고스톱판이고, 물 반 고기 반에 고기도 자기들이 잡아 놓은 것이란 이야기다. 이 단체를 이끌면서 많은 시도와 실험을 하면서 연간 10회 연주에 머물던 수원시향을 연간 60회 이상 연주하는 단체로 발전시켰다. 눈부신 결과였다. 예술의 전당 기획 프로그램인 '금난새와 함께하는 세계 음악 여행'이라는 청소년을 위한 프로는 유료 공연인데도 우리나라 최초로 6년 전석 매진 기록을 세웠다고 한다. 물론 이런 일을 앞장서서 기획하고 진행하다 보니 부정적인 이야기도 들리기는 하지만 선구자가 하는 일에 쉬운 길은 없다.

대중예술의 고급화도 필요하지만, 고급예술의 대중화도 필요한 즈음에 그의 이러한 시도는 우리에게 신선하게 다가온다. 아침 산책 중 라디오를 들으니 어느 아파트 광고에도 나오고 있다. 여태까지의 문화산업은 당연히 고고해야 하고 배가 고파야 한다는 등식은 이제 더는 존재하지 않는다. 그래서 요새는 문화와 경제를 합해 culturenomics라는 신조어까지 생겼다.

난 100세 시대란 말에 동의하지 않는다. 무의미하게 오래 산다는 것이 자랑거리가 될 수 없다고 생각하나 송해 어르신 같은 경우는 다르다는 생각이 든다. 1927년생으로 우리 연세로 95세. 그런데도 정정하고, 현재 대한민국 연예계에서 가장 나이가 많은 현역 연예인으로, 대한민국 방송계 역사의 산증인이라 할 수 있는 분이다.

모든 이에게 거부감이 없으며, 80살이 돼도 90살이 돼도 여전히 '송해 오빠'로 불리는 자, 타칭 일요일의 남자다. 인터넷이 활성화되지 않았던 그때,
운전하고 출퇴근하면서 그분이 진행하던 「가로수를 누비며」를 들으며 교통정보를 얻었고, 요새는 일요일 정오가 되면 「전국노래자랑」을 통해서 만날 수 있다.

어느 방송에서 들었는데, 그분의 프로그램이 장수하는 이유가 있었다. 「전국노래자랑」 촬영이 있으면 전날 미리 내려가서 그곳 시장을 돌거나 동네 목욕탕에 가서 그곳 주민들의 생생한 이야기를 듣고 그 이야기들을 추려서 방송에서 한다고 한다. 그리고 방송 전에는 출연자들을 전부 만나 이야기를 나누면서 그 출연자의 특성을 파악해서 거기에 맞는 멘트를 스스로 만든다고 하였다. 작가가 워드로 써준 대본을 본인이 수기로 다시 작성한단다. 그러니까 작가가 써준 대본을 앵무새처럼 읽는 것이 아니라, 당신이 들은 살아있는 내용을 첨가하여 방송에서 하니 시청자들에게 먹혀들어 가고 이것이 장수하는 프로그램이 되었다. 역시 그분은 프로라는 생각이 든다.

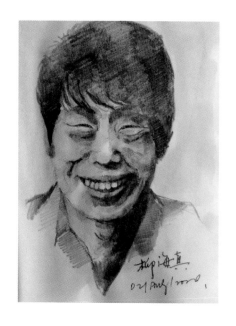

배우 유해진을 보면 안도감이 든다. 배우라고 하면 당연히 멋지고 잘생긴 얼굴의 소유자라고 생각했는데, 그의 얼굴은 순진하기 짝이 없고 지극히 평범하다는 것이 보통 사람들에게 위안을 준다.

앞에서도 말했지만 요새 텔레비전을 틀면 젊은 트로트 가수들이 대세다. 그중에 정동원이란 어린 학생이 있다. 어린 나이에도 불구하고 트로트를 저렇게 잘 소화할 수 있을까 하는 감탄사를 자아내는데, 한편으로는 참 안됐다는 생각이 든다. 또래의 친구들과 즐거운 추억을 쌓아야 할 어린 나이에 벌써 무대에 나와 노래하고 춤추는 것이 과연 아이의 장래를 위해 바람직한가 하는 의구심이 든다.

남자들이 처음 만나면 서로의 공통점을 찾는다. 지연, 학연을 비롯하여 군대 이야기에서 친구의 친구 족보까지 들추면서 서로의 교집합을 찾는 스무고개를 한다. 그래서 조그만 끈이라도 연결되면 곧 친하게 될 수 있는 계기가 되지만 아무리 퍼즐을 맞추어도 맞는 게 없다면 관계 지속이 어려워진다. 흔히 동기, 동창이라 한다. 동기는 같은 해에 학교를 같이 다녔다는 시간상의 표현이고, 동창이란 같은 교실에서 공부했다는 공간을 표현한 것이다. 그러나 이런 일차적인 의미를 넘어 우리는 동기, 동창이라고 할 때 거기에는 우리만이 간직할 수 있는 추억을 공유하고 있다는 것이고, 이런 공동의 기억은 너와 내가 아닌 우리라는 하나의 울타리로 묶어주는 동질성과 소속감을 느끼게 해준다. 이런 동질성이 살아가는 데 큰 힘이 되기도 한다.

우리는 사회에 나와 어떤 끈이나 울타리를 만들어 그 안에 속하기를 원한다. 그런 추억을 쌓고 엄마 몰래 오락실에 들러 친구들과 어울려 놀아야 할 어린 학생이 천박한 상업주의 필요에 의해 반짝이는 무대의상 갖춰 입고 휘황한 조명 아래서 춤추고 노래하고 있다. 저렇게 자기의 정체성을 잊고 있다가 나중에 크면 어렸을 때 기억을 공유해야 할 친구는 누구이고, 무슨 추억을 이야기할지?

우리 때 세계 최고의 지능지수를 가져 신동이라고 떠들썩했던 김웅용은 16살에 미국으로 건너가 NASA에서 일했으나, 지금은 그때를 가장 불행했던 시절로 회상한다. 나이 어린 자기를 누구도 거두어주지 않았고, 친구 하나 없는 외톨박이여서 심지어는 자살까지 생각했단다. 한국으로 돌아와 충북대에 들어가 같은 또래의 친구들과 동아리 활동하며 지낸 그 시간이 가장 좋았던 시절로 회고한다. 또 하나 박정희 대통령의 아들이었던 박지만 씨도 어렸을 때 유일한 친구는 경호원 아저씨들뿐이었다. 마음을 나눌 친구가 없던 박지만 씨가 이후 어떻게 살았는지는 잘 알려져 있다. 그래서 어린 정동원에게 필요한 것은 신기루 같은 무대가 아니라, 추억을 공유할 친구들이고, 그 나이의 평범한 경험이 커서는 많은 도움이 된다는 것을 부모가 알아줬으면 좋겠다.

소설가 박완서 씨다.

내가 고등학교 때였나? 우리 집에 『동아일보』에서 발간하는 월간지를 정기구독하고 있었는데 그때 별책부록으로 『여성동아』 장편소설 공모 당선작인 「나목」이 배달되어 박완서 씨의 글을 처음으로 마주했다. 이후 그의 수필을 가끔 본 적이 있는데, 공감 가는 부분이 많아 기억에 남는다. 먼저 간 남편과 앞세운 아들에 관한 이야기를 아내로서 엄마로서 담담하게 써 내려간 내용은 마치

나의 또 다른 표현 / 그림

맑은 수채화를 대하는 듯했다.

10년 전에 작가가 돌아가셨을 때, 찾아오는 가난한 문인을 잘 대접하고, 절대로 부의금을 받지 말라고 당부했다는 이야기가 기억난다.

텔레비전이 없었던 그 시절 라디오의 위력은 막중했고, 모든 뉴스와 정보의 전달 자로서 아나운서의 비중은 대단했다.

이광재 아나운서.

주로 스포츠를 담당했는데, 축구, 농구, 권투와 레슬링 중계를 그의 입을 통해 들을 수 있었다. 그 당시는 외국에 나가는 것이 거의 불가능할 때였으니 "고국에 계신 국민 여러분 안녕하십니까"로 시작되는 중계에 온 국민의 귀가 집중되었다. 이광재 아나운서의 그 첫 멘트가 나오면 온 국민은 자신도 모르는 사이에 가슴이 트이고 애국심이 치솟았다. 경기장이 어디든 그가 중계석에 앉으면 경기는 활력이 넘치고, 경기가 접전이 될수록 경기장이나 전국은 흥분의 도가니가 되었다. 별로 익사이트 하지 않은 경기라도 그의 입만 거치면 흥미 있고 박진감 넘치는 경기가 된다. 되는 것이 아니라 그렇게 만들어갔다. 그것이 그의 카리스마였다. 특히 축구와 농구 경기 중계에서 "슈우웃- 골인"을 외칠 때면 국민은 열광했다.

방송에서 흥분은 금물이라지만, 이 양반이 약간 흥분하는 스타일이고, 애국심이 과해서 우리 선수들의 활약상만을 일방적으로 중계하니 중계내용과 승부 결과가 다른 경우가 많았다. 특히 일본에서 한·일간에 맞붙는 권투 같은 경우는 중계상으로 봐서는 우리 선수가 이기는 것 같았는데, 결과는 그게 아니었다. 너무 애국적인 중계를 한 경우인데, 텔레비전 중계 같은 경우는 모르겠지만 라디오 같은 경우는 경기내용을 확인할 방법이 없었다. 비록 우리가 패배했더라도 우리는 외국심판을 탓했고, 우리의 국력과 힘이 약해서 그러려니 했지 중계자를 탓하지는 않았다.

필리핀에서의 신동파 선수 농구 경기, 김정남, 김호 선수가 활약했던 킹스컵 축구

대회와 메르데카 경기 등이 기억난다. 그
의 축구 중계방송은 온 국민을 라디오
앞에 모아 놓고 가슴 졸이며 그의 신들
린 듯한 중계방송에 빠져들게 했다. 그러
다가 우리의 골이 터지면 으레 "고국에
계신 동포 여러분 기뻐해 주십시오! 우
리 한국 팀이 한 골을 넣었습니다." 하며
목청을 높여 외쳐댔다. "고국에 계신 동
포 여러분, 기뻐해 주십시오!"라는 멘트
는 신파조 같은 표현이라 지금은 아무도
쓰지 않지만, 그 당시에는 해외에 파견된
아나운서라면 누구나 외치고 싶은 멘트였고, 청취자의 귀에 멋지게 와 닿는 최고로
멋진 표현이었다.

　내가 쿠알라룸푸르에 갈 기회가 있어 중계로만 들었던 메르데카 축구장에 가봤
는데 지금 우리나라 군이나 면 소재 축구장 정도의 크기였다. 그때 중계로 들었을 때
는 세상에서 제일 큰 경기장인 줄 알았는데…….

　다 같이 환호하고, 다 같이 즐겼으며, 때로는 다 같이 안타까워하면서 국민의 마
음을 하나로 모았던 그때 "고국에 계신 국민 여러분"으로 시작되는 이광재 아나운서
의 애국심 철철 넘치던 그 중계를 다시 한번 듣고 싶다.

　법정 스님의 글을 대할 때면 더운 여름날 깊은 산속에서 맑은 샘물을 마시는 기
분이 든다.

　스님은 당신의 대표적인 저서 『무소유』를 통해 돈과 권력이면 다 된다는 세상과는
다른 삶의 길을 끊임없이 제시하셨다. 송광사 옆 불일암에서 기거하셨는데, 책으로 인

해 유명해지면서 찾아오는 사람들이 늘자 강원도 어딘가로 거처를 옮겨 법회 때나 가끔 산에서 내려왔을 뿐 어디에 사는지는 아무도 몰랐다고 한다.

입적 전날, "이제 시간과 공간을 버려야겠다."라는 마지막 법어를 남기고 입적했다. 수의는 절대 만들지 말고, 입던 옷을 그대로 입혀서 다비를 하고 어떤 의식도 하지 말 것이며, 세상에 떠들썩하게 알리지 말라고 평소 말씀하셨다고 한다. 그리고 자신 이름으로 출간된 모든 출판물을 절판하라는 유지가 공개되어 마지막까지 무소유를 철저하게 실천하셨다. 요사이 종교계가 권력화되어가고 있는 즈음 스님의 이런 생각은 우리에게 시사하는 바가 크다.

반세기 이상 국민의 사랑을 받아온 엘레지의 여왕 가수 이미자이다.

한국 가요계에서 각각 성별에 따라 절대적인 레전드를 꼽는다면 남자가수는 조용필, 여자가수는 이미자 혹은 패티 김을 꼽는다고 한다. 조용필은 록부터 트로트까지 사실상 모든 장르에 손을 댔고, 패티 김이 고급스러운 스탠더드 팝으로 특화된 가수라면 이미자는 한국 트로트의 대표적 가수이다.

이미자 이미지의 원천은 전통적이고 보수적인 여성상으로 대중들에게 다가왔지만, 그의 인생은 그리 순탄치는 않았던 것 같다. 그가 부른 수많은 노래는 전 국민을 울렸고, 사람들의 가슴에 응어리졌던 슬픔을 녹여줬다. 그 대신 슬픈 운명의 길을 걸어간 그녀에게 우리가 해줄 수 있는 건 눈물로 가득한 박수뿐이다.

지금 우리나라 자동차가 세계를 누비고, 조선산업이 세계 정상을 유지할 수 있는 이유는 철을 자체 생산할 수 있기 때문이다. 철은 산업의 쌀이다. 쌀이 인간 생명과 성장의 근원이듯 철은 모든 산업의 기초소재이다. 이런 철을 만드는 포항제철을 세계적 기업으로 이룬 사람이 박태준 씨다.

한일국교 정상화 때 받아낸 대일청구권 자금으로 제철소를 지었는데, 박태준 씨는 그 돈은 조상들의 핏값이니 공사에 성공하지 못하면 모두 포항 앞바다에 빠져 죽자고 말하는 등의 많은 일화를 남기고 있다.

후반부에는 정치인으로 변신해서 국회의원도 하고 국무총리도 했다. 내가 항상 못마땅하게 생각하는 것 중의 하나가 학자는 연구해서 실적을 남기면 되고, 소설가는 소설을 잘 쓰면 되고, 변호사는 법리를 잘 해석해서 억울한 사람이 없게 하면 되고, 연기자는 연기를 잘하면 되고, 바둑 두는 사람은 바둑을 잘 두어 각자 자기 분야의 성공한 모델이 되면 되는데, 왜 항상 마지막에는 국회의원이 되려고 하는지 모르

나의 또 다른 표현 / 그림

겠다. 그렇게 해서 성공한 사람도 별로 없는 것 같은데 박태준 씨도 포철과 포항공대
를 세계적 기업과 대학으로 만든 업적만큼 정치인으로서 성공했는지는 모르겠다.

장사익 씨는 노래는 말할 것도 없
고, 흰 두루마기 갖춰 입고 관중을 향해
90° 인사하는 모습이 고개 까딱하고 인
사하는 요새 젊은이들과 달라 새롭고
진중하게 보인다.

그는 원래 우리 소리를 했기 때문에
가수 대신 소리꾼으로 불린다. 그의 노
랫말은 정제된 가사가 아니라 어렸을 때
집에서 들었던 말이 그대로 곡에 실려
살아 나온다. "삼식아 ~ 아 삼식아~ 워디
갔다 이제 오는 겨~ 재 손좀 봐요~ 새까
만 게 까마귀가 보면 할아버지 허겄어~ 빨리 가서 손 씻고 밥 먹어". 충청도 양반의 느
릿한 말씨로 우려내는 그의 소리는 노랫말에 흥을 채우는 만담에서 판소리와 트로트
까지 다양한 장르의 음악이 혼재되어있다. 가장 한국적인 느낌으로 부르는 그의 소
리는 우리 가락이 몸에 배어 있기에 늘어지기도 하고 휘몰아치기도 하면서 구성지게
흥을 돋운다. 트로트도 그의 목소리를 입히면 고급스러운 맛을 내는 클래식으로 둔
갑한다. 장사익 씨는 우리의 정서를 노래에 가장 맛깔스럽게 품어내는 우리 시대의
진정한 소리꾼이자 어릿광대이다. 그래서 그의 노래를 듣고 있으면 가장 한국적인 것
이 세계적이라는 말이 실감난다.

막내아들 결혼식 때 장사익 씨가 예정에 없던 축가를 불러 주었다. 원래 장사익
씨는 내가 다니고 있는 한소리 국악원에서 피리를 배우면서 국악의 기초를 다지고 가

요계로 나갔는데, 사돈어른과 오랜 인연이 있어 그 집 하객으로 왔다가 옛날 소리를 같이했던 우리 국악원 사람들과 만나서 서로가 깜짝 놀랐다. 그래서 양가의 이런 우연스러운 인연을 기념 삼아 반주 없는 축가를 자청해서 해주었다.

「나 그대에게 모두 드리리」

이주일 씨.

못생긴 얼굴로 인해 방송 데뷔가 어려웠던 그는 자신의 단점을 장점으로 끌어내어 1980년대를 주름잡는 '코미디의 황제'로 군림하게 되었는데, 그의 얼굴을 잘 보면 못생긴 얼굴은 아니다. "못생겨서 죄송합니다."라는 말은 관객보다 자신을 낮추고자 했던 코미디언 이주일의 계산된 멘트였던 것 같다. 수지큐에 맞춰 그 특유의 엉덩이를 흔들며 뒤뚱뒤뚱 걷던 오리 춤으로 우리에게 많은 웃음을 선사한 분이다. 그는 외아들을 차 사고로 먼저 보냈다는데, 장례식이 끝나자마자 태연하게 무대에 올랐다고 한다.

미국의 한 코미디언이 있었다. 그는 한국의 이주일 씨 만큼 유명하지 않은 무명 연기자였다. 공연 무대에 오르기 전 자기에게 한 장의 전보가 배달되었다. 아버지 별세. 청천벽력같은 소식이었다. 그러나 자기 차례가 되었고, 그는 태연스럽게 무대에 올라가 온 힘을 다해 웃겼다. 자기는 울면서 관객을 웃겼다. 무대가 끝나고 내려왔을 때 그의 동료가 물었다. 어떻게 아버지가 돌아가셨다는 데도 그렇게 무대에 올라 연기를 할 수 있느냐는 물음에 그의 대답은 이러했다. "The Show must go on!" (쇼는 계속되어야 한다) 이런 프로정신으로 이주일 씨는 수지큐 리듬에 맞춰 "못생겨서 죄송합니다"라는 멘트를 하며 평생 우스꽝스러운 연기를 했는지 모른다.

평소 하루에 2~3갑 피우던 그는 아들이 죽은 충격 때문에 흡연량이 평소보다 더 많아졌다고 하는데, 결국 폐암으로 세상을 떠났다. 죽기 전 텔레비전 공익광고에 나와 금연을 권장하던 모습이 떠오른다.

우리는 기업인을 존경하지 않는다. 사농공상이라는 고정 관념에 사로잡혀 원가에 적정 이윤을 보태는 것을 허용하지 않았기 때문이다. 그러나 유한양행을 설립한 유일한 박사는 존경받을 만한 기업인이다.

유한양행에는 그 흔한 가족경영이란 말이 없다. 조직에 친척이 있으면 회사 발전에 지장을 받는다는 일념에 따라 임원 중에 가족이 없었고, 정치자금 요구에 굴하지 않아 혹독한 세무사찰의 표적이 되기도 했지만, 국민을 위한 예산으로 쓰일 귀한 돈이라며 세금은 원칙대로 냈다고 한다.

한국 사람들의 건강을 해결하기 위한 보건 입국의 가치로 유한양행을 설립해서 은퇴하며 전문 경영인에게 경영권을 인계하고, 자신의 전 재산을 교육사업에 기증하라는 유언에 따라 유한공업대학을 설립하는 모범 사례를 남겼다.

내 어렸을 때 고향 땅의 겨울은 무척 추웠다. 그래도 밖에 나와 딱지치기나 구슬

치기하고 놀았는데 방한 피복이 변변치 않았으니 겨울 추위에 손이 쩍쩍 갈라지고 피가 맺히도록 놀다가 들어가면 할머니가 화롯불에 언 손을 녹여주며 손에 발라준 것이 안티프라민이었다. 그래서 나는 일찍부터 유한양행이란 이름이 익숙하고 그 인연을 생각하며 이분의 얼굴을 그렸다.

　텔레비전에서 영화배우 안성기가 나와 자기를 회고하는 프로를 보았다. 여러 대담자와 자기의 영화 인생을 담담하게 그려내는데, 참 대단한 배우라는 생각이 들었다. 배우라는 직업이 남의 인생을 대신 살아가는 역할인데, 인물 성격에 맞게 그려내는 연기력에 감탄사가 절로 나왔다.

　안성기만큼 스캔들이 없는 배우는 없을 듯싶다. 외국에서 돌아오는 비행기에는 항상 그가 나오는 유니세프 광고가 나오는데, 외국에서 쓰다남은 동전을 봉투에 넣어 기부한 기억이 난다. 그만큼 이미지 관리에 성공해서 중년 넘어서 노년기에 접어들고 있는 지금도 광고계에서 최고 수준의 대접을 받는다고 한다.

　아역 배우는 성인 배우로 성공하기 힘들다는 고정관념을 깨고 대중에게 친숙한 연기자로 다가가서 국민배우라고 불리는 데 모자람이 없다는 생각이 든다. 프랭크 시내트라의 「My way」가 배경음악으로 은은하게 울려 퍼지는 가운데 그의 연기 인생을 멋지게 마감하는 배우로 남았으면 하는 바람이다.

나의 또 다른 표현 / 그림

고등학교 때 국어 선생님이 정비석이라는 소설가와 「성황당」이라는 소설을 소개해서 그를 알게 되었다.

텔레비전에서 그의 소설을 영화화한 「자유부인」이라는 영화를 보았다. 대학교수 부인이 춤바람난 내용인데, 지금으로 보면 그리 화제가 될만한 이야기는 아니다. 그러나 당시 전쟁의 참화로부터 막 벗어나기 시작한 우리 사회에 춤바람이 유행하면서 유교적 전통 사회를 완강하게 묶고 있던 도덕이 전쟁의 급격한 사회 변동으로 느슨하게 풀리면서 나타나는 향락 풍조를 묘사한 것이다. 당시 이 역을 맡으려는 여자배우가 없어 다방에서 일하는 여자를 섭외해서 출연시켰다는 호랑이 담배 피우던 시절의 뒷이야기도 있다.

그때 선생님은 정비석을 대중작가라고 말씀하셨는데, 나는 지금도 순수예술 하는 소설가와 대중작가를 어떻게 구별하는지 잘 모른다.

영화배우 이예춘 씨다.

그 당시 영화관은 설, 추석 때나 갈 수 있는 문화 공간이었다. 텔레비전이 보급 안 된 그 시절에 문화적 호사를 누릴 수 있는 유일한 공간이 극장이었는데, 명절 때는 흥행이 될 만한 영화를 골라 내걸었다. 그러면 극장 앞은 인파들로 넘치던 시절이었다.

그때는 배우만 봐도 그가 선한 배역인지 악한 배역인지 알 수 있는 단순한 프레임이었다. 좋은 배역으로 나오는 배우는 신성일, 신영균, 최무룡이었고, 나쁜 배역으로 나오는 배우는 이예춘, 허장강, 독고 성이었는데, 이들은 영화에서 하도 욕을 많이 먹

어서 그런지 아들 대까지 연기자의 길을 걸어가고 있어 욕 많이 먹으면 오래 산 다는 속설이 여기서는 맞는 것 같다.

한국 영화사의 전무후무한 성격배 우 이예춘은 소름 끼치는 악역 연기로 한국영화의 황금기를 장식한 명배우다.

자칭 한국의 국보 1호라는 양주동 박사다.

박학다식이란 말에 어울리는 분을 꼽으라면 양주동 박사와 이규태 논설위 원을 꼽는다. 지금 토크쇼의 원조인 유 쾌한 응접실의 고정패널로 출연하여 특 유의 언변과 해박한 지식을 바탕으로 어 려운 화제를 쉽고 즐겁게 풀어주는 것으 로 유명했다. 그 당시 방송작가가 있던 것도 아닐 텐데, 전부 당신이 모은 자료 와 머리에서 나오는 박식함은 듣는 이들 을 감탄하게 했다. 택시를 타고는 기사한테 "국보가 탔으니 조심히 운전하시오."라고 말했다는 일화는 유명하다.

나의 또 다른 표현 / 그림

원래 이분의 전공은 영문학이었으나 향가 해독과 고시가 연구에 매진하였다. 동국대학교 국문과에 재직하였는데, 많은 학자가 이 학과에 같이 있으면서 최고의 학과로 만들었다. 국문학계의 큰 별이었던 양주동 박사는 어려서는 신동, 젊어서는 기재, 노년에는 국보라는 소리를 들으며 소탈한 일생을 살다 가신 분이다. 잘못을 그냥 넘기지 않고 꾸짖던 저런 어른이 요새 계셨으면 싶다.

내가 어렸을 때 본 만화 『라이파이』를 그린 만화가 산호이다.

내가 초등학교 다니던 시절. 학교에서 집에 오는 삼거리 귀퉁이에 허름한 만화방이 있었다. 하교 중에 그 집에 들러 퀴퀴한 냄새가 진동하고 곰팡이 자국이 누렇게 낀 골방 한구석에 쪼그리고 앉아 만화를 보는 순간은 참으로 행복했다. 거기에는 만화뿐 아니라 『아리랑』, 『명랑』 같은 성인 잡지도 대본해주고, 김일의 레슬링 경기가 있는 날이면 만화 보면 주는 쿠폰 모아 텔레비전을 보기도 했다.

그 당시 가장 열광했던 만화는 산호의 『라이파이』로, 최초의 SF 시리즈 만화였다. 깊은 산속 동굴에 비밀기지를 두고 비행선인 제비기를 타고 다니는 라이파이와 제비기를 운전하는 제비 양과 세계 각국을 돌아다니며 악당들과 싸우고, 총과 긴 밧줄로 황홀한 모험을 벌이는 라이파이 이야기는 어린 나를 도취시켰다. 그때 어린 시절을 보낸 이들에게는 라이파이를 안다는 것만으로도 하나의 세대를 아우를 수 있을 만큼 끝없는 화제를 불러일으킨 작품이었다. 어린 시절 『라이파이』는 나의 미래여서 장래희망을 만화가로 삼고, 공책이나 책등에 라이파이 모습을 그리기도 했다.

요새 또 한 분의 만화가가 그린 삽화가 주목을 받고 있다. 1965년에 2000년대 생활의 이모저모를 삽화로 그린 만화가 이정문 씨이다. 그가 그린 삽화에는 태양열 발전, 전기 자동차, 무빙워크, 청소하는 로봇, 스마트 폰, 원격 진료가 등장하는데, 지금은 대부분 현실이 된 과학정보통신기술로, 지금으로부터 57년 전 한 만화가의 머리에서 이런 것을 예견했다는 것이 믿어지지 않는다. 오래전에 우리나라에는 앨빈 토플러를 능가하는 미래학자가 있었다는 이야기이다.

1. 송창식
2. 정미조
3. 작곡가 김희갑
4. 조용필
5. 양희은
6. 한대수

1	2
3	4
5	6

나와 비슷한 시대를 살았던 가수들과 시를 쓰는 부인이 만든 주옥같은 노랫말에 더 고운 곡을 만든 작곡가인데, 한때는 청바지와 기타, 생맥주로 대변되던 청년문화 기수 운운하더니 이제는 늙어 할아버지, 할머니가 되었다.

나혜석 씨는 우리나라 최초의 여류 서양화가이다.

부유한 집안에서 태어난 그녀는 일본에서 서양화를 공부했고, 변호사 김우영과 결혼해 일본 외무성 관리가 된 남편 따라 유럽 여행하면서, 서구 문물을 비롯한 근대 사조를 받아들이면서 가부장 제도의 모순을 깨닫고 일찍부터 여성 운동에 눈을 떴다. 그 후 그녀는 우리나라 전통적인 현모양처에 대한 사고를 반박하고, 여성도 실력을 쌓아 자신의 입지를 강화해야 한다는 주장을 펼치기도 했다. 정작 그녀는 유럽에서의 스캔들 때문에 이혼당하면서 비극적인 인생을 산 신여성으로 걷잡을 수 없는 파멸의 길로 접어든다.

내가 그녀의 존재를 안 것은 대학 때인가 미술평론가인 이구열 씨가 쓴 『에미는 선각자였느니라』라는 책을 읽고 난 후이다. 그 책에서 정조에 대한 가부장적 사회의 이데올로기가 한 시대를 이끌만한 의식과 재능을 갖춘 한 여자를 어떻게 파멸시키는지 적나라하게 보여준다. 반신불수로 양로원 등지를 떠돌던 그녀도 자식들에 대한 그리움만은 어쩔 수 없어 아이들을 찾으러 다니는 원초적인 엄마의 모성을 보이기도 한다.

"아이들아, 에미를 원망치 말고 사회 제도와 도덕과 법률과 인습을 원망해라.

네 에미는 과도기의 선각자로 그 운명의 줄에 희생된 자이었노라"라는 말을 아이들에게 남기고, 추운 겨울 청파동 거리를 떠돌다가 무연고 행려병자로 삶을 마감했다. 그녀는 자식들에게 "네 에미의 묘를 찾아 꽃 한 송이 꽂아다오"라고 부탁한 것으로 알려졌으나 꽃 한 송이 꽂을 그녀의 무덤은 이 세상 어디에도 없다.

주월 한국군 사령관이었던 채명신 장군이다.

학창시절 우리는 서울역 등에 동원되어 월남으로 떠나는 국군 아저씨들에게 태극기를 흔들며 무운 장도를 빌었다. 그리고 의무적으로 위문편지를 숙제로 써서 보냈다. 야자수 그늘로 시작되는 뻔한 문구에 마음이 전혀 동하지 않는 편지를 써야만 했다. 물론 받는 사람도 아무 감흥이 없었을 것으로 생각된다.

외국이라는 개념이 없던 그 시절, 월남전에 참전했던 제대군인이 베트콩 몇 명씩 때려잡은 뻥튀기 무용담을 넋 놓고 들었고, 바나나와 C-레이션 같은 신기한 먹거리는 그들을 통해 들었다. 재주 있는 군인은 텔레비전 한 대씩 들고 오기도 했고, 양담배 한 갑씩 귀국선물로 풀었다.

채명신 장군은 자기가 죽으면 장군 묘역이 아닌 베트남 참전 사병 묘역에 안장해 달라는 유언에 따라 사병 묘역에 안장되었다는 소식을 들었다. 죽어도 참 멋진 군인이라는 생각이 든다.

야구 감독 김응룡은 정장에 넥타이 맨 삼성 라이
온즈의 사장보다는 역시 해태 타이거스의 유니폼 입은
감독이 더 빛을 발하는 것 같다.

히딩크 감독은 네덜란드 사람이지만 그가 대한민
국 명예 국민이기에 여기에 포함했다.

네덜란드라는 나라가 열악한 자연조건 때문에 무
역을 해야만 먹고 살 수 있기에 아주 실리적인 나라이
다. 그곳에서 태어난 히딩크는 확실히 장사꾼이다. 그러
나 밉지 않은 장사꾼이다.

조오련은 아시아의 물개라고 불렸다. 최초로 대한해
협을 헤엄쳐서 건넌 장본인인데, 너무 일찍 타계하였다.

1	2
3	4

1. 차범근
2. 추성훈
3. 박광진
4. 이난영

차범근은 우리에게 가장 친숙한 축구선수이다. 그러나 지도자로서는 그리 성공하지는 못했던 것 같다.

격투기 선수 추성훈을 나는 잘 알지 못하지만, 텔레비전 예능프로에서 몇 번 본 것 같다. 딸이 무척 예뻤던 것으로 기억한다.

태풍이 거세던 지난여름, 강원도 평창의 한 다리가 불어난 강물에 상판이 뒤틀리기 시작했다. 오전부터 다리 상태를 유심히 살피던 마을 주민 박광진 씨가 황급히 나서서 다리를 지나던 차량을 향해 팔을 휘두르며 뒤로 가라는 신호를 했다. 다리를 절반 정도 지나던 승용차는 박 씨의 신호를 보고 후진했다. 이로부터 1분이 채 지나지 않아 다리 상판이 물살을 견디지 못하고 잘려나가면서 붕괴했다. 만약 박 씨가 차량을 막지 않았다면 인명 피해가 발생할 뻔한 아찔한 순간이었다. 그는 40년 경력의 굴착기 기사다. 내가 만일 저 자리에서 저런 경우를 당했으면 어떻게 했을까 하고 생각하니 그분이 참 대단하다고 생각된다. 당신이 대한민국을 지탱하는 기둥입니다. 박광진 씨!

「목포의 눈물」을 부른 이난영이다.
이난영은 20세기 목포가 배출한 가장 영향력 있는 인물로 김대중 전 대통령과 함께 선정되었다고 하니, 목포 시민들이 그녀를 얼마나 자랑스럽게 여기는지 알 것 같다.
6·25전쟁 당시 남편이 납북된 후 자식들과 조카들을 김시스터즈와 김보이즈로 만들어 미국으로 보내 그의 음악적 재능을 이었으나 정작 그녀는 알코올과 약물 중독의 후유증으로 생을 마감했다. 용미리에 있던 그녀의 묘를 목포시에서 삼학도 기슭에 이난영 공원을 만들어 이장했다. 이난영 공원의 가운데 배롱나무가 심겨진 곳이 수목장한 그녀의 묘이다.
유달산에 오르면 그녀가 부른 「목포의 눈물」이 계속해서 흘러나온다.
그만큼 그녀는 목포를 좋아했고, 목포 시민은 그녀를 사랑하고 있는 것 같다.

방송인 이종환 씨.

요사이 쎄시봉 사단이라는 가수들이 이종환 씨가 운영하던 쎄시봉 출신들이다. 오랫동안 라디오 방송 PD, DJ를 하면서 팝을 한국에 소개한 장본인이다.

대한민국 미술계에서 커다란 족적과 영향을 남긴 거장 운보 김기창 화백이다.

어린 나이에 청각장애를 입으면서 말하는 법도 잊어버려 장애인 특유의 어눌한 언변에도 불구하고, 피나는 노력 끝에 화가로서 일가를 이룬 인간 승리의 주인공이다.

한국 화가인 우향 박래현과 결혼하고 17회까지 부부 전을 이어 갔는데, 운보의 성공은 사실 우현의 영향이 컸다.

'구름 사내'와 '비의 고향'이라는 호가 말해 주듯 운보가 구름 낀 하늘에서 시원한 비를 내리면 우향은 그 비를 맞아들여 푸근하게 감싸 안으며 부부로 평생 화가의 걸었다.

건축가 승효상이다.

대개 건축가들이 골방에 틀어박혀 자기만의 담을 쌓고 작업을 한다면 승효상 씨는 사람들과의 접촉을 통해 자기 목소리를 내는 건축가이다. 우리나라 건축계를 열어간 두 분의 건축가 김중업 씨와 김수근 씨는 작품뿐만 아니라 성격도 그렇고 여러 면에서 많은 차이를 보이는데, 그중 하나가 김중업 씨는 외골수적인 그분의 성격 때문에 제자가 없는 반면에 김수근 씨는 공간이라는 설계 사무실을  통해 많은 건축가를 배출하였다. 승효상 씨도 공간 출신으로, 김수근 씨로부터 건축을 배워 일가견을 이룬 건축가이다.

1960년대는 우리나라 영화계가 최고의 전성기를 구가하던 시기였다. 4·19와 5·16이라는 진통을 겪으며 출발한 1960년대는 한국 영화계의 역량이 급속도로 끌어 올려진 시기로 각 군 읍내에도 영화관이 하나 정도는 있었다. 그 당시는 별다른 오락거리가 없었으니 관객 수도 급증하던 시기였다. 대중적으로는 눈물샘을 자극하는 신파류나 전쟁영화가 인기를 끌었다. 그러다가 1970년대는 1960년대의 찬란함에 비해 급속히 그 빛을 잃었다.

텔레비전이 전국적으로 보급되면서 굳이 영화관에 안 가도 텔레비전으로 영화나 드라마를 볼 수 있는 환경이 조성된 이유도 있지만, 그보다는 외국 영화가 급속히 국내시장을 침범한 탓이 컸다. 이 시기부터 본격적으로 유입된 미국 영화들은 기존의 한국영화를 능가하는 신선한 재미로 새로운 트렌드를 만들었다. 게리 쿠퍼, 존 웨인

이 나오는 서부 활극 영화가 인기를 누렸다.

이들 배우는 정의로운 역할을 하는 보안관이고, 그 땅의 원주민들은 창을 들고 대적하는 구성으로, 자기 땅을 지키고자 하는 인디오들과 약탈하려는 자들의 대결 구도인데, 우리의 시각은 백인들에게 맞춰져 있었다.

그 당시 중·고등학교에는 단체관람이 있었는데, 관객이 없는 오전 학교 수업 대신 단체로 극장에 가서 영화 보는 것으로 수업을 대체하는 것이다. 영화는 대개 6·25전쟁을 소재로 하는 전쟁영화나 이순신, 안중근 같은 영화였는데, 재미는 없었다. 선생님은 수업 안 하니 꿩 먹고, 학생은 공부 안 하니 알 먹고, 극장 측으로 봐서는 관객도 없는 재미없는 영화를 봐주러 와주니 꿩 먹고 알 먹었다.

그 당시 활약하던 배우 김승호, 신영균, 김희갑 씨다.

춥고 배고프던 그 시절 권투는 가난한 소년이 가장 빠르게 명성과 돈을 벌 수 있는 스포츠였다. 그래서 배고픈 선수들은 가난이 서러워 샌드백을 쳤고, 우리나라는 가장 많은 세계 챔피언을 보유한 나라가 되었다. 그 당시 홍수환의 신화는 지금도 회자된다.

파나마에서 열린 슈퍼밴텀급 초대 타이틀 결정전에서 카라스카야에게 2회에 4번 다운된 뒤 3회에 KO승해 4전 5기 신화를 이루었다. 드라마틱한 승부와 당시 최고의 인기 스포츠였던 권투와 맞물린 신화는 지금도 우리를 흥분하게 한다.

산악인 박영석 씨다.

우리나라 산악계에서는 언제부터인가 결과에 집착하는 경향을 보인다. 후원기업은 대규모 원정대를 꾸려 정상에 오르고, 그 성과를 마케팅에 활용하는 등 산의 순수성을 상실하고 있다. 그는 여기에 희생되었다. 그의 죽음에 대하여 등산업계의 무리한 마케팅이 그를 죽게 했다는 주장이 나오기도 한다. 그는 그가 그토록 좋아하는 산에 묻혔지만, 그의 가족들과 친구들도 여기에 동의할까?

　오랫동안 우리 집 책장에는 김찬삼의 『세계여행기』란 책이 꽂혀 있었고, 난 그 책을 보며 어렸을 때부터 세계여행의 꿈을 키웠다.

　김찬삼의 『세계여행기』. 첫 여행을 시작한 1950년대 말 당시 한국의 국력은 전쟁 탓에 모든 게 사라지고 세계에서 가난하기로 열 손가락 안에 드는 최빈국이었다. 그런 상황에서도 일부 미수교국과 공산권을 제외한 전 세계를 몸으로 때워가며, 재외공관도 거의 없는 상태에서 무전여행했다는 건 정말 대단한 일이 아닐 수 없다. 화물선 타고 태평양을 건너고, 오토바이 타고 북미와 아프리카를 종횡하는 내용은 어린 내 가슴을 뛰게 했다. 『세계여행기』는 어렸을 때부터 내 안목의 지평을 넓혀준 책이고, 김찬삼은 존경하는 여행가이다.

　소설가 박경리.

　내가 그의 소설을 처음 대한 것은 『김약국의 딸들』이었다. 사위가 김지하였는데,

시국사건에 연루된 그 당시 얼마나 마음 고생이 심했을까?

사위가 형집행정지로 풀려나오던 날, 추운 겨울바람 속에 손자 업고 나와 택시 대절해 놓고 사위 기다리던 박경리의 모습을 신문에서 본 적이 있는데, 그때 그는 한국을 대표하는 소설가가 아니라 영락없는 한국의 어머니였다. 원주에서 노년을 보내며 손주와 보내는 모습이나 밭을 매는 모습에서 이웃 같은 푸근함을 느낄 수 있었다.

시인 박목월.

6·25전쟁이 끝나갈 무렵, 피난지인 대구 교회에 박목월을 따르던 처녀가 있었다. 서울에서 명문여대에 다니던 그녀는 시인을 포기하지 못해 다시 만난 그에게 자신의 마음을 고백했고, 박목월은 그녀와 사랑에 빠져 가정도, 명예도 모두 내던지고 연인과 함께 종적을 감췄다. 얼마 뒤 시간이 지나고 박목월의 아내는 그가 제주도에 살고 있다는 것을 알고 남편을 찾아 나섰다. 막상 두 사람을 마주하게 되자 아내는 "힘들고 어렵지 않으냐"며 돈 봉투와 추운 겨울 지내라고 두 사람의 겨울옷을 내밀고 서울로 돌아왔다. 박목월과 연인은 이 모습에 감동해 그 사랑을 끝냈고, 제주에서 배를 타고 먼저 떠나는 여인을 보고 박목월이 노랫말을 만들고, 김성태가 곡을 붙인 곡이 「이별의 노래」인데, 실제 이야기인지는 모르겠다.

나의 또 다른 표현 / 그림

　농경시대 어른은 집안의 중심으로 공동체를 이루는 권위의 상징이었다. 농사일은 경험이 중요해 오래 산 사람의 지혜가 필요했고, 농사는 때가 중요하기 때문에 이러한 시간을 결정하는 데 어른의 경험이 중시되었다. 그러나 정보화 시대가 되면서 누가 고급정보를 빨리 얻고 습득하는 것이 중요한 관건이 되었고, 어른들은 이 시대의 주류에서 밀려났다. 그러나 그들은 이 땅에서 전쟁과 궁핍의 세월을 온몸으로 겪어온 세대이다. 이 시대 어른들의 작지만 큰 울림을 지닌 목소리에 우리는 귀를 기울여야 한다.

　아프리카에서는 노인이 죽으면 살아있는 박물관이 사라졌다고 한다. 우리 시대의 어른을 그려 보았다.

　김형석 교수와 이어령 교수.

　얼마전 이어령교수는 "살면서 받은 모든 것이 선물이었고, 탄생의 그 자리로 나는 돌아간다"라는 열반송같은 말씀을 남기고 작고하였다.

한국인의 얼굴 중 마지막은 어머니이다.

신은 자신의 손길이 미치지 못하는 곳에 어머니를 보냈다는 말이 있다. 인류 역사에서 어머니의 사랑과 비교할 대상은 신의 사랑밖에 없다는 의미일 것이다. 우리나라가 세계 최빈국에서 10위를 바라보는 무역 대국이 될 정도로 성장한 배경에는 어머니의 희생과 뜨거운 교육열이 있기에 가능했다는 것은 당연한 사실이다.

어머니는 자식들을 가르쳤다. 당신은 배운 게 없었어도, 시장에 가서 콩나물값 한 푼에 바둥거리면서도 자식들 월사금은 제때 챙겨주셨다.

이 나라 뭐가 있나? 땅이 넓나? 자원이 있나? 오로지 하나 공부시키고 잘 키운 자식이 이 나라를 세워 일으켰다. 모두 이 나라 어머니들의 눈물이고 정성이다.

이젠 온몸이 멍이 들어 쉬고 싶다면서도 손주들 재롱에 기꺼이 보듬어 준다. 당신의 아픔은 속으로 삭이면서도 자식 일은 조그마한 일도 크게 기뻐하는 것은 어머니이기에 그렇다. 아이들은 힘들 때마다 엄마를 생각하지만, 엄마는 언제나 힘들 아이들 생각뿐이다. 이 땅의 어머니는 존재 그 자체만으로도 존경받아야 한다.

이 땅의 모든
어머니를
尊敬 합니다.

나의 또 다른 표현 / 그림

어머니!

엄마!!

엄니!!!

당신을 사랑하고 존경합니다.

어머니 1.

엄마는 그래도 되는 줄 알았습니다.

한여름 뙤약볕을 머리에 인 채 호미 쥐고

온종일 밭을 매도 되는 줄 알았습니다.

엄마는 그래도 되는 줄 알았습니다.

그 고된 일 끝에

찬밥 한 덩이로 부뚜막에 걸터앉아

끼니를 때워도 되는 줄 알았습니다.

엄마는 그래도 되는 줄 알았습니다.

한겨울 꽁꽁 언 냇물에

맨손으로 빨래를 해도 그래서 동상이

가실 날이 없어도 되는 줄 알았습니다.

난 괜찮다 배부르다

너희들이나 많이 먹어라.

더운밥 맛난 찬 그렇게 자식들 다 먹이고

숭늉으로 허기를 달래도 되는 줄 알았습니다.

엄마는 그래도 되는 줄 알았습니다.

발뒤꿈치가 추위에 헤져 이불이
소리를 내고
손톱이 깎을 수조차 없게
닳아 문드러져도 되는 줄 알았습니다.

술 좋아하는 아버지가
허구한 날 주정을 하고 철부지 자식들이
속을 썩여도 되는 줄 알았습니다.

엄마는 그래도 되는 줄 알았습니다.
외할머니 보고 싶다 보고 싶다
그것이 그냥 넋두리인 줄로만 알았습니다.

어느 날 아무도 없는 집에서
외할머니 사진을 손에 들고
소리죽여 우는 엄마를 보고도

아! 그 눈물의 의미를
이 속없는 딸은 몰랐습니다.

내가 엄마가 되고 엄마가 낡은 액자 속

사진으로만 우리 곁에 남아있을 때

비로소
엄마는 그러면 안 되는 것인 줄 알았습니다.

엄마는
엄마는
그러면 안 되는 것이었습니다.
- 심순덕 -

어머니 2.

너 돌 때 실을 잡았는데,
명주실 새로 사서 놓을 것을 왜 쓰던 걸 놓아서 이리 되었을까.
엄마가 다 늙어 낳아서 오래 품지도 못하고 빨리 낳았어.
한 달이라도 더 품었으면 사주가 바뀌어 살았을까?

엄마는 모든 걸 잘못한 죄인이다.
몇 푼 벌어 보겠다고 일하느라 마지막 전화 못 받아서 미안해.
엄마가 부자가 아니라서 미안해.
없는 집에 너 같이 예쁜 애를 태어나게 해서 미안해.

엄마가 지옥 갈게,
딸은 천국에 가거라.

- 세월호 참사 당시 안산 합동분향소에 단원고 희생 학생을 딸로 둔 어느 어머니가 남긴 글 -

어머니 3.

지난 여름이었습니다.

가세가 기울어 갈 곳이 없어진 어머니를 고향 이모님 댁에 모셔다 드릴 때 일입니다.

어머니는 차 시간도 있고 하니까 요기를 하고 가자시며 고깃국을 먹으러 가자고 하셨습니다.

어머니는 한평생 중이염을 앓아 고기만 드시면 귀에서 고름이 나오곤 했습니다.

그런 어머니가 나를 위해 고깃국을 먹으러 가자고 하시는 마음을 읽자 어머니 이마의 주름살이 더 깊게 보였습니다.

설렁탕집에 들어가 물수건으로 이마에 흐르는 땀을 닦았습니다

"더울 때일수록 고기를 먹어야 더위를 안 먹는다. 고기를 먹어야 하는데 고깃국물이라도 되게 먹어둬라"

설렁탕에 다대기를 풀어 한 댓 숟가락 국물을 떠먹었을 때였습니다.

어머니가 주인아저씨를 불렀습니다.

주인아저씨는 뭐 잘못된 게 있나 싶었던지 고개를 앞으로 빼고 의아해하며 다가왔습니다.

어머니는 설렁탕에 소금을 너무 많이 풀어 짜서 그런다며 국물을 더 달라고
했습니다.
주인아저씨는 흔쾌히 국물을 더 갖다 주었습니다.

어머니는 주인아저씨가 안 보고 있다 싶어지자 내 투가리에 국물을
부어주셨습니다.
나는 당황하여 주인아저씨를 흘금거리며 국물을 더 받았습니다.
주인아저씨는 넌지시 우리 모자의 행동을 보고 애써 시선을 외면해주는게
역력했습니다.
나는 그만 국물을 따르시라고 내 투가리로 어머니 투가리를 툭
부딪쳤습니다.
순간 투가리가 부딪치며 내는 소리가 왜 그렇게 서럽게 들리던지 나는 울컥
치받치는 감정을 억제하려고 설렁탕에 만 밥과 깍두기를 마구 씹어댔습니다.

그러자
주인아저씨는 우리 모자가 미안한 마음 안 느끼게 조심스럽게 다가와
성냥갑만 한 깍두기 한 접시를 놓고 돌아서는 거였습니다.
일순, 나는 참고 있던 눈물을 찔끔 흘리고 말았습니다.
나는 얼른 이마에 흐른 땀을 훔쳐내려 눈물을 땀인 양 만들어놓고 나서,
아주 천천히 물수건으로 눈동자에 난 땀을 씻어냈습니다.
그러면서 속으로 중얼거렸습니다

눈물은 왜 짠가?

- 함민복 -

05

국내외 스케치

우리가 사는 곳은 그 자체가 그림이 되기도 한다.

　뒤에는 야트막한 산이 있고, 앞으로는 넓은 들을 두고 있는 아담한 풍경을 만들어낸다. 그곳에는 우리가 살았던 삶의 흔적이 담겨있다.

사계절이 있다는 것은 적당한 기대와 긴장을 준다.

우리의 기억은 계절과 관련 지어 오랫동안 품에 안고 살아가며 계절마다 바뀌는 풍경은 그 자체가 하나의 풍경화가 된다.

캔버스에 풍경을 담고 있다.

캔버스는 공간과 시간을 담을 수 있는 요술판이다.

山寺

흐르는 강은 얽히거나 끊어짐이 없이 바다에 이르고, 어느 곳에서든 능선을 따라
가면 백두산과 지리산에 닿아있다. 우리는 그렇게 산을 지고 물을 품으며 살아왔다.

산사의 고즈넉함에 마음이 경건해지고 신비감이 더해진다.

한옥은 우리의 동결된 기억을 간
직하고 있는 마음의 고향이다.

집을 감싸고 있던 그러나 지금은
이미 세월의 저편으로 사라져 버린
흙냄새가 더없이 그립다.

그러나 그들이 사는 삶의 터가 관광화되어 주민들은 지금 몸살을 앓고 있다.

대문은 오는 사람을 맞는 곳이 아니라 막는 역할을 하는 기능으로 바뀌었다.

서울 정도(定都) 600년을 훨씬 넘기고 있다고 하지만 그 역사를 가늠해 볼 수 있는 곳은 그리 많지 않다.

우리는 유구한 역사를 자랑하면서도 그 흔적을 지우고 새로운 것으로 채우는 것이 최선인 줄 알았다.

서서 골목을 그리는 나에게 주민이 나와 구청에서 무슨 조사하러 나왔느냐고 물었고, 그냥 취미로 그리는 것이라고 하니 도저히 이해 못 하겠다는 표정을 지었다.

하루를 다급하게 살아가는 사람에게 그림은 사치스러운 놀이로 보였는가 보다.

가족들 돌보느라 나이 먹는 줄 몰랐는데, 어느덧 시간이 그렇게 흘러가 버렸다.

주름은 고달픔의 적분이고, 한숨은 세월의 미분이다.

　시장은 물건만 사고파는 곳이 아니고 각종 먹거리의 보물창고이다. 눈과 코 그리고 귀를 자극하는 먹거리들이 사람들의 발목을 붙잡는다. 맛있고 푸짐하고 저렴한 음식이 우리들의 구미를 당기는 곳이다.

　직장인들의 고달픔을 술 한잔에 날려 보낸다.

　비좁고 불편한 자리지만 그들의 이야기는 정겹기만 할 것이다.

한적한 뒤뜰에서 마시는 차 한 잔은 열심히 산 젊음에 대한 보상이다.

버튼 하나 누르고 몇 초 만에 마시는 그런 음료가 아니라 차는 우리는 법도가 있고 순서가 있다. 그리고 차가 우려질 때까지 기다려야 하는 시간을 다스릴 줄 알아야 한다.

우리의 시간을 되돌려 과거를 보는 것도 재미있다.

과거만을 고집하는 퇴영적 복고는 문화재적 가치는 있을지 모르지만 공감력은 따라주지 못한다.

나의 또 다른 표현 / 그림

닭은 새벽을 밝히면서 자신의 존재를 알린다.

닭울음은 길조의 상징이다. 설날과 정월 보름날 힘차게 우는 닭 소리를 들으면 나라가 태평하고 풍년이 든다고 믿었다.

내가 아는 선배 화가는 자신을 일컬어 풍경도둑이라 했다.

화가는 풍경에 혼을 더해 작품을 만든다.

　　밤바다는 보는 이에게는 낭만스럽지만 여기에 사는 사람들에겐 거친 삶의 터전
이다.

　　어부는 바다가 허락한 만큼만 취하는 절제를 터득한 사람들이다.

　　절집은 자연에서 나오는 재료로 자연과 어울려 자연에 자리를 잡고 있다.

　　비바람에 몸을 낮춘 세월이 쌓인 자연을 닮아 도드라지지 않으며 소박하고 단아
하다.

　　　　　　　　　　　　　　　　　　　　　　　　나의 또 다른 표현 / 그림

    우리 풍경은 어떤 것으로 어떤 장르의 그림을 그려도 모든 것을 품어주는 아량이 있다.

    산이 높으면 골이 깊고, 골이 깊으면 산이 높다.

    세월의 무게를 이기지 못하고 주저앉을 것 같은 저 집도 한때는 정겨운 가족이 오손도손 살던 삶의 흔적이다.

    우리에게 익숙한 담벼락이 아니라 나무로 얼기설기 두르고 막 올린 울타리가 정겹다.

햇살이 늘어져 고즈넉해진 옛집의 돌담길은 먼 길의 노독에 지쳐 돌아오는 사람에게는 반가운 얼굴이다. 돌로 만들어져 무뚝뚝한 이곳도 때가 되면 코스모스가 피고 담장 옆 텃밭에는 상추, 쑥갓들이 소담하게 자라서 사람의 몸처럼 온기가 흐를 것이다.

세상천지를 흔들고 다니다가도 돌아가고픈 곳은 언제나 고향마을 언저리이다.
변하는 것을 잡아두고 싶지만, 이것 또한 우리의 역사이고 흔적이다.

　세월의 흔적은 어찌할 수 없어 쇠락했지만, 우리가 오랫동안 품어온 마음의 고향
이자 그리움이 묻어나는 뒤안길을 돌아가면 그곳에는 기억 속의 오래된 집이 있다.
　우리는 이렇듯 둥근 마음으로 집을 짓고 손수 지은 집에서 산봉우리처럼 넉넉하
고 어진 마음을 담아 살고자 했다.

　저런 자연환경에 절집이 없었다면 무미건조했을 것 같다는 생각이 든다. 오랜 세
월을 그대로 견뎌낸 빛바랜 단청은 옛 모습 그대로이다.
　세속의 온갖 번뇌와 번거로운 일상을 벗어 버리고 깨달음의 공간으로 들어서면
물푸레나무 홈으로 흘러내리던 계곡물은 온몸의 갈증을 적셔준 감로수였다.

양동마을의 서백당.

당시 성리학을 지도이념으로 했던 사대부들이 현실 속에서 이상을 꿈꾸던 선비
정신으로 학문을 도야하고 인격을 수양하며 미래를 꿈꾸었던 삶의 터전이다.

아담한 마을과 개울을 건너고 아득한 산길을 올라 고즈넉한 절집을 만난다.
지치고 쓸쓸한 날에 찾고 싶은 곳에 숨어있다는 느낌이 든다.

나의 또 다른 표현 / 그림

이웃의 지붕들이 정답게 등을 맞대고 세월에 맞선다.

서로를 껴안고 보듬어 넉넉하다.

아직도 고향마을에는 낡고 오래된 옛집이 있다. 우리를 키워낸 산과 들이 있고,
그 사이에 내가 흐른다. 이곳에는 오랜 시간 순정 어린 사람들이 살다간 이야기들이
숨겨져 있다.

경사진 땅 모양은 새로운 조망을 만들어 낸다. 그래서 사랑채 누마루는 안에서 밖을 내다보는 곳으로 비탈진 경사면을 따라 이어지는 담장 너머 있는 풍경을 안으로 끌어당기는 곳이다. 단점을 장점으로 만드는 우리의 지혜다.

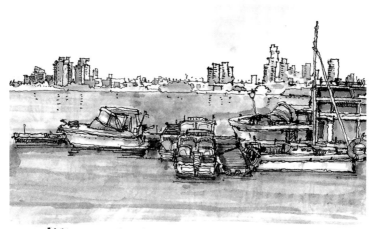

서울이 한강을 품고 있다는 것과 산이 에워싸고 있다는 것이 큰 선물이라는 생각이 든다.

산 없이 시작되는 강이 없고, 강을 품지 않은 산은 없다.

강은 태초 적부터 모든 인간의 이야기를 담고 그렇게 말없이 흘러만 간다.

조그마한 어촌인 소래포구가 이제는 현대적인 도시로 탈바꿈하였다.

펄떡이던 고기를 제압하던 억센 아주머니의 함성이 이제는 관광객을 맞는 요사스러운 호객으로 바뀌었다.

외암리 마을은 시간을 품고 살아가는 역사적인 장소이다.

초가의 둥근 곡선은 두리뭉실하게 서로서로 껴안고 있다. 지붕선이 만들어내는 유연한 곡선은 외암리 마을이 가지고 있는 원초적인 아름다움이기도 한데, 그 모습은 어김없이 마을을 둘러싸고 있는 산의 모습과 닮아있다. 뒤로는 산들이 어깨동무하며 춤추듯 둘러싸고 앞으로는 기름진 들판이 초록 물결을 이룬다.

옛날 누에 꼬치를 키
웠다는 잠실이 지금은 상
전벽해가 되었다. 지금의
잠실은 한강의 물줄기를
돌려 만든 땅이다.

아침이면 이 일대 농
사꾼들이 베잠방이 걷어
올리고 논으로 향하고,
해가 지면 저문 강물에 삽자루 씻고 담뱃불 번쩍이며 집으로 돌아오던 모습을 지금
어디에도 찾을 수 없다.

높은 산은 깊은 계곡을 만들고, 그곳으로 물을 품었다. 그러나 물은 산을 넘지 못
하고, 산은 물을 건너지 않는다. 『산경표』에 나오는 말이다.

나의 또 다른 표현 / 그림

존 콜트레인. 영혼의 소리를 만들어내는 색소포니스트의 얼굴이다.

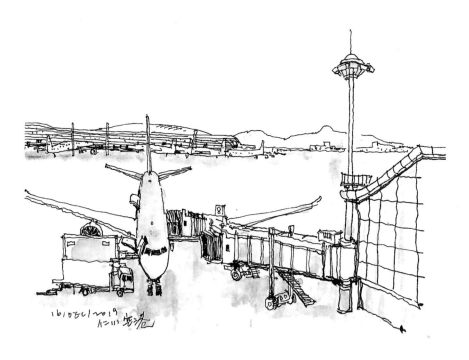

떠남은 설렘이고, 돌아오는 것은 편안함이다.

저기를 통해 참 많이도 나가고 돌아왔다.

태국은 내가 다녀 본 외국 중에 두 번째로 많이 가본 나라이다.
아무 준비나 기대 없이 갔어도 작은 행복을 안겨주는 곳이다.

유럽같이 열 시간 넘는 비행기 길이 아니라서 좋고, 우리와는 다른 문화가 흥미롭
다. 우리와는 많이 다른듯하면서도 조금씩의 공통점을 찾을 수 있고, 나중에는 거의
같다는 생각이 들기도 한다.

여행지에서 그린 그림을 보면 사진과는 달리 냄새가 있고 소리가 있고 촉감이 묻어있다. 이런 느낌이 앞으로 어떤 쓸모가 있을지는 모르겠지만, 한발만 물러서면 가까이서는 볼 수 없었던 광경을 만날 수 있다.

방치하듯 내밀어 둔 흔적에 묻힌 세월을 읽어내는 것도 재미있다.

힘닿는 곳까지 가고, 가는 것이 지치면 그늘에 자리 잡고 스케치 한 장 하기 좋은 풍경을 내어준다.

집마다 조그만 사원을 만들고
아침마다 꽃이나 음료수, 물을 공
양으로 바친다. 집의 수호신이 집
없이 떠도는 잡귀를 막아준다는 믿
음이다.

방콕에 없는 것이 있다면 바로 산이다. 산은 고사하고 높은 언덕도 없어 조금만
높은 곳에 올라도 시내 전체를 조망할 수 있다. 그리고 도시 가운데를 가로지르는 차
오프라야강은 태국 서민들의 일상적인 모습을 거울처럼 비춰낸다.

우리 나 라 가
대승불교인데 반
해 이곳은 소승
불교이다. 그래서
한국의 불교가
좀 더 대중적이라
면 이곳의 불교는

중생에 대한 깨우침보다는 자신의 해탈을 우선으로 한다.

스님에 대한 존경은 대단하며, 종교가 사람들의 생활에 깊이 자리 잡고 있다.

태국 시내는 오토바이와 툭툭이 등의 소음과 매연, 그리고 도로가 온통 주차장
이 되어버린 듯한 교통체증이 여행자를 지치게 만든다.

아기를 가슴에 안고 오토바이 운전하는 모습이 아슬아슬하게 보인다. 그렇지만
무질서한 혼돈 속에서도 그들만의 규칙이 있어 큰 문제가 없다. 그나마 거미줄처럼
얽혀있는 운하가 교통의 숨통을 트게 한다.

오랜 세월의 풍파로 여기저기 파손되고 칠이 벗겨진, 그래서 더 매력적인 모습을 보여 주고 있다.

섣부른 고침보다는 그대로 두는 것도 방법이다.

보존도 개발이다.

Wat Khao Phanom Phloeng
09/ 가/ 2007. S; Satchanalai

『뉴욕타임즈』에서 죽기 전에 우리가 가봐야 할 10대 여행지로 라오스를 선정한 적이 있다. 거기서 무엇을 봐야 하는지를 생각해보니 바로 자연 그대로의 꾸밈 없는 모습이었다.

23/ 02/ 2008
Luang Prabang

자연과 조화를 이루며 서두르지 않고 조용히 살아가는 그들의 모습이 매혹적이다.

루앙프라방의 메콩강은 쉼 없이 흘러가고 있었다.

라오스는 뭔가를 기대하는 사람이 가는 곳은 아니다. 놀라운 자연경관이 있는 것도 아니고, 역사적인 유적도 없고, 음식문화가 그다지 발달하지도 않고, 즐길 수 있는 문화가 있는 곳도 아니다.

아무 기대도 없이 바람같이 왔다가 흔적 없이 떠나는 곳이 라오스이다.

젊은이들은 그들의 미래를 보러 선진국에 가지만, 나는 지난 시간을 되돌아보기 위해 그곳에 간다.

거기에는 나의 지난 시간이 숨겨져 있다.

새벽길을 나서면 자욱한 안개 속
에 마을이 숨어있다.

여기를 찾는 사람은 이렇게 시간
이 멈춘 듯한 풍경을 만나고, 그 속에
살아가는 순수한 사람들을 만날 수
있다.

자연과 자연의 일부인 인간이 그저 그렇게 살아가고 있는 곳이다.

저 들판 사이를 까까머리 소년이 뛰어간다. 거기에 어릴 적 내가 있다.

나의 또 다른 표현 / 그림

루앙프라방은 도시 전체가 세계문화유산으로 등록되어있다. 어느 골목에 들어가
도 크고 작은 사원을 만나고, 길가에는 프랑스 식민지 시대의 건물이 남아있다.

이곳에서 하루의 시작은 새들의 노랫소리도 아니고, 빛나는 일출도 아니며, 시
장의 번잡함도 아닌, 새벽의 어둠을 뚫고 햇살처럼 걸어 나오는 스님들의 탁발행렬
이다.

그곳 어디에서 봐도 푸씨산이 보인다. 이 도
시를 섬기는 성스러운 산으로, 여기에 오르면
도시 전체를 한눈에 조망할 수 있다.

좁은 골목 사이를 비비고 다니다가 골목을 벗어나니 강이 흐르고 있었다.

　마음이 탁 풀어지면서 걸음이 느려진다. 강가에는 야자수를 비롯해 키 큰 나무들이 줄지어 서 있고, 그 옆에는 조그만 오솔길이 강을 따라 길을 내고 있었다.

　루앙프라방은 칸강과 메콩강이 만나는 곳으로, 외나무다리가 걸려 있는데, 현지인들이 요긴하게 쓰고 있다. 좁은 곳에는 징검다리도 놓여 있었다.

　50년 시간차 둔갑을 해서 옛 기억을 찾아 헤맨다.

나의 또 다른 표현 / 그림

　오랫동안 들판을 휘젓고 다니다가 조그만 도시를 만나면 그 또한 반갑다. 필요한 것이 있고, 사람들의 웅성거림이 반갑다.

　길거리 의자에 앉아 오가는 사람들 보는 것도 재미있고, 한 장의 스케치에 그곳 풍경을 담아내며 마시는 맥주 한잔도 즐겁다. 더운 나라의 맥주는 오랜 역사가 있어 그만큼 깊은 맛을 느낄 수 있다.

　비엔티안은 라오스의 수도로, 메콩강이 도시 동서로 가로지르며 태국과 마주하고 있다.

　비엔티안은 '달이 걸린 땅'이란 의미인데, 그 뜻처럼 달이 뜬 밤의 야경이 멋진 곳이다.

　프랑스로부터의 독립을 기념하기 위해 지어진 팟투사이에서 시내를 내려다본다.

길을 꺾어 골목으로 들
어서면 양쪽으로 잎이 넓은
나무와 꽃이 가득한 사원을
만날 수 있다.

전 국민 대부분이 불교
신자라고 하니 도시 전체가
사원으로 가득하다.

지친 걸음으로 의자에
앉아 오래도록 있어도 싫증 나지 않고, 마음이 차분해진다.

'어머니의 강'이라는 뜻을 가진 메콩강은 라오스를 가로질러 내려온다.

현지인에게는 풍부한 먹거리를 제공하고 관광객들에겐 마음의 위안을 준다.

흐르는 것은 생명이 있다는 것이다.

나의 또 다른 표현 / 그림

설마 거리에서 구걸하려고 저 악기를 배운 것은 아니겠지? 그렇지 않아도 애절한 소리가 나는 악기를 길거리의 걸인이 연주하니 더욱 애처롭기 그지없다.

바간은 동양의 숨어있는 진주와 같은 곳이다. 넓은 초원 사이에 사원이 있고 탑을 세웠다. 탑에 올라 보는 일몰이 가관이다.

내 어렸을 때 버마라고 불렀던 미얀마는 엄청 나게 잘 사는 나라였다.

그러나 지금의 미얀마는 우리에겐 아웅산 폭발 사건으로 기억되고, 군부 쿠데타가 연상 되는 곳이다.

내 어렸을 때 모택동(마오쩌둥), 호지명(호찌민)은 나쁜 사람이라고 배웠다. 그러나 중국과 베트남에서 그들은 국민적 영웅이다.

호찌민 시청 앞에 있는 호찌민 동상이다.

나의 또 다른 표현 / 그림

　　베트남의 북부 하롱만의 바다 위에 약 3,000개의 기기묘묘한 암석들로 이루어진 하롱베이는 베트남 최고의 절경일 뿐 아니라 유네스코가 세계의 자연유산으로 선정한 곳이다.

　　하늘에서 용이 내려와 만들었다는 이곳은 신이 내린 선물이다.

　　기괴한 암석과 푸른 바다가 펼쳐지는 황홀경에 정신 줄이 나간다.

　　코발트색 바다 위에 마치 선인장같이 생긴 바위섬이 펼치는 풍경이 장관이다.

베트남 중부의 호이안은 우리나라 경주와 같은 곳이다.

16세기 일본인에 의해 중국과의 교역을 위해 만들어진 다리는 지금도 잘 보존되어있다. 이미 일본은 이때부터 국제교역의 필요성을 간파하고 있었던 것 같다. 그때 우리나라는 깊은 잠을 자고 있었다.

이 그림을 그리고 있을 때 내 그림을 지켜보는 한국인이 있었는데, 나중에 보니 내가 알고 있는 문화재 관련 교수들의 현장 답사팀 가족이었다. 그중 한 분인 홍익대 김리나 교수는 자기가 중국 둔황에 갔을 때 나같이 혼자 다니며 스케치를 하고 다니는 사람을 본 적이 있다고 했다. 그 사람이 바로 나였다. 여기서 우연히 또다시 재회했다. 세상 참 좁다.

중국 동북지방은 우리 민족이 많이 사는 곳이다. 그래서 우리보다 더 우리 것을 잘 보존하고 있는 것으로 알려졌는데, 지금은 이곳도 변하여 우리말을 못하는 조선족이 늘어가는 실정이다.

중국 사람이 절대 못 하는 것 세 가지가 있다고 한다.

중국 명승고적 다 둘러보는 것. 중국 각 지방의 음식을 전부 먹어 보는 것. 6만 자에 달하는 한자를 다 아는 것. 그만큼 중국은 크고 다양하다는 의미일 것이다.

집안(지안)에 가면 고구려의 옛 수도인 국내성이 있다. 그러나 고구려의 기상은 중국의 개발 열기에 밀려 폐허가 된 채 남아있다.

　한자 종주국인 중국은 정작 간자체를 쓰고, 우리나라, 대만, 일본, 홍콩, 마카오는 번자체를 쓰고 있으니 주객이 바뀐 느낌이 든다.

　한자는 그 자체가 예술이기도 하지만 한 글자로 수많은 의미를 내포하고 있는 편리한 문자이다.

　기본적인 한자를 알면 중국 여행을 하는 데 많은 도움이 된다.

　현지인과 논어, 공자를 논하지 않는다면.

나의 또 다른 표현 / 그림

몽골도 변하고 있어 우리가 생각하는 그런 미지의 땅이 아니다. 예전에는 말이 달렸던 길에 이제 차가 다닌다. 그래도 인구에 비해 땅은 넓고, 아직도 초원이 그대로 남아있다.

몽골에는 바람과 태양 그리고 드넓은 초원뿐이다. 앞사람이 간 흔적이 뒷사람의 길이 된다.

마두금은 새끼에게 젖 물리기를 거부하는 말에게 이 소리를 들려주면 아기 말에게 젖을 준다는 신비의 소리를 가진 악기이다.

馬頭琴の 纖細で 哀調あ 帯びた
          音色が 大草原に流れる。

01/MAY/2000.

어깨에 진 무게만큼이나 부모의 삶은 힘에 겹다.

스페인은 어디를 가나 성당이 있고, 공원이 있고, 공원에는 동상이 있었다.

한때는 무적함대로 대표되는 강력한 해양 국가이자, 영국 이전에는 해가 지지 않은 나라로까지 여겨진 강대국이었다. 각 도시마다 서로 다른 색깔로 여행자를 유혹하는 매력이 넘치는 곳이다.

마드리드에서 빌바오 가는 길에 부루고스에서 며칠 머문다.

산티아고 순례길의 중간 정도에 위치하고 있는데, 여러 교회나 대성당들이 지치고 고된 순례자들을 위로하고 있었다.

빌바오라는 퇴락하는 회색 도시는 구겐하임미술관을 지어 도시 재생이라는 개념에 불을 붙였다.

20세기 초 철강산업과 조선업의 쇠락으로 폐허의 길로 접어든 이 도시가 좋은 건축 하나를 만들어서 가히 폭발적인 경제적 이득을 보여 세계 이목을 집중시켰다. 이를 빌바오 효과라고 한다.

바르셀로나는 안토니오 가우디를 위해 존재하는 도시이다.

건축 자체가 조각이고, 직선이 없는 곡선의 예술이다.

나의 또 다른 표현 / 그림

　황영조가 마지막 황소 숨을 거칠게 내쉬며 달렸던 몬주익 언덕에 있는 카탈루나 미술관이다. 카탈루나 북부에 있던 로마네스크 교회의 벽화가 전시되고 있다.

　지중해는 아프리카, 아시아, 유럽의 3개 대륙에 둘러싸여 있는 유럽문화의 발상지이다.

　눈이 시리도록 파란 하늘, 코발트 빛 푸른 바다, 그리고 하얀 집은 지중해 풍경의 주인공이다. 유럽 대부분은 파란 바다를 품고, 맑은 하늘을 닮아 있다.

15세기 리스본은 해외 식민지로부터 흘러들어오는 재물로 인해 부자 도시가 되었다. 현대적인 것을 담고 있으면서도 옛것을 그리워하는 향수를 불러일으키는 곳이다.

여기서 내 가방을 넘보는 소매치기를 만났으나, 미리 알고 대처해서 물건을 잃지는 않았다. 뛰는 놈 위에 30년 여행 촉이 살아있는 내가 있다. 그러나 여행길에 잃은 적이 딱 한 번 있기는 하다. 호찌민 중앙우체국 앞 벤치에서 옆에 둔 내 여행 가방을 누가 훔쳐 갔는데, 거기에는 오랜 시간 나와 같이한 카메라가 있었다. 무게도 나가는 구형이라 바꾸려고 했는데, 가져갔다. 물건도 정을 주지 않으면 주인을 떠난다.

포르투갈의 포르투는 와인이 넘쳐나는 곳으로, 대서양과 닿아있다.

도시에는 오래된 와인을 숙성시키는 와인 창고가 곳곳에 있으며, 거리 곳곳 카페에서는 간단한 음식과 와인을 즐기는 현지인을 볼 수 있다.

나의 또 다른 표현 / 그림

CasCais
09/APR/2019.

그곳에는 투명한 하늘과 에메랄드빛 바다가 눈앞에 있었고, 내리쬐는 태양을 피해 들어온 곳마다 상쾌한 바람으로 가득했다. 전형적인 지중해 기후로 햇볕은 뜨겁지만, 습도가 낮아 그늘에 들어오면 신선한 바람에 땀이 식는다.

아름다운 지중해를 끼고 있는 풍경은 황홀했고 빨간 지붕을 한 집이 언덕 위에 파란 하늘을 배경으로 있었다.

세계 문화사는 아크로 폴리스 언덕 위에 있는 파르테논 신전부터 시작된다.

고대 그리스인의 영혼을 상징하는, 한복판에 서 있는 언덕 위의 성소는 서양문화를 탄생시킨 곳으로 이곳을 빼고 유럽의 고대를 가늠하는 것은 불가능하다.

여기에 오르면 하늘과 신에게 가까이 있다는 느낌이 들면서 지중해의 맑은 기후가 신이 내린 선물이라는 것을 알 수 있다.

파르테논 신전은 언뜻 보기에는 모든 모서리가 직각이고 직선으로 되어있는 것 같지만 사실은 모든 직선은 곡선이고, 모서리는 직각이 아니라 안쪽으로 약간 기울어져 있다. 그리고 기둥은 배가 나온 것처럼 가운데가 약간 불룩한 배흘림을 하고 있다. 우리나라 부석사의 무량수전도 같은 수법을 하고 있는데, 인간의 착시현상을 염두에 둔 것이다.

터키는 동양이 끝나는 곳이면서 유럽이 시작되는 곳이다.

두 대륙을 가로지르는 보스프루스 해협이다. 배를 타고 약 20분 가면 동양과 서양을 오고 갈 수 있다.

나의 또 다른 표현 / 그림

2/6/MAR/2020

여기에 갔을 때 보스프루스 해협을 가로지르는 대교를 걸어간 적이 있다. 좀 있으니 경찰차가 경광등을 울리며 나에게 와서 나를 태우고 강을 건너 내려주었다. 혹시 내가 거기서 자살을 시도하는 줄 알았단다. 자살하기에는 세상에 재미난 것이 너무 많다.

Istanbul.
2/6/MAR/2020.

어렸을 때 「위스키 달라」라는 노래가 유행했던 적이 있었다. 나는 그 뜻이 우리말 그대로 '위스키를 달라'라는 의미인 줄 알았다. 그런데 '위스키 달라'는 이스탄불의 지명이었다. 동양의 마지막 도시이다.

ANASOFYA
Kimedi 2019

2002년 한일월드컵이 끝나고 얼마 지나지 않아 터키에 갔다. 거기서 공짜 술 엄청나게 얻어 마셨다. 날씨가 따뜻한 터키에서는 밖에서 와인을 마시는 경우가 많은데, 어디서 왔느냐고 물어 한국에서 왔다고 하면 형제 나라에서 왔다고 하면서 연신 술을 따라줬다. 술 좋아하는 나는 거기서 물 만났다.

6·25전쟁 때 터키는 만 명 넘는 군인이 참전한 고마운 나라였다. 그러니 집안이나 동네에 한국에 참전한 군인들이 한, 두 명 정도는 있었다는 이야기이다. 내가 어렸을 때 동네 아저씨 중 월남 갔다 온 참전군인이 항상 있었듯이 그때 우리나라에 참전했던 그들이 회상하는 한국은 딱 두 마디로 요약할 수 있었다. 추웠다. 배고팠다. 그런데 그들이 지켜준 나라가 월드컵을 개최했고, 텔레비전에서 보여 주는 한국의 발전된 모습에 그들은 뿌듯해했다.

터키의 歷史古都 ISTANBUL 이나
이틀을 지나서 이곳의 首都 ANKARA로
가려 한다.
끝없는 草原과 바다를 끼고 南으로
向한다. 이곳으로 쭉 가면
우리집에 到着 하게 되겠지요.
18 0멀디 2019.

나의 또 다른 표현 / 그림

우리가 3위, 4위 전에서 터키에 진 것이 다행이다. 우승이 아니라면 3위든, 4위든 무슨 상관이 있을까?

우리를 위해 대신 싸워준 그 나라에 대한 예의로 져주는 것도 좋은 것 같다. 물론 히딩크 감독은 용납하지 않겠지만.

우리가 터키와 월드컵 경기에서 싸운 그 시간이 터키는 점심시간이었다. 온 국민이 한국과의 경기를 지켜봤다. 그런데 경기에서 자기 나라가 이긴 것도 좋았지만 많은 우리 국민이 터키를 응원했다. 그들은 감격했다.

한국 국민이 자기 나라를 위해 싸워준 터키를 아직 잊지 않고 있다는 것에 고마워했다. 그리고 한국 국민이 열심히 일해 세계적인 반열에 올랐다는 것에 더 감사해했다.

나의 또 다른 표현 / 그림

그때 참전하는 터키 군인들은 한국이 어디에 붙어있는지 알기나 했을까? 무엇 때문에 싸워야 하는지 알기나 했을까? 그리고 왜 싸워야 하는지 알기나 했을까? 하여튼 월드컵 덕분에 공짜 술 많이 먹은 곳이라, 나는 지금도 터키라는 나라에 대해 친근감을 가지고 있다.

일본 스키지의 혼간지는 우리가 일본에서 흔히 볼 수 있는 다른 불교사원과는 다른 석조건축이다.

일본 야나가와의 뱃사공.

저 사람도 두만강의 뱃사공처

럼 그리운 임이 남아있을까?

한국전통문화대학교에서 개설한 우리나라 옛 그림 모사 과정을 수료하면서 그린
그림이다. 잘 그리는 것보다 있는 그대로 그려야 한다.

일엽편주.

동트는 이른 아침, 어부들은 작은 고깃배에 몸을 싣고 바다로 나가 고기를 잡고, 서쪽으로 미끄러지듯이 떨어지는 해를 등지고 포구로 돌아올 때면 붉은 노을은 온 천지를 주홍빛으로 물들였다. 바다신이 내준 만큼 잡고 나머지는 내일을 기약하는 기다림을 터득했다.

넓은 곳은 들에 내주고, 산기슭에 자리 잡았다. 그래서 우리 집은 겸양의 정신이 배어있다.

헤이리에 꽃 그림 그리러 갔었다. 아주 오래전인데도 그때를 기억해낸다.

박 명 덕
복사꽃 능금꽃이 피는 내고향_53×45.5㎝
• 동양공업전문대학
   건축과 교수, 공학박사
• 현대사생회전
• 한국크로키전

꽃빛이 산을 밝힌다.

토요화가회 전시회 팸플릿이다.

　이제는 저런 풍경을 어디에서 볼 수 있을까? 불과 얼마 전 우리가 살았던 삶의 터
전으로, 우리가 잃어버린 어린 시절의 풍경 또한 고스란히 살아있다.

여름 땡볕이 그림에 덮였다. 공
간이 시간을 품고 있다.

어느 해 강화에서 그린 작품이다.

산속에 난 오솔길에 피었던 꽃이

도드라진다.

바닷가 풍경을 잡아봤다.

썰물이 나갔을 때의 빈 모습이다.

눈은 아직 남아있지만, 어김없이 봄은 온다.

봄에는 파릇한 새싹이 뾰드득뾰드득 돋아나고, 만물이 생동하는 기운이 온 누리에 가득해진다. 아무리 깊게 숨은 작은 씨라도 봄 햇살이 찾아내 꽃을 피울 것이다.

생각이 묻어있는 것이 좋은 그림이 된다. 잘 그린 그림보다 좋은 그림을 그리고 싶다.

박 명 덕 畫 文 集

音 美 旅 運 이야기

IV

나를 싱찰하는 삶 /
여행

01

세상을 향한
나의 호기심에 역마살이 더하여

집사람이 나와 결혼 전에 사주를 보니 나에게 역마살이 끼어 있다고 했다. 역마살이란 옛날 역에서 기르던 말을 한곳에 두지 않고 여기저기로 자리를 옮겨 다닌 것에서 기인한 말로 요사이는 여행을 좋아한다는 말에 빗대어 쓰는 말이다. 답사 핑계 삼아 국내를 누볐고, 건축 스케치를 구실로 외국을 수없이 다녀온 나에게 역마살이 끼었다는 점쟁이의 예언이 맞는 것 같다.

나는 조그만 시골 마을에서 태어났으니 그 당시 집을 떠나는 경우가 극히 드물었다. 내가 처음으로 외부로 나간 것이 아마 장 구경이었을 것이다. 지금은 시골 오일장이 대형마트나 슈퍼마켓에 밀려 명맥을 유지하지 못하지만, 그 당시 장날은 조용하던 시골 마을이 활기를 띠는 날이었다. 집에서 기른 닭이나 채소를 머리에 이거나 등짐 지고 나가 팔았는데, 각종 진기한 물건이 진열되어있는 좌판을 보는 것만으로도 흥미를 자아내곤 했다.

시골 장날은 물건만 파는 것이 아니라 세상 돌아가는 이야기를 들을 수 있었고, 이웃 마을 누구네 집에 잔치한다는 등의 경조사 소식을 들을 수 있었다. 그래서 사람들은 딱히 살 것이 없더라도 장터를 찾았고, 여기서 오랜만에 이웃 동네 친구를 만나거나 아랫마을 사돈어른 만나 막걸리 한잔에 집안 안부부터 농사 이야기까지 신변잡사를 나누기도 했다. 어른들은 이른 식전부터 나온 배고픔을 막걸리 한잔에 국밥으로 채웠고, 어린 우리는 알록달록한 눈깔사탕이나 풀빵을 먹을 수 있는 모처럼의 기회였다. 이 모든 것이 나에게는 흥미진진했고, 호기심으로 가득 찬 모습이었다.

5살 때 처음 서울 구경을 했다. 집에서 30리 길인 왜관역에서 기차를 타고 서울로 갔다. 도로 사이로 난 좁은 길목에 옹기종기 붙은 콜타르 칠한 낡은 목조주택과 우리 마을에는 없는 각종 점방에 붙어있는, 오랜 세월에 풍화된 간판을 보고 그곳이 서울인 줄 알았다. 5살 소년의 눈에는 도저히 믿기지 않는 도시적 스케일이었다. 그러다가 초등학교 3학년 때 서울로 유학와서 방학이 되면 고향으로 내려갔다. 서울에서 왜관역까지 가는 길은 남한 국토의 거의 반에 이르는 긴 여정이었다. 고향과 서울을 오가면서 여행이라는 개념을 일찍부터 체험할 수 있었다.

대학에 들어오면서 국내 여행을 하게 되었다. 조그마한 스케치북 하나 들고 나가는 단출한 여행이었지만 미지의 세상에 대한 끝없는 동경이 나를 가만히 있게 하지 않았다. 건축 답사를 핑계로 우리나라 전역을 거의 다 섭렵했던 것 같다. 이렇게 학창 시절의 여행은 내 전공인 건축 분야가 그림과 연관이 깊고, 또 실제로 건축물 답사하는 기회가 많았으니 그림과 여행, 그리고 건축을 하나의 틀 속에 묶을 수 있는 좋은 점도 있었다. 그러나 그때의 범위는 국내로 한정되었다. 당시만 해도 업무차 외국을 나가는 일은 간혹 있었을지는 모르지만, 여행을 목적으로 외국에 나간다는 것은 거의 불가능에 가까운 꿈이고 부러움이었다. 그때 책꽂이에 꽂혀있던 김찬삼의 『세계 여행기』를 읽으면서 나도 언젠가는 저런 여행을 하고 싶다는 막연한 꿈은 가지고 있었다. 꿈은 꿈이기 때문에 상상의 나래를 펼칠 수 있고, 설렘과 기대감으로 가득하게 된다. 꿈이 현실이 된다면 감격하게 되고, 실현되지 않는다면 그 꿈에 대한 기대를 하고 기다리는 기쁨을 가져다준다.

대학 졸업하고 설계사무소에 근무하다가 대학으로 자리를 옮겼다. 대학이란 곳은 내가 그때까지 근무하던 설계사무소와는 사뭇 다른 분위기였다. 시간상으로는 여유롭지만 보이지 않는 묵직한 책임감과 남의 주시를 항상 받는 곳이다. 설계사무소에서 하는 일이 팀과의 협동 작업인데 반해 대학은 강의나 연구 등 하는 일 대부분이 혼자 계획 세우고 실행하는 일이 많았다. 그래서 나만의 시간을 효과적으로 보내는 방법을 찾다 보니 항상 계획을 세우고, 결과를 메모하는 습관을 가지게 되었다.

학교란 곳은 일반 직장과는 달리 방학이라는 귀중한 시간이 있었다. 물론 대학의 방학은 학기 중 미루어 두었던 일이나 연구 과제를 할 수 있는 시간이기 때문에 방학에는 많은 계획과 기대를 하게 된다. 학교에 와서 상당한 기대를 하고 방학을 맞이했으나 몇 번의 방학을 지내다 보니 뜻대로 되지 않고, 방학이 끝날 즈음엔 후회만 쌓이는 경우가 많았다.

대학에 와서도 이런 경우를 몇 번 반복하다 보니 뭔가 다른 생각을 하게 된다. 대학은 학기 말 시험이 끝나면 그때부터 방학에 들어가지만 교수들은 성적처리 등 잡다한 업무가 남아있다. 그래서 이 기간은 아무래도 학교 분위기가 어수선하고, 뭔가 새로운 일에 집중할 수 있는 긴장도 떨어지는 시간이다. 이런 어수선한 시간을 택해 해외 답사 여행을 하기로 마음먹었다. 여행을 마치고 귀국할 즈음에는 학교 분위기도 차분해져 새로운 일을 하기에 적당한 분위기가 만들어지니 방학하자마자 해외에 나갔다.

이제는 폭을 넓혀 국내에서 지구본에 있는 나라 전부가 대상이 된 것이다. 그때부터 여행이라는 단어만 생각해도 가슴이 설레고 기다려지는 것은 여행을 통해 얻는 행복이 그만큼 컸기 때문이다. 어디 가서 누구를 만나고 여행지에서 어떤 일이 일어날지 모르기 때문에 여행이 기대되는지도 모른다. 그때는 스마트 폰이 있었던 것도 아니고, 구글맵이나 인터넷도 없던 시절이라 가이드 북과 지도 한 장 그리고 나침판만이 나의 길을 밝혀 줄 도구였다.

여행은 어느 정도의 고난과 역경을 동반한 용기가 필요한 도전이고, 끝나면 뿌듯한 성취감과 보람이 따라준다. 그래서 여행 중에 마주치는 역경과 고난을 극복하는 과정에서 그동안 접해보지 못했던 것을 경험할 수도 있다. 모든 여행이 완벽하다고는 할 수 없다. 내가 익숙하게 살던 곳을 떠나 새롭고 낯선 환경에서 지내다 보니 나의 다른 모습과 마주치기도 하고, 새로운 모습을 발견할 때도 있다. 영리한 사람은 여행에서 최고의 교훈을 얻는다고 한 괴테의 말처럼 여행에서 접하는 모든 것이 배움이고 교훈이었다.

현실을 어렵게 살아가는 사람에게 여행을 위한 경비를 만든다는 것은 어렵지만 반대로 경비를 만들기 위해 불필요한 소비를 자제하고, 여행을 다녀오면 힘든 직장생활도 감사하게 생각되기 때문에 약간의 여유를 아껴 새로운 세상을 만나러 가는 것이다.

내가 생각하는 여행은 건축답사를 기본으로 하는 스케치 여행으로, 새로운 문물을 접하고 휴식을 취하는 여행에서 벗어나 그들의 생활 속에 들어가 어울리면서 살아가는 모습을 그림으로 남기는, 조금은 별난 여행이기도 했다. 현지에서 찍은 슬라이드는 나만의 소중한 자료가 되었다. 강의시간에 우리 학생들이 만날 글로벌 시대의 미래를 보여주면 학생들이 무척 좋아했다. 내가 대학에서 맡았던 과목이 건축학 개론과 건축 역사였으니 책에서 몇 쪽에 걸쳐 기술한 내용을 슬라이드 몇 컷으로 대신할 수 있었으니 학생들에게도 쉽게 이해되었을 것이다.

여행에는 몇 가지 조건이 있다고 한다. 건강, 시간, 돈, 호기심. 여기다가 누군가는 마누라의 배려라는 항목을 추가하기도 하는데, 난 이 모든 부분에 대해서는 별문제가 없었던 것 같다. 여행을 떠나지 못하는 사람들의 경우, 위의 조건에서 딱 하나가 부족한 경우가 많다. 학생은 돈이 없고, 직장인은 시간이 없고, 늙으면 건강이 안 따라 주고, 이것 저것 다 되는데 만사가 귀찮고 집에 있는 것이 최고라고 생각하면 이 역시 여행할 수 없는 조건이 된다. 그런데 난 위의 조건을 다 갖추고 있다. 그래서 다녀본 나라가 이래저래 한 50개 국은 될 것 같다.

단, 내가 세운 조건 중에 하나는 패키지여행은 가지 않는다는 것이다. 아직은 내가 여행하면서 할 일이 있고, 할 수 있는 것이 있는데, 앞장서 가는 가이드의 깃발 따라다니는 단체관광은 처음 몇 번 따라다니다가 포기한 지 오래되었다. 가고자 하는 목적지가 나와는 달랐고, 보고자 하는 것도 달랐으며, 강요로 원하지 않는 곳에 가서 불필요한 것을 사야 하는 강요가 싫었다. 그래서 그들을 따라다니는 것이 아니라 나의 속도에 맞춰 천천히 다니는 나만의 여행을 한다. 그래서 떠나기 전부터 준비하는 과정이 힘들고 고생스럽다기보다는 즐거운 여행의 일부였다.

이제는 인터넷으로 모든 것을 해결할 수 있으니 옛날같이 발품을 팔지 않더라도 마우스 하나로 상당 부분이 해결되는 편리한 세상이 되었다. 물론 짧은 시간에 많은 것을 보기 원하거나 해외여행에 익숙지 못한 사람은 패키지여행이 좋을 수도 있다. 적은 경비로 최대한 효율적인 관광을 할 수 있기 때문이다. 계획된 일정에 따라 어느 곳을 보고 나오면 약속된 장소에 대기하고 있는 차를 타고 다음 장소로 이동해 또 다른 것을 볼 수 있어서 효율적인 여행이 가능하다. 하지만 혼자 하는 개별여행은 이런 데서 오는 불편함을 감수해야 한다. 그래서 열흘 정도가 예상되는 개별여행을 패키지여행으로 다니면 일주일 정도면 해결되리라고 본다. 혼자 하는 개별여행은 현지에서 대중교통을 이용해야 하므로 시간이 더 많이 걸리기 때문이다. 그러나 한국인 가이드 따라 한식집 찾아다니며 예정된 관광지만 둘러보는 단체관광이 아니라 원하는 것을 보고 다음 여행지로 이동하는 과정도 여행 일부라고 생각한다. 그뿐만 아니라 모든 일정을 마음대로 조정할 수 있어서 좋은 곳에서는 하루 이틀 정도 더 머물 수도 있고, 원하지 않는 곳은 그냥 지나칠 수 있다.

단기간의 여행은 마음 맞는 친구들과 같이 나가기도 하지만 일주일 넘는 여행은 혼자 나간다. 각자 취미도 다르고, 원하는 바도 다르기 때문에 이런 것들이 다른 사람으로 인해 방해 받아서는 안 되기 때문이다. 둘이 아니라는 적막함도 있지만 혼자라는 자유로움도 좋고, 현지에서 부담 없이 만나고 헤어지는 즐거움도 있다.

사람들이 내게 물어 오는 것 중에 하나가 외국에 나가면 위험하지 않느냐는 것이다. 위험하다고 생각하면 우리가 살고 있는 모든 곳에 위험은 도사리고 있다. 우선은 자기 자신이 조심해야 하고, 자신의 선입견을 버리고 상대방을 이해하려는 긍정적인 생각을 가진다면 별 문제가 없다고 생각한다. 이쪽에서 미소로 다가가는데, 나쁜 생각을 하는 사람이 과연 얼마나 있을까? 우리는 선진국에 가면 우리가 선진국과 같은 부류라고 생각하지만 우리보다 못사는 나라에 가면 색안경을 끼고 보는 이중적 우월성을 가지고 있다. 이런 잘못된 선입관이 여행에서 가장 안 좋은 자세이다. 어느 나라에 가든지 그 나라를 이해하려는 열린 마음과 내가 먼저 다가선다는 포용의 마음이 필요하다. 경제적으로야 빈부의 격차를 어찌할 수는 없지만 그 경제적인 차이가 문화의 차이라고 착각하면 안 된다. 유구한 역사와 찬란한 문화유산을 가진 나라가 지금 좀 못산다고 해서 우리의 경제력을 그들에게 대입하는 것은 몰상식한 행위라고 할 수 있다.

우리는 어릴 때부터 단군의 자손이고 단일민족이라는 것을 수없이 배웠다. 그러다 보니 타 민족을 인정하지 않는 배타적 혈통주의가 너무 강하게 자리 잡고 있다. 미국 풋볼의 영웅 하인스 워드가 한국에서 자랐다면 과연 저런 훌륭한 선수가 될 수 있었을까? 인순이가 가수로서 성공하기까지는 얼마나 많은 눈물을 흘렸을까? 그런 부모 밑에서 태어남을 당한 죄값은 너무나 가혹했다. 이젠 우리도 마음을 풀어야 한다. 다른 문화도 인정하고 어울려 살아가는 국제적 공동체 의식을 가져야 한다. 우리 농촌에는 수많은 코시안이 자라고 있지 않은가?

여행에서 짐은 적이고 쓸데없는 사치에 불과하다. 짐은 최대한 줄이고 줄여야 한다. 보통 3㎏을 넘기지 않고, 아무리 오랜 여행이라도 5㎏을 넘기지 않는다. 사실 우리는 살면서 참 많은 것을 가지고 살고 있다. 그런데도 현대의 모든 대중 매체는 우리에게 과소비를 강요하고 있다. 이런 소비로 인한 맥시멈리즘은 우리를 더욱 빈곤하게 만들 뿐이다. 많이 이동해야 하는 과정에서 짐은 골칫덩어리일 뿐이다. 필요한 생필품은 현지에서 사면 된다. 그래서 나는 나갈 때 최대한 단출하게 나가며, 현지에서도 기념품이나 옷같이 짐이 될만한 것은 거의 사지 않는다. 짐이 무겁고 가진 것이 많을수록 편리하고 행복할 것 같지만 사실은 그 무게만큼 신경 쓰고 책임져야 할 것이 많다는 이야기이다. 캐리어 대신 배낭을 메면 어깨부터 발끝까지 전해지는 짐의 무게가 여행에서의 즐거움과 반비례하는 상수 관계에 있다. 무거운 짐을 짊어지고 다니다가 어디에다가 그 짐을 맡겨놓고 홀가분하게 다니면 그렇게 자유롭고 홀가분할 수가 없다. 그동안 필요 없는 삶의 무게를 너무 많이 들고 다녔다는 이야기이다.

혹자는 경비가 얼마나 들었느냐고 묻는데, 돈은 쓰기 나름이다. 많이 쓰면 편리할 수는 있지만 자칫하면 여행이 아닌 관광이 될 수 있다. 여행은 어떤 목적을 얻으려고 가지만 관광은 외국 문물을 보러 나가는 경우가 대부분이다. 여행은 돈 많은 사람이 나가는 것이 아니라 여행을 즐기고 좋아하는 사람이 나가는 것이기 때문에 적은 돈으로 절약하며 알뜰한 여행을 즐기는 사람도 많다.

매번 같은 장소를 가도 다른 느낌을 받는다. 보는 대상은 같을지 모르지만 그것을 보는 마음은 매번 다르고 거기서 만나는 사람도 다르기 때문이다. 전번에 보지 못했던 것이 이번에 보이기도 한다.

처음에는 선진국을 찾아 다녔는데, 그곳에서 내가 곧 선진 국민이라는 착각을 했다. 그러나 그 메마른 무뚝뚝함이 싫어 이제는 나의 어릴 때 모습을 찾아볼 수 있는 곳을 주로 찾아다닌다. 지지리 못살아도 사람 냄새가 나는 곳에 가면 오히려 마음이 편하다. 그리고 거기에는 나의 지난 시간이 응축되어 있고, 내가 그들 속에 있는 착각에 빠진다. 그래서 나는 그들을 보는 것이 아니라 그들 속에 있는 나를 보게 된다.

간단한 옷가지와 안내서 하나, 그리고 간단한 스케치 도구만을 챙겨가는 나만의 여행은 또 다른 나를 찾아가는 가슴 설레는 기다림이다. 두려움이 앞서 아무것도 하지 않는다면 다음에 다시 나갈 용기마저 사라질 것이다.

서두르지 말고 주의 깊게 세상을 돌아보고 있는 그대로를 마음에 담고 싶다. 그래서 난 떠난다. 자유롭고 여유롭고 그 어떤 것도 가능한 것이 여행이기 때문이다.

02

실크로드 여행기

<hr/>

그곳에 가고 싶었다.

십여 년 전에 갔다 온 적이 있지만 좀 더 자세히 들여다보고 그들과 어울리고 싶었다.

실크로드. 오랜 옛날부터 인간의 발길을 허락하지 않고, 생물이 살아 숨 쉬는 것조차 거부해온 불가침의 땅 서역. 북쪽으로는 황량한 고비사막, 서쪽으로는 끝없는 타클라마칸 사막, 그리고 끝없이 하늘을 향해 솟아있는 톈산산맥이 누워 있는 곳.

'실크로드'란 독일의 지리학자 리히트 호펜이 붙인 이름이다. 옛날부터 동서를 이어주는 교역로로, 마르코 폴로는 이곳을 지나면서 『동방견문록』이라는 책을 남기기도 했다. 중국에서는 사주지로(絲綢之路)라고 표기한다.

　서울에서 출발하여 도착 도시는 청도였다. 청도에서 우루무치까지 기차로 48시
간이 걸린다. 과연 중국이 넓긴 넓다.

　48시간을 끊어 중간의 천수에서 하
루를 지낸다. 맥적산 석굴. 보리를 쌓은
듯하다 하여 '맥적산'이라고 하는데, 거
대한 바위산에 벽감을 뚫어 수많은 불상
을 모셨다.

　500여 m 되는 바위산에 철 계단이
있는데, 이 계단을 오르면 부처님을 만
날 수 있다. 철 계단을 오르면서 아래를
보니 까마득하다. 수미산을 넘고 도리천
을 건너야 부처님을 뵈올 수 있다.

단순한 이동의 효율성에서 본다면
하루가 넘는 기차여행이 비행기보다는
비효율적이지만, 이마저도 여행의 한 부
분으로 생각하고 즐기면 된다.

　기차에서 만나는 낯선 얼굴들. 그들
과 마음으로 통하는 이야기를 나누다 보
면 시간은 쉬 지나간다. 말이 서투르니
필담이 오간다.

　간쑤성을 지나고 신장이 가까워져 오면서 오른쪽으로 톈산산맥을 따라 기차는
달린다. 아래는 사막이고 위는 설산이다. 모래바람으로부터 철로를 보호하기 위해 방
풍림을 심고 목책을 둘렀다.

時間을 료1나를·하노 오래로
歷史都市 吐魯番
06/July/2011 .

투루판에 도착한다. 옛날 고창왕국이 있던 곳으로, 지난날의 번성했던 흔적을 볼 수 있는 곳이다. 이곳의 집들은 대개 흙으로 만든 집이다.

밑에는 살림채이고, 사다리를 타고 지붕에 올라가면 옥상 주위는 포도밭이다. 이곳은 놀이터이면서 정원의 기능을 한다.

텃밭 주위에는 백양나무를 둘러 방풍림 역할을 하고 있다. 그래도 모래바람을 막을 수는 없어 밤에는 모래를 덮고 잔다. 그들은 자연에 대항하지 않고 순응하면서 살아가고 있다.

칼징이라는 수리시설을 만들어 사막이면서 물을 안정적으로 공급받게 하였다. 사막이라는 특성상 설산이 녹은 물이 흘러들어오면 다 증발해 버리기 때문에 지하에 개천을 만들어 물을 공급받았다. 그래서 대규모 포도 생산이 가능했다. 이곳에서 나오는 포도를 말려 만든 건포도는 세계로 수출하고 있다.

이곳은 해수면보다 낮은 지대이고, 분지로 둘러싸여 있어 중국에서 가장 더운 곳이다. 평균 40℃. 그러나 건조한 편이라 그늘에 들어가면 시원하다. 사람들은 더위를 피해 이른 새벽이나 밤에 활동을 많이 하는 편이다.

곳곳에 야시장이 열리는데, 여기서 맛보는 양꼬치의 맛은 기대 이상이다. 냉동이 아닌 그날 잡은 것을 구운 안주와 칭다오 맥주는 가히 환상적이다.

그 옆으로 거대하게 누운 자연과 인간이 만들어낸 합작품인 타클라마칸 사막이 자리 잡고 있다.

살아서 들어갔다가 죽어서 나온다는 그 죽음의 사막은 한국 면적의 2.7배나 달한다. 그러나 중국은 이곳에 대규모 유전개발을 위해 사막을 관통하는 도로를 2개나 만들었다.

550㎞의 사막 도로. 모래폭풍이 불면 눈을 뜨거나 숨쉬기조차 어렵고, 바람에 차가 전복된다는 그곳에 새로운 역사를 써 내려가고 있다.

교하고성. 두 개의 조
그만 강이 만나는 곳 위에
조성된 토성이다.

몽골군에 의해 일부는
파괴되었으나 이 지역 기
후가 건조하여 흙으로 지
은 건물은 지금까지 보존
되고 있다. 이곳은 시간도
멈추고 그저 깊은 침묵만이 흐르고 있을 뿐이다.

투루판에서 기차를 타
고 밤새 달려 만난 쿠처.
서역 왕국인 구이츠왕국
의 수도였던 곳이다.

이곳의 주 교통수단은
당나귀이다. 이곳은 모든
것이 느리고 완만하다. 약
간은 천천히 가고, 시대에
뒤떨어진 감은 있어도 살
아가는 향이 짙게 묻어있
는 곳이다.

흙집이 대부분이다. 흙이라는 재료는 우기에는 습기가 머금었다가 건기에는 내뿜
는 숨 쉬는 재료이다.

신장 내에서 카스의 아이티카 사원 다음으로 큰 쿠처대사이다. 외양으로 웅장해
도 들어가면 아무런 장식도 없는 황량함 그 자체이다. 중국에서 매우 예민하게 생각
하는 것은 소수민족의 독립에 관한 이야기이다. 우리에게는 동북공정이 화제지만 중
국은 오래전부터 서북공정, 서남공정을 준비해서 신장과 티베트의 역사를 중국의 역
사 안으로 끌어들이는 작업을 진행해왔다. 이제는 그것이 벽에 부딪혀 곳곳에서 파
열음이 나고 있다.

쿠처에서 타클라마칸 사막 650㎞를 종단해서 오아시스 도시 허텐에 도착한다. 옛날에는 몇 달 걸려 걸어갔을 그 길을 에어컨 잘 나오는 침대 버스 타고 10시간 만에 도착하였다. 세상 참 좋아졌다.

이 도시 역시 인민광장에 모 주석과 위구르족 노인이 다정스럽게 악수하는 동상이 세워져 있다.

이 광장에서 박물관에 가려고 길 가는 한족에게 길을 물으니 한국 사람임을 알아채고 나보고 연봉이 얼마냐고 대뜸 묻는다. 아무리 금전에 밝은 중국인이라지만 길에서 처음 만난 사람한테 그 예민한 월급을 물어보다니 "네 그저 먹고살 만큼만 받습니다."

이곳의 주식은 당연히 양고기이다. 무슬림이 대부분인 이곳에서는 돼지고기를 아주 불결한 상징으로 여기기 때문에 취급조차 하지 않는다.

고비사막은 우리가 생각하는 모래알이 예쁜 사막이 아니라 고원과 같은 모습을 하고 있다.

밤에 나가 하늘을 보면 별이 쏟아진다는 것을 실감할 수 있다. 어릴 때 보았던 은하수가 하늘을 가로지르고 있다.

하늘을 나는 새도 없고, 땅에 기어 다니는 동물도 보이지 않는다. 어느 곳을 보아도 가늠할 기준이 없다. 옛날에는 죽은 자의 뼈가 뒷사람의 이정표가 되었다고 한다.

이곳에 중국 정부는 '수정방'이란 것을 운영한다. 일종의 사막 물 관리소 격인데 4㎞ 간격으로 사막의 지하수를 끌어올려 담수화해서 호스에 구멍 뚫어 물을 대면서 나무를 키우고 있다. 중국인다운 생각이다.

　　동·서양을 잇는 중요 거점도시 카스에 도착한다. 현대화 속에 자기들이 오랫동안 간직해온 전통이 사라지는 안타까움을 간직한 도시.

　　오래전 위구르족 청년들이 폭탄테러 일으킨 그곳이다.

　　중국에는 이런 말이 있다고 한다. "베이징에 가면 자기가 얼마나 미천한 존재인지 알고, 상하이에 가면 자기가 얼마나 가난한지 알고, 신장에 가면 중국이 얼마나 넓은지 안다."

　　중국에서 가장 큰 모 주석 동상이다.

　　모 주석의 두리 둥실한 얼굴 뒤에 숨겨진 이곳의 현실은 전혀 다르다.

　　위구르족이 9세기부터 살기 시작했고, 그전에는 인도인이 살았다고 한다. 점심때 어느 위구르 식당에 가니 내가 한족인 줄 알고 나에게는 밥을 팔지 않는다고 했다. 내가 한국인이라는 것을 밝히자 진심으로 미안해하며 그 미안함을 덤으로 얹어 밥을 한가득 내주었다. 이게 지금 이곳의 현실이다.

마로코 폴로는 『동방견문록』에서 카스를 가장 아름답고 화려한 도시라고 했는데,
지금은 완전히 황성옛터이다.

이곳에 오기 전 장예에서 시닝으로 가기 위해 버스 터미널에 왔다. 그런데 7시 20
분에 출발한다는 버스가 10시에 왔다. 땅도 넓고 연착도 대국다웠다.

나를 성찰하는 삶 / 여행

기차에서 만난 위구르족 노인.

그의 얼굴은 어딘가 모르게 우수가 서려 있었다.

옛날에는 말이나 사람이 겨우 다닐 수 있는 길을 1966년부터 1980년까지 공사하여 카라코람 하이웨이(KKH) 1,200㎞를 개통하였다.

지금은 중국과 파키스탄의 교역로로 이용하고 있다. 경치는 좋지만 위험 요소가 곳곳에 도사리고 있다.

여기가 중국의 가장 서쪽인 홍치라포. 파키스탄과 국경을 마주하고 있는 곳이다. 해발 4,000m가 넘어 여름에도 춥고, 고산증세를 느끼는 사람이 많다.

가운데 국경비를 중심으로 왼쪽은 중국이고, 오른쪽이 파키스탄인데, 중국 측은 도로포장이 되었고, 파키스탄은 비포장이다. 역시 나라가 잘 살아야 한다.

312번 국도는 상하이에서 카자흐스탄 국경을 연결하는 4,825㎞로, 세계에서 제일 긴 도로이다.

멀리 보이는 것이 파키스탄 입국관리소. 여기를 다니는 국경 버스도 있다.

상념에 잠긴 위구르족 노인.
무슨 상심이 그리 깊으십니까?

기차에서 만난, 베이징에서 직장 은퇴하고 부인과 여행한다는 중국인.

틈만 있으면 자고, 깨어 있으면 먹었다.

골목길에서 만난 위구르족 어린이.

저 아이가 커서 시집갈 나이쯤에는 아무런 갈등 없는 평화로운 시대가 되면 좋겠다. 차이는 인정하되 차별을 받아서는 안 되는데.

나를 성찰하는 삶 / 여행

신장 위구르 자치구 여행을 끝내고 돌아오는 길에 간쑤성에 있는 샤허의 라브랑 사에 들른다.

라싸의 포탈라궁 다음으로 큰 티베트 불교사찰로, 티베트인들이 성지로 여기는 곳이다.

신장지역에서 위구르족들의 한족에 대한 반감을 느꼈다면, 이곳 역시 티베트인들의 한족에 대한 강한 반감을 느낄 수 있었다.

그들은 그런 감정을 상대방에 직접 표
시하는 것이 아니라 불교에 대한 신앙심을
깊게 함으로써 그들의 한을 삭였다.

자기 자신을 최대한 낮추며 남을 섬기는
마음, 이게 바로 그들이 오체투지를 하는 이
유이다.

그곳에서 만난 맑고 순수한 사람들을 그렸다.

　십여 년 전 쿤밍의 매리 설산을 여행하면서 현지 여행사 버스를 이용한 적이 있었
다. TV의 「차마고도」에 나온 바로 그곳이다.

　대중교통이 불편해 봉고에 중국인 여섯 명이 타고 가는데, 내가 낀 것이다. 젊은
경찰관 부부, 홍콩에서 사업하는 결혼 앞둔 커플, 그리고 사관학교 나온 해군 대위
부부였다.

　3박 4일 동안 같이 먹고 자면서 마지막 헤어지기 전날, 난 아주 예민한 정치적 문
제를 그들에게 물은 적이 있다. 바로 중국 내 소수민족에 대한 문제. 특히 위구르족과
티베트에 대한 나의 의문에 사관학교 나온 젊은 장교는 단호하게 말했다. 분리니 독
립이니 하는 것은 몇몇 정치꾼들이 하는 이야기이고, 일반 인민들은 그렇게 생각하
지 않는다는 것이었다. 그들끼리만 있으면 언제 도로 놓아 문명을 만나고, 핸드폰의
편리함을 어떻게 알 수 있느냐고 했다. 그렇지 않으면 그들은 영원히 은둔의 땅에서
그들만의 문화를 고수하며 그들의 방식대로 살아갈 수밖에 없다고 했다.

　이번 여행 내내 민족관이 확실한 사관학교 나온 젊은 장교의 말을 되뇌면서 그

들이 살아가는 모습을 유심히 살펴보았다. 그러나 이번에 내가 느낀 것은 그들은 확실히 움직이고 있다는 점이다. 물론 그들의 작은 힘이 중국 정부의 거대한 힘에 눌려 빛을 발할지는 모르겠지만 그들은 자기의 이야기를 하려고 했다. 그리고 돌아온 며칠 후 신장 위구르 자치구의 카스, 허텐에서 테러에 관한 기사를 보았다. 불과 며칠 전 내가 다녀온 바로 그곳이었다. 그렇게라도 그들은 자신의 존재를 알리고 싶었을 것이다.

돌아오는 비행기에서 들으니 지금 서울은 26℃이고 구름이 끼었다고 하는데, 그날부터 서울은 물바다가 되었다. 그들의 분노가 여기까지 미친것일까? 26일 동안 풀지 못한 숙제를 안고 온 느낌이다.

03

시베리아횡단열차 타고
대륙을 가로지르다

시베리아 횡단 여행일기 1

　지난여름의 무더위를 지나 가을이 왔고 또 겨울이 되었다. 학기는 끝났고 어제는 새로운 해를 맞았다. 그리고 나는 다시 짐을 꾸리고 집을 나선다.

　시베리아 횡단 열차를 타려고 한다. 아시아에서 유럽에 걸쳐 있는 시베리아 대륙을 가로지르는 러시아의 대동맥. 이 겨울의 중심을 찾아가는 것이다. 모스크바에서 블라디보스토크까지 9,288㎞. 눈 내리는 설원의 자작나무 사이를 달려 나갈 것이다.

　혹시나 스탈린이 연해주에 살고 있던 고려인을 강제 이주시켜 불모지를 개간하여 삶을 이어온 우리 민족의 끈질긴 흔적을 볼 수 있으면 다행이다.

　안되면 끝없는 설원을 가로지르는 기차 칸에서 지금까지 살아온 나를, 지금 살아가는 삶을, 그리고 앞으로 닥쳐올 미래를 생각해보려고 한다. 물론 가이드를 따라가서 사진만 찍고 오는 여행은 아니다. 나 혼자이다. 모스크바에서 블라디보스토크까지 6박 7일 일정을 중간 기착지 다섯 곳으로 정해 하루, 이틀씩 쉬면서 동진할 것이다. 기차표는 이미 온라인으로 예매를 끝냈고, 호텔도 예약을 마쳤다.

내가 기내에서 스케치하는 것을 본 여승무원이 나보고 화가 선생님이냐고 물으며, 그림 하나 주면 좋겠다는 말을 한다. 감정노동자는 고객에게 자기의 의사 표현을 잘 하지 않는데.

　　10시간의 지루한 비행 끝에 우리의 태극 날개는 모스크바에 사뿐히 내려 준다. 냉전 시대에는 중국과 같이 우리에겐 다가설 수 없는 장막에 갇혀있던 소련이라는 나라를 이제는 비자도 없이 이렇게 자유롭게 드나들 수 있다.

　　공항에 내려 입국 심사를 받는데, 아직 사회주의의 기운이 채 가시지 않는 듯 뻣뻣한 관료 냄새가 풍긴다.

모스크바 지하철은 내려가는 속도가 빠르고 경사도 급하다. 지하 요새에 내려가는 것 같다.

당연히 추운 줄 알고 방한 준비 철저히 하고 왔는데, 눈은 내렸지만 기온은 영상1℃. 땀이 주룩주룩 흐른다. 지구 온난화 때문인가?

지하철로 예약한 호텔을 찾아 체크인한다.

공항에서 여기 오는 것은 전혀 문제가 없었다. 40년 쌓은 내공과 여행 눈치 덕분이다.

프런트 아줌마들 일하는 속도는 느려 터졌다.

호텔 도착하니 밤 9시가 좀 넘었는데, 한국 시각으로는 새벽 3시다. 오늘은 6시간을 더 사는 셈이다.

시베리아 횡단 여행일기 2

어제는 결국 밤을 새우고 말았다. 비행기에서 자지 말았어야 했는데, 위스키 두어 잔 먹고 잤더니 이런 사달이 났다.

8시 넘어 식당에 내려갔는데, 음식 가짓수에 비해 별로 손은 내키지 않는다.

크렘린 성벽이다. 중국에 관한 뉴스가 나오면 천안문 광장이 나오듯이 러시아에 관한 뉴스가 나오면 붉은 광장이 나온다.

여기 오가는 사람들의 표정이 하나같이 차가웠다. 표정이 없고 엄숙한 얼굴에 성난 표정을 짓고 있는 것 같다. 눈이 내려서인가?

크렘린 성벽에 가면 무명 전사의 무덤이 있다. 제2차 세계대전 때 나라를 위해 전사한 군인들을 추모하기 위해 밝혀둔 불꽃은 영원히 꺼지지 않는다.

"1941년부터 1945년의 무명 전사들에게 바친다. 비록 그대들의 이름은 모를지라도 그대들의 숭고한 희생은 영원히 잊히지 않을 것이다." 조국을 위해 목숨 바친 병사를 위하는 마음이 존경스럽다.

눈이 내린 붉은 광장은 황량했다. 오른쪽이 크렘린 성벽이다. 속을 알 수 없는 음흉한 친구를 크렘린 같다고 했다. 과거의 크렘린은 그랬다.

여기를 들어가려다가 표를 사기 위해 늘어선 줄을 보고 포기하였다. 중국인 단체 관광객이 많았는데, 깃발을 앞세우고 마치 인해전술 하듯이 몰려다닌다. 그들을 만나면 자리를 피한다.

이 나라에서 잘리지 않고 오랫동안 일할 수 있는 직종이다. 눈이 내리는 즉시 제설차가 다니고, 인부들이 눈을 치웠다. 눈에 관한 작업은 타의 추종을 불허할 것 같다.

러시아는 개방했지만 아직 엄연한 사회주의 국가이다. 곳곳에 집총한 군인들이 경비를 서면서 시민들을 통제하고 있다. 전부 얼굴은 벌겋게 얼어있었다.

여기 라면시장은 한국에서 장악하고 있다. 러시아 글자 밑에 도시락이라는 한글을 볼 수 있다.

우리나라 기업가들 외국 나가서는 이렇게 잘하는데, 국내에서는 주눅이 든다.

크렘린 옆에는 성 바실리 대성당이 있어 두 건물이 조화를 이룬다.

성당을 만든 이반 4세가 다시는 이런 아름다운 건물을 설계하지 못하도록 이 건물을 설계한 건축가의 눈을 뽑았다는데, 이런 이야기는 인도의 타지마할에서도 전해진다. 진위는 알 수 없지만, 건축가가 무슨 죄가 있다고……

시베리아 횡단 여행일기 3

　오늘은 모스크바 남쪽에 있는 참새 언덕에 올랐다. 모스크바 시내를 내려다볼 수 있는 곳이기에 많은 사람이 찾는 곳이다. 모스크바국립대학 바로 앞에 있는데, 모스크바올림픽 메인 경기장이던 루쥐니키경기장이 보인다.

　모스크바강이다.
　여기는 강물도 추위에 단련되었는지 이 정도 추위쯤에는 얼지도 않는다. 일기예보에 의하면 이번 주말부터 추위가 온다는데 그럼 얼마나 추운 걸까?

모스크바 시티투어 버스가 여기에 들르기 때문에 관광객을 상대로 하는 노점상이 있는데, 진열한 상품 위에 눈이 덮였고, 목각인형은 눈사람이 되었다.

이런 추운 날씨에 따뜻한 집에 있지

왜 고생을 사서 하느냐고 의문을 제기하는 사람도 속으로는 뛰는 그들의 용기를 부러워한다.

도전과 용기. 이는 시도하는 사람만이 누리는 특권이다. 익숙함이 편하지만, 우리의 육체와 정신이 나태하다고 느낄 때 이런 도전에서 얻는 땀은 더욱 영롱해진다. 추위에 굴하지 않고 뛰쳐나가는 저 사람은 자기의 인생을 조절할 줄 아는 현명함이 있다.

아들이 군에서 제대하자마자 유럽 여행을 보냈다.

혼자서 루트 짜고 준비했다. 조금은 불안하고 서툴지만 용감하게 나갔다 돌아왔다. 그가 본 세상은 널려있는 교과서였을 것이다. 그는 나가서 미래를 보지만 나는 과거를 본다.

똑똑한 계산이 있는 삶은 삭막하다.

"어떻게 해야 갈 수 있나요?"

"위험하지 않나요?"

"돈은 많이 들지 않나요?"

"나중에 나갈 때 따라가면 안 되나요?"

나가라!

답은 거기에 있다.

추운 밖에서 물감을 풀면 얼어 버리는데, 다행스럽게도 여기에서는 물감이 필요 없다. 전부가 회색이기 때문이다.

현장 크로키는 2분을 넘기지 않는다. 그렇지 않으면 그림도 나도 그리고 그리고자 하는 대상도 모두 얼어버린다. 여기는 겨울의 심장인 러시아이기 때문이다.

참새 언덕 에서
(Воробьёвы Горы)
모스크 시가를 바라 보다.
온통 회색의 물결이다.

시베리아 횡단 여행일기 4

　사흘을 모스크바에서 자고 오늘 밤은 횡단 열차 타고 동쪽으로 간다. 정확하게 자정 넘어 12시 35분에 출발이니 내일이라고 봐야겠다.

　아침에 일어나니 밤새 눈이 소복이 쌓였다.

　기차 타고 갈 야로슬라블 역이다.

　모스크바는 세계에서 가장 큰 나라이고, 여기에서 러시아 전역으로 기차가 출발하기 때문에 목적지마다 출발역이 다르다. 시베리아나 몽골, 중국. 평양으로 가는 기차가 여기에서 출발한다.

혹시 오늘 아바이 동무나 한번 만나려나?

다시 봐도 모스크바는 회색빛이고, 어둡고 침울한 도시이다.

중세부터 내려온 예술정신은 전부 박물관에 묻어놓고 그동안 정치적인 문제와 사상적인 이념 갈등에 시달리다 보니 표정이 어둡다. 덩달아 여행하는 나도 어두워진다. 여기서는 먹는 빵도 시커먼 색이다.

에스키모가 되었다. 안경은 서리가 자꾸 끼어 벗고 다녔는데, 그러니까 눈에 뵈는 게 없다.

오지 않는 손님을 기다린다.
아르바트거리 朴明秀

　서울로 치면 대학로 격인 아르바트를 가봤는데, 역시 오가는 사람이 많지 않아 거리의 화가가 공치고 있었다. 오가는 사람도 많아지고 즐거운 여행객이 많아져야 저 아저씨 수입도 좀 늘어 자식들 학비를 댈 수 있을 텐데.

　암울한 모스크바도 오늘이 마지막이다. 이제는 여기도 서구의 물결이 거세게 불어와 러시아 전통은 사라지고, 여느 서방세계와 다를 것 없는 풍경들로 바뀌어 가고 있다. 그들이 지켜내야 할 문화 대신 서구 자본주의에 물들어 가는 것이 아쉽다. 문화가 아니라 상품과 상혼이 넘치는 현장에서 나그네는 말을 잃는다.

시베리아 횡단 여행일기 5

　야심한 밤에 눈까지 내려 을씨년스러운 길을 나선다. 자정이 지나 눈 오는 거리를 걸으니 들리는 것은 내 발소리뿐 주위가 조용하다.

　뚱뚱한 승무원 아줌마가 기차표와 여권 확인하고 입실을 허용한다.

　밖과 안은 천지 차이다.

　내 표는 이등석으로, 침대 네 개가 있는 쿠페인데, 문을 안에서 잠글 수 있다. 일등석은 2인용인데, 모르는 사람과는 좀 부담스러울 듯하다. 더구나 말도 안 통하는데.

　이 기차로 1,814㎞를 33시간 동안 달려 예카데르부르크까지 간다. 기차비는 120,000원 정도인데, 삼등칸은 반값이면 살 수 있다.

서울에서 우리 고향 집에 기차로 갈 때는 몇 번씩 시계 보면서 조급해하는데, 여기서는 전혀 그럴 필요가 없다. 몇 시간이 지나도 똑같은 풍경만 계속되고 있으니 내가 지금 가고 있는지 의문이 들기도 한다.

같은 칸에 미국 텍사스에서 왔다는 앨런이란 친구가 탔다.

80시간 달려 바이칼 호수에 가서 스킨 스쿠버 하고 블라디보스토크에 가서 배를 타고 한국에 갔다가 태국에 간단다. 이 한겨울에 스킨 스쿠버? 그가 가지고 온 보드카 몇 잔 얻어 마시니 알딸딸하다.

방이 지겨운 사람들은 가끔 복도에 나와 지루함을 달랜다.

기차역에 도착하면 아줌마 노점상이 있다.

바구니에 보잘것없는 먹거리 몇 개 가지고 다니면서 파는데, 얼굴이 벌겋게 얼어
있었다.

아줌마에게 간단한 먹거리를 산다.

왼쪽은 우리나라 빈대떡과 피자를 섞은 것 같고, 오른쪽은 동그랑땡 같은 것이다.
술안주 감인데, 기차 안에서는 취중 사고가 빈번하여 원칙적으로는 음주를 금하고
있다. 그러나 엄격한 것 같지는 않고 문 닫고 마시면 어떻게 알 수 있을까?

나를 성찰하는 삶 / 여행

여기서는 전혀 변화가 없고 무료한 일상을 보낼 수밖에 없는데, 그래도 시간은 변함없이 흘러 아침이 밝았다. 그러나 아직 우랄 지역으로, 시베리아 땅은 멀었다.

여기서는 시간이고 공간이고 무한대이다. 우리같이 좁은 곳에서 살아온 사람들과는 스케일이 다르다. 지루한 책 몇 권 읽기는 제격이다. 모든 것을 자연에 맡기고 난 그 속에 조그만 점이 될 뿐이다.

러시아! 정말 크긴 큰 나라다.

기차로 몇 시간 가도 집 한 채 사람 하나 보이지 않고, 가도 가도 드넓은 광야에 쭉쭉 뻗은 자작나무만 보인다.

시베리아 횡단 여행일기 6

　　모스크바에서 출발한 기차는 1
분의 연착도 없이 9시 18분 나를 예
카데르부르크역에 내려다 주었다.

　　러시아에는 11개의 지방시가
있는데, 기차 시간은 전부 모스크
바 시간을 기준으로 하고 있다. 모

스크바와 여기는 1,800㎞가 떨어진 곳이라 2시간의 시차가 있어 이곳 시간으로는 오
전 11시 18분이다.

　　역 바로 앞에 있는 호텔에 예
약해 두었다.

　　여기서 이틀 밤 자고 모레 아
침 기차를 타는데, 역에 오고 가기
가 편리하기 때문이다.

　　영하 20℃. 기차 안은 더워 땀
이 날 정도인데 나오니 분위기가 다르다.

　　여기는 러시아에서 세 번째로
큰 도시라서 많은 사람이 타고 내
리는데, 이 역에서 기차는 30분 정
도 쉬다가 출발한다. 작은 역은 1
분 정도 정차하다가 가는 경우가
대부분이었다.

여기서는 모스크바에서 느껴지는 도시적 이미지 대신 편안함으로 다가온다. 이 부근에 있는 우랄산맥을 경계로 아시아와 유럽이 구분되는데, 이 도시는 지리적으로는 아시아지만, 문화적으로는 유럽의 냄새가 풍긴다. 그래서 서쪽에서 오는 사람은 여기가 초라하게 느껴질 것이고, 동쪽의 시베리아에서 왔다면 화려하게 느껴질 것이다.

여기는 소비에트 시대에는 군수공업 단지로, 외국인에게는 개방되지 않은 지역이었다. 우랄산맥과 관련이 있어 시내에는 우랄 광물박물관, 우랄지질박물관이 있다.

레닌 할아버지가 눈을 뒤덮고 서 있다.

내가 여기를 들린 이유는 특별히 볼 것이 있어서가 아니라 서른 시간이 넘은 기차 여행에 잠시 쉬었다 가기 위해 서였다. 이번 루트를 짜면서 대개 하루 정도 기차를 타고 가다가 내려서 하루, 이틀 쉬었다 가는 일정으로 했다.

어제 기차 안이 너무 더워 시원한 맥주가 생각났다. 마침 이동판매 하는 밀차가 지나가길래 맥주는 안 파느냐고 물으니 없단다. 당연하지. 기차에서 음주를 법으로 막아두었는데 팔 리가 없지. 그런데 좀 있다가 승무원 아줌마가 내 방에 오더니 맥주가 있으니 따라오란다. 따라가니 자기 침대 밑에서 맥주를 꺼내 주는 것이었다. 그러면서 비밀로 하란다. 말로 하는 것이 아니라 입술에다 손가락을 대고 쉿 하는 손짓을 했다. 당연히 알아듣지. 낮에 사둔 안줏거리와 마시니 또 다른 맛이었다.

마트에 가는 길에 맥줏값을 보니 한국 돈으로 1,200원 정도였다. 어제 그 승무원 아줌마가 요구한 맥주값은 3,000원이었다. 차액 1,800원.

옛날 소련은 감히 우리가 쳐다볼 수도 없는 강대국이었다. 미국과 힘을 겨루면서 우주 과학 분야나 군사 무기 면에서는 미국을 앞지른 선진국이고 강대국이었다. 그러다가 1991년 소비에트 사회주의 공화국 연방은 공식적으로 해체되고 15개국으로 독립되면서 러시아로 출범하

게 되었다. 그러나 지금의 러시아는 이빨 빠진 호랑이 신세가 되어 버렸다. 세계를 호령하던 소련의 아줌마가 6·25전쟁 때 아시아 최고 가난뱅이 나라의 그 헐벗던, 전쟁고아만 득실대고 꿀꿀이죽으로 연명하던 그 후손한테 맥주를 밀매할 줄이야……

이 사진이 그 아줌마.

참! 맥주 밀매 건은 비밀로 하라고 했는데.

아침 9시인데도 아직 어둠이 가시지 않았다. 이 도시는 관광객이 모이는 곳은 아니다. 보석, 광부, 전설적인 1990년대 갱단들의 반목, 러시아 초대 대통령 옐친의 부

상 등 일반인들이 원하는 관광지와는 거리가 있는, 우랄산맥을 끼고 있는 산업도시일 뿐이다.

아침에 단단히 챙겨 입고 밖에 나오니 싸늘한 기운이 싸하게 나를 에워싼다. 전부 어디 갔나?

여기는 볼세비키가 1918년 니콜라이 2세와 그 일가를 처형한 곳이다. 지금 그와 그 가족의 유해는 상트페테스부르크에 있으나 처형지인 여기는 추모객이 오는지 누군가가 가져다 놓은 꽃 위에 눈이 덮였다. 남의 역사이긴 하지만 비극의 현장에 서니 숙연해진다.

니콜라이 2세나 그의 아버지인 1세 모두 비운의,

그리고 무능한 황제였다. 러일전쟁에서 패하고 1차 세계대전에서도 무능했다. 거기다가 그의 황비가 요승과의 불륜으로 민심은 이반되어 결국 1917년 혁명으로 퇴위하였고, 1918년 7월 16일 그와 그 가족들은 볼세비키스트 야코프 스베르들로프에 의해 총살당한다. 그 현장이 보존되어있는 것이다.

버스 정류장의 저 아줌마가 안고 있는 것은 갓난아이다. 저 아이는 태어나자마자 혹독한 추위와 만나게 된다. 어디서나 어머니는 위대하고 거룩하다.

저 두 아이가 나에게 구걸을 했다. 너무나 의외였다. 나는 그때 옷을 너무 껴입어 지갑을 꺼내려면 불편했다. 잠시 망설이는 사이에 저 아이들은 그냥 가버렸다. 직업적인 구걸은 아닌 것 같은데 내내 아쉬움으로 남는다. 아! 좀 챙겨줄걸……. 내 불편함이 저들의 추위와 배고픔에 비하면 아무것도 아닐 것인데, 내가 너무 포사로운 생각을 하는 것은 아닐까?

나를 성찰하는 삶 / 여행

니콜라이 2세를 죽인 볼셰비키는 망했고, 1924년 그를 죽인 스베르들로프의 이름을 딴 도시 이름은 1991년 시민투표로 옛 이름인 예카테린부르크로 환원되었다.

니콜라이 2세를 죽인 스베르들로프 동상으로, 니콜라이 2세의 처형지와는 1km 정도 떨어져 있다. 죽인 자나 죽임을 당한 자나 모두 역사의 현장에서 그대로 보존되어있다. 돌고 도는 정치사이고, 인생사이다.

사진에 추위가 묻어 있다. 아들이 스마트폰 조작할 수 있는 장갑을 사줬는데, 이게 가끔은 트집을 부려 사진 찍을 때에 장갑을 벗다 보니 손이 얼어 터질 것 같다.

다시 길을 나선다.

호텔 체크아웃하고 8시에 나왔으나 주위는 어둡다.

영하 35℃. 시베리아를 너무 우습게 본 것이 아닐까. 5분 정도 걷는데, 코가 쩍쩍 달라붙고 귀가 시리다.

요사이 우리나라도 춥다고 하지만 피복이 좋고, 난방도 잘되고, 외기에 노출하는 시간도 짧으니 추위를 느낄 틈이 없었으나 여기 와서 오랜만에 어릴 적 느꼈던 매서운 추위를 맛본다.

8시 29분. 모스크바 시간으로 6시 29분 출발이다. 고등학교 때 규율부를 연상시키는 승무원이 티켓과 여권검사를 마치고 승차를 허락한다.

예카테린부르크에서 노보시비리스크까지 1,529㎞를 23시간에 걸쳐가야 한다. 모스크바 시간으로 5시 34분에 도착하는데 모스크바와 세 시간 시차가 있으니 현지 시각으로는 오전 8시 34분에 도착할 것이다.

이번에는 삼등석을 끊었다.

기차표에 나의 여권번호부터 이름, 행선지, 침대 번호 등 나의 모든 것이 기재되어 있다.

이등석은 네 개의 침대가 한 방으로 이루어졌으나 여기는 양편으로 마주 보는 공간에 4개의 침대를 두고 창 쪽으로 아래, 위까지 여섯 개가 하나의 유닛으로 이루어져 있다. 툭 터져 있어 오히려 편했다.

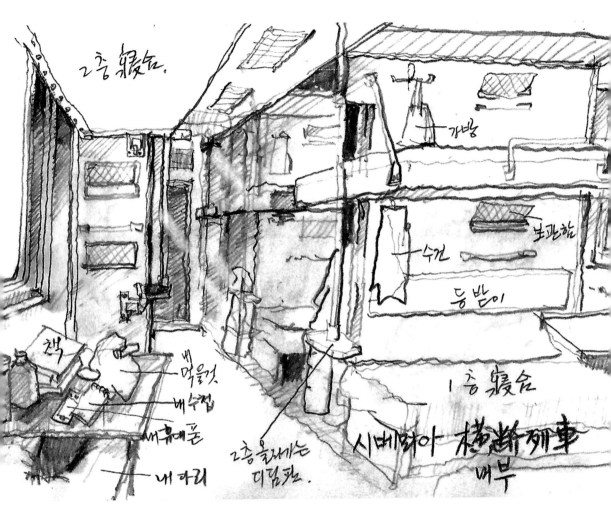

2층 寢室(침실).

가방

보관함

수건

등받이

1층 寢室(침실)

책

내 먹을것

배수껍

내 휴대폰

내 다리

2층 울래가는 디딤판.

시베리아 橫斷列車(횡단열차) 내부

내가 타고 가는 기차를 스케치해봤다. 사람은 빠졌다. 그들을 그리기 위해서는 좀 더 오랜 시간과 공을 들여야 한다.

23시간 달린 기차는 5시 36분에 나를 노보시비르스크에 데려다주었다. 모스크바보다 세 시간 빠르니 여기 시간으로는 오전 8시 36분이다. 서쪽으로 가면 그만큼 장수한다는 것이고 동쪽으로 가면 그만큼 수명이 짧아진다. 나는 오늘 한 시간 도둑맞은 셈이다.

맨날 무채색만 보다가 연둣빛을 보니 눈이 확 깬다. 노보시비르스크 기차역이다.

영하 21℃라는데, 맨날 영하 30℃ 오르내리는 데서 있다가 여기 오니 추위를 덜 느끼는 것 같다. 인간의 몸은 간사하리만치 적응을 잘한다.

어제 내 옆에 예쁜 소녀들이 탔다. 혼자 탄 동양인이 그림을 그리고 있으니 그림 작업에 방해하지 않으면서 저희끼리 노닥거리며 내가 그림 그리는 모습을 지켜본다.

소녀 어머니가 나에게 왔다. 자기 딸내미가 애지중지하는 곰 인형이 있는데, 그것을 한번 그려보면 어떻겠냐고 내 의사를 물었다. 무료한 기차에서 할 일도 없는데, 국위 선양이나 한번 해야겠다. 좀 전에 엄마에게 내가 한국에서 왔다는 것을 밝혔다. 다른 나라에서는 어디서 왔느냐고 물으면 그냥 'Korea'라고만 대답했는데, 여기서는 'Korea'보다 'South'에 악센트를 준다.

그림을 달라고는 하지 않았지만 답이야 뻔한 것. 약 3분. 그리고 나서 사인을 하고, 그 소녀에게 주었다. 내가 축구를 잘해 국위를 선양시키겠나? 노래와 춤을 잘 춰서 소녀시대를 만들겠나? 이렇게라도 민간외교를 해서 대한민국의 위상을 조금이라도 끌어 올리자.

그림을 받고 나서의 반응은 상상 그대로였다. 저런 발랄함이 풋풋하게 다가오니 역시 난 할배가 확실하다. 소녀 엄마가 볼펜 하나 주었다. 학교 가면 흔하디흔한 게 필기도구지만 의미가 있으니까 고맙게 받는다. 그 엄마가 집에서 만들어 싸 온 러시아 가정 음식을 줬는데, 식당에서 맛보지 못한 집밥을 먹을 좋은 기회였다.

그들은 밤 11시 옴스크에서 내렸다. 그림을 받은 곰 인형 주인인 소녀는 몇 번이나 뒤돌아보며 오랫동안 손을 흔들었다. Good luck!

우리나라에서는 아줌마들이 자기 친구
들한테 자랑하려고 밍크코트를 입는데, 여
기서도 적은 돈은 아닌듯하나 사치품이 아
니라 필수품이다. 한번 사면 1년에 여섯 달
씩 평생 입는다고 한다.

서울은 오늘 영하 8℃로 한파주의보를 발령했단다. 방에 있다가 나가보니 코끝이 쩡해온다. 더운 나라 사람들은 평생 눈 구경 한번 못해 한국으로 눈 구경 관광

을 온다는데, 여기 사람이 행복할까? 거기 사람이 행복할까? 사계절이 있는 우리나라가 제일 좋은 나라가 아닐까?

노보시비르스크는 '새로운 시베리아의 도시'란 뜻으로, 시베리아 철도 건설 노무자들이 머물던 조그만 숙소로 건설된 마을에서 시작되었다. 그러다가 시베리아

철도가 개통되면서 공업과 교통의 중심지로 자리 잡았다.

추운 날에 밍크코트 입고 노점상을 하는 아주머니. 뭐 파나 보니까 털장갑 몇 개를 놓고 팔고 있었다. 털장갑 몇 개를 팔아야 저 코트 하나 사는지 모르겠다.

　　도시 중심에 있는 레닌공원. 레닌 동상이 서 있기 때문에 이런 이름이 붙여졌다.
뒤에는 붉은 군대 병사들이 호위하고 있다. 중국은 어디 가나 모택동 동상이 있고 여
기는 레닌 할아버지 동상이 있다. 러시아에 있는 대형동상 중 가장 멋있다는 평가를
받는단다.

노브시비르스크
를 문화의 향기로 가
득 채워준 오페라 발
레극장. 극장 규모가
2,000석으로 면적
도 모스크바 볼쇼이
극장보다 크다. 연중
매일 오페라, 발레,
음악회를 한단다. 유명하다고 하는 발레공연이나 한번 봤으면 좋았을 텐데 나는 오
늘 밤 여기를 떠난다.

여기서 오늘 자정 기차로 33시간 타고 바이칼의 도시 이르쿠츠크로 간다.

나는 다시 여기의 거대한 시간과 공간의 틈에서 아주 작은 점이 될 것이다. 아주

작아서 보이지도 않는…….

나를 성찰하는 삶 / 여행

시베리아 횡단 여행일기 11

노보시비리스크에서 출발한 기차
는 이틀 밤 지나 33시간 만에 이르츠
쿠츠에 도착했다. 시베리아의 파리로
불리는 바이칼을 끼고 있는 도시이다.
역에서 내리니 아담한 도시 스케일이
맘에 든다.

이틀 밤을 기차에서 보내
도 전혀 변하지 않는 타이가
나 자작나무 숲을 헤어나지
못하고 있으니 나도 밖의 풍
경도 그대로인 것 같은데, 시
계바늘만 돌아가고 있다.
모든 것이 정지한 이곳에
서 그래도 움직이는 것이 있어 다행이다. 시계바늘이 돌아가는 만큼 고맙게도 시간
은 흘러 주었다.

기차에 역 도착 시각과 모스크바
부터의 거리가 적혀있는데, 이 지점이
5,193㎞이니 전체 여정의 반을 겨우
넘긴 셈이다.

언제나 이별은 서러운 것.

사람들은 도착 두어 시간 전부터 짐을 꾸리기 시작하는데, 그 시간이면 서울역에서 우리 고향 땅 동대구역에 도착할 시간이다.

아무리 젊다지만 여름과 겨울을 구분 못하다니. 여기는 모스크바와 5시간 시차가 나고 우리나라보다는 한 시간 늦은 셈이니 우리나라의 시간대와 같은 라이프 사이클을 유지하게 되었다.

어른들은 내 작업에 관심은 있어도 체면 때문에 쉽게 다가서지 않지만, 아이들은 금방 팬클럽이 만들어진다. 뒤의 남자도 슬쩍 내 그림을 훔쳐보고 있다.

여기 사람들은 기차에서도 남과 쉽게 어울리지 않는다. 자기만의 울타리를 치고, 그 안에서 각기 나름대로 시간 죽이는 방법을 취하고 있다.

쉽게 자기 자신을 들어내지 않는 것은 나서면 찍히는 사회주의의 습성이 남아있는 것 같다. 무뚝뚝하지만 일단 알고 나면 마음을 열고 뭔가 도와주려고 애쓴다.

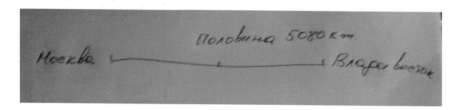

처음에는 무뚝뚝하게 보이는 저 남자. 나한테 말을 걸고 여러 가지 얘기를 해 주었다. 모스크바와 블라디보스토크 9,288㎞의 중간지점 지나는 곳을 알려 주었다. 그리고 중간역 이름도 써주었다. 말은 통하지 않지만 인간은 표정만 있으면 통하게 되어 있다.

그저께부터 인터넷이 터지지 않는다. 넓고 황량한 시베리아 허허벌판에서 나의 존재를 일깨워주는 유일한 연결망이 끊겼으니 난 완전히 낙동강 오리알이 되었다.

내가 쓰고 있는 MTC란 통신회사에서 나에게 메시지를 보냈다. 내가 회사에서 유심을 사서 끼웠는데, 데이터를 산 것이지 전화 통화를 할 수 있는 것은 아니다. 그런데 며칠 전 시내전화 두 통한 적이 있는데, 그 요금 10루블, 우리나라 돈으로 200원을 내라고 내 데이터를 차단한 것 같았다. 물론 이것은 내가 러시아로 쓰인 메시지를 해석한 것이 아니고 감으로 잡은 것이다.

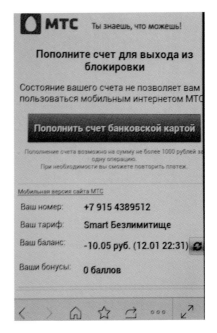

시베리아 한복판에서 미납금 200원을 낼 방법이 없다. 은행에 가서 계좌이체를 할 수 있나? 텔레뱅킹이 되나? 카드 결제가 되나? 물론 카드 결제하라는 양식이 뜨지만, 인터넷이 통해야 하지. 200원 미납해서 이틀 동안 시베리아의 로빈슨 크루소가 될 수밖에 없었다.

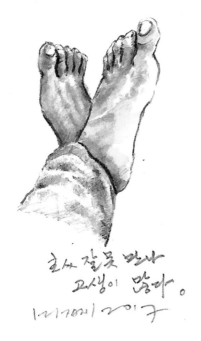

200원의 대가치고는 너무 혹독했다. 후불로 해주면 설마 내가 그 돈 떼어먹고 도망이나 가겠수? 누가 불우이웃돕기 차원에서 대납 좀 해서 이 동토의 왕국에서 끈 떨어진 연처럼 여기저기를 방황하고 있는 나 좀 구출해줘요.

시베리아 횡단 여행일기 12

이곳에 도착해서 MTC를 찾았다. 여기에 통신회사는 MTC와 TELE2가 있다. 우리나라의 SK, LG, KT 같은 것이다.

여직원에게 이걸 풀어 달라고 했다. 그리고 이게 막혀 난 시베리아 벌판에서 낙동강 오리알이 되었다고 했다. 정확하게 이런 말을 할 지경은 안되고.

"I have some problem long time."

동전 몇 잎 주고, 컴퓨터 자판 몇 번 두드리니 내 스마트폰이 열렸다. 이렇게 간단한 걸 가지고.

여기는 아주 아담하고 이쁘게 생긴 도시이다.

멀고 먼 유형의 땅. 그러나 지금은 교통의 요지이고 산업도시로 탈바꿈하였다. 이 근처 유전의 가스 매장량은 한국과 중국에 30년간 공급할 수 있는 매장량이라고 한다.

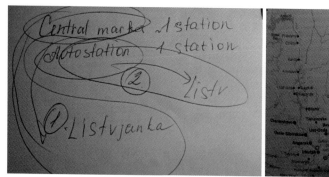

바이칼에 가려고 나섰다.

여기 오는 사람 대부분은 알혼섬에 가지만 그곳은 7시간 버스 타고, 배를 갈아타 야 갈 수 있는 곳이다. 그리고 거기서 하루 자야 한다. 그래서 여기서 제일 가까운 리 스트 반까에 가기로 한다. 호텔 아가씨가 가는 길을 설명해준다.

내 가이드 북 『lonely planet』. 내가 외국에 나올 때 항상 가지고 나오는 책이다.

가운데 보이는 것이 바이칼 호수이고, 아래쪽에 이르쿠츠크와 리스트 반까가 조 그맣게 표기되어있다.

호텔 프런트 아가씨가 일러주기를 중앙시장에 가면 미니버스가 있고, 혹시 없으 면 버스터미널에 가서 타고 가란다.

중앙시장에 내려 봉고 몇 대가 있 는 곳에서 물어보니 아니란다. 나보 고 차이니스? 몽골? 하고 물어 보길 래 "코리아"라고 하니 엄지손가락을 치켜세운다. 북조선으로 잘못 안 거 는 아니겠지? 이 길로 쭉 걸어가서 왼 쪽으로 가면 거기에 있단다. 내가 그

사람의 러시아말을 이해한 것이 아니라 두 손가락으로 걸어가는 시늉을 하고, 왼쪽

으로 꺾어지는 시늉 한 것을 내가 알아차린 것이다. 그 사람이 설명을 잘했나? 내 이해력이 빨랐나?

그렇게 가니 차가 떡하고 기다리고 있었다. 말 한마디 못 해도 척이면 척이다. 그렇다고 모든 사람이 이런 것은 아니다. 눈이 있어도 지도 못 보고, 나침판을 봐도 방향 못 찾는 길치도 있다. 나는 30년 가까이 그 많은 나라를 혼자 다녀본 경험과 감이 있기 때문이다. 함부로 따라 하지 말지어다.

스무 명 정도 타는 중형 버스이다.

70㎞를 한 시간에 주파하는데, 그 미끄러운 길을 부리나케 달렸다. 뒷좌석에 앉은 나는 몇 번 공중부양해야만 했다. 파인 도로 때문이다. 러시아의 3대 불량품이 추위, 남자, 도로라는 이유를 알겠다.

거기 바이칼 호수가 있었다.

리스트 반까. 빼어난 관광지임에도 불구하고 아직 자본의 물결에 물들지 않는 조용한 시골 마을이었다. 그곳에는 천혜의 자연과 어우러진 그림 같은 별장과 산장이 있으며, 바이칼과 같이 살아가는 주민들의 모습도 있었다.

주민들이 운영하는 시장이다. 조잡한 기념품과 먹거리를 판매하고 있었다.

공산주의가 몰락한 이후 이들의 정신세계는 공허해졌다. 자기 삶을 자기가 책임져야 한다는 것, 물가가 계속 오른다는 것, 언제 상황이 어떻게 바뀔지 모른다는 것, 그리고 정신적으로 믿고 의지할 곳이 없다는 것이 그들을 힘들게 한다.

바이칼은 湖水가
아니었다.
水平線이 보이는
바다였다. 아주 드넓은

14 / 7 / 2017 바이칼

바이칼이란 '풍요로운 호수'라는 뜻이다.

여름에는 러시아의 신흥 부자들이나 외국 관광객들로 붐빈다고 한다. 몇 년 후에
는 여기도 수많은 숙박업소, 술집, 카페들이 들어설 것이고, 이런 한적함은 얼마 지나
면 없어질 것이다. 결국 그렇게 변해가는 것이다. 자본가들이 돈 되는 사업을 그냥 두
겠어?

무엇을 그리 소망하십니까?

여기 바이칼 부근은 샤머니즘의 흔적이 많이 남아있다. 원래 몽골리안의 땅이었다는 이곳에 1643년 러시아인이 들어오고 나서는 정교화 정책과 집단 농장화로 인하여 옛 주인인 부라트 민족의 전통적인 생활이 거의 남아있지 않다. 그러나 우리나라 솟대 같은 것이나 때맞춰서 행해지는 주술의식에서 과거의 모습을 볼 수 있다고 한다.

나는
바이칼에서
돌부처이
되었다.

리스트 발마이,
바이칼에서2017.

겨울에 러시아를 간다고 하니 모두 놀랐다. 왜 하필 추운 겨울에 더 추운 러시아에 가느냐고? 얼어 죽으면 어떻게 하냐고? 자기가 가지고 있는 가치관만을 고집하면 미래가 없고 재미가 없다.

새로운 세계에 나가려면 수많은 난관을 돌파해야 한다. 낯선 곳에 대한 동경과 불안감, 편안함을 버리는 데에 대한 망설임. 그러나 이것을 해냈을 때는 더 큰 성취감으로 나에게 돌아올 것이다. 그래서 나는 길을 떠난다.

이르쿠츠크는 시베리아 지역에서 역사가 오래된 도시 중의 하나이다. 범죄인의 유형지라는 초기의 역사를 넘어서 시베리아산 모피와 금 무역의 중심지가 되었으며, 철도가 놓이면서 사통팔달 뻥뻥 뚫린 도시가 되었다.

키로프 광장에 있는 이르쿠츠크주 청사 건물이다. 오늘이 공휴일이라 청사는 한적했으며, 광장에는 얼음 놀이하는 아이들과 그 부모들뿐이었다.

주 청사 건물 바로 뒤에 있는 '영원의 불'이다. 아마 전쟁 때 죽어간 이름 없는 용사들을 기리는 기념물 같았다. 이데올로기와 관계없이 당연히 그래야 한다고 생각된다.

어린 소녀 다섯 명이 기립 자세로 서 있었다. 한창 발랄하고 멋을 낼 나이에 자기의 욕망을 군복에 감추고 서 있는 모습이 의연하게 보였다.

미국이 선진국이라면 우리가 무엇을 본받아야 하는지 생각해볼 필요가 있다. 하와이에 있는 미국 전쟁포로와 실종자 확인 합동사령부의 정문에 걸려있는 슬로건은

You are not forgotten. (조국은 너를 절대 잊지 않는다.)

Leave no man behind. (한 사람의 병사도 적진에 남겨두지 않는다.)

Until they are home. (그들이 집으로 올 때까지.)

계급과 지위와 관계없이 전사자에게 최고 예우를 하고, 지나가는 대통령도 시민도 운구행렬을 향해 조의를 표하며, 절대 운구차를 추월하지 않고, 긴 행렬을 만들어 전사자를 추모하는 모습이 부럽기 그지없다.

속도위반, 신호 위반 꼼짝 마라. 여기는 거리 곳곳에 군인이나 경찰이 무장하고 순찰하는 것을 쉽게 볼 수 있다. 아직 사회주의의 습성이 남아 있어서 그런지 주민에 대한 보이지 않은 통제 때문인지는 모르겠으나 저 사람들 덕분에 여행자는 편하고 안전할 수 있으니 손해 볼 것은 없다.

알렉산드로 3세의 입상이다. 시
베리아 철도 건설을 기념하기 위해
세워졌다. 정면에는 러시아를 상징하
는 쌍두 독수리가 있고, 사면에 시베
리아의 개발에 공이 큰 인물들을 조
각해 놓았다.

동상 맞은편에 이르쿠츠
크향토박물관이 있다. 러시
아에서 오래된 박물관 중의
하나인 이 박물관에는 풍부
한 고고학과 인류학에 관한
자료들이 전시되어 있었다.

제일 눈을 끈 것
은 시베리아에 처음
발을 붙이고 살아온
그들 선조의 생활을
재현해 놓은 곳이
다. 이 척박한 땅에
어떻게 살아가는지
를 보여주는데, 감
탄스럽기까지 했다.

박물관은 단지 과거를 박제해서 전시해놓은 것이 아니고, 그들이 살아야 할 미래
를 보여주는 곳이다.

나를 성찰하는 삶 / 여행

이르쿠츠크를 이야기하면서 빼놓을 수 없는 것이 도시를 가로지르는 앙가라강이다. 바이칼 호수에서 흘러온 물이 모여 만들어진 이 강은 이르쿠츠크의 아름다움이기도 하지만 도시의 젖줄이기도 하다.

이르쿠츠크 Aнrapa 강에
눈이 내렸다. 15/12때/2007
박명덕

앙가라강 건너편은 눈이 내려 아름다운 풍경을 연출한다.

강도 추위에 어느 정도 내성이 생겼는지 이 정도 추위에 얼지는 않았는데, 물이 맑아 밑이 훤히 보였다.

당신이 진정한 애국자입니다. 한 나라를 이끌어 가는 사람은 정치가도 기업가도 아니다. 이름은 없지만, 자기에게 주어진 일을 묵묵히 해내는 평범한 시민들이다. 텔레비전 앞에서만 최고의 애국자가 되는 정치인이나 권력과 부를 좇아가는 해바라기 교수보다는 30리 눈길에 편지 한 통 전하려다가 추위에 얼어 죽은 배달부 아저씨가 바로 우리의 진정한 힘이고, 내일이다.

아침에 마주한 설경이 너무 이쁘다.

한국문화의 한 뿌리인 샤마니즘의 고향이고, 실크로드 따라 전해진 수많은 신화와 문학을 포함한 동양사상의 원천이 여기이다.

우리는 눈을 보면 길이 미끄럽고 차가 막힌다는 끔찍한 생각 뿐이다. 눈꽃이 활짝 핀 가로수 길을 걸어보고 싶은 낭만은 이제 희미한 기억 속의 추억일 뿐이다. 흰 눈을 밟아 뽀드득뽀드득하는 소리 들으며 새로운 발자국을 남겨본 기억이 언제였나?

여기 오기 전에 거리의 미아가 되지 않기 위해 러시아 키릴 문자를 조금 공부했다. 그래도 식당은 찾고 호텔은 들어가야 하니까. 자·모음 합해 33글자인데, 영어와 같은 발음도 있고, 전혀 다른 발음도 있고, 키릴어에서만 쓰는 문자도 있다. 혼동하기 쉬운 게 И은 '이', P는 '르', H는 'ㄴ' 발음이 된다. 자꾸 보면 익숙해진다.

왼쪽 간판의 첫 글자는
영어의 B 발음과 같아 뱅크
즉 은행이란 뜻이다.

찬찬히 읽어보자.

영어로 된 간판이 있으면 왜 그리 반가운지.

치타까지 21시간. 모스크바에서 블라디보스토크까지 145시간 59분 걸리는 여정에 비하면 이 정도는 아무것도 아니다.

내일이 되면 난 또다시 낯선 거리에서 둥지를 틀고 거리 곳곳을 기웃거릴 것이다.

시베리아 횡단 여행일기 15

어제 현지 시각 12시 05분에 이르쿠츠크에서 출발해서 오늘 아침에 치타에 도착했다.

이르쿠츠크에서 내가 묵은 호텔은 역에서 차로 10분 거리라 거의 시간에 맞춰 역에 도착하였다.

전광판 제일 위에 내가 탈 70 열차는 플랫폼 3번이라고 나와 있다.

대개 기차 도착 10 ~20분 전쯤 되면 플랫폼이 전광판에 뜬다. 그때부터 역에서 기다리던 사람은 역 구내로 들어간다.

회색 순모 코트를 입은 승무원들이 철마를 따라 줄지어 서서 승객을 맞는다. 무슨 의식을 치르는 것 같다.

나를 성찰하는 삶 / 여행

모스크바에서 이르쿠츠크까지는 자작나무만 서 있는 황무지였으나 여기부터는 듬성듬성 민가가 나타나기 시작했다. 그리고 여기서부터 산이 보이고 깊은 골이 나타나

기 시작한다. 처음으로 터널도 지났다.

이르쿠츠크에서 두 시간 기차를 타고 가다 보면 바이칼 호수 남쪽을 휘감고 돌아가는데, 기차에서도 바이칼을 볼 수 있다.

바이칼에 기대어 사는 사람들. 어제 기차 타니까 승객 맞이하던 뚱보 아줌마가 한국에서 온 나를 "카레아"하며 반긴다. 탈 때 기차표와 여권을 대조하기 때문에 나의 국적을 알 수 있다. 씩씩하게 따라오라며 앞서가서 내 자리를 안내해준다. 좀 있다 시트를 챙겨주고 이부자리도 챙겨준다. 고마워요 뚱보 아줌마.

바이칼에서 썰매 타는 아이들.

모스크바 기점 치타가 6,198㎞이고, 이르쿠츠크가 5,185㎞이니 어제는 1,013㎞를 20시간에 걸쳐 달린 셈이다.

기차는 서너 시간 바이칼을 끼고 가는데, 호수가 아니라 수평선이 보이는 바다였다.

러시아 학교에서 중국은 작은 나라라고 가르친다고 한다. 은근히 중국에 대해 견제도 하고, 자기 나라가 세계에서 제일 큰 나라라는 것을 심어주는 것이다.

어제 내가 탄 기차는 모스크바에서 사흘을 달려 이르쿠츠크에 도착했고, 다시 꼬박 하루를 달려 치타까지 왔다. 종점이 다가오니 승객 대부분 내려 이층침대는 거의 비었고, 몽골 사람이 반은 되는 것 같다.

승무원은 2인 1조인데 땅딸보 뚱보 아줌마와 러시아의 표본인 늘씬 아줌마.

둘 다 부지런해서 열차 안은 깨끗했다.

울란우데 역에서 잠시 내려본다. 맨발로? 여기는 한여름의 백사장이 아니고 30℃를 오르내리는 곳이다. 영상이 아니고 영하.

울란우데는 몽골의 수도 울란바토르와 연결되는 기차가 다니고 있다. 울란우데에서 국경도시인 나우시키까지 362㎞이고, 거기서 울란바토르까지는 404㎞이다.

1분의 연착도 없이 치타역에 도착하였다. 여기서 세 번의 기차를 탔는데, 전부 정시 도착이었다.

떠나는 나에게 뚱보 아줌마가 이별의 안녕을 고한다. "I will never say good bye." 나중에 한국 오면 소주 한 잔 살게요.

그렇게 치타역에 도착하였다.

여기는 단지 하루 쉬어가기 위해 내렸다. 다음이 하바롭스크인데, 여기서 안 쉬면 70시간 가까이 기차를 타야 한다. 난 극기 훈련하러 러시아에 온 것이 아니다.

영하 24℃. 이 정도야 뭐 대수롭지 않다.

나는 몇 년 전 기차로 울란바토르에서 중국의 국경도시인 얼롄까지 기차를 타고 간 적이 있는데, 자고 일어나니 이부자리에 모래가 하얗게 덮여 있던 것이 생각난다.

여기 시간으로는 오전 9시 7분인데, 모스크바 시간은 3시 7분이다. 모스크바와 6시간 시차가 나는데, 이제 한국과 똑같은 시간대이다.

나를 성찰하는 삶 / 여행

치타는 1,402㎞ 떨어진 하얼
빈에서 출발하는 만주 횡단 열
차와 만나는 곳이기도 하다. 그
래서인지 시내 곳곳에는 중국인
과 몽골 사람이 많이 보였다. 몽
골 사람과 중국인은 비슷한 거
같지만 다르다. 척 보면 안다.

이렇게 해서 시베리아 횡단 열차 전 여정의 60% 정도를 소화했다.

치타 시내를 쭉 돌아보니 볼 것 하나 없는 시베리아의 삭막한 도시의 하나였다.

chita 가는 기차에서
HPKYTCK 역을 그리다.
기차의 진동도 그림에 숨어있다. 16/7개시/2017.

데카브리스트의 박물관이 여기에 있다 하여 가보기로 했다. 호텔 프런트 아가씨에게 가는 길을 안내받는다.

18세기에 건립된 목조교회를 박

물관으로 쓰고 있다. 이 교회가 데카브리스트와 밀접하게 연관되어 있다. 여기서 결혼도 하고, 예배도 드리고, 먼저 떠난 사람의 장례도 치렀다.

이곳도 데카브리스트들의 유배지였다. 그때 여기에 유배된 데카브리스트들의 명단이다. 조국의 부패를 참지 못하고 바꾸려고 했던 젊고 순수한 장교들이다.

프랑스 출신 폴랭 아넨코비는 한 귀족 수감자의 애인이었다. 그녀는 치타에서 수감생활을 하는 애인을 만나기 위해 여기까지 왔다. 먼 형극의 길을 자기의 명예도, 지위도 다 버렸다. 모스크바에서 6,000km쯤 되니 하루에 20km씩 걷는다고 가정하면 일 년이다. 사랑은 너무 멀고 힘들었다.

그들의 외로움을 달랬을 악
기다. 일부 데카브리스트들은 유
배가 끝난 뒤에도 여기에 남아
생을 마감한다. 그들을 그렇게도
괴롭혔던 유배지를 도리어 사랑
하고 있었던 것이다.

박물관에서 약 500m쯤 떨어진 건물 앞에 그들의 숭고한 사랑을 담은 동상이 서
있었다. 그들의 사랑이 너무 순수하고 애절했기에 동상은 이 추위에도 얼지 않았다.

　동상 옆 벤치에는 사랑을 염원하는 연인들의 소망이 담긴 자물쇠가 있었다. 꼭 그들의 사랑이 이루어지기를 빌어본다.

　늙은 할머니 서너 명이 박물관을 담당하고 있었다. 나보고 어디서 왔느냐고 묻길래 "꼬레아"라고 했더니 "평양"하고 묻는다. "서울"이라고 답하니 고개를 끄덕인다. 저 정도 나이면 서울보다는 평양이 우선 생각나겠지.

삭막한 都市
chita, 181깨메이7
가난하~~~

저녁 다시 여기를 떠난다.

하바롭스크. 2,300㎞를 45시간에 걸쳐가야 하니 이틀 밤을 기차에서 보내야 한
다. 보드카와 소시지 안주를 챙겨야겠다. 또다시 나는 끊임없는 자작나무의 숲에서
긴 외로움에 지칠 것이다.

하루 묵은 치타를 떠나기 위해 다시 기차에 탔다.

승무원 아줌마가 손님을 맞이하고 있다. 크고 작은 역 160개를 지나니 어림잡아 계산해보면 50~60㎞ 마다 역이 하나씩 있는 셈이다.

서울에서 대전까지 중간에 역이 두 개 있고, 나머지는 드넓은 시베리아의 황량한 벌판이 이어진다는 것이다. 우리의 스케일 감각으로는 도저히 이해할 수 없는 공간이다.

나를 성찰하는 삶 / 여행

　　내 앞에 앉은 사람은 사할린에 사는 선원이었
는데, 부산을 간 적이 있어 남포동, 송도, 영도를 알
고 있었다. 거기서 찍은 사진도 보여 주었다. 그가
입고 있는 셔츠도 우리나라에서 구입했단다.

　　내 옆에는 가히 몸무게가 세 자릿수는 나갈 것
같은 뚱 아줌마가 타고 있었다.
　　노보시비리스크에서 블라디보스토크까지 간
단다. 90시간. 대단해요.

여분으로 가져간 스마트폰이 또 트집을 부린다. 정확히 말하면 스마트폰의 문제가 아니라 유심칩의 문제였다. 또 먹통이 되었다.

이제는 트집을 잡아봤자 아쉬울 게 없다. 남은 도시는 하바롭스크와 블라디보스토크뿐이니 거기는 『lonely planet』에 나오는 지도와 나침판만 있으면 문제가 없을 것 같다. 모스크바에서는 문패도 번지수도 없는 숙소도 찾아갔는데.

지난 이틀 동안은 문명 세계와 동떨어진 무인도와 같은 시베리아 원시림에서 혼자 달랑 떨어져 지냈다. 오랜만에 스마트폰에서 독립한 해방감도 좋았다. 책이 보였고, 그림에 집중이 되었다.

지난 이틀 동안 2,300㎞를 45시간에 걸려 달려왔다.

기차 안에서의 생활은 단조롭기 그지없었다. 아무도 시계를 보지 않는다. 시공간을 초월한 것이다.

    각자 자기 방식대로 시간을 보내고 있었다. 늙은이들은 끼리끼리 이야기를 나누거나 카드놀이를 하고, 젊은 친구들은 식음을 전폐하고 무슨 한이 맺힌 것처럼 잠을 잤다.

    서울에서부터 기침, 가래가 있었다. 병원에서 열흘 치 약을 지어 왔지만 어느 용한 의사 선생님도 영하 30℃를 예측하고 약을 짓지는 않았을 것이다. 영하 30℃를 휘젓고 다니니 약은 먹지만 차도가 없었다. 그래서 혹시 시베리아 감기약은 어떨까 싶어 약국에 가서 약을 사서 먹었다. 약사한테 어떻게 내 증상을 설명할까? 생각하다가 그림을 그려서 보여 주려고 했다. 기침은 그리겠지만 가래는 어떻게 그리지?

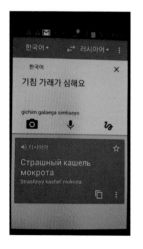

아!

나한테 구글 번역기가 있구나.

    한글로 몇 자 적으니 러시아말로 번역이 되고, 약사는 척 알아들었다. 액체 감기약을 주면서 밥 먹고 한 숟가락을 먹으라고 한다. 밥 먹는 것은 우리도 하듯이 입에 음식 넣는 제스츄어를, 한 숟가락은 약사가 약국에 딸린 간이주방에서 자기 숟가락을 가지고 와서 한 숟가락 약을 채워 먹는 시늉을 한다. 그 약사는 감기약 하나 팔기 위해 대학로의 피에로가 되었다. 그래도 시베리아 날씨에 내 몸이 놀랐는지 계속 기침은 그치지 않았다. 그런데 호텔에서 잘 때야 문제가 없었지만 열차에서 기침이 나오니 문제였다. 남의 수면에 방해가 되니.

새로운 공기도 쐴 겸 기차 연결구에 나갔다. 난방이 안 되기 때문에 오는 사람이 아무도 없다. 날씨는 차지만 싸한 공기가 기분 좋았다.

혼자 있는 이곳에 누가 문을 열고 들어왔다. 누구? 빨간색 옷이 눈에 익었다. 옆자리에 앉았던 뚱아줌마였다. 야심한 밤에 남정네 혼자 있는 이곳에 이 여인이 왜 왔을까?

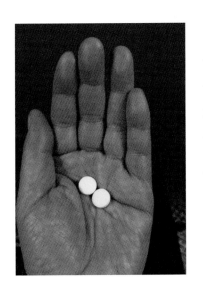

무언가 꺼내 주었다. 약. 자기가 기침하는 시늉을 하고 손으로 목을 탁탁 치며 가래에 먹는 약이라는 것을 몸으로 설명해주었다. 아! 이제 알겠다. 내가 마른기침을 하고 잠 못 드니까 나를 찾아 약을 가지고 온 것이다. 뚱 아줌마. 고맙기도 해라.

따르릉따르릉. 살이 맞부딪쳐 내는 연한 소리가 아니라 금속성 소리였다. 밤에 똥 아줌마가 코 고는 소리이다.

똥 아줌마는 뚱하게 있었다.
1917 2017

똥 아줌마가 나에게 병 주고 약 준 격이다. 코 고는 것은 자기 의지의 문제가 아니니 미워할 수가 없다. 다음 날은 자기가 가지고 있는 약 10알을 전부 줬다. 고맙기도 하지.

코 고는 소리에 잠을 설치며 문득 창밖 하늘을 올려보니 별이 보였다. 극동의 별.

밤새도록 기차가 달려도 별은 그 자리에 있었고, 밤새 달린 거리가 지도에 표나지 않을 만큼 작은 거리를 지났을 뿐이다. 시베리아는 그런 곳이었다.

둘째 날이 밝았다. 어제와 전혀 다를 게 없는 오늘이었다. 눈 눈 눈. 아주 가끔 숲사이로 마을이 보였다. 하얀 눈 속에 파묻힌 목조가옥의 굴뚝에서 하

얀 연기가 피어오르고 있었다. 여기도 사람이 살고 있다는 것인데, 영하 30~40℃에도 살아가고 있는 사람들. 1년의 대부분을 겨울로 살아가는 그들에 비해 사계절이 뚜렷한 우리나라는 얼마나 좋은가? 저 푸른 초원 위에 그림 같은 집을 지을 수 있는 작고 아담한 나라.

또다시 깊디깊은 숲이 이어졌다. 그렇게 모습을 드러낸 타이가는 기차가 한없이 달려도 끝나질 않았다. 10시간을 기차를 타고 가도 창밖의 풍경은 단조로웠고,

전혀 변함이 없었다. 밖에는 삭풍이 몰아치고 있으련만 안은 더웠다.

둘째 날, 오전 9시에 금광 도시인 Mogocha를 지난다. 6,906 km 지점이다.

지구상에서 가장 혹독한 환경에서 살아가는 사람들이다. 영구동토대에 속하는 이곳은 철도

레일이 파손될 수도 있는 영하 62℃까지 기온이 내려간단다.

여기서 좀 더 가면 시베리아가 끝나고 러시아 극동지방이 된다. 그렇다고 두 지역이 크게 다르지는 않다.

모스크바 시각 오전 9시 20분. 여기 시간으로는 오후 4시 20분에 하바롭스크역에 도착하였다. 다시 한 시간 까먹어 이제는 우리나라보다 한 시간이 앞선다. 이 시간은 저축해 두었다가 귀국길에 다시 되찾는다.

세상과 등지고 동떨어져 지내다가 문명 세계로 진입하여 호텔에 들어와 전화기를 여니 "카~톡 카~톡"하면서 문명 세계의 진입을 반긴다. 선계에서 신선같이 놀다가 다시 속세로 돌아온 것이다.

　여기는 러시아의 동쪽, 우리의 발해땅. 그리고 우리 선조들이 독립운동을 한 하바롭스크다. 모스크바 기점 8,512㎞ 지점이다.

　기차에 내려서 문득 뒤를 돌아보니 뚱 아줌마가 창가에서 나를 보고 있었다.

　잠시의 만남에서 상대방의 아픔을 어루만져준 일은 오래 기억될 것이다. 그러나 낯선 이방인은 아무 일도 없었다는 듯이 차가운 추위 속으로 사라져갔다.

시베리아 횡단 여행일기 18

하바롭스크역 앞에는 탐험가 하바로프의 동상이 서 있다. 여기를 제일 먼저 발견한 사람이다. 이 도시의 이름도 그의 이름에서 따왔다.

하바롭스크는 러시아에서 보면 극동지방에 속한다. 이곳은 우리와 지리적으로는 가까우나 아주 오랫동안 우리에게는 닫힌 땅이었다. 그러나 지금은 더 이상 닫힌 곳이 아니라 동반자의 땅이 되었다.

하바롭스크는 우수리강과 아무르강이 합류하는 지점의 동쪽에 있다. 아무르강은 중국에서는 흑룡강이라고 한다. 같은 강이지만 나라마다 부르는 이름이 다르다.

아무르강은 동북아시아 최대의 강으로, 몽골에서 발원한 이 강은 하바롭스크에서 송화강과 우수리강과 합류한 후 사할린 타타르해협으로 흘러든다.

원래 이 일대는 만주족의 무대였다. 만주족이 청나라를 이룩한 후, 17세기 이후부터 끊임없이 극동으로 진출하던 러시아와 충돌을 일으키게 된다. 그 모든 역사를 다 지켜보았을 아무르강은 오늘도 소리 없이 흐르고 있다.

기차를 타고 가혹한 환경의 타이가 지역을 지나고 나면 차가운 시베리아라는 이미지를 씻어 버릴 만큼 고풍스러운 건물들이 아무르강을 바라보며 줄지어 서 있다.

역을 나오니 상쾌한 숲길이 펼쳐졌다. 여기는 도로 가운데를 숲으로 조성해서 시민들의 공원과 보행로로 쓰고 있었다. 도시의 주인은 빌딩이나 차가 아닌 인간이란 것을 보여 주는 것이다.

강변 지역은 공공의 이익을 위해 개발하였다. 다채로운 색의 타일이 깔린 산책로, 공원, 기념물, 보도 등이 잘 되어있었으나 지금은 겨울이라 모든 것이 얼어있었다.

하바롭스크는 전원풍의 한적하고 낭만적인 도시였다. 한적한 거리를 걸으며 나는 옛날을 생각했다. 우리 땅에서만 우리의 역사를 느낄 수 있는 것이 아니고, 이곳에서 강렬한 삶을 살았던 우리 선조들의 발자취도 느낄 수 있다.

시장에 가니 김치를 팔았다. 사 와서 보드카와 먹어봤다. 그런대로 먹을 만했다.

2차 세계대전 당시, 일본인과 외모가 비슷한 극동의 조선인들은 소련 정부로부터 일본인 스파이 혐의를 받았다. 결국 스탈린은 1930년대 어느 날 조선인들을 모두 기차에 싣고 아무것도 없는 중앙아시아의 카자흐스탄, 우즈베키스탄 지방에 내다 버렸다. 죽으라는 이야기였다. 그러나 캄캄한 밤에 자다 말고 끌려가도 조선인들은 볍씨, 옥수수 등을 챙겼고, 움막을 지어 끈질긴 삶을 이어왔다. 그들이 지금 중앙아시아 일대에 흩어져 사는 고려인들이다.

여기 어딘가에 수많은 애국지사가 걸었던 길이 있을 것이다. 그들의 울분이 배어 있는 길이지만 이제 그들의 흔적은 남아있지 않다.

광복 전 소련군 장교로 근무한 김일성의 아들 김정일이 태어난 곳이 이 근처이다. 김정일이 자기의 탄생지에 다녀간 모양이다. 여기까지 왔으니 성지순례차 한 번 가봐야 하는데, 기차표를 예매해 두었으니 다음을 기약한다.

나는 오늘 저녁에 블라디보스토크로 떠난다. 이번 여행의 마지막 기차여행이고, 마지막 도시이다.

765km 14시간. 이제 이 정도는 우습다.

이제 이번 여행의 마지막 도시를 향해 가고 있다.

승객은 반 정도 탔을까?

밤하늘에는 희미한 달이 나의 마지막 여행을 배웅하고 있었다. 승객의 반은 중국인들이다. 전부 보따리장수 같았다.

따이꽁.

그들은 하얼빈으로 가는 기차를 갈아타는 우수리스크역에서 전부 내렸다. 그들이 내리니 갑자기 정적이 찾아왔다.

새벽 5시.

도착 두어 시간 전부터 태평양을 품은 아무르스키만이 보이기 시작했다. 남자 승무원이 도착한 시간 전이고, 30분 전에는 화장실을 잠근다고 이야기해주었다. 기차의 화장실은 철로에 방류하는 시스템이라 역에서는 사용할 수 없다.

도시가 서서히 보이기 시작한다. 모스크바에서 하바롭스크까지는 서쪽에서 동쪽으로 쭉 뻗은 횡단노선이라면 하바롭스크에서 블라디보스토크는 북쪽에서 남쪽으로 쭉 뻗은 종단노선이다.

하바롭스크를 출발한 기차는 14시간만인 아침 9시 20분 정시에 러시아 연해주의 주도이며 시베리아에서 가장 큰 항구도시인 블라디보스토크에 도착하였다.

열차가 블라디보스토크에 도착함으로써 9,288㎞ 시베리아 횡단 열차의 종착역 겸 시발역에 서게 되었다.

9,288㎞ 철도 기념비로, 위의 쌍 독수리는 러시아의 상징이다.

인간이 만든 기적에 가까운 역작인 시베리아 횡단 열차가 개통되면서 러시아 전역을 단일문화권으로 통합하는 계기를 만들었으며, 시베리아의 광활한 지역을 산업화시킬 수 있는 길을 열어 시베리아 역사의 일대 전환점이 되었다.

자원의 보고인 시베리
아 개발이 본격적으로 진
행되어 철도를 중심으로
대도시가 건설되었다.

러시아 철도는 광활한
영토에 필요한 군사적, 경
제적 이동 수단으로서 발
전하여 그 길이가 4만 ㎞에 달해 러시아는 세계철도 왕국이 되었다.

기념비 뒤의 기차는 실제 운행하던 것인데, 지금은 박물관의 박제 신세가 되어버
렸다.

기차역 건너에는 소련 시절 세워진
레닌 동상이 있다. 모자를 움켜쥐고, 오
른손으로는 역사 너머 동쪽 바다를 가리
키고 있다.

블라디보스토크 역이
다. 혁명 전에 지어진 건물
로, 시베리아 철도 구간에
서 가장 아름다운 역이다.
1912년에 지어졌다. 기차
역이 동화 속에 나오는 성
처럼 예뻤고, 멀리 보이는
쪽빛 항구가 싱그러웠다.

여기서 보니 블라디보
스토크 시내가 보인다. 언
덕이 많고, 눈이 없는 대
신 바람이 거세게 불어

내 몸 하나 가누기 힘들다. 바람의 도시이다.

블라디보스토
크는 시베리아의
가장 큰 항구도시
로, 나폴리와 미
국의 샌프란시스
코를 연상케 하는
아름다운 도시이
다. 아마 우리에게

는 러시아에서 모스크바 다음으로 친숙한 도시일 것이다.
샌프란시스코 금문교와 비슷하다.

나를 성찰하는 삶 / 여행

아무르만, 유라시아 대륙의 동쪽 끝을 걷고 있다. 이 반대쪽 서쪽 끝은 포르투갈일 것이다. 관광객이 둘러볼 곳은 중심가에 몰려 있어 걸어 다닐 수 있는 정도이다.

우리는 여기를 흔히 연해주라 하는데, 연해주는 시베리아 동남단의 흑룡강, 우수리강, 동해로 둘러싸인 지방을 일컫는 말로, 우리 민족과는 오래전부터 많은 관련이 있는 유서 깊은 곳이다.

고구려, 발해로 이어지는 한민족의 옛터이며, 항일 독립운동의 성지이기도 하다. 지금은 우리나라에서 가장 가까운 유럽으로, 비자도 없이 갈 수 있는 편한 도시가 되었다. 3시간도 안 걸려서 도착한다. 동해에서 배도 다닌다고 한다.

　혁명 전사 광장. 시내 한복판에는 혁명 전사 광장이 있다. 깃발과 나팔을 든 채 진격하는 병사의 동상이 서 있다. 19세기 말 제정 러시아 때, 러시아 태평양 해군기지가 생기면서 급속하게 발전한 이곳은 1917년 볼셰비키 혁명 후 혼란 속에 빠진다.

　1918년 미국군, 영국군, 일본군들이 상륙하여 반혁명 러시아 세력을 지원했고, 1920년 10월 일본군이 철수한 뒤에야 볼셰비키가 이곳을 장악하게 된다. 동상은 그것을 기념하기 위한 것이다.

　독수리 언덕에 오른다. 여기를 오르면서 길을 몰라 지나가던 남자한테 물으니 아무 대꾸도 없이 그냥 지나간다. 그런다고 못가나? 언덕 위로 오밀조밀하게 들어선 집들과 낭만적이고 개성적이며 예술적인 건물들, 제정 러시아 때 지어진 건물들이 고풍스럽기 그지없다.

블라디보스토크에서는 극한의 자연환경이나 고난을 넘어서 동토를 개척하고 나라를 지킨 러시아인들의 역사적 자부심을 느낄 수 있다.

'극동의 정복자'라는 뜻의 블라디보스토크. 문자 그대로 이곳은 슬라브족이 개척한 도시이다. 이런 역사적, 경제적, 군사적 의미가 있는 시베리아 철도의 기점이자 종착지에 나는 서 있다.

시베리아 횡단 여행일기 20

오늘도 역시 날씨는 화창했지만 칼같이 시린 찬바람은 온몸을 굳게 만들었다. 서울은 오늘이 제일 춥다지. 그런데 나오다 보니 여기는 영하 16℃를 가리키고 있다.

블라디보스토크는 부동항이라 들었는데, 체면도 없이 바다가 꽁꽁 얼어있다. 하지만 어제 독수리 전망대에 가보니 금강만에 뱃길은 뚫려 있었다. 그래서 부동항이라는구나.

해군 함정이 정박해 있는 부근에 가면 소련 시절 노벨 문학상을 받은 반체제 작가 솔제니친의 동상을 볼 수 있다.

솔제니친은 1994년 미국에서의 망명 생활을 청산하면서 새로 태어난 러시아로 귀환할 때 블라디보스토크에서 시베리아 횡단 열차를 타고 모스크바로 향했다고 한다. 조국의 모습을 하나라도 더 보겠다는 조국애의 표현! 솔제니친의 러시아 귀환을 기념하는 동상이 블라디보스토크 바닷가에 세워진 것은 이 때문이다. 동상은 솔제니친이 블라디보스토크에

나를 성찰하는 삶 / 여행

첫발을 내딛는 순간을 묘사하고 있다.

「이반 데니소비치의 하루」, 「암병동」 등의 반체제 작품들로 유명한 솔제니친은 1970년 노벨 문학상을 받았으나 소련에서 추방당해 미국에서 살았다.

여기도 젊은이들이 모이는 아르바트 거리가 있다. 원래 아르바트 거리는 모스크바에 있는 예술가들이 모여 살던 곳이다. 블라디보스토크 아르바트 거리의 정식 명칭은 포킨제독 거리였으나 19세기 블라디보스토크를 러시아에 영구귀속시킨 청나라와 베이징 조약이 체결되면서 베이징 거리라고 했다. 이곳이 블라디보스토크의 아르바트 거리라고 불리게 된 것은 아름다운 카페나 고풍스러운 건물들이 들어선 이후 사람들이 즐겨 찾게 되면서부터이다.

길지 않은 아르바트 거리로 걸어 내려가면 해변에 닿는다. 그러나 한겨울에는 찾는 이가 없어 그 길에는 나와 내 그림자뿐이었다.

한국에서는 빵을 먹지 않고, 먹더라도 간식의 개념이지 끼니를 때운다고는 생각지 않는다. 그러나 여기서 김치 없으면 밥 못 먹고 국물 없으면 밥 안 넘어간다는 배

부른 소리하면 굶어 죽기 딱 알맞다.

슈퍼에 가니 Hite 맥주를 팔았다. 그런데 가격을 보니 러시아 맥주의 딱 두 배다. 여기서는 저게 양주다. 난 애국심이 희박해서 그런지 굳이 나와서까지 우리 맥주를 선호하지는 않는다.

스펠링을 주의해서 읽어야 한다. 'V'를 'B'로 표기했다.

러시아 항공기를 타면 일단 좌석 찾는 것부터 난관이라는 소리를 들었다. 좌석 배열을 영어 알파벳이 아니라 키릴 문자로 쓴 경우가 있어 해독하지 못하면 타자마자 자리싸움부터 한단다.

내가 블라디보스토크에 와서 꼭 가보고 싶은 곳이 있었다. 신한촌. 일제 강점기때 여기에 자리를 잡은 한인 집단 거주지를 말하는 것이다. 이곳은 여기가 독립운동의 거점으로서 많은 독립운동가가 여기를 중심으로 활동하던 곳이다.

하지만 대부분의 책에 신한촌에 관한 글은 있어도 어디에 있고 어떻게 가는 것에 대한 안내가 없었다. 여기저기 뒤진 끝에 겨우 주소를 알아냈다. 물론 러시아어로 된 주소이다.

호텔 프런트 아가씨에게 이 주소를 좀 찾아 달라고 했다. 이렇게 저렇게 해서 가는 방법이 나왔다. 하기야 블라디보스토크까지 왔는데, 여기를 못 찾으면 말이 안 되지.

조국의 독립을 위해 가족을 버리고, 여기까지 와서 독립운동을 하신 그분들을 기리는 비석은 시외의 구석진 곳에 있는 허름한 아파트촌 초입에 있었다.

멀리 비석이 보이기 시작했다.

이분들의 활동은 1차 세계대전 참전과 이어지는 볼셰비키 혁명의 와중에 힘을 잃어 그 후 독립운동 중심은 중국으로 넘어가게 된다.

아무 글자도 새겨지지 않고, 비석만 덩그러니 서 있다. 할 말이 너무 많아서일까? 그 이후 스탈린의 강제 이주 정책에 의해 신한촌은 자취를 감추고 비석만이 그 당시의 역사를 말해주고 있다.

당시 중앙아시아로의 강제 이주는 고난의 길이었다. 당시 18만여 명의 한인들은 출입문이 하나밖에 없는, 가축을 실어 나르는 화물칸에 실렸다. 틈이 넓은 널빤지벽과 선반을 매어 두 층으로 나눈 칸에 짚을 깐 것이 전부였다고 한다.

　누가 다녀갔는지 꽃이 바쳐져 있다. 나라 없는 백성으로 남의 나라에 기대어 살아가기가 얼마나 힘들었을까?

　열차 이동 중에 면역력이 약한 노인들과 어린아이들이 많이 죽었다. 땅조차 팔 수 없어 그들의 주검은 얼음판을 헤치거나 눈으로 덮어주는 게 고작이었다고 한다. 이때 죽은 사람이 전체인원의 1/5이었다고 한다.

　나라 없는 백성으로서 당하는 고통은 너무 가혹했다. 그렇게 생명을 연명한 사람들이 지금의 고려인이다. 참 끈질긴 생명력이다.

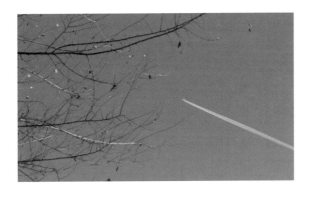

파란 하늘에 비행기 한 대가 날아간다.

　내 어렸을 때는 저런 비행기를 미군의 B29라 했다. 소련, 중공 사람들은 나쁜 나라 사람들이라고 배웠다. 그런데 내가 지금 그들의 땅 한가운데서 우리 조상의 흔적을 찾고 있다. 이렇게 역사는 흘러간다.

돌아 나오며 다시 한 번 눈길을 준다. 여기에서 모진 고생을 하며 우리나라의 독립을 위해 힘쓰신 분들에게 다시 한번 깊은 묵념을 올린다. 이제야 어려운 숙제를 하고 난 후련한 느낌이 든다.

시베리아 횡단 여행일기 21

공항으로 가기 위해 나왔다.

107번 버스가 역에서 공항에 간다고 쓰여 있다. 이제 저 정도는 해독할 수 있다.

요금이 100루불인데, 캐리어가 있으면 20루불 추가란다. 척하면 척이다. 오랜 여행 실전에서 얻은 감이다.

블라디보스토크 공항에 도착했다. 시내에서 북쪽으로 50㎞쯤 떨어졌는데, 한 시간 정도 걸렸다.

주로 국내선이고, 국제선은 귀퉁이에 조그맣게 붙어 있다. 서울/인천 가는 대한항공 KE982편에 체크인한다.

우리의 태극 날개를 보니 반갑다. 시베리아 벌판을 종횡으로 누비다가 뭔가 엮어진 끈 같은 걸 느낀다.

블라디보스토크에서 인천국제공항 가는 가장 짧은 길은 저 항로이다. 그러나 거기는 우리가 갈 수 없는 북한영공이다.

우리가 탄 비행기는 ㄷ자로 돌아 중국영공을 통과하여 인천에 오게 된다. 하지만 러시아의 국영항공인 에어로플로트의 자회사인 오로라 항공은 인천에서 블라디보스토크를 갈 때 북한영공을 통과한다. 우리는 언제쯤?

지난 23일간 누볐던 러시아를 떠난다. 나에게는 러시아보다는 소련이라는 이름이 익숙하다.

소련 하면 우선 떠오르는 게 6·25전쟁, 레닌과 후르시코초프, 붉은광장, 스탈린, 거대한 군함, 딱딱한 군인들, KGB, 음산한 날씨, 초라한 보따리장수, 식료품을 사려는 긴 줄, 이런 어두운 기억이다.

"러시아는 광활하고, 황제는 멀리 있다"는 속담이 있다. 영토가 워낙 넓어 황제의 입김이 구석구석 미치기가 어렵다는 뜻일 게다.

나를 성찰하는 삶 / 여행

러시아 연방 면적은 구소련 영토의 76%를 승계했다. 이는 남한의 약 157배에 해당하는 면적이고, 미국과 중국 영토를 합한 것보다 큰 면적이다.

우랄에서 태평양 연안까지 펼쳐진 '잠자는 미인' 시베리아 면적은 러시아 연방의 ⅔를 차지한다.

미국과 유럽 대륙을 합친 크기와 맞먹는데, 인구는 약 1억 4천만 명, 그마저도 인구가 감소하는 추세란다.

그곳을 갔다 온 것이다. 그것도 기차로. 지금 인공위성이 방방 뜨고 비행기가 세상 구석구석을 헤집고 다니는데, 왜 하필 기차인가? 그것도 춥다는 시베리아를 가로지르는 무식한 여행을? 효율적인 면에 본다면 당연히 비행기를 타야 한다. 시간도 절약되고, 값도 싸고, 고생도 안 하고.

비행기를 타도 열 시간이 넘는 거리를 6박 7일 기차를 타고 간다는 것이 과연 정상적인 사고를 하는 사람의 선택이라고 할 수 있을까?

딱 막힌 공간에서 특별히 하는 일 없이 그 무료한 시간을 보내는 특별한 노하우가 없는 사람은 절대 시베리아 횡단 열차에 도전하지 말지어다. 도사가 되든지, 등신이 되든지 둘 중에 하나.

여행 좀 한다는 여행 마니아의 마지막 로망은 시베리아 횡단 열차를 타는 것이다. 뭔가 매력이 있는 기찻길이라는 것이다.

기차에는 무언가 우리의 어릴 적 추억이 묻어있고, 할머니 같은 푸근함이 있으며, 무언가 모르는 아련함이 서려 있다.

최첨단 디지털 시대에 살아가는 우리에게 기차여행은 누군가 우연히 만날 것 같은 기대가 있는 아날로그적 코드다. 그러면서 그 기차에서 끝없이 이어지는 자작나무의 끝에서 자기 자신을 되돌아보는 것이다.

성에가 잔뜩 낀 낡은 열차의 유리창에는 자기가 살아
온 인생의 파노라마가 펼쳐져 있을 것이다.

사람들은 '시베리아' 하면 으레 눈 덮인 설원과 극한
의 추위를 떠올리지만 백야가 있는 시베리아의 여름 풍경
은 환상에 가깝다.

넓은 땅에 비해 욕심 없이 자그마한 감자밭이 있는 민
가들이 잊어버릴 만하면 나타나곤 한다. 여기도 사람이
살아가는 곳이다.

끝없이 이어지는 광활한 대륙을 여행한 사람은 결코 공간은 소멸되지 않고, 빨리
빨리 만이 능사가 아니라는 느림의 미학을 깨닫게 된다.

누군가가 말했듯이 현대인에게 대륙 철도 여행은 지구 위에 남아있는 최후의 모
험이다. 틀에 박힌 일상에서 벗어나 모험을 꿈꾸는 사람이라면 일생에 한 번쯤은 반
드시 시베리아 횡단철도에 몸을 실어 보라고 권하고 싶다.

나를 성찰하는 삶 / 여행

낮익은 곳에 들어선다. 우리 집이 보인다. 온 천지가 추위에 휩싸였으나 집에는 따뜻한 포근함이 있다.

가족. 내 피붙이들. 어느덧 성큼 자라 자기만의 둥지를 틀고 있다.

내가 해준 것이 아무것도 없는 데도 저희끼리 오손도손 사이좋게 커 주었다.

거창하게 독립운동하고 온 것도 아닌데, 집사람은 조기 매운탕에 김치 갈비찜을 내놓는다. 아들이 따르는 소주 한 잔을 깊이 들이킨다. 짜르르한 전율을 온몸으로 느낀다. 그리고 지난 23일의 시베리아를 추억에 고이 묻는다.

Привет. (안녕히!)

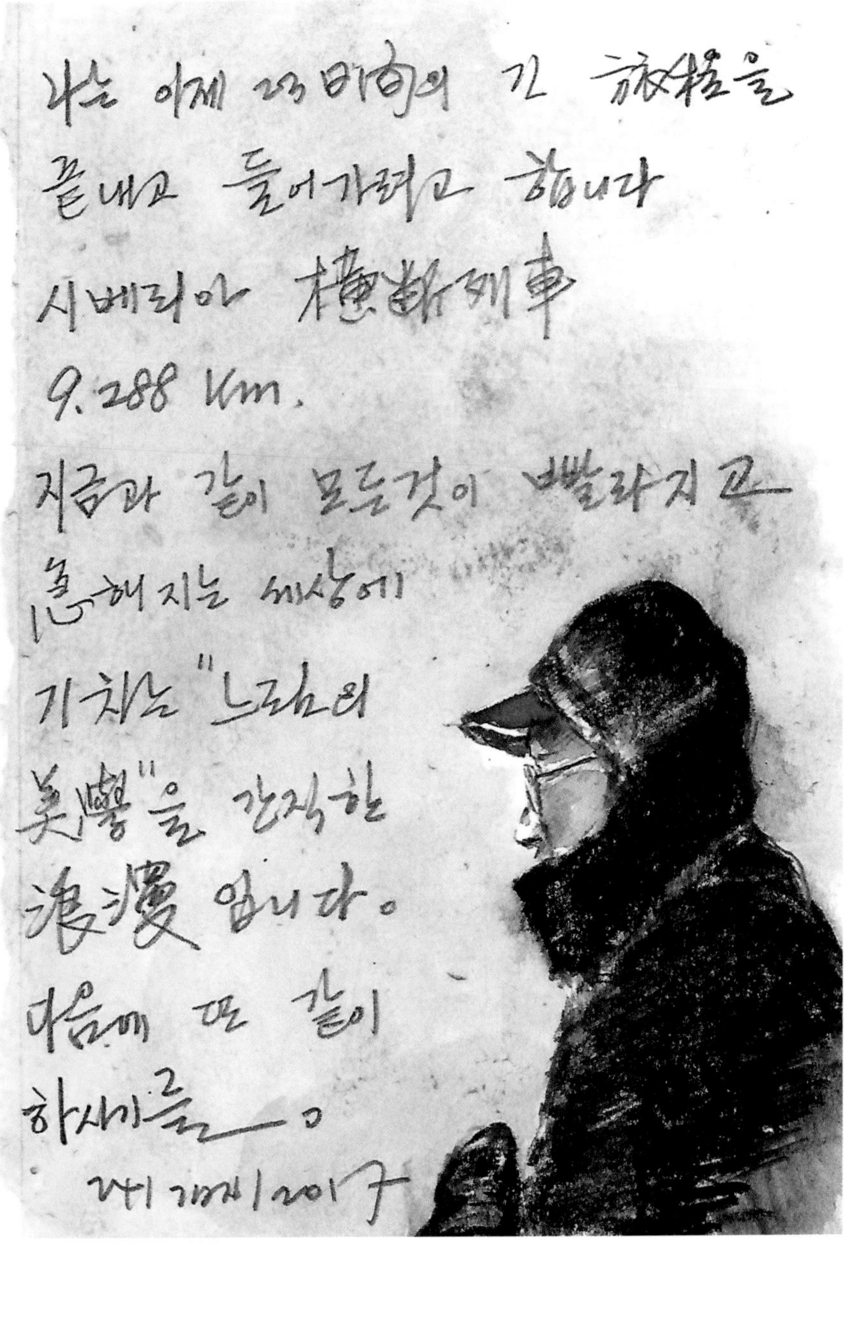

나는 이제 23 대학의 긴 旅程을
끝내고 들어가려고 합니다
시베리아 橫斷列車
9.288 Km.
지금과 같이 모든것이 빨라지고
흔해지는 세상에
기차는 "느림의
美學"을 간직한
浪漫 입니다.
다음에 또 같이
하시기를——。
2017. 기재미 1박

05

아들 찾아 떠난
호주 여행

호주일기 1

　이래저래 재직하고 있는 학교에서 정년 전 마지막 방학을 맞았다. 역시 짐을 꾸린
다. 그러나 지금까지와는 좀 다른 여행이다.

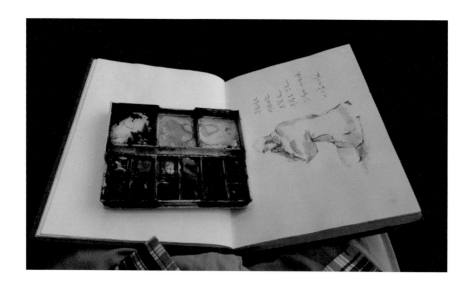

지금까지는 나 혼자 배낭 하나 달랑 메고 나갔으나 이번에는 집사람, 큰 딸내미와 손주까지 대동한 매머드급 출발이다. 가는 곳도 아들이 공부하고 있는 호주.

큰 딸내미가 지난 6월부터 육아휴직에 들어가 직장을 쉬고 있는 데다가 큰 사위가 미국 장기 출장이 잡힌 틈새를 노렸다.

아들이 대학원을 졸업한다. 대학 졸업 때 참석 못해서 아쉬웠는데, 이번에 집사람과 참석하려고 나가는 길에 큰 딸내미와 손주가 따라붙었다. 그래서 나의 마지막 방학은 가족 봉사 여행으로 정해졌다. 하기야 그동안 나 혼자 잘 다녔으니.

여기는 우리나라보다 1시간 빨라서 시차에 대한 걱정이 없다. 유럽에 가면 하루 이틀 정도, 미국에 가면 사나흘 정도 지나야 적응이 된다.

여기도 아침을 여는 조깅족이 많다. 돈 많은 사람은 오래 살기 위해 뛰고, 돈 없는 사람은 먹고살기 위해 뛴다.

여기와 저기를 이어주는 다리가 기능적인 요구 외에 디자인에도 많은 발전을 보여 도시의 랜드마크가 되었다.

시와 때를 가리지 않고 해만 좋으면 벌러덩 드러눕는다. 우리나라는 미세먼지가 문제이지만, 여기는 미세먼지나 스모그가 없는 대신 햇빛이 너무 강해 모자와 선글라스가 필수품이다.

하늘과 물의 색은 하얀 도화지에 수채화 물감을 푼 듯 선명하다. 우리나라에서는 보기 어려운 광경이다.

햇빛이 너무 강해서 아들 대학 다닐 때 도와주던 교직원은 피부암에 걸렸단다. 우리나라도 피부암이 있나? 역시 신은 공평하다.

외손주는 나중에 외할아버지와 호주 브리즈번의 박물관에서 공룡 본 것을 기억할 수 있을까?

모든 식구가 자기 주시하는 것을 눈치채고 트집이 부쩍 늘었다.

과일 주스 파는 집에서 주스를 사려는데, 손주가 진열대에 있는 바나나를 달라고 떼를 쓰니 종업원이 하나 떼어줬다. 자기의 트집이 세계 어디에서나 통한다는 것을 알고 있는 걸까?

Every Monday is steak day in here.

half price.

12.9$.

여기 수돗물은 그냥 먹을 수 있다. 내가 초등학교 다닐 때는 수돗물을 그냥 마시고도 문제가 없었다. 물론 그때는 지금과 같은 위생개념은 없었다.

우리나라의 평균수명이 늘어난 시기가 상수도 보급률이 증가하는 시점과 일치한다. 그만큼 물이 중요하다. 아무리 과학이 발달해도 물은 만들 수가 없다.

주머니가 가벼운 사람일수록 상대적으로 값이 싼 패스트 푸드를 먹을 수밖에 없고, 그러다 보니 저런 체형이 되는 사람이 의외로 많다. 배가 나오면 사장님이라고 부러워했던 시절이 있었다.

겨울이라고 하지만 낮에는 짧은 옷이 어울리고, 청명한 하늘이 빛나는, 여기는 호주 브리즈번입니다.

나를 성찰하는 삶 / 여행

아침이 밝았다.

여기 출근길은 조급함 대신 여유로운 느긋함이 있는 것 같다.

퀸즐랜드주의 맑은 하늘 아래 역사적인 건물과 현대적인 건물들이 어울리고, 도시의 긴장감과 나른한 여유가 공존한다.

이곳은 한국 관광객이 그리 많지는 않은 것 같은데, 도로 표지판에 한글로 함께 적어둔 것은 교민을 위한 배려라는 생각이 든다.

서울의 한강은 도심을 가로질러 흘러가지만 여기 브리즈번 강은 도시를 굽이쳐 S로 돌아 흐른다. 그래서 수상교통이 발달하였다.

한인 식당에 가서 점심을 먹는다. 질 좋은 쇠고기값이 싸니 여기서는 먹는 게 남는 것이다.

호주일기 4

브리즈번은 인구 약 150만 명의 퀸즐랜드 주도인데, 이름을 보니 이곳도 영국 여왕과 어떤 관련이 있나 보다.

150만의 인구를 수용할 만큼 시티 중심부에만 높은 빌딩이 있다.

아침의 브리즈번 강은 커피 한 잔의 여유를 즐기는 사람들에겐 멋진 장소이다.

조지 스트리트와 에드워드 스트리트 사이 보행자 전용 도로를 퀸 스트리트 몰이라 부른다.

다양한 백화점, 쇼핑몰이 있어 항상 붐비고, 노천카페와 거리의 예술가가 상주해 있는 낭만적인 곳이다.

브리즈번 중앙역 근처에 있는 안작 광장은 1차 세계대전 당시 지리적 요충지인 터키의 가리폴리 지역을 두고 벌인 갈리폴리 전투에서 전사한 군인들을 기리기 위한 곳이다.

그래서인지 안작 광장 주변에는 군인의 모습이 정갈하게 새겨져 있고, 가운데 횃불 역시 꺼지지 않게 항시 관리되고 있었다.

안작 부대의 갈리폴리 전투 참전은 1915년 4월 24일 국제사회에서 호주가 처음으로 군사권을 행사한 의미 있는 사건이다. 따라서 이를 기념하기 위해 호주에서는 매년 4월 25일을 국경일로 정해 기념행사를 개최한다.

빅토리아 브리지. 사우스 뱅크 지역과 시티를 연결하는 다리이다.

서울은 한강을 중심으로 강남과 강북으로 나뉘는데, 여기도 이 다리를 중심으로 분위기가 확 차이가 나는 것 같다.

브리즈번 빅토리아 브리지 앞에 있는 Victoria Bridge Abutment.

그 옆에 영어 안내문이 있는데, 안내문에는 이 다리가 만들어진 것은 1865년으로, 나무로 다리를 만들었다가 2년 뒤 나무에 좀이 피어 다시 만들면서 이를 기념하기 위해 세웠다고 적혀 있다.

빅토리아가 들어간 것을 보니 영국의 위대함을 과시하려 했던 것이 아닌지 모르겠다.

퀸 스트리트 몰 아래쪽의 에드
워드 스트리트를 건너면 우측으로
1872년 완공된 중앙우체국이 있고,
그 앞에 센트럴역과 안작 광장의
포토존으로 유명한 포스트 오피스
광장이 있다.

공원 곳곳에 바비큐 그릴을 설
치해 두어 시민들이 자유롭게 이용
할 수 있다. 전기를 쓰는 스위치 타
입이었는데, 휴일이 아니면 자리는
항상 비어있었다.

간단한 먹거리를 집에서 준비해서 나오면
좋을 것 같다. 더구나 여기는 고기값이 저렴
하니 자주 이용하면 좋은데, 단 하나 문제가
술을 마실 수 없다는 것이다.

호주일기 5

어제 비가 내려서 그런가? 도시에 안개가 내려앉아서 분위기 있는 도시가 되었다.

도시를 직교하는 도로의 동서 방향은 남자 이름으로, 남북 방향은 여자 이름으로 명명하였다. 거리 이름이 사람 이름으로 되어 있으니 기억하기는 편하다.

브리즈번에서 남으로 70㎞쯤 가면 세계적인 비치인 골드 코스트가 있다. 기차와 트램으로 한 시간 반쯤 가면 된다.

골드 코스트의 중심지인 서퍼스 파라다이스이다. 브로드 비치, 메인 비치에서도 자신의 취향에 맞게 수영, 세일링, 서핑 등의 레포츠를 즐길 수 있다.

　골드코스트의 아름다운 금빛 해변은 70㎞에 이르며 약 20개가 넘는 서핑 비치가 있다. 겨울에 서핑이라니?

　우리 손주의 수영복 패션은 기저귀이다. 폼도 내고, 햇빛도 강하니 선글라스를 썼는데, 얼굴의 반 이상을 차지한다.

　오랜 일정으로 골드 코스트에 간다면, 해변, 테마파크와 더불어 근교의 열대우림을 방문하거나 세계 최대의 모래섬인 프레이저섬을 당일로 다녀올 수 있다.

호주일기 6

보트를 타고 브리즈번 강을 거슬러 올라간다. 이 도시는 관광지로 유명하지 않은 곳이라 더 마음에 든다. 특별히 봐야 할 것도 없어서 가다가 마음이 가는 곳이 있으면 머물면 된다.

도시의 여유로움과 휴일의 한적함이 묻어난다.

청명한 날씨에 빌딩들이 더욱 선명하게 보인다. 이 도시가 원래 그렇게 유명한 도시가 아니었다. 그러나 세계 박람회 즉 EXPO를 유치하는 데 성공하면서 엄청난 발전을 하게 되고 호주의 신흥 경제 중심지로 급성장했다.

여기사는 사람들의 로망은 좋은 차보다도, 멋진 집보다도, 멋진 요트를 가지는 것이란다. 집에 요트를 놓아둔 집을 가끔 볼 수 있다. 섬나라를 탈출하려고 그러나?

수상교통은 우리에게는 익숙지 않은 교통수단이다.

대학 시절, 목포에서 작은 배를 타고 제주도에 갔는데, 멀리서 한라산이 보이고도 3시간을 더 가서 제주항에 입항하였다. 그날 배멀미의 진수를 맛보았다.

건물에 색을 더하면 저런 모양이 된다. 옛날 박정희 대통령 시절, 김현옥 서울시장과 현장 시찰을 하다가 건물색을 지정했다. 회색. 평생을 군에서 지낸 박 대통령에게는 친숙한 색인지는 모르지만 그때부터 우리나라의 아파트는 회색 일색이었다. 당시 외국 사람이 한국에 오면 한국에는 왜 이렇게 교도소가 많으냐고 물어봤다고 한다. 1980년대 주택공사 대신 민간 건설업자가 나서면서 아파트 색이 변하기 시작했다.

직장인들이 점심시간에 바비큐장에서 빵에 소시지를 곁들여 점심을 해결한다.

브리즈번 강변의 야경은 이 도시 첫 번째 자랑거리이다. 이 야경을 볼 수 있는 곳은 사우스 뱅크 지역인데, 이 일대는 최대한 시민들에게 휴식을 위한 공간으로 설계된 것 같다.

이곳은 빌딩 속에 있는 숲이 기본 컨셉인 것 같은데, 밤에 걸으면 형형색색의 조명이 주위에 펼쳐져 있어 현란한 분위기를 만들어 준다.

얼마 후 조수미가 이곳에서 공연한다는 광고가 떴다. 한 사람이 세계를 움직이기까지 얼마나 피 토하는 연습을 했을까?

엑스포 박람회가 열린 사우스 뱅크 지역은 깔끔하게 정돈된 건물들과 함께 미술관, 박물관, 도서관, 공연장 등 복합 문화시설이 들어서 있다.

사람들이 모이면 재주꾼은 기회를 놓치지 않는다. 오래전 학교 등록금 가지고 오다가 거리에서 야바위꾼에게 털린 친구도 있었다.

남 찍어주는 것도 좋지만 좀 빼세요. 복부보다 상대적으로 앙상한 다리가 애처롭다.

아저씨도 역시.

어디나 젊은이들은 그들만의 문화가 있다. 젊다는 것 그 자체만으로도 그들은 동질의식을 느끼고 소통이 된다.

아침에 일어나면 동쪽의 창으로 맑은 햇살이 가득한 아침이 있는, 여기는 호주 브리즈번입니다.

호주일기 7

한 도시를 연상시키는 상징이 있다. 파리는 개선문, 북경은 천안문이라 하면 브리즈번이라는 도시를 연상할 수 있는 상징은 무엇일까?

아침에 로마 스트리트 파크랜드에 간다. 시청과 붙어있는 공원으로, 주위의 건물군과는 전혀 다른 느낌을 주는 도심 공원이다.

간디 동상이 있다. 여기와 간디가 어떤 관련이 있는지 아니면 순수한 존경심으로 저 동상을 세워 두었는지는 모르겠다.

공원 한편에 호주군의 베트남전쟁 참전 기념비가 있다. 우리나라나 호주, 미국 등은 월남전의 패전국이지만 국가적 승패와 관계없이 이웃 나라를 도우려고 참전했다는 사실과 희생된 전몰장병을 기리는 공간이다.

엄마는 아들을 믿고, 아들은 엄마를 따른다. 아들이 4남매의 막내다 보니 자기 엄마의 많은 사랑과 관심을 받고 자랐다.

아들은 유학을 끝내고 돌아와 셋째 딸내미가 시집가고 허전한 자리를 메꿀 것이다. 역시 우리 집은 고즈넉한 호젓함보다는 북적거리는 흥부집이 제격이다.

이 도시의 사우스 뱅크 지역에 가면 호주 해군 추모공원이 있다. 여러 전투에 참전했다가 전사한 군인을 기리는 공간이다.

그들은 거친 바다에 무덤도 없고, 그 앞에 놓인 꽃 한 송이도 없이 거친 바다에 묻혔어도……. 비록 그들은 전장에서 이름 없이 죽어 갔지만 그들의 희생은 고귀하고 영광스럽다.

6·25전쟁에도 참전했다는 기록이 있다. 얼마 전 천안함에서 생존한 군인들의 이야기를 읽고 가슴이 아려왔다. 피어 보지도 못하고 죽어간 이 땅의 젊은 영혼들.

2010년 천안함이 캄캄한 서해로 가라앉은 사건. 오랫동안 천안함 사건을 어떻게 기록할지 날 선 다툼이 벌어졌지만 정작 그곳에서 살아남은 사람들은 철저하게 소외되었다. 천안함 생존 장병 24명 가운데 12명이 자살을 심각하게 생각해보았고, 이 가운데 6명은 실제 시도했다고 한다.

천안함 생존 장병들은 누구에게도 위로받지 못하고 유령처럼 살고 있다고 한다. 죽은 동료를 두고 살아남은 것은 치욕이었고, 차가운 바다에 빠져 죽은 젊은이들은 잊혀 갔다. 그들은 단지 국가의 부름을 받고 군에 갔고, 명령에 따라 배에 승선했을 뿐이다. 그들이 단지 우리나라에서 태어났다는 것, 그것이 죄였을까? 북침이든 조작이든 확실한 것은 그들은 국가의 필요로 군인이 되었고, 우리 땅에서 죽었다는 것이다.

나를 성찰하는 삶 / 여행

미국이라는 나라와 비교하고 싶지는 않지만 한 사람의 인질을 구하기 위해 전직 대통령이 10시간 넘는 거리를 비행기 타고 와서 인질을 데리고 간다. 너무나 부러운 모습이다. 전사한 군인의 유해를 위해 수모에 가까운 천대를 감수하면서도 유해를 받아 국립묘지에 안장하고 추모하는 모습에서 미국이라는 나라가 많은 어려움에 부닥쳐 있으면서도 세계 최강대국인 이유를 알 것 같다.

　자신이 전사자를 위해 무언가 할 수 있다는 것을 영광으로 여기는 그들의 모습에서 우리는 무엇을 배워야 할까? 이 땅에서 죽어간 우리 아들들은 그들의 고귀한 희생에 대해 왜 존경 받지 못할까?

　거리에 있는 모병 광고이다.
　한마디로 군대 와서 출세했다는 이야기인데, 모든 사람이 군대 가서 출세하는지는 모르겠다.

오늘, 아들이 퀸즐랜드대학 경영학과 석사과정을 졸업하였다. 대학 때 여기 와서 노력한 작은 결실을 본 것에 대해 온 가족이 기쁘게 생각한다.

아들은 4남매의 막내로 태어났다. 아이를 유치원 대신 체육센터에 보냈다. 선행학습보다는 몸 튼튼하고 친구 관계가 우선이라고 생각했기 때문이다. 8달 반 만에 태어난 신체적 약점을 보완하려는 뜻도 있었다.

세 명 누나의 동생으로 컸으니 사랑도 많이 받았지만 누나들로 부터 시기 어린 질투도 받았을 것으로 생각된다. 하여튼 개구쟁이로 잘 자랐다.

장난이 심해서 중학교 때는 엄마가 담임선생님한테 자주 호출당하기도 했다. 담임선생님이 학교에서 장난이 심하다고 나한테도 전화했다. 내가 말씀드렸다. "선생님, 그 아이의 행동에 대해서는 학교의 방침대로 하시고, 선생님의 의지대로 해주세요. 저는 학교 측의 결정에 대해 어떤 이의도 제기하지 않겠습니다."

Asian restaurant.

    물건을 훔친 것도 아니고, 남을 괴롭히는 것도 아닌데, 단지 개구쟁이라는 이유로 내가 나설 필요는 없다고 생각했기 때문이다.

    아들 졸업식 때 담임선생님 찾아뵙고, 그동안 제 자식 때문에 마음고생이 심했던 것에 대해 사죄드렸다.

    아들이 고등학교 졸업 즈음, 나는 아들을 외국에서 공부시킬 것을 준비하였다. 어차피 그 아이가 활동할 시기는 국제화 시대이기 때문에 거기에 맞는 교육이 필요하다고 생각했다.

    호주로 정했다. 영어권 국가 가운데 아시아권에 가깝고, 학비도 그리 높은 편이 아니었기 때문이다. 학비는 국내사립대학 등록금 세배 정도의 수준이었다. 브리즈번의 QUT대학을 다녔다.

호주는 재학 연한이 인문 사회계열은 3년이고, 공과대학은 4년, 건축학과는 5년, 의과대학은 6년이라 경영학과에 다닌 아들은 3년 만에 학사과정을 마칠 수 있었다.

처음 1년은 하숙을 하였다.

엄마가 해준 밥만 먹고 자란 막내가 할 줄 아는 것은 아무것도 없었기 때문이다. 하숙집은 학교에서 멀었지만, 상담을 전공했던 앤 아줌마가 엄마를 대신하여 아들을 보살펴 주었다.

식사나 빨래부터 아침잠 많은 아들을 깨워 학교에 보냈다. 아들은 저녁 시간에는 호주 관습대로 1시간 정도 고문에 가까운 식사 시간을 통해 이야기를 나누며 호주식 생활에 적응해가는 동시에 현지 영어를 배우고 고쳐나갔다.

대학 때 외국 유학생을 담당하는 교직원의 많은 도움도 받았다. 식사도 같이 하고, 낚시도 따라다니며, 그곳 생활에 적응해갔다.

우리가 호주에 갔을 때는 별도로 식사 자리를 마련해주기도 했다. 우리나라에도 많이 왔다 갔다고 했다.

군대 갈 나이가 되었다. 대한민국 남자면 당연히 가야 했다. 난 자주 이야기했었다. "나는 너를 군대 빼줄 힘은 없지만 보낼 힘은 있다." 젊었을 때 2년이 중요하기도 하지만 인생 80년을 살면서 그 경험은 살아가는 데 아주 중요하다고 생각했기 때문이다. 휴학하고 군입대하기 위해 잠시 귀국하였다.

입대하는 날. 아들 태우고 춘천에 가서 보충대에 내려주고 오는 길은 그렇게 심란할 수가 없었다. 제발 아무 일 없이 건강하게 제대하기만 빌었다.

양구로 배속받았다. 양구를 가본 적도, 들은 적도 없었다. 휴전선과 맞닿은 접경지역이었다. 아들 이야기로는 하늘과 산만 보인다고 했다. 훈련 끝나고, 사단 사령부 회계병으로 보직 받아 행정업무를 하였다. 사단에 단 하나뿐인 보직이었는데, 마침 인연이 되었다.

아이가 군 생활하는 동안 우리 부부는 석 달마다 한 번씩 면회 가서 아들을 불러내 먹이고 재웠다.

전방에서는 가족이 오는 경우에 한해 분기마다 한 번씩 외박을 보냈기 때문이다. 배고프지 말라고 매달 정기적으로 용돈을 보내 주었다.

　21개월의 군 복무 후 10월에 제대하고 유럽에 보냈다. 좀 더 넓은 세상을 보고 오라고. 처음 보름 동안은 자기 엄마와 같이 다녔고, 나머지 한 달은 자기 혼자 다녔다. 총 45일간의 여행이었다.

　한 달 반이 지나니 슬슬 집 생각도 나고 지겹기도 해서 마지막 예정이던 영국을 가지 않고 귀국하였다. 나의 오랜 여행경력을 바탕으로 한 정보력이 아들의 여행에 큰 도움이 되었다.

　호주에 하숙하는 동안 같이 지냈던 홍콩 친구를 찾아 누나와 같이 홍콩에 다녀오기도 했다. 아버지가 홍콩에서 큰 사업을 하고 있다고 했다. 물론 그 아이도 우리 집에 와서 보름 정도 머물다가 갔다.

공부를 위해 다시 호주로 돌아갔다. 그렇게 일 년을 더 다니고 대학을 졸업하였다.

선택을 해야 했다. 취업이냐? 진학이냐? 내가 공부를 좀 더 하라고 권했다. 돈은 좀 있다가 벌어도 되지만 공부는 할 때가 있다. 물론 나이 들어서도 공부를 할 수는 있지만, 동력이 떨어져 지금보다 훨씬 힘이 든다. 재수도 안 했지, 중간에 어학연수를 위해 하는 휴학도 안 했지, 남보다 1년 일찍 졸업했으니 저축한 시간을 생각해볼 때 공부를 좀 더하는 것이 좋을 것 같았다. 더 큰 이유는 24살 되는 아들을 너무 일찍 직업 전선에 내보내기 싫었다. 그렇게 해서 대학원 진학으로 결정하였다.

한국에 있는 대학원으로 가는 것도 좋으나 여의치 않아 그쪽의 대학원을 알아보았는데, 브리즈번에는 퀸즐랜드 대학이 있었다. 퀸즐랜드 주의 주립대학인데, 세계 대학 순위가 작년에는 47위, 올해는 48위에 랭크된 명문대학이었다. 여기에 응시하고, 다행히 통과해서 대학원에 진학하였다.

1년 반 만에 학위를 끝내는 코스를 선택하였다. 대학원 코스를 하면서 아르바이

트도 가끔 했고, 한인 유학생회 일도 했으며, 재학 중 인턴도 두 개나 하는 등 바쁜 학교생활을 한 것 같다.

충분치는 않지만, 학비와 생활비, 용돈을 매달 보내 주었다. 경험 삼아 아르바이트를 하는 것은 좋지만 금전만을 목적으로 하는 일은 하지 말라고 했다.

옛날에는 죽을 고생하면서 외국 가서 공부하고 돌아온 전설 같은 이야기도 전해지지만 그런 방법으로 공부하는 것은 원하지 않았기 때문이다. 당장 먹을 끼니가 걱정되고  생활이 어려운 판에 글이 눈에 들어올 리가 없다고 생각했다.

뜻하지 않게 조상님이 물려준 재산 일부가 도움이 되어 유학 비용 상당 부분이 해결되었고, 나머지는 내 수입으로 충당하여, 풍족하지는 않았지만 그리 궁한 유학생활을 하지는 않았다.

옛날 시골에서 땅 가진 부자가 자기 아들에게 땅을 물려주는 것은 자식들이 계속 농사를 지으라는 것이지만, 땅 팔아 자식 공부시키면 몇백 배 남는 투자를 하는 것이다.

　　그런 의미에서 우리 조상님들이 고맙기 그
지없다. 자기의 타고난 복이라는 생각이 든다.

　　졸업식은 간소하면서도 엄중하게 진행되었다. 가족을 비롯한 축하객이 1시간 전
부터 착석했다. 졸업생 1명당 3장의 방청권이 배부되었다. 우리 손주는 덤으로 들어
갔다.

　　15분 전에 졸업생 입장이 있었다. 하얀색 가운은 학사학위, 청색은 석사, 빨간색은
박사학위 수여자였다. 박사 학위부터 입장하였다.

　　교수들이 입장할 때에는 모든 축하객이 기립하여 존경을 표하였다.

　　'잘 키워주셔서 고맙습니다.'

　　부총장의 격려사가 있었다. 중간에 졸업생들을 기립시켜 부모님들에게 인사시키
는 순서도 있다.

교육은 호주의 3대 수출산업 중 하나라고 한다. 아시아권에서는 중국인이 압도적으로 많고, 한국인은 오로지 아들 혼자 입학해서 졸업하였다.

학점은 4.5만 점에 3.3.

한 사람씩 호명하면 나가서 총장과 악수하고 졸업장을 받았다. 객석에서 환호성이 나오는 경우도 있다.

이제 졸업을 하고 무엇을 할 것인가에 대한 선택을 해야 했다. 이왕 하는 김에 공부를 좀 더 하는 게 어떠냐고 내가 넌지시 이야기해보지만 썩 내키지는 않은 모양이다.

일자리를 알아보는데, 호주는
이곳에서 공부한 사람에 한해 2년
동안 취업비자를 내주고 있다. 즉 2
년을 일할 수 있다는 것이다. 호주
와 한국에서 일자리를 알아보고 있
는데, 한국에서 먼저 연락이 왔다.

자기가 일하고 싶어 하는 컨설팅 업체였다. 스타팅 업체라 위험부담도 있지만 자
기 꿈을 펼칠 기회도 있는 회사였다. 40분 동안 진행된 영어 인터뷰 끝에 같이 일하
자는 통보를 받았다.

아들은 8월 1일부터 출근하고, 나는 8월 31일부로 정년퇴직하게 된다.

글쎄! 남들은 어떻게 볼지 모르겠지만 살아오면서 남에게 크게 해 끼치지는 않았다.

화려하지는 않았지만 비굴하지도 않았고, 앞뒤 좌우 한군데에만 편들지 않고 살아온 나의 아름다운 은퇴를 아들이 이어받은 것 같다. 모든 것이 감사할 뿐이다.

이제 시작점에 서 있는 아들을 응원한다.

박명덕 書文集

音美旅運 이야기

V

내 비운 곳을 채운다 /
배움

01

나이 먹을수록
취미를 만들어야 한다

인간은 누구나 늙고 죽는 것이 분명한 사실인데도 자신은 비록 나이를 먹을지라도 늙지 않을 것 같고, 죽음은 항상 우리 옆에 있지만 나와 연관 짓는 것에 인색하다. 흔히 늙는 데도 준비가 필요하다고 하는데, 대책 없이 늙어버리면 갑자기 생긴 시간의 무료함을 이길 수가 없기 때문이다. 늙어서 필요한 것이 있다고 한다.

첫째, 늙을수록 배우자가 있어야 한다. 부부는 늙을수록 친구로서 정을 느끼면서 살아간다. 이런 우스갯소리를 들었다. 50대 여자에게 필요한 네 가지는 돈, 건강, 친구, 딸이고, 불필요한 것 하나는 남편인 반면에 50대 남자에게 필요한 것 다섯 가지는 부인, 처, 안사람, 와이프, 마누라라고 한다.

공원을 걸어가는 노부부의 뒷모습이 멋져 보인다. 젊어서는 치열하게 살다가 자식들 결혼시키고 늙어서 여유롭게 살아가는 부부의 모습은 내가 닮고 싶은 미래상이다.

둘째, 자기 몸 하나 건사할 정도의 돈이 있어야 한다. 늙을수록 돈이 있어야 한다는 소리를 많이 들었고, 나도 동감한다. 우리 부모 세대는 당신의 노후는 생각하지 않고, 없는 살림 쪼개 많은 자식 키우고 공부시키느라고 준비 못 했지만, 우리 세대는 젊을 때부터 노후를 위해 장기적인 준비를 해야 한다.

셋째, 소일할 수 있는 일이 있으면 좋다. 이때의 일이란 금전적 문제와는 무관하게 자기가 평생 살아가면서 습득한 귀한 경험을 사회에 돌려주는 환원의 개념이다. 대개 자기 직업과 연관된 일이면 더 좋다.

넷째, 건강이다. 우리 모두의 희망은 건강하게 장수하는 것이다. 한국 체육계의 원로 민관식 전 대한체육회장은 건강을 잃으면 인생 전부를 잃는다는 생활 신조로 미수의 나이에도 하루도 빠지지 않고 운동을 즐겼다. 그는 90살을 바라보는 나이에도 일주일에 한 차례씩 테니스 코트를 찾았으며, 수영과 걷기를 매일 빼놓지 않은, 영원한 청년으로 기억된다.

다섯째, 취미가 있어야 한다. 젊어서는 생업에 바쁘다는 이유로 취미가 없었을 뿐 아니라 취미를 가질만 한 여유도 없었고, 취미를 즐기지도 못한 사람은 늙어서 무미건조한 삶을 살아갈 수밖에 없다.

그럼 무엇이 취미가 되어야 물리지 않고 오래도록 같이할 수 있을까? 흔히 자기가 좋아하는 것을 직업으로 삼으면 좋다고 한다. 그러나 내 생각은 조금 다르다. 적성에 맞는 것을 직업으로 삼고, 좋아하는 것은 취미로 하는 것이 좋다고 생각한다. 좋아하는 것이 직업으로 되어버리면 금방 싫증이 나기 때문이다. 취미가 되어야 물리지 않고 오래도록 같이할 수 있지 않을까?

취미가 뭐냐고 물으면 독서라고 답하는 사람이 있는데, 독서는 살아가는 당연한 필수조건이지 취미가 될 수 없다. 그러니까 이제는 늙음을 다스릴 수 있는 취미를 만들어야 한다. 그것도 늙는 연습 중의 하나이다. 그러기 위해서는 노력과 시간을 투자해야 한다. 늙어 직장 은퇴하고 나서 취미생활을 시작하겠다고 하면 그때는 이미 늦다. 그 이유는 나이가 들어 새로운 것을 받아들일 수 있는 능력과 유연성이 떨어지는 것도 있지만, 무엇보다도 은퇴하고 나서는 새로운 조직에 들어가 어울리기가 어렵고, 괜한 자격지심이 들 수도 있기 때문이다. 그러기 위해서는 최소 은퇴 5년 전부터 자기가 원하는 취미 그룹에 참가해 같이 취미 활동을 할 필요가 있다. 그러면 은퇴해도 현직으로 있는 그를 기억할 것이다.

다음으로 무엇을 취미로 할 것이냐 하는 것이다. 이는 자기 자신을 객관적으로 관찰할 필요가 있다. 자기 자신을 남과 비교할 때 무언가 잘하는 것이나 자기 적성에 맞는 것이 하나는 있을 것이다. 그것을 취미로 만들면 된다. 여러 사람과 어울려서 하는 취미도 좋지만 혼자라도 즐길 수 있는 것이라면 더 좋다. 그런 면에서 난 다른 사람들에게 사진이나 악기 하나를 다뤄 보라고 권한다. 사진은 누구나 쉽게 접할 수 있고, 그 활용도가 높다. 사진을 찍기 위해서 출사를 나가는 경우가 많은데, 이는 곧 여행과 맞아떨어지기 때문이다. 악기 연주도 쉬운 일은 아니나 한 번 도전해 볼 한 매력 있는 대상이다. 그러나 무엇보다도 내가 권하는 것은 운동이고, 그중에서 달리기이다.

달리는 것은 어떤 목표를 위해서가 아니라 그 자체가 순수한 즐거움이다. 나이와 관계없이 누구나, 언제든지, 어디서나 시작할 수 있고, 가장 쉽게 접할 수 있기 때문이다. 달리기가 부담된다면 가벼운 산책을 하는 걷기 운동부터 시작하면 된다. 무엇보다 중요한 것은 즐거운 마음으로 운동해야 한다. 운동을 꼭 해야 한다는 강박관념을 가지게 되면 오히려 해가 될 수 있고, 아무리 좋은 운동일지라도 심리적인 부담을 가지면 오히려 스트레스가 될 수 있다. 건강을 위해 억지로 한다는 생각보다 운동을 통해 삶을 즐기고 건강도 챙기는 가벼운 마음으로 시작해야 한다.

정기적으로 운동을 시작하면 그 체력이 그대로 유지된다. 순발력은 나이를 먹으면 어쩔 수 없이 떨어지지만 체력은 그렇지 않다. 그래서 달리기는 빨리 시작할수록 좋다고 한다. 마라톤 경기에 나가 보면 주자들 대부분이 40대 이상이고, 심지어는 70

대 마라토너들로 구성된 칠마회 소속의 주자들도 있다. 그중에서는 풀코스 100회를 넘긴 주자도 많다. 하지만 달리기에 이어 마라톤까지 하기 위해서는 오랫동안 연습이 필요하다. 마라톤은 언제나 부상의 위험을 안고 있다. 과도한 욕심 때문이다. 지나친 의욕과 욕심은 부상으로 이어지기 십상이다. 지속적인 운동이 자신의 건강을 향상시키는 것은 분명하지만 지나친 의욕은 화를 자초하는, 건강에 있어서 최대의 적이라는 것을 명심해야 한다. 달리기는 걷기와는 달리 공중에 뛰어 다시 착지하는 것을 반복하다 보니 자기 체중보다 3배 이상의 힘이 가해진다. 이 체중을 감당할 수 있는 근력이 필요하다. 노년기에 들어 부상의 원인은 거의 근력과 유연성 부족이 가장 큰 원인이 되고 있다.

달리기를 취미로 함으로써 건강을 챙기고, 그로 인해 얻는 자신감은 생활의 활력을 줄 수 있으며, 각종 성인병을 방지하는 여러 장점이 있다. 하지만 무엇보다도 부상 없이 즐기는 것이 중요하다. 돈을 잃으면 조금 잃는 것이고, 명예를 잃으면 많이 잃는 것이며, 건강을 잃으면 모든 것을 잃는 것이라는 말을 다시 한번 상기할 필요가 있다. 무엇을 하든 무리하지 말고 천천히 접근할 필요가 있다. 꼭 해야 한다는 강박관념이 앞서면 그것은 오히려 우리 몸에 해가 될 수도 있다. 자신에게 맞는 취미가 뭔지를 찾아내고, 그것을 꾸준하게 이루어 나가는 성실함이 노년을 맞이하는 우리들의 준비라고 할 수 있다.

02

늙은 학생이
되었습니다

학교에서 정년퇴직을 하였다.

남이 하는 것으로만 알았던 정년이 나에게도 어김없이 다가왔다. 대학이란 큰 울타리에 있다가 세상으로 내던져진 느낌이다.

그간 교수로서 누렸던 모든 기득권을 내려놓고, 이제는 또 다른 세상으로 나가야 하는 준비를 해야 했다. 정년(定年)은 단지 법으로 정해진 시간이라는 뜻으로, 학교에서의 생활이 끝나는 것[停年]이지 다른 것이 끝나는 것은 아니다.

정년 후에 내가 제일 먼저 하고 싶은 것은 우선 무언가로 채우는 것이었다. 이제는 남을 위해서가 아니라 나를 위해 살고 싶었고, 해야만 하는 공부가 아니라 배우고 싶은 것을 익히는 공부를 하고 싶었다. 그동안 내가 알고 있는 것은 한 줌도 안 되었고, 그나마 완벽하지 않았기에 늘 불안하기만 했다.

흔히 요새를 '100세 시대'라 한다. 일반 직장의 은퇴 시기가 빨라져 50세 전후에 직장을 은퇴한다면 50년 가까운 시간이 남게 된다. 그 시간이면 초등학교에 들어간 아이가 기업에서 임원이 될 수 있을 정도이다. 정년이 빨라지다 보니 조로현상이 많아져 일찍 늙은이 행세하면서 남은 시간을 허비하는 안타까운 경우가 생긴다. 대개 은

학교 연구실에 붙어있던 명패

퇴한 사람을 만나면 옛날 잘나가던 시절과 집에 키운 금송아지 이야기밖에 하지 않고, 모자란 것을 채우려 하지 않는다. 그러다 보니 세상을 바라보는 시각이 20년 전, 30년 전의 과거에 머무르게 되어 급변하는 세상과 소통이 어려워지고 시대의 흐름을 따라가지 못하는 외톨이가 되는 것이다.

'신 노인'이란 용어가 있다. 100세 넘어서까지 환자를 진료하면서 병들고 늙은 마음까지 보듬어준, 일본에서 가장 존경받는 의사였던 히노하라 시게아키 박사가 만든 신조어이다. 기존의 가치와 사고를 고집하기보다는 빠르게 변화하는 사회에 적응해 나가는 노인을 뜻하는 말로, 흔히 우리가 말하는 꼰대가 아니라 우리 사회의 진정한 어르신을 뜻하는 말이다. 그는 일본에서 빠르게 진행되고 있는 고령화 문제를 해결하기 위해서 노인을 규정하는 나이를 65세에서 75세로 늘리자고 제안하면서 신 노인이라 정의했다.

우리의 인생을 좀 더 풍요롭게 만들고 싶다면 인생의 정점을 50~60세에 둘 것이 아니라 80세에 두어야 하고, 이렇게 생긴 시간을 자기 자신을 위한 투자 즉 공부를 해야 한다. 학창 시절처럼 공부해야 하는 이유가 입시를 위한 점수 따기가 아니고, 세상과 소통하고 흘러가는 정세를 이해하기 위해서는 세상의 흐름을 읽을 수 있는 공부가 필수적인 시대가 되었다.

학창 시절에는 배움에도 기쁨이 있다는 것을 알지 못했고, 이해하지도 못했다. 그때 했던 공부는 세상이 만들어 놓은 무한경쟁과 대학 만능주의에 찌들어 그저 고통과 인내를 요구하는 필수사항이었지 선택이 아니었다. 공부해서 답을 맞히는 뿌듯함은 있었지만, 그것을 기쁨이라고 생각하지는 못했다.

나이가 들면 시간이 빨리 흘러간다는데, 나한테 주어진 시간을 알차게 채우면 시간은 적당한 간격을 두고 흘러갈 것이라 믿었다. 많은 생각과 경험을 하는 삶, 회고할만한 가치가 있는 과거와 기대할만한 미래가 있는 삶을 누리고 싶었다.

혼자 하는 공부도 좋지만 무언가 체계적인 과정을 하고 싶어 우선 생각난 곳이 방송통신대학이었다. 이를 알아보는 중에 여기뿐만 아니라 다양한 학습기관에서 제공하는, 좋은 강의가 의외로 많다는 것을 알게 되었다. 각 대학이나 서울시 평생 학습 포털 같은 곳뿐만 아니라 박물관, 사회단체에서 개설하는 프로그램도 많았다. 이 중 몇 군데를 골라 들었는데, 서울시에서 운영하는 서울 자유시민대학은 강좌의 수준이나 운영에서 가장 알찬 프로그램이었다.

'일상이 학습이 되고 삶이 학문이 되는 도시, 서울'이라는 슬로건 아래 서울시민이 인문적 성찰을 통해 삶의 질을 향상할 수 있도록 최고의 교육 콘텐츠를 제공하고, 지속적인 배움의 과정을 제공하는 평생학습의 대표적인 브랜드로 자리매김하고 있었다. 서울자유시민대학은 일반대학같이 인문학, 서울학, 시민학, 문화예술학, 사회경제학, 생활환경학, 미래학 등 7개 학과를 개설하고, 전공에 맞는 강좌를 개설하고 있다. 강사도 그 분야에서 학식이 높은 분을 모셔 수준도 높고, 강의 계획서가 미리 배부되므로 강의 내용을 어느 정도 숙지할 수 있어 강의를 듣고 이해하는 데 도움이 되었다. 또 과목마다 학습 매니저가 있어 강의에 대한 안내는 물론 진행을 도와주며, 본부 직원들도 많은 도움을 주었다. 그리고 서울에 있는 대학과도 연계해서 강좌를 운영하고 있어 직접 대학에 가서 강의를 듣기도 했다.

서울자유시민대학에서 명예시민 학사학위를 받았다.

여태까지는 남을 가르쳤으나 이제는 남의 강의를 듣는 학생이 되었다. 지역마다 6개의 학습장이 있어 학습장별로 강좌를 개설하고 있는데, 전철로 연결되므로 다니기도 편해 듣고 싶은 강의를 골라 들을 수 있었다. 여기서는 학위과정을 운영하고 있는데 일정 시간 이상의 강의를 수강하면 명예학사학위증을 받고, 석사과정에 올라가서 전공을 정해 좀 더 깊은 연구를 계속하는 프로그램도 운영하고 있었다.

옛날 학생 때처럼 아침이면 가방을 꾸려 일주일에 세 번 정도 공부하러 나갔다. 학교에서 학생들을 가르치면서 가장 앉고 싶은 곳이 학생의 자리였는데, 내가 원하던 자리로 간 것이다. 강의하러 간다면 며칠 전부터 준비해서 정리하고, 강의 당일도 한두어 시간 일찍 나가 다시 한번 강의자료를 체크하며, 시간에 맞춰 강의실에 가야 하는 부담이 있으나 여기서는 전혀 그럴 필요가 없었다. 강의 시간 전에만 도착하면 되는 편한 학생이 되었다. 선생은 안 되지만 학생은 가끔 졸아도 되고 지각을 할 수 있는 것도 학생의 특권이다.

불과 얼마 전까지 강의하던 신분에서 느긋하게 자리에 앉아 강의 듣는 여유로움이 좋았다. 여기서 하는 강의는 자발적으로 참여해서 소통하고 토론하는 과정도 있어 강의의 깊이를 더해주기도 했다. 인문학을 배워 살아가는 소양을 넓혔으며, 역사

　　　　　　　　　　　　　　　　　　　　　　　　　내 비운 곳을 채운다 / 배움

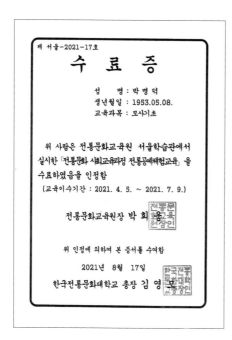

한국전통문화대학교에서 진행한
우리 그림 모사 과정을 수료하였다.

를 배워 삶을 보는 혜안이 깊어졌고,
실용학문을 배워 살아가는 지혜를 배
웠고, 정보화 교육을 받아 살아가는
편리함을 터득하기도 했다.

그렇게 해서 1년 반에 걸쳐 3학기
동안 374시간의 과정을 이수하고, 서
울시 명예학사학위를 받았다. 대학을
졸업하고 40년 넘어 다시 학위를 받
았고, 학사학위를 받고 나니 이제는
석사과정을 신청할 수 있는 자격이 주
어졌다. 지금까지 학사과정에서 분야
와 관계없이 듣고 싶은 강의를 들었다
면 이제부터 체계적이고 일관성 있는
공부를 하고 싶은 욕심이 생겼다. 요새 학계의 화두가 되는 학제 간의 연구 즉 통섭
이라는 측면에서 다양한 지식을 축적할 기회를 가지기 위해 서울학 분야로 전공을
잡아 연구계획서를 제출하고, 입학 승인을 받았다. 이제는 석사과정의 학생이 된 것
이다.

지금 수도권에 거주하고 있는 주민이 전체 인구의 반을 차지하고 있다. 그 중심인
서울은 600년 나이를 먹은 역사 도시라고 하지만 대한민국의 급격한 개발과 근대화
로 인해 정체성을 확인할 수 있는 장소가 그리 많지 않다. 그래서 우리 문화에 대한
일방적인 자긍심만 내세우는 편향된 관점이 아니라 여러 문화가 상호 소통하는 틀을
만들고 싶었다. 지금까지 많은 기관과 연구자들의 선행연구가 많이 있으나 이를 일반
인들이 쉽게 접근하고 이해할 수 있는 콘텐츠를 만들어 시민들의 공감대를 넓힐 필
요가 있다고 보았다. 그래서 시민교육의 공익적 측면에서 시민뿐만 아니라 서울에 관

심이 있는 외국인이나 학생들에게도 보편적인 정보를 제공하여 누구나 쉽게 접근할 수 있는 자료의 공유가 필요하다고 보기 때문이다. 이 부분에 관한 자료를 모으고 정리해서 학위취득을 위한 리포트를 준비하려고 한다. 앞으로 시민박사 과정도 개설한다고 하니 계속 공부를 이어갈 생각이다.

내가 사는 구청에서 운영하는 정보화 교육도 들었다. 몇십 년간 쓰던 프로그램도 개론식으로 처음부터 차곡차곡 익혀 나가니 그동안 몰랐던 새로운 것이 보였다. 동영상을 스스로 만드는 과정도 들었다. 전체 내용을 만들어 거기에 맞는 주제를 정해 촬영하고 편집까지 하는 코스는 한번 듣고는 용어 자체가 낯설었다. 두 번 반복해서 듣고 나서야 겨우 동영상 하나를 만들었다. 하지만 처음이 힘들지 그 경험을 바탕으로 두 번째부터 좀 더 능숙하고 빠르게 만드는 능력을 높여 나갔다. 한 번도 도전한 적이 없는 새로운 분야를 알아가는 보람도 컸다.

한국전통문화대학교 서울학습관에서 개설한 옛 그림 모사 과정도 14주를 이수하고 수료하였다. 옛 방식 그대로 아교 푼 교반수를 만들고, 비단에 치자풀어 염색한 그 위에 옛 그림 그대로 재현하는 재미도 쏠쏠했다. 이 과정에서 가장 중요한 것은 자기의 그림 솜씨를 뽐내면 절대 안 되고, 자신을 철저히 죽여야 한다는 것으로, 원본에 가장 충실한 그림을 그려야 하는 것이다. 영화의 대역 배우나 남의 글을 써주는 대역 작가 경우도 마찬가지인데, 절대 나를 나타내면 안 되고 철저히 남의 인생을 대신 살아야 한다. 그러나 이 과정은 코로나19의 확산으로 끝나고, 계획했던 전시회도 못 하고 아쉽게 끝났다. 하지만 우리 조상들의 솜씨를 배울 좋은 기회였다.

그 외 여러 강의를 찾아 들었다. 실로 오랜만에 여러 길을 돌고 돌아 다시 학생의 자리로 돌아간 기쁨이 컸고, 여기서 얻은 새로운 지식은 그동안의 갈증을 채워줘 사막에 물이 스미듯 온몸으로 흡수되었다. 조금 늦게 알았고 깨우쳤지만, 지금 만학의 즐거움을 누리고 있다. 처음 듣는 강의도 재미있고, 내가 알고 있는 사실을 다른 사람을 통해 듣는 재미도 크다.

비어있는 만큼만 채우면 되고, 필요한 만큼만 담으면 되니 서두를 것도 없고 빨리 갈 필요도 없다. 배우는 것도 즐거울 수 있다는 사실을 알았고, 배우고 익히면 즐겁다는 공자님의 말뜻을 이제야 겨우 깨달은 것 같다.

글을
마치면서

두서없는 나의 이야기를 마치려고 한다.

극히 개인적인 것들이지만 내가 살아온 이야기들이다.

내가 태어난 고향은 내 마음속의 안식처이고, 언제라도 달려가고픈 곳이다.

그곳에는 여전히 나를 반갑게 맞이해주는 분들이 계신다. 주위 환경은 세월에 따라 바뀌었지만, 고향을 향한 나의 향념만은 변함이 없다.

살아오는 동안 우리 가족이 나를 지탱해주는 큰 몫을 담당해주었다.

밖에서 아무리 힘든 일이 있어도 가족의 얼굴을 보면 힘이 솟았다. 네 명의 자식이 언제까지나 품속에서만 있을 것 같더니 어느덧 훌쩍 자라 이제는 각자의 가정을 꾸리고 눈에 넣어도 아프지 않을 손주들을 선물하였다. 그들이 고맙다.

집사람의 뒷받침이 오늘의 나를 있게 했음은 너무나 당연한 사실이고, 평생을 두고 갚아도 남을 빚이 되었다. 새벽 출근하는 나에게 항상 따뜻한 밥을 지어 주고, 주말에는 마라톤과 등산하는 나를 위해 응원하고 힘을 보태 주었다. 방학 때는 집을 비우고 훌쩍 나가 밖으로 떠돌아다닌 나를 막지 않고, 뒤에서 배웅하며 기다려 주었다. 가난한 선생의 아내로 자식 네 명을 낳아 키우느라 정신줄 놓고 살다가 어느 날 문득 뒤돌아보니 세월이 그렇게 흘러가 버렸다. 아등바등 살아온 집사람의 지나간 시간이 가엾고, 어렵고 힘든 날을 견뎌준 세월이 고맙다. 이 집을 일으켜 오늘의 풍성한 결실을 보게 한 것은 당연히 집사람의 공이고 몫이다.

그동안 살아오면서 많은 것에 도전했고, 도전을 즐기며 살아왔다.

과분하게도 능력 밖의 것을 섭렵하려 했으니 남과 똑같이 주어진 시간이 항상 쪼들릴 수밖에 없었다. 그림과 여행은 내가 좋아서 선택한 것이었다면, 마라톤과 대금은 타고난 무소질을 뛰어넘은 집념의 결과였다. 절대 음감이 부족한 것은 물론 음악적 재능이 전혀 없는 가운데 달걀로 바위 치는 심정으로 우리 악기 중에서도 어렵다

사람은 그가 태어난 산천을 닮는다

는 대금에 도전하고, 15년 동안 말석을 지키며 자리를 보전하고 있는 것은 소질 없음을 이겨낸 끈질김의 이정표였다. 지금도 대금을 잡으면 대나무로 만든 이 악기에서 어떤 소리가 날지에 대한 두려움이 앞선다.

긴 날숨과 둔한 손가락으로 만들어 내는 소리는 탁하지만 0.1초 차이를 두고 주고받는 합주의 깊은 향기는 어울림의 백미이고, 이 소리가 가슴을 적셔 또 다른 매력으로 다가온다. 내 소리를 내기 전에 우선 남의 소리를 들어야 하고, 남보다 내 소리가 더 크면 안 되며, 앞서 나가도 안된다. 나를 숙여야 남이 돋보이는데, 우리 인생사도 이와 닮아있어 우리 소리를 익히면서 인생도 덤으로 배웠다.

운동에는 젬병인 내가 우연한 기회에 마라톤에 입문하여 마라톤 풀코스 300회를 완주하였으며, 우리나라 100산을 등정했다. 순전히 몸치의 오기였다. 지금 생각해 보면 내가 어떻게 마라톤 풀코스를 300회나 완주했나 싶지만 확실한 것은 딱 두 가지다. 이봉주가 뛰었던 길을 한 치의 어김도 없이 시간차를 두고 나도 뛰었고, 300회를 뛴 어떤 완주자보다 내가 뛴 시간이 더 길었다. 사람들은 나의 도전을 믿지 않고 의심스러운 눈초리로 주시했지만 그들의 반신반의 속에 난 굳건하게 나의 목표를 이루어 나갔다. 몸이 따라주지 않았지만 곁눈질하지 않았고, 비바람이 불고 눈보라가 내렸지만 난 나의 길을 헤쳐 나갔다. 그러다가 불신이 차츰 기대로 바뀌고 조그만 목표를 이뤄낸 지금 그 기대는 놀라움으로 변했다.

어떤 난관이나 신체적 부족함도 나의 의지를 꺾을 수는 없었다.

앞으로도 우리나라 금수강산을 스케치북에 옮기는 작업은 계속될 것이다.

흔히 예체능계의 공통점은 선천적인 재능을 타고나야 하는 것이라고 한다. 쉽게 말해 조상을 잘 만나야 한다는 것인데, 아마 우리 집에 그런 피가 조금은 흐르는 것 같다. 우리 선친이 그러하셨고, 과분하게도 내가 그 피를 조금은 이어받은 것 같고, 딸 둘이 그림을 전공했다. 외손녀도 이쪽에 소질을 보이니 역시 피는 물보다 진한 모양이다.

우리나라에서 그림을 업으로 삼는다는 것은 가족들의 희생을 담보해야 하고, 새로운 것에 대해 끊임없이 도전해야 하지만 취미로서의 그림은 노년에 최고라는 생각이 든다. 실내에서 그리는 그림도 좋고, 날 좋은 날은 야외 사생 나가 시시각각 변하는 시간을 담아오는 작업도 즐겁다. 그림이 안 되면 술로 채우면 되고, 잘되면 작품 하나 건지는 것이다. 화가들 틈에 끼어 인사동에서 열 번 정도 전시회도 했다.

세상을 가슴에 담는 여행도 계속할 것이다.

인간에게 소비는 행복이다. 소비에는 소유를 위한 것과 경험을 위한 소비가 있다고 볼 때, 여행은 돈으로 경험을 사는 것이고, 행복한 이야깃거리를 만드는 것이다.

나는 나가서 사진을 찍기보다 주로 스케치를 한다. 그릴 대상을 정하고, 그것을 어떻게 그릴까 하는 고민을 거쳐 그림으로 완성하니 찍는 것보다 오래 기억에 남는다. 10년 전에 그렸던 스케치북을 보면 그 장소를 기억해 낼 수 있다. 지금까지는 건물을 보고 풍광을 보았으나 이제부터는 지구촌에 살아가고 있는 사람들이 어떻게 행복을 나누며 살아가고 있는지 보려고 한다. 비록 가난하지만, 정을 나누고 살을 비비며 살아가는 참모습이 예쁠 것 같다.

정년 후의 한가로운 시간에 무언가 계속할 수 있는 것이 있고, 배울 것이 많아 즐겁다.

배울 것이 많다는 것은 부족한 것이 많아 채울 것이 많다는 것이다. 나의 머릿속에는 정년 이후의 또 다른 목표가 정해져 있다. 난 그 목표를 이루기 위해 지금까지 그랬던 것처럼 새벽을 밝힐 것이다. 내가 앞을 보고 나갈 길을 생각하면 걱정이 앞서지만, 지나온 긴 여정이 나의 힘이 될 것이다.

일상에서 희미해져 가는 나의 뜻을 다시 세우고, 살아가는 삶이 무기력할 때에는 잠시 물러나는 것도 괜찮다. 그렇게 쉬어가는 것은 내일의 힘찬 동력을 얻기 위한 기다림이 될 것이다. 그러나 내가 뜻한 것을 스스로 포기하는 일은 없을 것이다. 다리가

사람은 그가 태어난 산천을 닮는다

이명덕 2020 .

아프면 병든 다리를 끌고, 가슴이 터질 것 같으면 두 가슴을 부여잡고서라도 폭풍 같은 황소 숨을 토해내면서 앞으로 나갈 것이다. 어차피 인생은 도전이다. 차가운 바위도 3년을 앉으면 온기가 스민다고 했다. 목표를 정하는 것이 살아가는 활력을 주고, 목표를 위해 매진하는 삶이 아름답게 보인다. 목표를 달성할 때의 쾌감은 또 다른 자신감으로 돌아올 것이다.

늙어간다는 것은 슬픈 일이 아니라 태어날 때부터 약속된 길이다.

꽃이 떨어져야 잎이 나고, 잎이 떨어져야 열매가 익는 것처럼 가는 세월에 잎이 떨어져도 안타까워 말고 조용히 저버릴 준비를 하자. 아이를 낳고 키우던 시간에 대한 아쉬움이나 그리움은 꽃이 된 자식들과 피어나는 손주들의 거름이 될 것이다. 이제는 한 송이 꽃이 만개하고 떨어진 그 세월을 즐겁게 받아들이려고 한다.

늙는다는 것은 그동안 살아온 삶에 대한 보답이고, 능선에 걸려있는 해가 남기는 노을처럼 어둠이 오기 전의 숙연한 아름다움이다. 뜨는 해는 힘차지만 지는 해는 아름답다. 해지는 석양 마루에서 눈부시게 지는 해를 바라보는 여유를 즐기고 싶다. 황혼이 아름다운 것은 밝고 어둡고 흐린 모든 것을 품어본 여유가 배어있기 때문이다.

붓 한 자루와 악기 하나에 자식들과 손주들이 무탈하고 집사람이 오래 옆에 있었으면 좋겠다. 4남매를 성가 시켰으니 퇴직하면 한적한 곳에 살았으면 좋겠다고 생각했다. 하지만 그것은 잘못된 생각이라는 것을 알았다. 시집간 딸들도, 장가간 아들도 자주 우리 집에 온다. 엄마, 아빠로 살아가는, 피로한 그들만의 쉼터가 필요한 것이다. 아빠, 엄마이기 이전에 그들은 아들, 딸이고 싶은 것이다. 그들은 이 집에서 부모로서의 무거운 짐을 벗고 어린 시절로 돌아가 엄마가 해주는 음식을 먹으면서 그들의 지난 시간을 되찾고 싶은 것이다. 그들이 자랐던 냄새가 있고, 잊고 살았던 기억이 간직된 곳이다. 부모는 자식의 언덕이 되어야 하고, 그들이 힘들고 지칠 때 쉴 수 있는 그늘이 되어야 한다.

우리 딸과 사는 늠름한 사위들이, 우리 아들을 거두어 주고 있는 귀여운 며느리가 편히 기댈 수 있는 쉼터가 되었으면 좋겠다. 내가 나를 키워준 할아버지, 할머니를 생각하는 것처럼 할머니 집에 간다면 기뻐 날뛰는 우리 손주들에게 좋은 기억으로 남았으면 좋겠다.

나의 생명을 조상으로부터 받았듯이 이제는 내 자손들이 각자의 자리를 틀고 있다. 이제는 앞서간 줄의 처음을 그들에게 내어주고, 난 옆에서 그들을 사랑스러운 눈으로 살필 것이다. 집사람을 통해 자식들을 만난 게 가장 큰 행복이고 보람이었다.

비록 화려하지는 않았지만 부끄럽지 않았고, 앞서지는 못했지만 초라하게 산 것 같지는 않다.

주어진 삶에 최선을 다했고, 나에게 맡겨진 일을 열심히 했을 뿐이다. 모든 것이 순리대로 풀렸고 뜻대로 되었다.

그것이 고마울 따름이다.

국립민속박물관 기량 과장이 나의 원고를 꼼꼼하게 잡아 주었다. 나와 연구실 선후배라는 인연 덕분이다.

한 권의 책으로 완성되기까지 도서출판 선 김윤태 대표의 도움이 있었다.

저자 소개

박명덕 朴明德

경북 달성 출생

홍익대학교 건축학과 및 동 대학원 졸업(공학박사)

동양미래대학교 교수 정년퇴임 후 현재 명예교수

일본 교토대학 외국인 초청학자

서울시 문화재위원 및 한옥위원회 위원 역임

한국건축역사학회 부회장 역임

일러두기 여기 실린 글은 과거에 작성된 것이 많다.
따라서 현재 시점과 약간 차이가 있음을 밝혀둔다.

박 명 덕 畵文集 ｜ 音 美 旅 運 이야기

글 박명덕 ｜ **발행인** 김윤태 ｜ **교정** 김창현 ｜ **발행처** 도서출판 선 ｜ **북디자인** 화이트노트
등록번호 제15-201 ｜ **등록일자** 1995년 3월 27일 ｜ **초판 1쇄 발행** 2022년 4월 25일(음력 3월 25일)
주소 서울시 종로구 삼일대로 30길 23 비즈웰 427호 ｜ **전화** 02-762-3335 ｜ **전송** 02-762-3371

값 35,000원
ISBN 978-89-6312-615-9 03810